講談社文庫

# 煉獄の丘

ウィリアム・K. クルーガー｜野口百合子 訳



講談社

日々、朝の最初の恵みであり、夜の最後の美である
ダイアンに。
そして、
わたしを息子として迎えてくれた
ジューン・ピーターソンとロイド・ピーターソンに。

# 目次

# 謝辞

この本の核心となる部分を知りえたのは、キャサリン・オゲイのおかげだ。〈ダニエル・J・モレル〉の遭難で亡くなった乗組員の一人である彼女の父親、アルバート・フーメのことを話してくださった。ケイ、ほんとうにありがとう。

法の執行については、すぐれた人々から快く専門知識とアドバイスを提供していただいた。ミネソタ州犯罪捜査局《BCA》のレイモンド・ディプリマ捜査官、FBIミネアポリス支局のフレッド・トレンパー管理特別捜査官にお礼を申し上げる。そして、法執行の多方面にわたるベテランであるケン・トランネルにも感謝したい。

スペリオル湖の沈没船に潜った体験を、詳細かつ鮮明に語ってくれたデイヴ・ルーミスにもお世話になった。おかげで、わたしは安楽椅子から離れることなく、何度も湖底まで彼とともに潜ることができた。

ミステリー執筆の極意《ミステリー》を解き明かしてくれる創作グループ〈クレーム・ド・ラ・クライム〉の仲間である友人たちのお名前を、いつものように挙げておきたい。ジュリー・ファシアナ、スコット・ハートマン、ベティ・ジェイムズ、マイケル・カック、ジーン・ミリアム・ポール、スーザン・ランホルト、アン・B・ウェッブ。そしてとくに、みんなの中心であり、エネルギーの源泉であるカール・ブルッキンズ。

エージェントにも恵まれた——この複雑な業界に精通しているジェイン・ジョーダン・ブラウンだ。そして、編集者であるジェイン・キャヴォリーナとジョージ・ルーカスからのアドバイスを受けられたのは、ひじょうに幸運だった。二人は海千山千であると同時に、とても魅力的な人物である。

また、久しく支え、励ましてくれたメガン・〝ドク〟・ガナーへの感謝を抜かしたら、こちらの怠慢というものだろう。

オジブワ・アニシナーベ族の人々にも感謝を捧げる。みなさんの領域に、わたしはびくびくしながら侵入しているのだが、寛容なお気持ちをありがたく受け止めている。部族の豊かな遺産と伝統をうらやましく思い、ひどすぎる無知と偏狭さに直面しても忍耐をもって対処しているみなさんに、感嘆を禁じえない。

わたしが作家として世に出ていくまでの寛大なる経済的支援については、マクナイト財団、ブッシュ財団、ミネソタ州芸術評議会にお礼を申し上げる。

最後に、店のネオンサインが歴史的記念物として登録された〈セント・クレア・ブロイラー〉に、このうえない感謝を捧げる。毎朝長居するわたしの存在を許し、いつもコーヒーのおかわりをついでくれるジム・セロスとエレナ・ヴァコス、スタッフの全員、そして、それぞれの物語を語り、好きなように使っていいと言ってくれる常連客のみなさんにも、心から感謝する。

# 著者まえがき

本書はフィクションである。しかし、核心にあるのは真実の物語だ。

一九六六年十一月二十九日、ヒューロン湖を北に向かってシーズン最後の航海をしていた鉱石運搬船〈ダニエル・J・モレル〉は、猛烈な嵐に遭遇した。時速百キロを超す風と八メートル近い高波と闘った結果、古い貨物船は突然分解して沈没した。二十九人の乗組員のうち、かろうじて三人だけが小さな救命ボートに乗りこむことができた。それから十二時間のあいだに、二人が絶命した。負傷のためと、湖の凍るような水と零度近い外気温にさらされたためである。ただ一人が生きのびた。ピーコートと下着だけで、当直員デニス・ヘイルは三十六時間近く漂流したあと沿岸警備隊のヘリコプターに発見され、近くの病院へ運ばれた。

一九九六年、ヘイルは『たった一人の生存者』という手記を出版し、沈没の経過や、荒れた湖をちっぽけなゴムボートで漂った驚くべき体験や、出来事がその後の人生に及ぼした影響について語った。これは一読の価値のある本である。

　五大湖に吹き荒れる悪名高い十一月の嵐によって生まれた無数のエピソードのうち、失われた人命の多さという点で、〈ダニエル・J・モレル〉の遭難はもっとも悲劇的であり、人間の勇気と忍耐力の証左という点で、デニスの物語はもっとも勇気づけられるものである。

# 煉獄の丘

●主な登場人物

**コーク・オコナー**　元保安官。本編の主人公
**ジョー・オコナー**　コークの妻。弁護士
**ローズ**　ジョーの妹
**スティーヴィ、ジェニー、アニー**　コークの息子、娘
**ジョン・ルペール**　カジノの清掃員
**ウォリー・シャノー**　保安官
**カール・リンドストロム**　製材所の所有者
**ハロルド・ルーミス**　製材所の夜警
**ヘル・ハノーヴァー**　〈オーロラ・センティネル〉発行人
**ウェズリー・ブリッジャー**　元海軍特殊部隊員
**ジョージ・ルダック**　部族協議会議長
**アイゼイア・ブルーム**　協議会メンバー
**チャーリー・ウォレン**　オジブワ族の族長
**ヘンリー・メルー**　オジブワ族のまじない師
**マーク・オーウェン**　犯罪捜査局捜査官
**デイヴィッド・アール**　犯罪捜査局捜査官
**マーガレット・ケイ**　ＦＢＩ特別捜査官
**グレイス・フィッツジェラルド**　作家。カール・リンドストロムの妻
**スコット**　グレイスの息子
**ジョーン・ハミルトン**　環境保護主義者
**ブレット**　ジョーンの息子

# プロローグ

一九八六年十一月

天上にも地上にも、ジョン・ルペールにとって弟ほど愛する存在はいなかった。煉獄の丘《パーガトリー・リッジ》の陰に建つ小さな家で、母親の脚のあいだからビリーが滑りでてくるのを見た瞬間に、その愛は生まれた。

父親はもう死んでいた。半年ほど前にショヴェル・ポイント沖で網を引き上げているときに、突風が吹いて小さな船の舵が壊れた。船は岸から二百メートル近く離れた浅瀬に座礁《ざしょう》して、沈没した。父親は溺《おぼ》れはしなかった——救命胴衣が高波の合間に彼を浮かせていた。父親を殺したのは低体温症だった。スペリオル湖の氷のような水だった。八歳のジョン・ルペールは、死というものをよく理解できなかった。それに、悲しんでいるひまもほとんどなかった。悲嘆のあまり、母親が狂気に陥りかけていたからだ。彼女は自分の中にひきこもり、家から出ようとしなかった。そのあと、生活を支えていく役目は幼いジョン・ルペールの肩にかかってきた。

お産が始まったとき、母親のそばにいたのは彼だけだった。助けを呼びにいかせてほしいと、母親に懇願した。母親はわめきちらし、そこにいろと息子に命じた。そのあと何週間も、母親が陣痛のあいだ握りしめていた彼の腕にはそのときの傷が残っていた。お産は恐ろしかった。保安官事務所の男たちが父親の遭難を伝えにきたときよりも恐ろしかった。だが、ビリーの紫色の体が母親の子宮からしぼり出されるのを見たとき、恐怖は溶けていった。

赤ん坊を汗に濡れた母親の胸の上に置き、二人を清潔なシーツでおおって、三キロ以上離れたビーバー・ベイへ助けを呼びにいった。

ジョンの話は〈ダルース・ニュース・トリビューン〉の記事になった。英雄だと書かれた。インディアンの英雄だと。家族を知らない人間たちは、母親は酔っぱらっていたにちがいないと思った。

彼がビリーを育てた。弟に釣りを教え、野球やフットボールを教えた。頭のおかしい母親やインディアンの血のことをからかわれたときの、けんかのしかたも教えた。できるかぎり、人生の辛酸を自分が受け止めてビリーを守った。苦しいときも、自分が楯となることを許してくれた神に感謝した。

ハイスクールを卒業したあと、ジョン・ルペールは五大湖の鉱石運搬船に雇われた。仕事で煉獄の入り江《パーガトリー・コーヴ》を長期間離れなければならなかったので、彼は心配した。母親は北岸を走る道路脇のレストランでコックとして働き、安い給料をもらっていた。だが、心ここにあらずのありさまで、ちゃんとさせておくには息子たちの助けが必要だった。その重荷がビリー一人に降りかかるのが、ジョンには苦痛だった。だが、稼ぎは――そのほとんどを家に送金した――よかったし、やがてビリーだけで充分やれることがわかった。ルペールが航海から戻ってくると、スペリオル湖の岸辺に建つ家はきれいに保たれていた。必要なときにはビリーが修理をし、冷蔵庫の中身を補充し、母親を毎日定時に送り迎えした。弟の成長は早く、いろいろな面で兄とは違っていた。母親に似てほっそりとして背が高く、髪は色が濃くまっすぐで、目は焦茶色だった。そしてよく笑った。一方ルペールは、がっしりとして力が強く、まじめで無口だった。父親の家系である、カナダの運び屋（毛皮会社に雇われて物資や人員を運んだ、案内人兼船頭）の血を濃く引いていた。

五年のあいだ、ルペールは鉱石運搬船で働いて五大湖の水上を行き来し、五年のあいだ、すべてはうまくいっているように思えた。ある朝、母親がパーガトリー・コーヴの冷たい水に浮いているのを、ビリーが見つけた。事故で落ちたのか、自分で入水したのかはわからなかったが、ビリーはショックを受けた。母親の死は若い弟を重荷から解放したともいえたが、別のもので彼を縛りつけた――悲しみと罪悪感と後悔で。母親を呑みこんだ暗黒へとビリーが滑り落ちていきそうなのを見て、ルペールは

〈アルフレッド・M・ティーズデイル〉のシーズン最後の航海に弟を誘った。バッファローからダルースまでの旅。広々とした水面を眺め、晩秋の空の下をのんびりと進めば、ビリーの気も晴れるだろうと思った。

〈ティーズデイル〉は、晴れた空の下、スー・セント・マリーにある閘門《こうもん》からスペリオル湖に入った。バッファローを出航して以来、巨大な鉱石運搬船はずっと好天に恵まれていた。十一月の五大湖ではめずらしいことで、航海士として職務にあたっているときには、ジョン・ルペールは油断なく水平線を見つめていた。フィッツジェラルド海運会社の鉱石運搬船の中でもっとも古い〈ティーズデイル〉は、最後の積み荷を運んでいるところだった。ダルースで荷を降ろしたら、デトロイトへ運航して解体されることになっていた。船倉の水洩れをチェックする立場にあるルペールは、船の耐用年数はとっくに過ぎていることを知っていた。

十一月十六日の午後、〈ティーズデイル〉はキーウィノー半島をまわった。ミシガン州アッパー半島の、鉄分の多い突端部分である。穏やかな向かい風に、時速十二ノットで進んでいた。一時間もしないうちに気圧計が下がりはじめ、風が強くなってきた。夕暮れは早く来た。湖そのものから湧いてくるように見える黒い雲が水平線をおおい、たちまち空にも広がっていった。気温は十度以上下がった。船首にかかる水しぶきが手すりに凍りつき、甲板は氷まじりの波をかぶった。ガス・ホーリー船長は操舵室に上がってきて、舵手のアート・ボーデッカーと相談した。〈ティーズデイル〉は長年にわたって五大湖の嵐をくぐりぬけてきており、十五年間船長をつとめるホーリーはそれほど心配していなかった。ダルースまではあと十時間もかからないし、ボーデッカーはフィッツジェラルド海運でもピカ一の舵手だ。ホーリー船長は針路を維持するように命じ、自分の船室へ戻っていった。

八点鐘が鳴り、ジョン・ルペールは当直を終えた。操舵室には、ボーデッカーと一等航海士のオリン・グレインジがいた。弟のビリーもいて男たちの話に聞きいり、荒海での大きな船の操りかたについてボーデッカーから教えを受けていた。船首は持ち上がっては落ち、四メートル近い波の下にしばらく姿を消した。操舵室の窓には、船首からの水しぶきだけではなく雪もはりついて、ほとんどなにも見えなかった。ルペールには、弟が怯えているのがわかった。彼自身、これほどひどい嵐は経験がなかったが、ほかの二人の男たちはさんざん荒海を見てきたベテランだった。心配しているとしても、まったく顔に出してはいなかった。当直を終えたルペールは、調理室に行ってみんなにコーヒーを持ってこようと申し出た。

外に出ると、たちまち身を切るような十一月の風が襲いかかってきた。手で両目をかばいながら、船尾方向を見た。〈ティーズデイル〉の船首から船尾までは、約百八十メートルある。船倉は満杯で、軟炭二百二十一トンを積んでいる。穏やかな日に水面を進む姿は不格好で威厳のある巨大な動物のようで、堂々とした支配者に見える。だが、いま高波に船体を叩かれ、甲板を洗われている〈ティーズデイル〉を目にして、船の偉容は幻想にすぎなかったことをルペールは悟った。調理室でコーヒーをいれたあと、波しぶきを浴びないですむように、はしごを登って操舵室に戻るタイミングをはかった。それでも、顔にしぶきがかかった――だが、驚いたことに湖の冷たい水ではなかった。あまりにも風が強いのでポットの口の上に真空ができ、中の熱いコーヒーが噴きだしてきたのだった。

操舵室では、男たちが笑っていた。

「おれは下に行くよ」ジョン・ルペールは弟に言った。「来るか？」

「ああ、ここにいさせろよ」ボーデッカーが言った。「あと二、三時間でダルースに着く。こいつがいてくれると楽しいんだ、ジョン」

弟がうれしそうな顔になるのを見て、ルペールはボーデッカーにうなずいた。「だけど、エリーの売春宿のことは話さないでくれよ、いいな？」

ボーデッカーはにやにやして、金歯が明かりにきらりと光った。「もう遅いよ。話しちまった。おまえは行って少し寝ろ。ビリーのことはちゃんと面倒みてやるから」

ルペールは弟と共用の船室に戻り、ベッドにもぐりこんだ。『老人と海』を読みはじめた。それがふつうの男の話であることが気に入っていた。大海をよく知り、二、三の大切なことに誠実であろうとする男の物語。船の揺れのせいで行《ぎょう》を追うのが困難だったので、長時間は読めなかった。数分で目を閉じ、眠りに落ちた。次に目がさめるときには、ダルース港の外に錨《いかり》を下ろして入港許可を待っているだろうと思った。

どのくらいの時間がたったのかわからなかったが、船体を走る激しい衝撃音で目がさめた。そのあとに金属のきしむ音が続き、まるで苦しむ獣の長い悲鳴のようだった。船は大きく揺れ、彼は寝棚から投げだされた。警報が鳴って、ベルの打ち金から火花が散った。暗闇の中で船室の明かりのスイッチを入れたが、つかなかった。

「ビリー！」彼は叫んだ。

弟の答えはなかった。

ルペールは小さな船室をよろけながら横切り、自分の寝棚の上のラックから救命胴衣を必死でつかみとった。次にビリーの分もとった。掛け釘からピーコートをひったくって上へ向かった。ボーデッカーの約束を思い出した——ビリーのことはちゃんと面倒みてやるから——ころげるように甲板昇降口に出てはしごに向かいながら、その言葉にしがみついた。上甲板に着くと、ほかの部分は真っ暗なのに船尾だけに皓々と明かりがついていた。彼は希望を持った——だがそれも、なにが起きているのかがわかるまでだった。〈ティーズデイル〉の中央が、まるでまんなかで折り曲げられたトランプのカードのように持ち上がりはじめた。彼の目の前で、三センチ近い厚みのある甲板の鋼鉄が右舷から左舷に向かって裂けはじめ、その音が風の咆哮《ほうこう》すら圧して響きわたった。火花が夜の中に花火のように散り、灰色の蒸気の雲がもうもうと噴き出してきた。〈ティーズデイル〉は真っ二つに折れ、ルペールは恐ろしさに息を呑んだ。

「ビリー！」彼は叫んで、暗い操舵室へのはしごを駆けのぼった。

オリン・グレインジが無線にとりついて狂ったようにわめき、通じない機械で送信しようとしていた。ルペールはその肩をつかんだ。

「ビリーはどこだ？」

グレインジは彼の手を払いのけた。ルペールは相手をつかんで自分のほうに向かせた。「ビリーはどこだ、おい！」

「ボーデッカーと船尾のほうへ行った」グレインジはどなり、また無線に向きなおった。

ルペールは明るい船尾に向かった。二番ハッチと三番ハッチのあいだで、救命ボートにむらがっている男たちの横を通った。その中には船長もいた。

「どこへ行くんだ、ルペール？」ホーリー船長は叫んだ。

「弟が。船尾のどこかにいる」

「いまは行けない」ボーリーは彼の腕をつかんだ。「ボートに乗れ」

ルペールは身をもぎ離して走った。

甲板が裂けた場所に近づいたとたん、恐怖で足がすくんだ。〈ティーズデイル〉の切り離された船尾が、まだ動いているスクリューによって前に押され、持ち上がったのだ。一瞬、船尾の切断面が自分の立っている甲板にのしかかってきて、押しつぶされるのではないかと思った。照明の光で、切断された船倉の開口部が見えた。炎と蒸気の渦があふれ、まるで地獄の入り口のようだった。自分は死ぬと確信した、完全に冷静な瞬間が過ぎた。そのとき、船尾の明るい窓の一つに、一人で立っているビリーのシルエットが見えた。見えたと思った。

すると、船尾は右舷方向に向きを変えた。ルペールが凝視する前をゆっくりと通り過ぎ、死に場所へ這《は》いずっていく獣のように夜と嵐の中へ向かっていった。

「ビリー！」彼はむなしく叫んだ。「ビリー！　こっちだ、ビリー！」

傾く船体の端で、ルペールはよろめいた。船は深みへと沈んでいこうとしていた。何本もの手が彼を引き戻し、救命ボートに乗りこもうともがいている五、六人の男たちといつのまにか一緒にいた。ルペールはなにも考えられないままに動き、急角度で傾く甲板の上で足は滑った。古い貨物船の例にもれず、〈ティーズデイル〉の救命ボートは重すぎて人力では着水させられなかった。船が沈むとき、甲板から離れて浮くように設計されていたのだ。しかし、船首が空をさして持ち上がったとき、ボートはふいに自由になり、甲板をころがるように水面に落ちた。一瞬後に、ジョン・ルペールもあとを追った。

氷のような水に呼吸が止まり、無慈悲に圧迫された全身がたちまちのうちに痙攣《けいれん》した。波に持ち上げられ、傾いた船体に叩きつけられた。彼はけんめいに金属の外板を押しやり、次の波に乗って、沈む船首部分から離れようと必死で泳いだ。頭を上げると、すぐそばに救命ボートがあった。〈ティーズデイル〉のもう一人の舵手であるスキップ・ジョーゲンソンが、端から身を乗り出して手をのばした。ルペールは波と闘った。指がボートに触れた。ジョーゲンソンは彼のピーコートの襟をつかんで引き上げてくれた。ルペールは、うつぶせになったボイラー係のピート・スワンソンの上に倒れかかった。スワンソンは、ボートの中央に横たわったまま動かなかった。彼の持ち場は機関室で、船室はビリーが行った船尾にあった。ルペールはボイラー係を揺り動かし、風と波の音に負けまいと叫んだ。

「弟はどこだ？　弟を見なかったか？」

スワンソンは激しく震えており、顔は幽霊のように真っ青だった。なにか言おうとしたが、声が出てこないようだった。ルペールは彼の口もとにかがみこんだ。

「おれが吹っ飛ばした」スワンソンはかすれた声で言った。「おれが吹っ飛ばした」

「ビリーはどうした？」ルペールは相手の耳にどなった。

スワンソンは、まるでルペールが見えていないかのようにぽかんとして、同じ言葉を繰り返すだけだった——「おれが吹っ飛ばした」——何度も何度も。

暗闇に向かってほかの仲間はいないかと呼びかけていたジョーゲンソンが、あきらめてがっくりとルペールの隣にすわりこんだ。「ほかには誰も見えなかった」彼は言った。「誰一人」

嵐が救命ボートを〈ティーズデイル〉の船首から遠くへ押し流した。ルペールとジョーゲンソンは、広大な暗い水の下へと沈んでいく鉱石運搬船の最期を見守った。そのあと、ジョン・ルペールは横になって号泣し、「ビリー」と叫びつづけた。彼の祖先がキチガミと呼んだ巨大な湖のまんなかで、ちっぽけなボートにすがりながら。

# 1

頭のそばで鼻をすする音がして、コーコラン・オコナーはたちまち眠りからさめた。目を開けると、六歳の息子の顔がすぐそばにあった。

「こわいの」スティーヴィが言った。

コークは片腕を立てて上半身を起こした。「なにがだい？」

「なんか聞こえたの」

「どこで？ 自分の部屋で？」

 スティーヴィはうなずいた。

「じゃあ、見にいこう」

ジョーがこちらを向いた。「どうしたの？」

「スティーヴィがなにか聞こえたと言うんだ」コークは妻にささやいた。「見てくるよ。寝ていてくれ」

「いま何時？」

コークはスタンドの上のラジオ時計を見た。「五時だ」

「わたしが行くわ」

「もう少し寝ていろよ」

「んんん」彼女はかすかにほほえんで、寝返りをうつと夢の中へ戻っていった。

コークは息子の手をとり、二人で廊下の先の、ナイトスタンドがやわらかな光を投げかけているスティーヴィの部屋へ向かった。

「音はどこでした？」

スティーヴィは窓のほうを指さした。

「どれどれ」

コークはひざまずいてブラインドの隙間からのぞきこんだ。ミネソタ州オーロラの町が、射しそめる朝の光に浮かびあがっていた。風はほとんどなく、コークの家の裏庭の楡《にれ》も葉を揺らしてはいない。通りのずっと向こうで、バーネット家の犬のボガートが数回吠え、また静かになった。気になるのは、そよ風が運んでくる鼻をつく木の燃える臭いだけだ。北部全体で起きている、森林火災による煙の臭い。今年の夏は早く来た。夏が運んできた乾燥した暑さと旱魃《かんばつ》のせいで下生えが枯れ、草原の火災が心配な状況になった。各地の湖の水位は百年ぶりの低さにまで下がった。川はすりきれた糸のように細くなり、流れなくなった浅い水たまりでは、住みかが急速に消えていく中で魚が激しくはねていた。火災は、六月の中旬に始まった。いまは七月末に近いが、森はまだ燃えている。一つが鎮火すると別の場所で二つの火災が発生した。昼夜、空には煙と燃える木の臭いが充満していた。

「まだ聞こえる?」コークは尋ねた。

隣にひざまずいているスティーヴィは首を振った。

「きっと、早起きの小鳥だろう」コークは言った。

「虫を探してたんだね」スティーヴィはにっこりした。

「ああ。きっと捕まえたんだよ。さあ、また眠れるか?」

「うん」

「よし。おいで」

コークは息子をベッドに寝かしつけると、窓のそばの椅子にすわった。スティーヴィはしばらく父親を見ていた。彼の目は濃い茶色で、アニシナーベ族の血を受け継いだ目だった。ゆっくりと、その目が閉じられていった。

コークの息子はいつも眠りが浅く、夜の物音でかんたんに目をさますので、一家の生活の面倒ごとの一つになっていた。オコナー家の子どもたちで常夜灯を必要としたのは、スティーヴィだけだった。コークは自分を責めていた。スティーヴィが小さくてクローゼットやベッドの下の暗闇が大きく恐ろしいものになりはじめたころ、コークは息子と想像の怪物のあいだにつねに立っていてやることができなかった。怪物が現実となり、それがコーク自身だったときも何度かあったのを、自覚していた。最近、アニシナーベ族の伝統的な結婚式の終わりに唱えられる言葉について、彼はよく考えた。

これよりあなたたちは同じ火を囲む。
服を一緒に吊るす。
お互いに助けあう。
同じ道を歩く。
お互いの面倒を見る。
相手に優しくありなさい。
子どもたちにやさしくありなさい。

この単純な教えを、彼は注意深く守ってきたとはいえなかった。だが、人間は変わることができる。息子が夢に戻っていくのを見守りながら、コークは誓った——毎朝のようにそうするのだが——もっといい人間になれるようにがんばる、と。
夢見るスティーヴィを残して出ていくころには、朝日が廊下の端にある窓のカーテンをあかあかと照らしていた。ベッドに戻ってもう少し寝ようかと思ったが、バスルームに行くことにした。シャワーを浴びてひげを剃り、アフターシェーブ・ローションをつけて、鏡の中の自分を念入りに眺めた。

コーコラン・リーアム・オコナーは四十七歳になる。アイルランド人とオジブワ・アニシナーベ族の血を引き、身長百八十センチ、体重七十九キロ、目は茶色だ。赤褐色の髪は薄くなりかけていて、歯並びは少し曲がっている。軽いにきびに悩んでおり、処方された軟膏を塗っている。じめじめした日には、二度脱臼した左肩の関節が痛むことが多い。自分をハンサムだとは思わないが、そう思ってくれる人々はいるようだ。総じて、鏡の中から見かえしている顔は、幸せになろうとしてけんめいにもがき、どうやらなれそうだと思っている男のものだった。

腰にタオルを巻いて寝室に戻った。ラジオ時計の目ざましがついて、ブールのクラシック専門局が流すビバルディの『四季』を奏でていた。コークはドレッサーの引き出しを開け、黒いシルクのボクサーパンツを出した。

ジョーが身動きした。大きな吐息をもらしたが、まだ目は閉じたままだった。彼にかけた声は眠そうで、遠くから聞こえてくるようだった。

「スティーヴィは大丈夫？」

「ああ」

「また新しい火事よ。サガナガ湖の近くの国境湖沼地帯《バウンダリー・ウォーターズ》で」彼女はあくびをした。

「いまニュースで言っていたの」

「へえ？」

「それでね、火事を起こしたのは煙草産業のロビイストで、花火をしていたんですって。バウンダリー・ウォーターズでよ――信じられる？」

「相当な罰金をくらうだろうよ」

「煙草産業に雇われた弁護士よ。ポケットマネーで払えるわ」室内は静かだった。通りの先でまたボガートが吠えはじめた。「あなたがわたしを見ているのがわかる」

「ほかには？」

「〈オールド・スパイス〉の香り」

「あとはなにか？」

「そうね、きっと黒いシルクのボクサーパンツをはいたところだわ」

「たいした探偵になれたにちがいないな」彼はベッドにすわってかがみこみ、ジョーの肩にキスした。

「ラジオが鳴るまで夢を見ていたの」彼女は夫のほうを向いて、目を開けた。

「なんの夢？」

「飛ぼうとしていたの、あなたとわたし。ペダルをこがなくちゃならない飛行機で。でもどういうわけか、離陸できなかったの」

コークは手をのばして、彼女の頬《ほお》からプラチナブロンドの髪を払いのけた。

ジョーは手を上げて、彼の胸を下になでた。「あなた、いい匂いがする」

「〈オールド・スパイス〉だよ。きみの好みは庶民的だな」

「あら、だからあなたは幸運だったのよ」

彼はジョーの唇の上にかがみこんだ。彼女はキスを許したが、口は閉じたままだった。「わたし、汗くさいわ。五分待って」ジョーはベッドから滑りでた。グレーのタンクトップと白いコットンのパンティ。寝るときはいつもこのスタイルだ。「わたし抜きでなにも始めないでね」なまめかしくほほえむと、ドアから出ていった。

コークはベッドのカバーをはいでシーツを直し、枕をととのえた。そして、横になって待った。寝室の窓は開いている。ボガートが吠えるのをやめたので、いま聞こえるのは前庭の大きな楓《かえで》にとまっているナゲキバトの鳴き声だけだ。北部森林地帯の奥深く、アイアン山脈《レンジ》のぎざぎざの端に位置するミネソタ州オーロラは、まだ目ざめていない。この時間が、一日の中でコークはいちばん好きだった。じっさいには見えなくとも、町全体の様子を完璧に思い描くことができる。グズベリー・レーンの家並みに、バターがパンケーキの上を流れるように陽光が射している。通りは無人で清潔だ。こんな静かな朝のアイアン湖の水面は、磨かれた鋼鉄のように硬く見える。

この場所を、どれほど愛していることか。

そして、いま体に巻いた金色のタオルを胸元で留めて戸口に立っている女も、彼はふたたび愛しはじめていた。ジョーの髪は濡れていた。薄青の目は大きく見開かれ、きらきらと輝いていた。彼女はドアをロックした。

「あまり時間がないわ」ジョーはささやいた。「スティーヴィが身動きしているのが聞こえたの」

「多くのことをわずかな時間に詰めこむことにかけては、おれたちはベテランだ」

彼はにやりとして大きく腕を広げた。

そのとき爆発音がとどろいて、二人はなにも始められなくなった。家じゅうが揺れ、窓ががたがたと震動した。ナゲキバトの鳴き声がやんだ。怯えて黙りこんだか、逃げ去ったのだろう。

「驚いた」コークは言った。「いまのはなんだ？」

ジョーは青い目を光らせて彼を見た。「大地が揺れたわ。わたしたち、なにもしていないのに」横目で窓を見た。「ソニックブームかしら？」

「このへんを超音速機が飛ぶか？」

寝室のドアの向こうの廊下から声がして、それからノックがあった。

「ジョー？　コーク？」

「ちょっと待って、ローズ」彼女はコークに投げキスを送った。「またね」クローゼットへ行って、ドアの掛け釘からローブをとった。

コークは急いでシルクのボクサーパンツからジョギングパンツに着替えて、窓の前に立った。オーロラの家並みの北方を見ると、町の境界の向こうに濃く黒い煙が上がっていた。地上近くでは風がなく、煙はまっすぐ百メートルほど上がったあと、高い気流にぶつかって東に広がり、アイアン湖上へと流れている。遠くの森林火災のかすみのせいで、空は白みがかった青だ。その空を背景に、近くの火事からの煙は未精製の石油のように黒い。

背後で、ドアのロックをはずす音がした。スティーヴィを従えて、ローズが入ってきた。

「なんだか知らないけれど、よくないことのようね」ローズは、ベージュ色のシェニール織りのローブを太いウェストにぎゅっとかきあわせ、そばかすのあるぽっちゃりとした手をポケットに入れていた。彼女はジョーの妹で、もう十五年以上オコナー家の一員だった。

スティーヴィが父親に駆け寄ってきた。「なんかが爆発したよ」

「そうらしいな」コークは息子に腕をまわし、女たちを窓の前に手招きした。四人はそこにかたまって立ち、湖の上に広がる巨大な煙の雲を見つめた。オーロラに一つだけある消防署のサイレンが鳴りはじめ、消火作業へのボランティアの参加を呼びかけた。

「煙の上がった方角を見ただろう？」彼はジョーをふりかえった。「きみもおれと同じ考えか？」

心配そうな表情から、同じ考えであることがわかった。ジョーは背筋を伸ばして、窓に背を向けた。「行ったほうがよさそうだわ」

「一緒に行こう」コークは服をとるためにドレッサーのほうへ歩きだした。

「コーク」ジョーは彼の腕にそっと手を置いて引き止めた。「わたしには守るべき依頼人がいるのよ。あそこに行く必要がある。でも、あなたが行く理由はないわ。もう保安官じゃないんだから」事実を思い出させる最後のひとことを、彼女はいやいや口にしたようだった。いまになっても、まだ彼が傷つくのを恐れているかのように。

彼は雄々しく笑ってみせた。「じゃあ、病的な好奇心のせいにでもしておくさ」

## 2

〈リンドストロム挽き材・合板製材所〉は、スペリオル国有林のすぐそばの百五十平方キロメートル近い開拓地にある。グラインドストーン湖という小さな楕円《だえん》形の湖の岸に、堂々とそびえ立っている。通常、その製材所の煙は窯《かま》と煙突から出るものだけだ。しかし、コークが古い赤のブロンコに乗って郡道八号線沿いの松林から出ると、敷地をおおう煙の渦は、構内に停めた伐採搬出用トレーラーと、その先の建物の焼け跡から上がっているのがはっきりと見えた。

製材所のゲートで、エド・マクダーモット保安官助手がコークを止め、運転席のドアからのぞきこんだ。

「エド」コークは保安官助手に呼びかけた。

「おはよう、コーク」

「なにが起きたんだ？」

「でかいプロパンガスのボンベがぶっ飛んで、火事になったんだ。もう、マレイの部下たちがほとんど消し止めたよ。このカラカラ天気じゃ、森に広がらないですんでよかった」

「入ってもかまわないか？」

「どうぞ。保安官はあそこの材木の山のところにいる」彼はコークの横に視線を移し、軽く会釈した。「どうも、ミセス・オコナー」

ドアにタマラック郡保安官事務所の記章がついたランドクルーザーの隣に、コークはブロンコを停めた。ジョーも一緒に降りた。

ウォリー・シャノー保安官は、製材を待つ松の丸太の巨大な山のそばに立っていた。背の高い男で、若いときには伐《き》りだされた材木と同じくらい頑丈だった。だが、いまは齢《よわい》六十を越えた。高い背丈はかすかに曲がり、ひょろ長い顔には時が深く影を落として、憑かれたようなやつれた表情が浮かんでいる。コークとジョーをちらりと見たとき、その灰色の目には疲労がうかがえた。

「爆発音を聞いたんだ」コークは言った。

「ブラジルでだって聞こえただろうよ。おはよう、ジョー」保安官は彼女にいかめしく唇をすぼめてみせた。彼にしてみれば、せいいっぱいの微笑らしかった。

「なにが起きたんだ？」

「マレイに聞いてくれ」

オーロラの消防署長アルフレッド・マレイと、町に配属されているたった三人の有給の消防士のうちの一人が、黄色いポンプ車からこちらへ歩いてくるところだった。ポンプ車は、トレーラーが積んでいる材木を舐《な》めている最後の炎に水をかけていた。マレイはゴムでおおわれた黒い消防士の服を着て黒いブーツをはき、〈署長《チーフ》〉と記された黄色い帽子をかぶっていた。

「あと二、三分で全部消えそうだ」彼はシャノーに告げた。

「なにが起きたんだ、アルフ?」コークは尋ねた。

「それがな……」マレイは明言を避けたい様子だった。「じつのところ、最初はLPガスのタンクが爆発したと思ったんだ。それであの古い備品置き場が破壊されて、ほかのところが火事になった。火の粉がトレーラーに飛んで材木に燃え移り、運転台も丸焦げになったんだろうとな」

「最初は?」

「ああ」

「あとでは?」

コークに答えるかわりに、マレイは製材所のゲートからこちらへ向かってくる濃紺のフォード・エクスプローラーを見つめた。ホースからの水でぬかるんでいる構内を、エクスプローラーはスピードを出して走ってきた。コークのブロンコの隣に止まると、カール・リンドストロムが降りてきた。

正式の名前は、カール・マグナス・リンドストロム三世という。製材所は彼のものだった。もともとは彼の父親、祖父、さらにその先の代にまでさかのぼる所有者だった。かつて、ミシガン州アッパー半島、ウィスコンシン州北部、ミネソタ州に広がっていたリンドストロム帝国には、このような製材所が十以上あった。だが、資源の枯渇と安い輸入材の増加と、カール・マグナス・リンドストロム二世の放蕩三昧《ざんまい》の生活のおかげで、現在残っているのはここだけだった。

三十代終わりのリンドストロムは背の高いすらりとした男で、薄くなりはじめた金髪を短くシャープなミリタリーカットにしている。身のこなしもかたくるしい軍隊風で、それは海軍士官学校《アナポリス》を出て八年間従軍したためだった。コークは何度か言葉をかわしたことがあり、リンドストロムの話しぶりは快活で要を得ていた。いくらか弱々しさを感じるところは眉だけで、金色で細いので額にはりついた優美な羽のように見えた。ほんとうはどんな人間なのか、コークには想像するしかなかった。リンドストロムのことをほとんど知らないからで、どうやら誰もリンドストロムのことはよくわからないらしかった。彼はオーロラの出身ではない。リンドストロム家の人間はつねに不在地主のようで、シカゴのオフィスから製材所の経営について指示を送ってくるだけだった。カール・リンドストロムは、二、三ヵ月前にアイアン湖のほとりへ家族とともに引っ越してきた。彼について人々が知っているのは、製材所の操業を続けて、タマラック郡の大勢の労働者を雇っているということくらいだった。

「けが人は?」リンドストロムが尋ねた。

「さいわい、誰もいなかった」シャノーが答えた。「ここにいたのは夜警のハロルド・ルーミスだけだ。爆発が起きたときには製材所の反対側にいて、すぐに通報してきましたよ」

「彼はなにか見たんですか?」

「ハロルドが?」シャノーはいかめしい口調で聞きかえした。「彼は七十二歳ですよ、ミスター・リンドストロム。目をさましているときでさえ、たいしたことは見ていないだろう」

リンドストロムは彼らから離れて、少し先に落ちているすすけた金属片に近づいた。足を止めて、それを拾い上げようとした。「なにが起きたのか、わかったことはあるんですか?」

「触れないで」シャノーは警告した。

リンドストロムは保安官のほうを見た。「まだ熱いんですか?」

「証拠だからです」

「証拠?」リンドストロムはさっと身を起こした。「あなたは、わたしの問いになに

「まだはっきりはしていません」シャノーはコークを見た。「爆発現場に立ち会ったことは？　シカゴではあったんじゃないか？」

「野次馬を整理しただけだよ、ウォリー。これが爆弾だと思うのか？」

「アルフは確信している。それに、きみの考えも近いんじゃないか？　そうでなければ、なぜきみとジョーはここへ来た？　あの古いストローブ松を伐採する件での大騒ぎで、なにかが起きるのは時間の問題だとわたしは思っていたんだ」

リンドストロムは消防署長に向きなおった。「爆弾だったんですか？」

アルフ・マレイは炎と煙のほうを見た。「そう、あなたが来る前に言っていたんだが、最初おれはLPガスのボンベが爆発して火事になったと思ったんですよ。みんなが聞いた大きな爆発音はそれだと。大きな悪い狼がわらの小屋を吹き飛ばしたみたいに、備品置き場を吹き飛ばした。ありそうなことに思えたんです、ボンベが最初にボンといってほかの火事が続いて起きたというのは。ただ、ああいったボンベはかなり安全でね。ひとりでに爆発したというのは聞いたことがない。だから、ほかを見てまわったら、トレーラーの運転台の下の地面に、小さなクレーターができていましてね。運転台のガソリンタンクに火がついたらかなりの炎が上がるが、そのクレーターの説明はつかない。地面にあんな跡をつけるもので考えられるのは、ある種の爆破装置だけだ。たぶん、運転台の下部に取りつけられていたんでしょう。だから、ぜったいそうだってわけじゃないが、爆弾だと仮定すると、最初にそれが爆発して、そのせいでほかの火事が起きたんじゃないかと思いますね」

一瞬ののち、全員の目がジョーのほうに向いた。彼女はなにも言わなかったが、コークは妻が身を固くして防御に備えるのを感じた。

「もちろん、おれは専門家じゃない」消防署長は急いでつけくわえた。「だいたいは、住宅火災や野っぱらの火事を相手にしているんだから。この手の仕事をわきまえた人間をウォリーが呼んでくるまで、確かなことは言えませんよ」

シャノーは長い指であごをこすった。「もうＢＣＡに連絡した」ＢＣＡとは、ミネソタ州版ＦＢＩである犯罪捜査局のことだ。

破壊された備品置き場の反対側に、ヘル・ハノーヴァーがいることにコークは気づいた。ヘルムート・ハノーヴァーは週刊〈オーロラ・センティネル〉の発行人兼編集人だ。右脚の下半分をベトナムで地雷によって失い、その過去を、だんだん不自由になっていく足を引きずることで示してきた。若いときに禿げて、残ったわずかな髪を短く刈りこんでいるので、朝日の中で彼のむきだしの白い頭を見たコークは、砂漠のコンドルですら見向きもしない頭蓋骨を連想した。記事にはヘルム・ハノーヴァーと署名しているが、彼を好きでない人間たちには——コークもその一人だ——悪鬼《ヘル》で通っている。

ハノーヴァーはくすぶる残骸に放水している男たちの写真を撮っていた。だが、いまは遠くのフェンスぎわに停めてあったえび茶色のトーラス・ワゴンに乗りこんで、ほかの車がいる場所に来ようとしている。

リンドストロムは、ハノーヴァーが近づいてくるのに気づいていないようだった。ジョーにすべての関心を向けていた。

「この問題にかんして、われわれは相反する立場にいるが、ミズ・オコナー」羽のような眉の下から、ジョーを強い眼差しで見つめた。「わたしはつねに、平和的な解決にいたることができると信じてきた——」

「カール」ジョーはさえぎった。「あなたがこれ以上言う前に、二、三申し上げておきたいことがあります。消防署長が言ったとおり、火災の原因は特定されていないわ。彼は推測を述べただけよ。それに、署長が正しいとしても、わたしの依頼人なり、それをいうなら伐採問題であなたに反対している人間なりがかかわっていることを示す証拠は、いまのところないわ」

リンドストロムはしばらく口を閉じた。小さなメモ帳を手にしたヘル・ハノーヴァーが、なにか書きこみながら黙ってそばに立っていた。コーク以外、記者の存在を意識している者はいないようだ。

「あなたにとっては気楽なものだ、そうでしょう」とうとうリンドストロムは言った。「あなたのビジネスが脅かされているわけではない。生活がかかっているわけでもない。じつのところ、こんどのことから利益を得ているのはおそらくあなただけだろう」

「落ち着いてくれ、カール」コークは口をはさんだ。

リンドストロムは彼のほうを向いた。「いったいなぜあなたがここにいるのか、理解に苦しむね。もう保安官じゃないんだし、ここにはなんの用もないはずだ」

コークやほかの誰かが答える前に、携帯電話の執拗《しつよう》な着信音が鳴り響いた。ハノーヴァーがポケットから携帯を出して、あとずさった。耳を傾けて口を開きかけたが、通話を切った。それから、猛烈な勢いでメモ帳になにか書きなぐった。

リンドストロムはふたたびジョーに向かって言った。「これがあなたがたの欲している闘いだというなら、こっちも同じように報復しますよ」

「ミスター・リンドストロム」シャノーが言った。「そのような発言は、本意ではないと思うが」

「いったいあなたはどっちの味方なんです、保安官？」

ヘル・ハノーヴァーが、いささか満足げな顔でそばに戻ってきた。「ウォリー、さっきの電話は、この騒ぎを引き起こしたのは自分だと称する人間からだった」

「誰だ？」シャノーは鋭く聞いた。

「彼――あるいは彼女は――声を変えていたので、どちらだかわからなかったんだ――環境保護の戦士《エコ・ウォリア》と名乗っていた。〈大地の軍〉という組織の一部だそうだ。声明はこうだ」書いたメモに目を落とした。「〝祖母なる大地の神聖を侵す者は、阻止しなければならない。聖なるものへの暴力は許さない。わたしは正義の矢である〟」

「それだけか？　それで全部なんだな？　間違いないか？」シャノーは尋ねた。

「〝祖母なる大地〟」リンドストロムは冷たい視線をジョーに投げた。「あなたの依頼人がよく使う言いまわしだ、ミズ・オコナー」

「言葉を使うのは自由です、ミスター・リンドストロム」ジョーは答えた。「誰でも、好きなように使用できるわ。あるいは、誤用もできる」

「署長！」燃えた備品置き場のそばで、消防士の一人が激しい身ぶりで手招きした。「保安官も、来てください！」

全員がマレイについて備品置き場に行った。

「どうした、ボブ？」

「臭いませんか？　ここの残骸を調べたほうがよさそうだ」

斧《おの》の先で、消防士は備品置き場の黒焦げになった残骸を探り、燃え落ちた壁を引っかけて持ち上げた。

「なんてことだ」シャノーがつぶやいた。

ジョーは顔をそむけた。

上半身が現れており、皮膚のほとんどは焼けて炭化していた。その下に、内臓のような赤と紫の筋肉組織がのぞいていた。熱のせいで眼球は飛び出し、脳も後頭部からはみ出ている。唇は完全に焼けてなくなり、骸骨の笑みは暗い歓びに浸っているかのようだ。

「うぇっ」ハノーヴァーは撮影のためにカメラを持ち上げた。「これはもう、たんなる放火じゃないな」

3

コークにいわせれば、歴史とは役に立たない学問だ。物語と記憶の集合体で、しばしばねじ曲げられており、結果的に世の中の役にはまったく立っていないと思っていた。数学と科学は現実に応用することができる。文学は、啓蒙《けいもう》はされなくとも娯楽にはなる。だが、歴史は？　歴史は無益なものの研究にすぎない。なぜなら、人間は決して教訓を得ることがないからだ。何世紀にもわたって、人間は同じ残虐行為をお互いに対して、そして地球に対して繰り返してきた。変わったのは、殺戮《さつりく》の規模だけだ。

地理的な特徴によるこまかな違いは別として、タマラック郡の歴史も同じようなものだった。大氷河時代から澄みきって美しかった清流は、東からアニシナーベ族が侵入してスペリオル湖《キチガミ》沿いの森から自分たち以外の部族を放逐《ほうちく》したときに、ダコタ族の血で赤く染まった。それより血なまぐさくはなかったとはいえ、オジブワ・アニシナーベ族をわずかな保留地に囲いこんだときにも、脅しと欺瞞《ぎまん》がまかり通り、自分たちは文明化されていると自負する教育のある人々が加担した。大地の荒廃は――広大なストローブ松の森の皆伐《かいばつ》、アイアン・レンジ地方の炭鉱会社の度を越した採掘、スペリオル湖の透明な水への毒素の大量投棄も――神の計画であり、アメリカの〝明白な天命《マニフエスト・デステイニー》〟であるとして、正当化された。

良心とは、個人を蝕《むしば》む悪魔である。集団になると、人々は良心などまるでヒナギクを踏むようにぺちゃんこにしてしまう。

煙が空に上がり、北部森林地帯に残された最後のストローブ松の老成株の森を破壊しようという動きに対して、タマラック郡が戦闘態勢に入ったと思われた夏の朝、コーコラン・オコナーはそう感じた。

アニシナーベの人々は松の森をニニシューミサグ、〝われらが祖父〟と呼んでいた。九百平方キロメートル以上の広さがあり、すべての木が三十メートルを超える高さで、幹の直径は一メートル半近い。何本かは、少なくとも樹齢三百年といわれている。アニシナーベ族にとっては、神聖なものだ。何世代にもわたり、アイアン・レイク保留地のオジブワ族の若者たちは〝われらが祖父〟の庇護を求め、夢による幻視によって成人男子へと導かれる断食の儀式《ギイグウイシモウイン》を、老木に見守られて行なってきた。多くはリンドストロムに雇われて森をならしてきた男たちの貪欲《どんよく》なのこぎりから、偉大な木々がいかにして逃れてきたのかは、ちょっとした謎だった。オジブワ族の老いたまじない師ヘンリー・メルーは、森の小さな精霊《マニドーンサグ》によって守護されてきたと言っていた。コークはメルーのすばらしい知恵に深い敬意を払っているが、木々が残ってきたことにはもう少し現実的な別の説明を聞いていた。伐採ブームの初期のころ、材木会社は伐採権を取得する前に鑑定人を雇い、森を調査して伐採量の見積もりを報告させていた。長年にわたり、ミネソタ州でリンドストロムの製材所のためにその仕事をしていたのは、エドワード・オラフだった。彼はスウェーデン人とオジブワ族の混血だった。〝われらが祖父〟がアニシナーベ族にとってどれほど大切か、よく知っていた彼は、その地域についての報告を偽り、ストローブ松の森が伐採されないようにしたのだ。

農務省林野部のくわしい調査のおかげで、リンドストロムの経営者たちが〝われらが祖父〟の存在に気づいたころには、森は国有林の一部に指定され、もはや伐ることはできなくなっていた。規制は何十年も続いたが、一九九五年にクリントン大統領が法制化の議案に署名した結果、〈エネルギー回収木材売却計画〉が生まれた。法律は老成株の多い公有の森への扉を開き、その中には〝われらが祖父〟も含まれていた。カール・リンドストロムの会社はただちにストローブ松の森の伐採権に入札し、権利を得た。

〝われらが祖父〟の苦境によって、森を救うのに熱心な異質の団体が共闘することになった。シエラ・クラブ、自然保護審議会、アース・ファースト、オジブワ族アイアン・レイク・バンド（保留地内における政府公認の行政単位）、それにいくつかのほかの組織や個人が、伐採計画に反対するためにオーロラまでやってきた。法廷闘争は、これまでのところ伐採の開始を阻止してきた。法律的な側面について、アニシナーベ族の声を代表したのはジョー・オコナーだった。議論はすでに終わり、セント・ポールの連邦判事が早期の裁定を約束した。張りつめた静寂の中、数人の環境保護主義者が声明を発表し、伐採者側に有利な判決が出ても、〝われらが祖父〟を守るためにしなければならないことは躊躇《ちゅうちょ》せず行なうと宣言していた。ミネソタ州オーロラは、開戦前夜のような雰囲気だった。そしていま、ついに戦死者が出はじめたように見えた。

「あそこではあまりしゃべらなかったね」オーロラへ戻る車の中で、コークは言った。

ジョーは窓の外を向いて、赤松と下藪《したやぶ》の見慣れた景色を見つめていた。「あまり言うことがなかったのよ。オジブワ族がわたしの依頼人だから、いまの時点では黙っているほうがいいと思ったの」

「依頼人のしわざだとは思わないんだね？」

「もちろんよ。あなたは思うの？」

「いや」

ジョーはうんざりしたように一声うなった。「ヘルム・ハノーヴァーときたら」

「やつがどうした？」

「死体を見たときの彼の顔を見た？　まるでハゲタカだったわ」

「ああ、おれがあのヘルをどう思っているかは知っているだろう」

友人だったことは一度もなく、友情らしきものを感じたことも一度もないが、コークはヘルムート・ハノーヴァーを子どものころから知っていた。ハノーヴァーの父親は〈オーロラ・センティネル〉の発行人兼編集人で、父の死後ヘルムが引き継いだ。父親は論争好きの自由思想家で、自治と社会哲学の信奉者だった。フランクリン・ローズヴェルトを憎み、トルーマンを崇め、アイゼンハウアーを愚弄し、活字にはしなかったがこう言うのを好んだ――ＪＦＫは〈ただのくそガキ《ジャスト・ア・ファッキング・キッド》〉の頭文字だと。地元では、彼の政治的意見はあまり意味がなかった。たとえば、鹿狩りの腕がいいといった、政策とはまったく無縁の理由で候補者を支持することもしばしばで、同様にばかげた理由で支持を控えることもあった――候補者の犬がやかましいという理由だった。一人っ子のヘルムは、物静かで頭のいい、思いやりのある少年だった。一九六八年に徴兵されて、ベトナムへ送られた。多くの帰還兵と同様に、彼も暗く永久に変貌して戻ってきた。肉体的には、右足のほとんどが義足になっていた。精神的には辛辣《しんらつ》になり、それは彼の顔に、やがては書く記事にもあらわれるようになった。どのような政府にも深い不信感を抱き、とくに連邦政府を憎悪していた。完全に無益であり、自己保身に走った臆病で愚かな政治家の落ち度である戦争で、自分の体の一部を犠牲にした連邦政府を。アイアン・レンジ地方では、戦争や政治家について彼のような考えを持つ者はめずらしくはなかった。賢い発行人であるヘルムは、〈センティネル〉の紙面をタマラック郡の人々や行事の報道に割《さ》き、名前の綴《つづ》りを間違えることもなく、教会の集まりからソフトボールの試合まで、どんな小さなイベントも洩らさないようにつとめていた。しかし、論説面はまるで曲射砲のように使った。保安官在職中に、コークは何度もハノーヴァーに砲火を浴びせられた。それで、コークはずっと前に辛辣な記者をヘルと呼ぶ人々の仲間入りをしていた。

一年半ほど前に、コークはハノーヴァーと〈ミネソタ市民旅団〉と呼ばれる武装組織との関係を暴いた。組織が非合法的に武器を調達しているとコークは確信していたが、〈旅団〉のメンバーが告発されることはなかった。証拠の欠落もその一因で、武器は何一つ発見されなかった。だが、〈旅団〉の反政府的なイデオロギーに対して、アイアン・レンジ地方の人々がまったく共感しないわけではなかったということも、告発に至らなかった一因だった。もうずっと、〈旅団〉は鳴りをひそめていた。関係各局は——現時点ではおもにタマラック郡当局だが——地域の法執行機関にきびしく調べられた結果、組織は解散せざるをえなかったのではないかという、公式見解を出していた。しかし、コークの考えは違った。読んだことがある。考古学者が不用意に掘ったためにふたたび活性化した疫病の細菌について、〈旅団〉についても、同じようなものだと考えていた。たんに地下に潜っただけで、前と変わらないまがまがしい目的を抱いて、また地上にあらわれる機会をうかがっているのだろうと。

コークの腹が鳴った。「きみは腹がへっていないだろうね？」

「え？」ジョーは驚いた。「あれを見たあとで？　どうしたら、あのあとおなかがすくなんてことがあるの？」

「わからない。とにかく、空腹なんだ」嫌悪を感じたように、彼女が身を引く気配がした。「なあ、ジョー、シカゴで新米警官だったころ、最初のパートナーだったやつ――デューク・ラナムだよ、覚えているか？　――デュークは言ったんだ。初めて死体を見たあと、おれが示す反応は二つあると。腹がすくか、セックスをしたくなるかだと。彼によると、それは無意識に生命を肯定しようとしているんだそうだ。おれにわかるのは、彼は正しかったということだよ。だからいま、空腹なんだ」

「そう、もう一つのほうの反応でなくてよかったわ」

「きみは大丈夫か？」

「焼死した人を見たのは初めてなの」

コークは目の上に手をかざして、まぶしい朝日をさえぎった。「それが死因だと決まったわけじゃない。司法解剖をしないとはっきりはしないよ」

「誰なのかしら」

「誰だったのかだ。リンドストロムと夜警のハロルド・ルーミスの話では、誰もいなかったはずだ。おれがウォリー・シャノーの立場なら、誰であれ自分で仕掛けた爆弾の犠牲になったんだと思う。もし、爆弾ならだが」

「あなたがシャノーの立場ならね」ジョーは彼を見て、すばやく目をそらした。「噂《うわさ》を聞いたわ。ウォリー・シャノーは次の秋の選挙には立たないそうね」

「おれもそう聞いた」

「立候補を考えているの？」

「まだあまりじっくり考えてはいないんだ、ジョー」

車は町の端に近づいていた。製材所のほうへ向かうたくさんの車が、反対車線を走っていく。朝一番のシフトの男たちの車もまじっているだろう。あとは、野次馬にちがいない。

「でも、そのことを考えてはいるのね？」

「まあね」

「あなたは楽しい？　つまり、〈サムの店〉をやっていて？」

車はセンター・ストリートに入った。オーロラは目ざめはじめている。人々が歩道を忙しげに歩き、通りには車がつながっている。「正直なところ、けさは自分がシャノーの立場でなくてよかったと思ったよ」

車はグズベリー・レーンの家の私道に止まった。ジョーはすぐには降りずに、尋ねた。「立候補を真剣に考えているのなら、教えてくれる？」

「二人で相談しよう」

「わたしのお願いはそれだけよ」


歴史。人が揺りかごから墓場まで同じところで暮らせるオーロラのような場所では、歴史はすべて自分の周囲にあり、風に舞う古新聞のようにふいに襲ってくる。

朝食をとろうと〈ジョニーのパインウッド・ブロイラー〉に入っていったとき、コークは強くそれを感じた。熱い鉄板の匂いをかぐと、人生の別の時間の空気をかいだような気がした。

「やあ。いま行くよ」カウンターのスツールにすわると、ジョニー・パップがにっこりした。

ジョニー・パップは第一世代のギリシャ移民で、コークが新聞配達で稼いだこづかいでミルクシェイクを買えるようになったころから、〈ブロイラー〉をやっていた。

コークの人生において、〈ブロイラー〉でのひとときは日常の一部だった。だが、一年半前に、彼の日常は大きく変わった。

「驚いたな」カウンターに寄りかかって、ジョニーは言った。「あんたがここに来たのは——そうだ、モリーが死んで以来だ」口をすべらしたとたんに、ジョニーは後悔した顔になった。

「ああ、モリーが死んで以来、来ていなかった」コークは認めた。

一瞬、ジョニーはぎごちない間を置いた。コークのいまの家庭の事情を考えていたのだろう。だが、うまくかわした。〈ブロイラー〉の窓の外の遠い空に向かってうなずき、こう言った。「けさの爆発の音はすごかったな。環境保護主義者たちが、とうとうリンドストロムのところをやっつけたんだと聞いたが。なにか知っているかい？」

「行ってきたばかりだよ」

「ほんとか？　ひどかったか？」

コークの答えを聞こうとしてほかの客たちがふりかえり、〈ブロイラー〉は静かになった。

「製材所自体には、たいした被害はない。だが、死人が出た」

「まさか」ジョニーは驚いて、カウンターから身を離した。「誰だ？」

「まだ身元の確認ができていない」

「おれたちの一人か？」

「おれたち？」

「地元の人間かってことさ」

「よそから来た活動家たちじゃなくて、という意味だな？」

「そのとおり」

「言ったように、ジョニー、わからないんだ。なあ、そろそろコーヒーとパンケーキをもらえないか？」

ジョニーは、こんな恐ろしいなりゆきになったことに困惑してゆっくりと首を振り、キッチンへ向かった。

〈ブロイラー〉の常連たち――郡が雇った労働者や商店主や地元の客たち――はまた話を始めたが、話題のほとんどはリンドストロムの製材所での出来事についてだった。コークが聞いたところでは、みんな製材所側の味方だった。それは意外でもなんでもない。周囲の国有林にいろいろな面で依存している町では、資源の利用を規制するような国の法律は、のどに刺さったとげのようなものだ。スノーモービルやスポーツ汎用車の使用は、指定された道だけにきびしく制限されている。武装した猟区管理官が、狩りや釣りを厳重に管理している。木の伐採も、ワイルドライスの収穫も、野外で用を足すことさえ、法律によって縛られている。

だが、インディアンであれば話は別だ。

歴史。

白人とインディアンの対立は古くて根深い。過去からの重みがのしかかってくるのを感じながら、コークは〈ブロイラー〉をあとにした。なぜなら、タマラック郡はその対立を経験しており、それも昔のことではない。いちばん最近の争いは、ほんの二年前だ。対立の火種となったのは漁業権で、その問題をめぐって、二つの文化は十年以上もいざこざを繰り返してきた。ジョーはオジブワ族側の弁護人として法廷に立ち、彼らを勝利に導いた。一八七三年のアイアン・レイク条約は、アニシナーベ族にアイアン湖および州内のほかの湖での無制限の漁業権を与えたものだと、あらためて認めさせたのだ。連邦判事は、オジブワ族の漁師に以下の権利を宣言した。彼らが望めば、シーズン中、湖全体に対して天然資源局が定めた漁獲量のぎりぎりまでとってかまわない、ほかの釣り人たちの分を残さなくてもかまわないと。リゾート経営者たちはパニックになった。週末の釣り客たちが落とす金に収入の多くを依存しているタマラック郡の大勢の住民が、リゾート経営者たちの側についた。そして、暴力的な抗争に発展する気配が濃厚になってきた。コークはその当時保安官で、刺し網漁とヤス漁を行なおうとするオジブワ族の安全を確保する役目にあった。霧雨の降る寒い春の朝、バークの船着き場と呼ばれる場所で、対立は頂点に達した。コークは、怒った白人たちが両側に並ぶ中、インディアンの漁師たちを船まで誘導していった。ジョーは漁師たちと一緒で、コークの古い友人であるサム・ウィンター・ムーンもそこにいた。もう少しで無事に船着き場に着くところで、アーノルド・スタンリーという怯えた小男がライフルを手にしてコークの前に立ちはだかった。すべてを失ってしまうという恐怖で、われを忘れたリゾート経営者だった。彼が一発発砲し、そのあとコークははリボルバーを抜いて小男に六発撃ちこんだ。あとの三発は、スタンリーが濡れた地面に倒れ伏してから撃ったものだった。アーノルド・スタンリーの放った一発はサム・ウィンター・ムーンの心臓を引き裂いて即死させていたが、ヘル・ハノーヴァーの激昂した記事の影響もあって、タマラック郡の人々はコークのいきすぎた対応を非難した。リコール選挙が行なわれ、コークは保安官の職を失った。同時に、自尊心のほとんども失った。そして、人生のほかのすべてのものもそれを機に崩壊していった。

煙の臭いのする外に出たとき、コークは恐怖感をおぼえた。自分は——そしてタマラック郡を故郷とするすべての人々は——ふたたび、血塗られた道に踏みだそうとしているのではないだろうか。

ジョン・ルペールはだいぶ前に酒をやめているので、例の悪夢を見てもさっぱりとした気分で目がさめる。

ゆうべ、彼はその夢を見た。

# 4

夜明けの最初の光で起きだし、水泳パンツをはいてゴーグルをつけると、湖に出た。彼は毎日泳ぎ、一日ごとに距離をのばしていた。朝日が湖水を冷たい灰色の光で染めるころに出ていき、確実な泳ぎで北へ向かって、アイアン湖の中央をめざした。そこまで来ると水の色は濃く、深さは底が知れなかった。泳いだ距離を測ったことはない。彼が泳ぐのは別の理由からだった。紆余《うよ》曲折を経て、最後には復讐へと戻っていく理由だ。

その朝、ノース・ポイント岬の横に来たとき、彼は一息ついて朝日が昇るのを眺めた。もやがたちこめる空に、今日も暑そうな赤い日ざしが満ちていく。周囲の湖が血のような色に染まりはじめる。水の色に気づくと同時に、オーロラの方向から爆発音がとどろくのを聞いた。町の向こうに黒い煙の柱が上がり、蛇使いの籠《かご》から出てきた蛇のように、空へと鎌首をもたげている。だが、ジョン・ルペールはさして好奇心を感じずに眺めただけだった。原因がなんにしろ、他人ごとだ。彼の唯一の関心事は、自分の人生そのものとなった仕事のために、体を強健に保つことだ。ボランティアの消防士を呼びあつめる町のサイレンが鳴り響いたとき、ルペールは帰路に方向を転じ、血の色をした湖を家へ向かって泳ぐことに集中した。

長年にわたってひんぱんに悪夢を見てきたので、体を使う日課に集中して考えないようにすることを、彼は学んだ。その朝シャワーを浴びてひげを剃《そ》るころには、夢のことはまったく考えていなかった。しわの寄った清潔なジーンズと真っ白なシャツを着て、青いキャンバスのスリップオンシューズをはいた。朝食を準備した――レーズン入りのオートミール、バナナの輪切り、赤砂糖入りのミルク、全粒粉のトースト、オレンジジュース。アイアン湖の小さな入り江の岸に建つ静かで小さなキャビンで、一人でゆっくりと食べた。食べおわると洗いものをすませた。それから、裏口の壁に打ちつけた鉄釘に吊るしたライツの双眼鏡をとり、桟橋に出た。キャンバスの椅子に腰を下ろし、グレイス・コーヴをへだてて五百メートル近く北にある大きなログハウスを観察した。

彼自身のキャビンは簡素だ。ジョン・ルペールが六歳のとき、父親がひと夏のあいだに建てたものだった。ルペールはその夏をよく覚えている——家を作る作業、父親と一緒に働いたときの気持ち。父親はまじめな男で、無口だったが息子に声や手を上げたことは一度もなかった。キャビンは、父親が仕事に疲れたときの避難所になるはずだった。父親はスペリオル湖でサケやマスをとり、北岸の燻製《くんせい》屋に売っていた。アイアン湖で釣りをするときには、一日中釣り糸を垂れてなにも釣れなくても、まったく気にしなかった。ここでは、生計のためではない別の理由で釣りをしていたからだ。

六〇年代の終わりに父親が土地を買ったとき、地価は安かった。アイアン湖の岸辺にはまだなにもなく、とくにアイアン・レイク保留地の南になる東側はそうだった。この三十年で、事情は大きく変わった。大きなログハウスを建てるために——グレイス・コーヴの沿岸にほかの家はない——カール・リンドストロムは莫大《ばくだい》な土地代金を支払ったと、ルペールは聞いている。リンドストロムは、ルペールの土地の境界線ぎりぎりまですべてを買いとった。気前のよすぎるほどの金額でルペールの土地も買おうとしたが、彼は売ろうとしなかった。キャビンとリンドストロムの家のあいだには、樺《かば》の木やアスペンや巨大な唐檜の森があり、ブルーベリー・クリークという小川が境界線になっている。いま小川は、長い乾いた夏のせいで干上がり、泥と岩しかない。リンドストロムがグレイス・コーヴのほとんどを買い占める前、入り江は森の精《シルヴァン》という名前だった。リンドストロムが、妻の名にちなんでグレイス・コーヴと変えてしまったのだ。シルヴァンがどういう意味なのかルペールは知らなかったし、美しい入り江に優美《グレイス》という言葉が添えられるのはふさわしいと思ったが、地図にも記され、百年以上人々が記憶してきた名前を、金でかんたんに変えたことが許せなかった。

黄色い松材で建てられた大きなログハウスは、唐檜や樺の木の長い木陰に鎮座している。認めるのはいやだったが、その家の外観がルペールは好きだった。とくに、涼しい朝方に入り江の霧から抜け出るように見えるときは、夢の中の光景かと思えた。けさは、湖に霧はない。何週間もずっとそうだったように、朝の空気はすでに温まっている。湖水は完璧な鏡となってかすんだ青空を映し、本物と偽物の空のあわいを、対岸のオーロラのかなたから立ちのぼる黒く濃い煙が流れている。

息子と一緒に女が家から出てきたとき、ルペールは双眼鏡を上げて見つめた。女はセーリングの服装をしていた。白いトップにカーキ色のショーツ、キャンバスのデッキシューズ、そして長い蜂蜜色の髪に赤いサンバイザーをかぶっている。少年は薄い青のポロシャツとカットオフ・ジーンズを着て、黒いコンバースのテニスシューズをはいている。裏口のそばで女は足を止め、微笑して息子になにか言った。二人は桟橋まで走りだした。少年の走りかたはぎごちなく、優雅さに欠けていた。だが、女は息子に勝たせるつもりだとルペールは悟った。ほかの子どもたちを見かけたことはなく、男の子に友だちはいないようだった。息子と過ごす時間の長さから、女もそれを知っているのだとルペールは思っていた。彼女のせいでもあるのかもしれない。ときには、愛している人間を自分の弱さから手ひどく裏切ってしまうことがある。ルペールにはよくわかっていた。

二人は、二隻のボートが係留されている桟橋に着いた――〈アメイジング・グレイス〉という名前の高価な二十八フィートのスループ型帆船と、帆のついた小さなディンギーだ。親子はディンギーに乗りこんだ。女は船尾を指さして、少年に話を始めた。セーリングを教えているのだろう、とルペールは思った。

そのとき、背後で古い桟橋のゆるくなった板がきしむ音がした。ルペールは双眼鏡を下ろしたが、ふりむく前にナイロンのひもが首に巻かれてきつく締めつけられた。耳もとで声がした。「このあたりじゃ、白人の女をのぞくインディアン野郎はこうしてやるんだ」

ルペールは呼吸ができなかった。押しのけるようにして立ち上がり、後ろから襲ってきた男に体をぶつけた。頭に血がのぼり、耳ががんがんしている。身をもぎ離そうとしても、押さえつけてくる力が強すぎた。左足でまわし蹴りをして相手のバランスを崩そうとしたが、だめだった。視界に稲妻が走った。そのとき、巻かれたときと同じように、突然ひもがゆるんだ。ルペールは体を押されて自由になるのを感じた。

ウェズリー・ブリッジャーが大声で笑った。「おいおい、族長《チーフ》、気をつけろよ。まったく、女のおっぱいに見とれすぎていて、騎兵隊が後ろから駆けつけても気がつかないんじゃないか」

ルペールはひりひりするのどをさすった。「な――」舌がもつれそうだった。ごくりとつばを呑んだ。「なんのつもりだ、ウェス?」

ブリッジャーは桟橋に落ちた双眼鏡を取り上げ、ディンギーを観察した。「いいか、チーフ、海軍特殊部隊《SEAL》じゃ、人殺しの方法を四十以上教えてくれるんだ。この場で、あんたに対して三十以上が使えただろう。ほら」双眼鏡を返した。

ウェズリー・ブリッジャーは背が高く、ほっそりしていて贅肉は一つもない。鋼鉄のケーブルに、薄く日焼けした皮膚をかぶせたような男だった。ブリッジャーの年をルペールは知らなかったが、黒い口ひげにはいくらか白いものがまじり、ハイスクール時代にパブロ・クルーズ(七〇年代のサーフロック・バンド)を聞きながら童貞を失ったと聞いたことがある。年齢はどうでもいい。この男には、年齢とそれにともなう知恵が、決して変えていないものがあった。

ブリッジャーはひもをラングラーの尻ポケットに押しこみ、スループ船の甲板に乗りこむ女と子どもを見つめた。「なあ、チーフ、金持ちってのはおれやあんたとは違う。そう言ったのは、たしかスコット・フィッツジェラルドだったろう。自分の言っていることを、よくわかっていたやつだ。彼女をほんとに近くで見たことはあるか？　おれはずっと思っているんだ、あのおっぱいは本物なのかどうかってな。きっと本物だぜ。おっぱいをふくらますのに金を使ったんなら、ついでにあのでっかい鼻も縮めたはずだからな。ボインとデカ鼻。とんだ組み合わせだ」ルペールににやりとしてみせると、歯のあいだで銀がいくつも光った。「冷えたビールはないか？」

ルペールは、もう一度女と息子を見ていた。ブリッジャーが来て大声を出しているので、双眼鏡は脇に置いたままにしたが、その必要はなかった。女も少年もこちらのほうを見なかった。「ここにアルコールを置いていないのは知っているだろう。どのみち、飲むにはまだ早すぎる」

「うるせえぞ、おふくろ。コーラはあるか？」

「冷蔵庫の中だ」

ブリッジャーはきびすを返して、イーグルスの〈魔女のささやき〉を口笛で吹きながらキャビンへ向かった。

ルペールはキャンバスの椅子にすわりなおして、ふたたび双眼鏡を目にあてた。女は手にロープを持って、息子に結びかたを教えている。ルペールが子どものころ、父親もたぶん同じ結びかたを教えてくれた。

ブリッジャーが缶のコーラをあおりながら、桟橋に戻ってきた。もう片方の手には、ペーパーバックを持っている。

「『スペリオル・ブルー』」ブリッジャーが本を持ち上げると、光沢のある表紙が朝日に反射した。彼はディンギーに乗っている女のほうにうなずいてみせた。「あの女が書いた本だな。読んだのか？」

「ああ。それがどうした？」

「気をつけたほうがいいぞ、チーフ。みんなあんたをあの女のストーカーだと思いはじめる」

ルペールは答えなかった。ブリッジャーは冷えたコーラの缶を額にあてて、ぐるりとまわした。気温が高いので、缶はもう汗をかいていた。

「人生は皮肉に満ちていると思わないか？　つまり、あの女はここから数百メートルしか離れていないところにいるのに、あんたが誰か知らないんだ。それどころか、あんたが存在していることすら知らないんだぜ。あんたが自分を憎んでいることなんか、これっぽっちも気づいちゃいない」

「おれは彼女を憎んではいない」

「そうか？」ブリッジャーは首を振った。「あんたはおかしな野郎だよ、チーフ」彼は湖の向こうに視線を投げた。「ショーは終わりだな」

男の子が係留索をほどいていた。小さなエンジンがうなりを上げ、女は船を入り江の開口部のほうへ向けた。湖の中ほどに出たら、彼女がエンジンを止めて帆を上げることを、ルペールは知っていた。風があれば、船はあっというまに遠ざかっていく。だが、金持ちでも風に命令することはできない。

ブリッジャーは背を向けて桟橋を歩いていった。「さて。また退屈な仕事を始めるか？」

運転しているブリッジャーは、古い緑色のフォード・エコノライン・ヴァンの開いた窓に片腕をのせていた。彼らはアイアン湖の南岸沿いの州道を、オーロラをめざして走っていた。木々はほとんど常緑樹で、大気には松やにのぴりっとした匂いが漂っている。

「リンドストロムの製材所でなにが起きたか聞いたか？」ブリッジャーは風に負けまいとして叫んだ。

「いや」

「誰かがあそこを吹っ飛ばした」

「抗議か？」

「まいったよ、チーフ。なんてったって、こっちはまだ起きる準備ができていないときに起こされたんだ。サンディエゴにいたころよく行っていた、小さなバーの夢を見ていたのに」

「けが人が出たのか？」

「おれを誰だと思ってる？　くそったれのウォルター・クロンカイトか？」

ルペールはすわりなおして、風と木々の影と松の香りに全身を浸した。リンドストロム。悩み多き男にさらなる悩みか。ルペールはなんの同情も感じなかった。

「それで……チーフ——きのうおれたちが話したこと、考えてみてくれたか？」

「い、いや、あんたが話したことだ」

「なんでもいいけどな。どうなんだ？」ブリッジャーは前方を見つめていた。

「いやだ」

「楽な金もうけだぞ」

「狂気の沙汰だ」

「偉大な計画にはみんな、多少の狂気はつきものなんだ。だからこそ、偉大なんだ」

「またパットン将軍の伝記を読んだんだろう」

「偉大な男だった」ブリッジャーはうなずいた。「なあ、あんたが考えていたのはわかっているんだ」ルペールに身を寄せて、悪魔の声のようなささやきを送った。「百万ドルだぞ」

「たった百万か？　二百万にしたらどうだ？」

ブリッジャーは身を引き、にやにやしてハンドルを叩いた。「まったくだ、よく言ったぜ。リスクは同じだからな」

〈チペワ・グランド・カジノ楽しい時間と上等な料理まであと一・二キロ〉という道路脇の標識を通過した。

「そら、そこが問題なんだ」ルペールは言った。「あんたは白人の考えかたをしている。もっと、いつだってもっとだ。持っているものでは、決して満足しないんだ」

「残りの人生を便所掃除で過ごして満足できるっていうのか？」

ルペールは窓の外を見た。車は、美しく舗装された若いストローブ松の並木道へと曲がった。カジノはこの先だ。「危険すぎる」しばらくして、彼は言った。「けがをさせる恐れがあるぞ、ウェス。刑務所行きになるかもしれない。それに、もうでかいヤマが目の前なんだ」

「目の前にあるのは金欠《きんけつ》さ。最近、博打でついてない。またダイビング費用がどかんとかかったら、おれはもう出せない」

「沈没船潜りを続けよう。あとほんのちょっとで答えが出る。わかっているんだ。そうしたら、いずれ大金がころがりこんでくる」

「頭脳より忍耐力にすぐれているらしいな、チーフ。まあ、いいさ」ブリッジャーは手をのばして、ルペールの肩を軽くつついた。「考える時間はある。郵便配達夫はいつだって二度ベルを鳴らすんだ」彼はヴァンをカジノの駐車場に入れた。別れる前に、二人はしばらくヴァンの横に立っていた。

「それでも明日は潜るんだろう?」ルペールは聞いた。

ブリッジャーは口ひげをこすって考えた。「おれがいやだと言っても、あんたは一人で行くだろう?」

「ああ。一人でも行く」

「まったく。それで、あんたはおれに向かって狂気の沙汰だとか抜かすんだからな。何時だ?」

「朝の五時に拾いにいくよ。七時にはスペリオル湖に出られる」

ブリッジャーは顔をしかめた。「拾うのは七時にしてくれ。九時までには湖に出られる」ルペールの顔に、譲らない気配があらわれた。「頼むよ、チーフ、沈没船はあそこに十年以上あるんだぜ。どこへも行かないよ」

「六時」ルペールは言った。

ブリッジャーは降参して両手を上げた。「わかった。六時だ」

二人は反対の方向へ向かった。ブリッジャーはカジノへ。そこのブラック・ジャックのテーブルで、彼は一日の大半を過ごす。ルペールは〈従業員専用〉と記されたドアへ。警備窓口でサインしたあと、ロッカールームへ行って濃紺のつなぎの作業服に着替えた。ほかの従業員はすでに仕事に向かうところだった。ルペールは仲間に加わり、彼らは冗談をたたきながらそれぞれの持ち場へ散っていった。彼はカジノの東端にある物置からカートを出し、最初の受け持ちである一階東棟の男子トイレへ向かった。〈清掃中〉の札をドアにかけて、中に入った。

短パンとけばけばしいアロハシャツを着た禿げ頭の大男が、三番目の小便器の前に立っていた。足もとがおぼつかなかった。ルペールが入っていくと、男は顔を上げた。血走った目の動きにその手もついてきて、小便が壁にかかった。男は壁を流れ落ちて床にたまる黄色い液体を眺め、ルペールを見てぼうっとしたようににやにやすると、ジッパーを上げた。ドアのほうへ向かいながら、ポケットに手を入れた。ルペールの横を通るときに言った。「世話をかけるな、ジェロニモ（白人に最後まで抵抗したアパッチの族長）」男はポケットから五ドルの赤いチップを出すと、ルペールのカートに放りこんで、よろよろと出ていった。

5

コークがやっと〈サムの店〉に着いたときには、すでに娘たちが取りしきっていた。

〈サムの店〉はアイアン湖のほとりに建つ古いプレハブ小屋で、オーロラの町の境界のすぐ外側にある。ずっと前に、この建物——第二次大戦中の兵舎の名残——をサム・ウィンタームーンが買った。サムは小屋を清潔で小さな店に改築し、春と夏と秋に、窓口でハンバーガーやシェイクやソフトクリームを売っていた。客はだいたい、サムが作った桟橋にやってくる船遊びの人々だった。バークの船着き場でサム・ウィンタームーンが殺されたとき、遺言で古いプレハブ小屋はコークのものになった。そして、その直後にコークの人生が崩壊したあと、〈サムの店〉は彼の避難所になり、仕事場にもなった。いまは、なかなかうまいハンバーガーが作れるようになった。

〈サムの店〉の北側、金網のフェンスの向こうにはレンガ造りの長方形の建物があり、一九三八年以来、ベアポー・ビールが醸造されている。南側には、樺の木とアスペンの林に隠れて古い鋳造所の廃墟《はいきょ》がある。昔日《せきじつ》には、そこで鋳造された金属を使った大量の両刃の斧が、広大な北部森林地帯の誇る立派なストローブ松を伐り倒したものだった。

北方の森林火災によるかすみと、リンドストロムの製材所の火事による黒煙をのぞけば、今日はいい日和《ひより》だった。セーリングにはうってつけで、たくさんのボートが湖に出ていた。

〈サムの店〉は二つの部分に分かれている。奥の部分には、キッチンと小さなバスルームと居間がある。居間は簡素で、樺の木で手づくりしたテーブルと椅子二脚、本棚がついたデスク、いくつかのランプ、ベッドがあるだけだ。最初、サム・ウィンタームーンがここで暮らし、次にはコークが人生の最悪の部分を過ごした。プレハブ小屋の手前のほうには、冷蔵庫、グリル、深い揚げ鍋、アイスミルク・マシン、食品や紙製品の箱の山がある。コークが入っていくと、そこには子どもたちが全員そろっていた。

「パパ！」スティーヴィが叫んだ。「ぼく、お手伝いしてるんだよ」

「そうだな、相棒。えらいぞ」彼は娘たちにほほえんだ。「ありがとう、諸君」

ジェニーが答えた。「どういたしまして、パパ」彼女はアイスミルク・マシンの前で忙しくしていた。

「一ドル札が足りないわ」レジスターから顔を上げて、アニーが報告した。娘たちの成長ぶりが、彼は誇らしかった。ジェニーは最近髪を紫に染めるのをやめ、鼻ピアスへの熱烈な願望を捨てた。去年で、『アナイス・ニンの日記』を全部読みおわった。あと一ヵ月弱で、十六歳の誕生日を迎える。ハイスクールを卒業したらパリに行ってセーヌ左岸に住み、偉大な文学を書くのだと言っている。赤毛でそばかすがある十八ヵ月下のアニーは、ソフトボール・チームの花形投手だ。自分の将来を考えられるようになって以来ずっと、修道女になりたいと思っている。

「けさの騒ぎはなんだったの?」ジェニーが聞いた。

「リンドストロムの製材所で事件があったんだ」

「どんな事件?」スティーヴィが聞いた。フリトスの小さな袋を開けて、中身を口に詰めこんでいる。

「そうだな」コークはためらったが、どうせすぐ耳に入るだろうと思った。「爆発と火事があって、一人死んだ」

「誰?」アニーが尋ねた。

「いま、こっちで調べているところだ」

「こっちで? 調べているのはシャノー保安官と部下たちでしょう」コークが口をす

べらせるたびに母親が見せるのと同じ目つきで、ジェニーがにらんだ。

「そうだ」コークは答えた。「そういうことだよ」

スティーヴィは気分が悪そうだった。想像をめぐらせる小さな顔は、思いつめた表情になっている。「爆発で吹き飛ばされたの？」

「はっきりとはわからないんだよ。火事で死んだのかもしれない」

「焼け死んだの？」

息子がその小さな頭で考えていることを思って、コークの胸は痛んだ。「さあ」急いで話題を変えた。「パパと一緒に銀行へ行って、今日の仕事ができるようにお金をくずしてこよう」

スティーヴィの顔がぱっと輝いた。「棒つきキャンディくれるかな？」

「くれなかったら、別の銀行に変えよう。どうだ？」彼は息子を肩車した。「二人とも、留守を頼むよ」

「了解、パパ」アニーが答えた。

三十分ほどしてコークが戻ってくると、〈サムの店〉の砂利を敷いた駐車場に、ぼろぼろのエコノラインが停まっていた。ヴァンはつやのない緑色で、びっしりとほこりをかぶっていた。横腹に大きなストローブ松が描いてあるのが、汚れの下にかろうじて見てとれた。松の下に赤い文字で〈彼らを救うのはわたしたちを救うこと〉と書いてある。ナンバープレートはカリフォルニアだった。

店の窓口のカウンターに、若者が寄りかかっていた。二十代のはじめくらいだ。金髪の巻き毛にメタルフレームの眼鏡をかけ、若草色のTシャツの袖を上腕までまくっている。それにカットオフ・ジーンズ、ハイキングブーツ。ジェニーと話しながら、笑い声を上げている。アイアン湖岸の芝地にあるピクニックテーブルの近くで、コークと同じ年ごろの女が彫刻をほどこした木のステッキに寄りかかって、きらめく青い水面を眺めていた。ふりむいてピクニックテーブルに向かったが、足どりはのろく、とてもつらそうだった。ステッキにすがるようにして歩いている。

若者がジェニーに金を渡して、白い紙袋一つとシェイクを二つ受け取った。ドアに向かいながら、コークは二人の会話の最後の部分を聞いた。彼にはわからないフランス語だった。若者はピクニックテーブルの女のところへ行った。二人は低い声で言葉をかわし、袋を開けると食べはじめた。

「パパ」入っていくとジェニーが呼びかけた。「あの人、パリで勉強したのよ。ソルボンヌで」

「ソルボンヌで勉強したと言っているんでしょう」アニーが指摘した。「シスター・アメリアが、男はなんでも相手の聞きたいことを言うものだって」

ジェニーは腰に拳をあてた。「へえ、そう？　あの干からびたおばさんが、男のなにを知っているっていうの？　いちばん最近男に近寄ったのは、去年のハロウィーンに、酔っぱらったスチュアート・ルービンがリチャード・ニクソンのお面をかぶって、真っ裸で彼女の家の戸口に立ったときよ。そのとき、彼女がなんて言ったと思う？」

「なんて言ったと言われているかは、みんな知っているわよ」

「なんて？」スティーヴィが聞いた。

ジェニーは弟を見下ろしてにやにやした。「『ありがとうございます、神さま』」

スティーヴィの右の頬は棒つきキャンディでふくらんでいた。「え？」

「気にするな」コークは息子を慰めた。「姉さんたちを手伝って、カップをもっと出してくれ。おれは奥で帳簿をつける」あとのほうは娘たちに向かって言った。

コークは〈サムの店〉の奥のデスクにすわって、店の売り上げを記入する帳簿を出した。いまのところ、利益の面ではこの夏はすばらしかった。暑さのせいで人々は早くから湖にくりだし、水の上で体がほてってくると、大きな赤松がピクニックテーブルに木陰をつくっている、〈サムの店〉のある小さな浜へやってきた。コークは娘たちに気前のいいアルバイト代を払ったが、それはそばにいてくれるのが楽しいからだけではなかった。二人はじつに役に立った。アニーの責任感ときたら、神も七日目には新たな創造物を彼女の手にゆだねて、安心して昼寝すると思われるほどだった。ジェニーには、注文したあとも窓口で客たちがつい話しこんでしまう雰囲気と接客術があった。帳簿の数字を眺め、表側の部屋で子どもたちが笑うのを聞いて、コークはほぼ確信した——たとえ煙と火事に悩まされていても、この夏は〈サムの店〉を引き継いで以来最高の稼ぎになるだろう。

プレハブ小屋のドアがノックされて、彼はデスクから立ち上がった。戸口に、シリア・レインとアル・コーニグが立っていた。

「おはよう、コーク」シリアがにっこりした。小柄でエネルギッシュな女で、グレーの服を着ていた。ミネソタ州の民主党組織DFLのタマラック郡委員会で、議長職にある。センター・ストリートでレストランのチェーン店をまかされているアル・コーニグは、腹の突き出た大男で、シリアと共同議長をつとめている。「入ってもいいかしら？」

コークは脇にどいた。

初めて〈サムの店〉を訪れたシリアは、あたりを見まわした。「こざっぱりとしているのね」と感想を述べた。「ご家族のもとに戻って、うれしいでしょう」

コークは黙って待った。政治にかかわる人間はおしゃべりが好きだ。相手の言葉を長く待つ必要はないが、要点に行き着くまでには時間がかかる。それにシリアは、しやべりだしたら酔っぱらいの千鳥足よりも寄り道が多い。コークは二人に椅子を勧めなかった。相手は気づいていないようで、もし気づいたとしても気にしてはいないらしかった。二、三分して、コークは相手の話をさえぎった。

「どういうご用件だろう？」

シリアとアルは用心深い視線をかわした。アルが答えた。「われわれは、きみに十一月の保安官選挙に出てほしいんだ」

コークは答えなかった。

シリアが言った。「聞いているでしょう。ウォリー・シャノーのことよ。再立候補はしないの」

「それは事実なのか？」

「確かな筋からの情報よ。どうやら、共和党はアーン・ソダーバーグを立候補させるらしいわ」

「ソダーバーグを？」コークはつい関心をおもてに出した。

「そうだ」アルがうなずいた。

シリアがまた話しはじめた。複雑な言葉を使い、党や政治について語った。保安官としてコークが深く気に留めたこともない事柄だった。彼はまず法の執行官であり、それが第一で、ずっと民主党支持ではあってもＤＦＬはたんに仕事への道筋にすぎなかった。その道筋は、地雷原を進んでいくのにちょっと似ていた。シリアもアルも、政治にのめりこんでいる郡の男女の誰も好きではなかった。そして好きではないことに、きまり悪さは感じなかった。バークの船着き場での事件のあと、ウォリー・シャノーに職への道を開いたリコール選挙のあいだ、彼らの誰一人としてコークの側に立ってはくれなかった。

シリアがしゃべりつづけているとき、〈サムの店〉の外で大きな声がするのにコークは気づいた。アニーが部屋に顔をのぞかせた。「パパ、外に出てみたほうがいいわ」

コークはすぐにドアから出て、プレハブ小屋の前にまわった。目にしたものを理解するのに、ちょっと手間どった。

ぴかぴかの黒いフォードF10ピックアップが、駐車場の緑のヴァンの隣に止まっていた。二人の子どもが運転席の窓から顔を出している。子どもたちの目は大きく見開かれ、怯えている。父親のアースキン・エルロイが、ジェニーとフランス語で話していた若者を〈サムの店〉の正面の壁に押しつけていた。十八歳のときから、エルロイは木こりをしている。大きな上半身と太い腕で、グリズリーとでも取っ組みあいができそうな男だった。黒く濃い頬ひげをはやし、その顔にはコークが見たことがないほどの怒りがあらわれていた。彼は若者のTシャツをつかんで、体を持ち上げんばかりにしている。若者のほうは無抵抗だった。

「この若僧が」顔を間近に押しつけているので、エルロイの黒い口ひげが若者の無精ひげのはえたあごに触れていた。「おまえらは、なんの関係もない、なにが起きているかまったくわかっていない場所へのこのこやってきて、みんなの生活の邪魔をする。どういうつもりだ、ええ？」

「木を守るつもりだよ」エルロイの巨体に胸を圧迫されているので、若者の声は弱々しかった。

「木なんかくそくらえ」

「そっちこそ」若者はなんとか勇敢に答えた。

コークは、ピクニックテーブルのそばにステッキをついて立っている女を一瞥《いちべつ》した。女は大いに興味を持ってこちらを見ていたが、若者が深刻な面倒ごとに巻きこまれているのに干渉するつもりはなさそうだった。

エルロイは若者を地面に突き飛ばした。「立て」

立ちはだかる怒れる巨体を見上げて、若者が怯えているのは傍目《はため》にもあきらかだった。そう、コークでも怯えるだろう。だが、若者は立ち上がった。

「聞くがな、ネイチャー・ボーイ。病院のベッドから、どうやって木を救うつもりだ？」エルロイは拳を固めて右腕を引いた。来るべき一撃を、若者は避けようとしなかった。

「アースキン」

「どいてろ、オコナー」

「聞くがな、アースキン。刑務所から、どうやって子どもたちを養うつもりだ？」

「一発だけだ、オコナー。よく効くやつを一発だけ」拳は引かれていたが、まだ静止したままだった。

コークは〈サムの店〉の陰から陽光の下に出た。ゆっくりと、エルロイと若者に近づいていった。「暴行だぞ、アースキン。証人もいる。明白なケースだ。あんたは逮捕される、おれが保証する」

「ひっこんでろ、オコナー。もう保安官じゃないんだ」

「あんたが大きな間違いをしでかして、あとで後悔することになるのは、保安官じゃなくてもわかる。この木の一件はもうじき終わる。あんたはまた仕事ができるようになるし、きちんと賃金も払われてローンも返せるよ。だが、この男を殴ったら、ことがすんだあともずっと刑務所にいることになるぞ。考えてみろ。そこにいる子どもたちのことを考えるんだ」コークは黒いピックアップのほうにうなずき、怯えながら見守っている子どもたちにアースキンが目をやるのを待った。「この男を殴っても木の問題は解決しないうえに、長いあいだ子どもたちから引き離されることになる。そんな価値があるのか？」

エルロイはためらった。憤怒《ふんぬ》のため息が洩れた。すべてを押しやるかのように、目の前の空気を払った。「くそ」

「なにか買いにきたのなら、アースキン、注文してくれ。おれがおごるよ」

「あんたも食いものもくそくらえだ」エルロイは足音も荒く車に戻っていった。彼のピックアップのタイヤが大量の砂利を飛ばし、車はほこりを舞い上げながら町へ向かう道へとスピードを上げていった。

若者はむっとしてコークのほうを向いた。「助けはいらなかったんだ。ぼくだけで対処できた」

「きみのためにやったんじゃない」コークは、ただ待っているだけらしいステッキをついた女を見た。「二人とも、買ったものを持ってどこかほかの場所で食べてくれるとありがたい。商売にいい影響を及ぼしているとは言いがたいんでね」

「どっちみち、もう食べおわっている」若者は冷ややかに答えた。ピクニックテーブルへ行って、食べかけの食事をごみの缶に投げこんだ。女をヴァンに連れていって乗せると、最後にコークをひとにらみして車を出した。

シリア・レインとアル・コーニグがコークの両側に立った。

「きみは生まれついての保安官だよ、コーク」アルが言った。

「みんな、たちどころにあなたに投票するわ」シリアがつけくわえた。「考えてみて。それだけはお願い。とにかく、考えてみて」

二人は車に乗ると、前の二台と同じ方向へ向かった。町へ続く短い砂利道を、車はさらにほこりを舞い上げながら見えなくなっていった。コークは足をつかまれるのを感じた。見下ろすと、スティーヴィが怯えた顔でつかまっていた。いつもなら、息子はなんでも聞きたがる。だがいまは、なにも言わなかった。コークはひざまずいて、抱きあげた。

〈サムの店〉からジェニーとアニーが出てきた。二人も無言で、みんなが去った方向を見つめていた。

ジェニーがそっと彼の肩に手を置いた。「また保安官に立候補するの、パパ？」

「わからない」コークは答えた。「ほんとうに、まだ考えていなかったんだ」

い、い、この瞬間までは。

ゆっくりとほこりが鎮まっていく道を眺めた。くそったれどもが。

## 6

ジョー・オコナーはアイゼイア・ブルームのことが気になっていた。アイアン・レイク保留地を訪ねるずっと前から、さまざまな場所で何度も見かけていた。ブルーム自身をではない。彼とまったく同じ男たちをだ。腹の奥底に怒りを秘め、ゆっくりと導火線が燃えていってやがて爆発する。そんなふうに思えた。

部族の協議会事務所が入っているアロウエット・コミュニティ・センターの会議室で、ブルームは長いテーブルの中央あたりにすわっていた。彼は、選挙で選ばれた協議会の代表だった。一緒にテーブルについているのは、やはり選挙で選ばれたメンバーたちだ。議長のジョージ・ルダック、書記のジュディ・ブルノー、会計のアルバート・ボシェイ、それに同じく代表のロイ・〝ワン・スワロー〟・スティルデイ、エドガー・ギレスピー、ハイディ・ボーデット。オジブワ族アイアン・レイク・バンドの世襲による族長二人のうちの一人であるトマス・ホワイトフェザーも、顧問として出席していた。いないのはチャーリー・ウォレンだけで、彼はもう一人の世襲による族長であり、ホワイトフェザーと同じように保留地で尊敬を集める存在だった。協議会のメンバーは、リンドストロムの製材所での出来事と、それが、〝われらが祖父〟にかかわる状況に及ぼす影響について、興奮のおももちで話しあっていた。リンドストロムに同情する者はいなかったが、暴力が論争の上で自分たちの立場にダメージを与えるのではないかと、みんな心配していた。アイゼイア・ブルームがいつになく静かなことに、ジョーは気づいた。

オジブワ族の典型的な流儀で長々と続いた話しあいが終わりに近づき、ジョージ・ルダックがアイアン・レイク・バンドの立場をまとめた。

「われわれは声明を出す」彼はジョーのほうを見た。みんな、彼女が草稿を書くことを了解していた。「この暴力に対して、こちらに責任がないことを明言する。この行為をわれわれは決して認めていない。これまでずっとそうであったように、法律にもとづいた解決を望む。環境保護の戦士《エコーウオリア》という組織は、アイアン・レイク保留地のアニシナーベ族とは関係がない」ルダックの黒い目がテーブルを見まわすと、メンバーはおのおの賛同してうなずいた。だが、アイゼイア・ブルームは違った。

「あほらしい」ブルームは言った。

ジョージ・ルダックは太い腕を組んだ。「そんなことはずっと前にかんたんに言えたはずだ、アイゼイア。だが、いままでおまえはおとりのアヒルのようにぴくりともせずに、そこにすわっていただけだ」

「話したところでなんの益もありはしないさ、ジョージ」ブルームは答えた。「おれたちをここに呼ぶ前から、結果はわかっていた。全員がわかっていた」彼は立ち上がった。二メートルを超す身長と百キロ近い体重が、あたりを威圧した。オジブワ族に大勢いる伐採請負人の一人だが、彼はアニシナーベの伝統を守り、保存していくことにひじょうに熱心だった。部族協議会議長の地位をルダックと争ったが、さまざまな問題についてのブルームの情熱的な——戦闘的な、と形容する者たちもいた——物言いが、結果的に災いした。まだ四十歳前の幅広の顔はしわだらけで、年齢よりずっと老けて見えた。後ろで三つ編みに結った長い黒髪の上から黒い野球帽をかぶり、胸に白く〈条約の権利を尊重しろ〉と書かれた黒いTシャツを着ていた。「あんたたちみんなが心配しているのはカジノのことだ、恥ずかしくて認めたがらないがな」ブルームは切りこんだ。「白人を怒らせたら、カジノに来て金を使うのをやめるんじゃないかと恐れているんだ」

「われわれは商売をしているんだ、アイゼイア」ルダックが指摘した。「こんどのことがカジノにどういう影響を及ぼすか、考えなくてはならない。しかし、それだけを心配しているわけではない、おまえもわかっているはずだ」

「あのカジノがどういうものだか知りたいか？」ブルームは間を置いて、部屋にいる一人一人の顔を見まわした。「天然痘《てんねんとう》の巣だ」

彼は椅子を後ろに引くと、ゆっくりと部屋の向こう側へ歩いていった。長い窓から、運動場が見えた。五、六人の子どもたちが日ざしを浴びて遊んでいた。「カジノはおれたちを殺す」アイゼイア・ブルームは続けた。「おれたちの力を弱らせ、聖なるもののために闘う戦士となることを恐れさせる。いま戦士が出現し、まさにおれたちがやらなければならないことをやっている。彼を抱擁するべきだ。名誉をたたえるべきだ。それなのに、こうして非難しようとしている。かつて、おれたちはこの肉体をもって闘うことを恐れない部族だった。しかし、もう長いあいだ、言葉だけで闘っている。自分たちが作ったわけでもないのに従わなければならない、法律という偽りの楯の陰に、臆病者のようにうずくまっているだけだ」彼はジョーに冷ややかな視線を向けた。「おれたちは、敵と同じような人間になってしまった」

「ここには敵はいないわ」ハイディ・ボーデットがたしなめた。「愚かな行動があるだけよ」

「愚かだと？　戦士のように行動するのが愚かだというのか？」

ジョージ・ルダックが答えた。「誰も覚えておらず、取り戻すこともできない時代の亡霊を呼びだすのは、からの矢筒と同様に役に立たないのだ、アイゼイア。ものごとは変わる。部族は変わった。われわれはいまでも、祖母たる大地を守る聖なる戦いの戦士だ。だが、偉大な精霊《キチマニドー》が与えてくれた武器——すなわち、頭脳、決断力、法律を理解してわれわれのために使ってくれる人々との友情、そういうものを武器にして闘う、現代のアニシナーベなのだ」

「法律か」ブルームは吐き捨てた。「白人の法律は悪霊《ウィンディゴ》のようなものだ。みんなウィンディゴを知っているだろう。氷の心臓を持ち、人もウィンディゴになる。アニシナーベを食らう。ウィンディゴをどうやって殺すかも知っているな？ 人もウィンディゴにならなければならない。リンドストロムのところを爆破したのが部族の一人なら、おれは誇らしく思う。ウィンディゴが味方にいるということだからだ」

トマス・ホワイトフェザーが首を振った。彼の顔は浅黒く、乾燥した煙草の葉のようにしわだらけだった。若いころは罠漁師をしていたが、のちに写真家としてオジブワ族の生活を記録し、関節炎で身体の自由がきかなくなるまで撮りつづけていた。

「ときどきな、アイゼイア、おまえを見ると蟬《せみ》を思い出す。小さいのにとても大きな音を出す」ふしくれだった指で、彼は額を叩いてみせた。

ほかの者たちが老人の発言に微笑しているのを、ブルームは見た。ホワイトフェザーに突っかかっていこうとしたが、敬意が彼を押しとどめた。ブルームは自分の椅子に戻り、背筋をぴんと伸ばしてすわった。そして、リンドストロムの件にアイアン・レイクのオジブワ族は無関係だという声明を出す件に投票が行なわれるあいだ、黙っていた。反対票を投じたのはブルームだけだったが、協議会のメンバー数名の顔つきを見たジョーは、ブルームの意見にも一理あると思っているのがわかった。ほかのメンバーが帰っていくあいだも、ブルームは自制していた。それから、テーブルの反対側にいるジョーを見た。

「あんたは法律を知っている、だが戦いを理解していない」

「戦争についてわたしが理解しているのは、たいていは罪もない大勢の人々が傷つく結果になる、ということよ。これが戦争になるのを期待している人は誰もいないと思うわ、アイゼイア」

「これはもうすでに戦争なんだ。罪のない者たちがすでに死んでいる。問題は、あんたが現実を見ようとしないことだ。樹木の殺戮は毎日起きている。水は汚染されている。食物がおれたちの命を縮めている。ところが、戦士のように反撃するかわりに、おれたちは法律の陰に縮こまっている、おれたちを守ってくれるとあんたが主張する法律の陰に」

「法律は守ってくれるわ」だが、そう言いながらも、真実はそうかんたんではないことをジョーは知っていた。ときに法律は、それをもっとも必要とする人々を見捨てることがある。オジブワ族の歴史では、法律は友人だったことよりも敵だったことのほうが多いのだ。

ブルームは、子どもと議論しているかのように両手を上げた。立ち上がると、ジョージ・ルダックがこの場を見守っている戸口のほうへ向かった。ルダックの横を通るとき、ブルームは言った。「協議会は、保留地全員の意見を代表しているわけじゃない。もしチャーリー・ウォレンがここにいれば、彼の声は大きく、ほかの者も耳を傾けただろう。アニシナーベの民であるのがどういうことか、祖母たる大地への聖なる義務とはなにかを、彼はわかっている」

「チャーリー・ウォレンはここにはいなかった」ジョージ・ルダックは答えた。「しかし、いたとしても事態は変わらなかっただろう。われわれは多大な敬意を払って彼の意見を聞き、そして同じ決断を下したはずだ。なぜなら、それが正しいことだからだ」

「なんとしてでも、〝われらが祖父〟は守らなければならない」ブルームはきっぱりと言った。

「アイゼイア」ジョーは呼びかけた。

彼はふりむいた。

「それを口にするときは相手を考えて。法律を知る者からの助言よ」

ブルームはただ見かえしただけだった。助言はアイゼイア・ブルームには無益であることを、ジョーは悟った。

　夕方には、ジョーとジョージ・ルダックは声明の文案について合意し、ルダックは
それを、アイアン・レイク居留地のオジブワ族の代表として新聞社に送った。ジョー
が車で家へ向かうあいだ、西の空にはあかがね色の夕陽が輝き、周囲のものすべてを
ぎらぎらした同じ色に染めていた。ラジオをつけて、五時のニュースを聞いた。森林
火災は手のほどこしようがなくなっていた。サガナガ湖付近の火事は悪化していた。
モンタナ州やメイン州のような遠方の消防士たちが、要請に備えて出動の準備をして
いるという。こんな夏は、ジョーにとって初めてだった。誰にとっても初めてなので
はないだろうか、と彼女は思った。
　家の中はがらんとしていた。窓のエアコンはみなついており、ジョーは涼しい居間
に入ってほっとした。ブリーフケースをドアの脇に置いた。
「ただいま！　誰かいる？　ローズ？」
「ここよ！」
　ジョーはキッチンへ向かった。
　ローズは流しでくだものを洗っていた。白いショーツをはき、ノースリーブの白い
ブラウスを着て、はだしだった。横のカウンターに置いたアイスティのグラスを、水
滴がつたい落ちている。

「暑くて料理どころじゃないので、夕食はボリュームのあるフルーツサラダにしようと思うの」ジョーを見て、ローズはくだものを洗うのをやめ、ふきんで手をふいた。「へとへとみたいね。アイスティを飲む？」

「ミルクとクッキーがいいわ」

「すわって。用意するから」

ローズは、「セサミ・ストリート」のアーニーの形をした容器から自家製クッキーを二つ出した。冷蔵庫から半ガロンのパックを取り出し、青いグラスにミルクをついだ。クッキーとミルクをキッチンテーブルへ持ってくると、ジョーの隣にすわった。

「なにがあったの」彼女は促した。

世間的には、ローズは自分の人生を他人のためにあきらめたと、オーロラの人々の目に映っているだろう——最初は、七年間を母親のために。左側の麻痺が残った最初の発作から、命を奪った発作までの七年間。そのあとは、ジョーとコークと子どもたちのために。ローズが家にいてくれるおかげで、弁護士の仕事を続けていくのがとても楽であることを、ジョーはときどきうしろめたく思っていた。だが、ほんとうのところ、妹から苦々しさも後悔も感じたことはなかった。ローズは、人を惹きつけるうらやましいほどの善意の、力強い化身だった。信仰によって深まっていることはたしかだが、じつは生まれたときから持ちつづけているローズ自身の美質によるものだ。

その善意は尽きることがなく、つねに与える用意があった。教会に、地域に、自分が産んだ子ではなくとも間違いなく育ててきた、ジェニーとアニーとスティーヴィに。子どもたちとのあいだには、とくべつな絆《きずな》があった。ジョーが部屋に入っていくと——たいていはキッチンに——妹は子どもたちの一人と静かに話していることがあった。ジョーが入ったとたんに話はやみ、ジョーは親である自分が決してなれない子どもたちの親友に、ローズがなっていることを悟るのだった。それに、コークが誰よりもローズに敬服していることも知っていた。

ジョーはクッキーを食べてミルクを飲み、すべてをローズに話した——爆弾、死体、協議会の集まり。最後に、コークがふたたび保安官に立候補することを考えているのではないかという、心配も打ち明けた。

「なにを恐れているの？」ローズは尋ねた。「本音では？」

ジョーは皿の上のクッキーのかけらを見つめた。「いまのままの状態がいいの。なにも変わってほしくないのよ。わたしたち、もう一度幸福に向かって進んでいるような気がするの」

ローズはさらに待った。そばかすの散った幅広の顔は、穏やかだった。

「わたしたち、まだ傷が癒《い》えていないように思うの」ジョーは口ごもった。「もう少し、時間が必要だわ」

「あなたの気持ちをコークは知っているの？」

ジョーは立ち上がって、グラスを流しに運んだ。

「彼に話していないんでしょう」

「話すのはかんたんじゃないわ」

玄関のドアが開く音がして、スティーヴィの笑い声が聞こえた。すぐに、コークとスティーヴィがキッチンに入ってきた。スティーヴィは淡水魚がいっぱい吊るしてあるひもを誇らしげに掲げた。

「釣ったやつ、見て」

「すごいわね」ローズが言った。「それをどうするの？」

「洗うんだ」スティーヴィは答えた。

「あたしのキッチンではだめよ。地下室でね。洗濯用の流しを使っていいわ」

「行こうか、相棒」コークは地下室のドアを開け、スティーヴィのあとから下りていった。

ローズはほほえみながら見送ると、姉に向きなおった。「この家族は、彼にとって大きすぎるほどの意味があるわ。それを危険にさらすようなことを、するはずがないわよ。話してごらんなさいな」ローズはまたくだものを洗いはじめた。

ジョーは着替えるために二階へ行った。数分して、コークも上がってきた。部屋を横切る彼からは魚の匂いがした。

「保留地の様子はどうだ？」コークはシャツをぬぎ、クローゼットのそばの柳細工の籠に放り投げた。

ジョーはベッドに腰をおろしてかがみこみ、サンダルのバックルをはずした。「〈大地の軍〉とはなんの関係もないし、環境保護の戦士《エコーウォリア》についてもなにも知らない、という声明の文案を考えてきたの。保留地はあの行為を批判したわ。それに、〝われらが祖父〟をめぐるどんな暴力からもアイアン・レイクのオジブワ族を切り離すように、できるだけのことをした」

「チャーリー・ウォレンはなんと言っていた？」

「彼はいなかったの。でも、アイゼイア・ブルームは大反対だったわ」

「もしかしたら、ブルームが環境保護の戦士《エコーウォリア》だからじゃないか？」

「冗談はやめて」

「なにが冗談なんだ？」コークはジーンズをぬいで、ドレッサーから短パンを出した。

「あなたが保安官なら、そんなことは言わないでしょう」

「そうかな？」

ジョーは立ち上がった。「もっと事実をはっきりさせるまで、意見は控えていたはずよ。たとえはっきりしたとしても、有罪か無罪かを決めるのは裁判所だと言ったでしょう」

「だが、おれはもう保安官じゃない」コークは赤いTシャツをつかんで、頭からかぶった。

二人は、一度も口にのぼらなかった話題に近づいていた——オーロラでのコークの名誉失墜をめぐる出来事。話すことは古い傷口をこじ開ける危険があった。二人を深く傷つけ、一時は完全に引き裂いたあの出来事を話しあうことになる。このことがつねに二人のあいだに暗く落ち着かないまま存在しているのを、ジョーは感じていた。だが、過去を直視すれば結婚生活が破綻《はたん》するのではないかとこわかった。コークのほうもずっと話したがらないように見え、過去のあやまちについて彼が触れないのは、つらい過去にいつまでもこだわるのはやめようという、お互いの——確かめあったわけではないにしろ——合意があるのだと、ジョーは信じていた。

「下へ行って、ローズの夕食のしたくを手伝ってくるわ」ジョーはそう言った。階段を下りると、アニーが玄関から入ってきた。「ジェニーはどこ?」ジョーは聞いた。

「ショーンが〈サムの店〉に来たの。彼が店じまいを手伝って、ジェニーを送ってくるって」

ショーンはジェニーのボーイフレンドだ。コークがしぶしぶながらも少年に好感を持っており、彼が立ち寄ってジェニーを手伝っても気にしないのを、ジョーは知っていた。

「ママ、パパから聞いた？」

「なにを？」

「今日、〈サムの店〉でけんかになりそうになったの。パパがやめさせて、来た人たちが保安官に立候補してくれってパパに頼んでいたわ」

「来た人たち？」

「うん、党のお偉方みたいな人たち」

「お父さんに立候補してもらいたがっていたの？」

「そう。すごいでしょ。ローズ叔母さんは？」

「キッチンよ」

アニーはキッチンへ飛んでいった。

ジョーが階段の下で待っていると、コークが下りてきた。「ちょっといい？　オフィスのほうで」

オーロラ・プロフェッショナル・ビルで開業していたが、ジョーは家にもちょっとしたオフィスを持っていた。コークはあとから廊下を歩いてきて、ジョーがオフィスのドアを閉めると心配そうにこちらを見た。

「アニーが言っていたけれど、〈サムの店〉で一騒動あったんですって？」

コークはデスクの端に腰かけた。「どうということはなかったよ」

「それに、保安官に立候補してくれるように頼みにきた人たちがいたそうね」

「ああ」

「わたしには、いつ話してくれるつもりだったの？」

「少し考えてからにしようと思っていた」

「けさ、こういうことは一緒に考えるって約束したばかりじゃない」怒りがこみあげてくるのを感じた。声がとがった。ことを荒立てるつもりはなかったのだが、自分を抑えられなかった。

コークの返答にも怒りがにじんでいた。「なにかを決める前に、話しあおうと言ったんだ。そして、おれはまだなにも決めていない」

「コーク――」彼女は言いかけたが、そのとき電話が鳴った。二人はそちらを見た。ベルの音はすぐにやみ、家の中の誰かが出たことがわかった。

ジョーは戸口から歩きだしながら、壁の棚の法律書を眺めた。ここには答えはない。コークのほうに歩み寄りたい、彼の近くに身を置きたいと思ったが、心の中の譲れないものが邪魔をした。

「わたしはただ……」口ごもって、また言いなおそうとした。「ただ心配で……」

ドアにノックがあり、ジョーは最後まで言えなかった。「ママ」アニーがドアの向こうから声をかけた。「電話よ」

「伝言を聞いておいてくれる？」ジョーは答えた。

「シャノー保安官なの。大事な話みたい」

「ここでとるわ、ありがとう」

ジョーはデスクに向かった。コークはそこからどいた。

「はい、ウォリー？」相手の話に聞き耳を立てた。「間違いないの？」シャノーの答えを聞き、ジョーは目を閉じた。「わかったわ。どうもありがとう」

「どうした？」コークは尋ねた。

「リンドストロムのところの焼死体、身元がわかったの」

「誰だったんだ？」

ジョーは大きく息を吸った。「チャーリー・ウォレンよ」

# 7

北の地方の夏、太陽は永遠に沈まないように思える。黄昏《たそがれ》の光は、松や唐松、樺やアスペンに黄金を吹きかける最後の吐息のようだ。そして太陽がその長いいまわの息を吐くあいだ、木々はじっと静止しているように見える。コークはタマラック郡の夏の宵が好きだった。地球が自転を止めているように思えるそういう瞬間を、愛していた。だが、リンドストロム製材所へ向かう車の中では、木々に輝く夕陽や森の静けさがふだんならもたらしてくれる安らぎを、まったく感じられなかった。

ジョーはコークが来るのを喜ばなかったが、自分を遠ざけておく手段はなにもないことを、彼は妻に納得させた。車の中で、彼女はずっと黙っていた。製材所の門の外には、抗議活動をしている人々がまだ数人残っていた。彼らはくつろいだ様子でキャンバスチェアにすわり、話をしていた。プラカードは横の草むらに置いてあった。〈サムの店〉に来た若者と、一緒にいたステッキをついた女の姿を、コークは認めた。アイゼイア・ブルームもいた。コークの車が通ると彼らは話をやめ、敵であるかのようにこちらをにらんだ。

門にいた保安官助手のギル・シンガーは、すぐに通してくれた。朝と同様、コークはウォリー・シャノーのランドクルーザーの横に駐車した。ほかにも何台か止まっており、だいたいは保安官事務所の車だった。製材所はがらんとしていた。シャノーは、トレーラーの焼け落ちた運転台のそばに立っていた。彼は少し前かがみになっており、コークは強風に耐える老木を連想した。ジョーと一緒に近づいていくと、シャノーが体を傾けて話を聞いているのがわかった。黒焦げのシャシーの下から、二本の脚が突き出ていた。

コークはトレーラーのほうへ歩きだしたが、背後から声をかけられた。「そっちには行けないぞ、オコナー」カール・リンドストロムはけさと同じ服装だった。極度に疲労しているようだった。目は落ちくぼみ、かたくるしい軍隊風の態度はあきらかに弱まっていた。「警察以外は誰も、ここから先へは入れない」

シャノーが顔を上げ、三人を見て近づいてきた。「コーク、ジョー」

「長い一日だな、ウォリー」コークは声をかけた。

「ああ」シャノーは背後の焼け跡をふりかえった。「部下たちと、それにアルフ・マレイの消防士たちも、ほとんど一日中ここにいて捜索にあたった」

「なにか見つかった？」ジョーが聞いた。

「こまかいものがたくさんな」

「ほかに爆発物は？」

「なかった」

「ありがたいことだ」リンドストロムが言った。「しかし、調査が終わってこの惨状を片づけるには、少なくともあと二、三日製材所を閉めなければならない」

コークはシャノーに向きなおった。「遺体の身元判明が早かったな、ウォリー」

シャノーは親指を北に向けて突き出した。「八百メートルほど向こうの森で、チャーリーのトラックを見つけたんだ。検死官に、彼の歯科医の記録と犠牲者の歯を照合してもらった」

「チャーリー・ウォレンはどうしてここにいたと思います、ミスター・リンドストロム？」ジョーが聞いた。

「わたしの製材所を吹っ飛ばす以外に理由がありますか？」

「わたしなら、いまの時点で決めつけることはしません」ジョーは警告するように言った。「あなたはチャーリー・ウォレンをごぞんじなかったでしょう」

「ええ」リンドストロムは苦い顔でジョーを見た。「一度だけ話したとき彼が言ったのは、基本的には、わたしは金もうけのために祖母なる大地をファックしようとしている、ということだった。そして、そんなことをしたら、わたしのあそこを切り取ってやるとね」

「チャーリー・ウォレンはずけずけとものを言う人間でした」ジョーは答えた。「でも、暴力的ではなかったわ」

「では、彼はここでなにをしていたのかな、ミズ・オコナー？」

コークはシャノーに尋ねた。「夜警と話をしたか？」

「ああ。一時間ごとに巡回しているそうだ。あちこちの警報装置用の鍵を持ち歩いている。半分ほどまわって製材所の向こう側に来たところで、火の手が上がった」

リンドストロムが言った。「ハロルド・ルーミスの仕事は、破壊行為や窃盗を予防することだ。ここは広い。フェンスをよじのぼって隠れているのは、むずかしくはないだろう」

「フェンスの周辺は調べたんだろう？」コークは聞いた。

シャノーはうなずいた。「確かな証拠はなにもなかった。地面が固すぎて、なにも残らない」

こんどはジョーが聞いた。「検死官は死因を特定したの？」

「窒息だ。そのあと焼けた」

「爆発に巻きこまれたんだな」コークは推測した。

シャノーは残骸のほうに手を振った。「ＬＰガスのタンクが爆発したとき、瞬時に小屋も吹き飛んだ。中でなにをしていたにしろ、チャーリーはその場でやられた」

「なにをしていたじゃないだろう、やつは爆弾を仕掛けたトラックを見張っていたに決まっている」リンドストロムがいきまいた。

コークはきびしい顔で彼を見た。「状況が不利なのはわかっている。だが、チャーリー・ウォレンを知っていた人間は誰も、彼がこんなことをしたとすぐには信じない」

ジョーが話題を変えた。「チャーリーの娘さんには知らせたの、ウォリー？」

「きみに電話する前に、マーシャ・ドロスをやった」

「これは興味深いことをうかがった、保安官」リンドストロムが口を出した。「どうしてミズ・オコナーに電話したんです？」

「ジョーはアイアン・レイクのオジブワ族の顧問弁護士だ」シャノーはあきらかにいらだちをこらえていた。「ジョージ・ルダックにも電話した。この新たな展開を、知る権利があると思うからです」

「なるほど」しぶしぶながら、リンドストロムは答えを受け入れたようだった。「では、彼はどうなんです？」コークを指さした。「ここでなにをしているんです？　あなたが職権をもって彼に特例を許しているのならともかく、ここにはなんの用もないでしょう」

シャノーは、これについては答えに窮したらしい。「まあまあ、カール、あなたにとってたいへんな一日だった。家に帰って休んだらどうです」

「オフィスに簡易ベッドがある。今夜ここを離れるつもりはありませんよ」

シャノーはコークとジョーを見た。「きみたちはそろそろ帰ったほうがよさそうだ」

だが、コークは答えなかった。焼けたシャシーの下から男の全身が現れ、立ち上がって近づいてくるのを見守った。愛想のよい微笑を浮かべたひょろりとした男で、黒い髪ははえぎわが後退しつつあった。半袖のデニム・シャツとジーンズは、すすで真っ黒に汚れていた。

「コーク、ジョー」シャノーが紹介した。「こちらはマーク・オーウェン捜査官。放火と爆発物の専門家だ。オーウェン捜査官、コークとジョー・オコナーです」

「ＦＢＩですか？」コークは聞いた。

「犯罪捜査局《BCA》です」オーウェンは答えた。

コークは周囲をちらりと見た。「あなたがたが来るときは、科学捜査研究所のチームを引き連れてくるのかと思っていた」

オーウェンは尻ポケットからぼろきれを出して汚れた手をふき、まずジョーと、それからコークと握手した。「昨夜グッドヒュー郡で多重殺人があって、この二十四時間、州はてんてこまいなんです」

保安官助手たちがいまだにすすけた残骸を注意深く調べている小屋から、一人の男がこちらへ歩いてくることにコークは気づいた。六十歳を越えたくらいだろう。中肉中背で、髪は灰色だった。灰色のスーツに同色のネクタイを締め、製材所の混乱した構内の中で整然とした姿に見えた。男は悠然と近づいてきた。

「こちらはデイヴィッド・アール捜査官だ」男がそばに来ると、シャノーが紹介した。「アール捜査官、ジョーとコーク・オコナー夫妻です」

彼らは握手をかわした。

「あなたもBCA?」コークは尋ねた。

「そうです」彼はスーツの上着のポケットからマールボロの箱を出し、とんとんと叩いて一本出すと、銀色のライターで火をつけた。ふっと煙を吐きだして、コークを見た。「オコナー。ここの保安官を知っていた、四十年近く前のことだが。彼もオコナーという名前だった」

「わたしの父だ」

「いい男だった。あなたも法執行機関に?」

「彼はわたしの前任者だった」シャノーが答えた。

アールは微笑して、政治ってやつは、とでもいうように肩をすくめた。「いまはなにを?」

「わたしは——ええ——ハンバーガースタンドをやっています」

「それで、ここにいる理由は?」アールは答えを求めてシャノーを見た。

「送ってきたんです」コークはすばやく言った。「妻を。妻はアイアン・レイクのオジブワ族の代理人をしている」

アールは視線をジョーに向けた。「ウォレンという男のことでみえたわけですね。気の毒に」

「爆発がどうして起こったか、わかりましたか?」ジョーが尋ねた。

「いくらかは。保安官?」

「どうぞ」シャノーがうなずいた。「どうせ、すぐ郡全体に知れわたることだ」

煙草を持った手で、アールは同僚のオーウェンに発言を譲るしぐさをした。

オーウェンは手からすすを拭いおわって、ジーンズの尻ポケットにぼろきれを突っこんだ。「われわれは、もちろんまだ証拠を集めているところです。だが、ぼくの推測を言いましょう。完成度の低い爆発物で、おそらく無煙火薬をスティールパイプに詰めただけのものでしょう。点火装置は単純です。タイマーはバッテリーに接続した安物の時計で——バッテリーは九ボルトの電池だと思います——それを防護ガラスをはずしたカメラのフラッシュバルブにつないだんでしょう。時計が時刻を指すと回路が通じ、バッテリーがフラッシュバルブをつける。フィラメントのワイヤの熱が火薬に点火して、ボン！」情熱を抱いているとみえる話題にのめりこむにつれて、オーウェンの両手は空中に言葉を説明する図を描きはじめた。「さて、ふつうこの種の爆弾はおもに破砕を引き起こすものです。だが、こいつはとくべつな仕掛けがしてあった。スティールパイプに化学物質が塗ってあったんです。可燃性のゼラチンか、もしかしたらプラモデル用の接着剤、これはひじょうに燃えやすい。爆発で化学物質に火がつき、それで飛散する破片が燃えていたんです。少なくともその燃える破片の一つが、LPガスボンベのバルブを切断し、洩れたガスに引火した。ほんとうに破壊的な爆発が起きたのは、そのときです」

「マークにだまされないでください」アールがかすかに微笑して、煙草の灰を落とした。「彼は見かけほど賢いわけじゃない。最近、ヴァーモント州、ワシントン州、カリフォルニア州のいくつかの爆弾事件で、同じ作動方法が使われているんです。そういった事件でも、大型車両が標的だった」

「まさか、同じ犯人だというのではないでしょうね？」リンドストロムが言った。

「かならずしもそうじゃありません」オーウェンは答えた。「装置はじつに単純で、材料を入手できてインターネットが使えるなら、ハイスクールの生徒でも作れるようなものです」

「爆弾の作りかたを説明しているサイトがあるとか？」ジョーが聞いた。

「残念ながら、あります」オーウェンはうなずいた。「けさ電話してきた相手が名乗っていた〈大地の軍〉。もっとも戦闘的な環境保護主義者のグループです。ぼくがいま言ったような装置を作るのに必要な情報を、ウェブサイトで公開している」

「なんと」コークはつぶやいた。「十六歳から六十歳までの誰もが犯人でありうるわけだ」

アールが煙草を地面に捨てて、靴の先で燃え殻を踏みつぶした。そして、小屋と構内の破壊のあとに目をやった。「インターネットなどくそくらえだ」

「ゼラチンだかプラモデル用の接着剤だかは、新しいやり口です」オーウェンは続けた。「この目的の一つは、火事を起こすことだったと思えますね。なんといっても、ここは製材所だ。多くの損害が見込める。それでも、この装置が誰かを殺傷する目的があったとは思えない」

「なぜですか？」ジョーが聞いた。

「タイミングです」

「爆発《デトネーション》が起きたのは、ハロルド・ルーミスが現場からいちばん遠くにいたときだった、ということね」

「厳密にいえば、爆轟《デトネーション》じゃない」オーウェンは訂正した。「爆燃《デフラグレイション》です。音速より化学反応が遅い爆発のことです」

「マークはほんのちょびっと、知識をひけらかす傾向がありましてね」アールが口をはさんだ。

オーウェンは少年のような笑みを浮かべた。「ただ正確を期しているだけだよ、デイヴ。すぐにミスター・ルーミスに話を聞けていたらな。彼の手と服に残留物がないかどうか確かめられたらよかったんだが」

「ルーミスがこれをやったと疑っているんじゃないでしょうね」リンドストロムは怒りを爆発させる寸前のようだった。

理を説く口ぶりで、アールがなだめた。「容疑者リストから完全に削除できていたらよかった、というだけですよ」

「では、チャーリー・ウォレンが犯人だとは考えていないんですか?」ジョーが尋ねた。

答えたのはシャノーだった。「なにが起きたのかほんとうのところはまだわからないので、あらゆる可能性を考慮しなければならない、ということだよ」

「ハロルド・ルーミスがやったんじゃない」リンドストロムは言い張った。

「まあまあ、カール」シャノーがとりなすように言った。「年齢《とし》を考えても、ルーミスが気づいたことや覚えていることは、どうも少なすぎるように思うんだ」

リンドストロムは、めんくらったような顔つきになった。「わからないな。わたしは脅迫されているんですよ。わたしの製材所が攻撃されているんです。門の外には、こんなことが起きたのをまったく意に介していない連中が大勢いる。ところがあなたたちときたら、うちの従業員を尋問すると言う。くそ、これがいまのミネソタ州の捜査のやりかたですか？」彼は答えを待たずに背を向けると、荒々しい足どりで構内を横切って事務所へ戻っていった。

「もう帰りましょう」ジョーが言った。「ウォリー、電話してくれてありがとう」

「われわれはみんな、ここで一緒に生きていかなくちゃならないからな、ジョー」シャノーが答えた。

コークとジョーが製材所を出たとき、あたりは闇に包まれようとしていた。抗議運動のメンバーはもう引き上げており、門の前の道路には誰もいなかった。オーロラまでの車の中で、二人はあまりしゃべらなかった。町の最初の信号に近づいたとき、ジョーが口を切った。「チャーリー・ウォレンはあそこでなにをしていたのかしら？」

「いま、みんながそれを考えているよ」コークは答えた。

「爆弾を仕掛けたのがチャーリーだと、カール・リンドストロムは信じたがっているみたいね」

「この状況では、もしおれがチャーリーを知らなかったとしたら、彼を疑っているだろうな。カールはアニシナーべの人々を知らない。伐採問題で対立する側にいる連中としか思っていないんだ。それに、カールはさまざまなプレッシャーを受けている」

信号が青になり、コークは発進した。通りの街灯がつきはじめた。ヌードセン・パークでは、スタジアムの照明の下ですでにソフトボールの試合が始まっていた。

「ずいぶんリンドストロムの肩を持つのね」

「そうしない理由もないからね。おれは誰の代理人でもない」

ジョーはソフトボールに興じる人々を横目に、静かに言った。「リンドストロムは一つの点では正しかったわ。あなたはこのことにかかわるべきじゃない」

「オーロラは小さい町だ。誰もがこのことにかかわっている」

「あなたのようにではないわ」彼女はコークを見つめた。車内は暗すぎて、彼女の顔ははっきり見えなかった。「今晩、あそこに行くべきじゃなかった。ウォリー・シャノーでさえ、あなたがいることを正当化できなかったわ」

そのあと家に着くまで、二人は無言だった。スティーヴィはまだ起きていて、コークは自分が寝かしつけると言った。少しのあいだ、本を読んでやった――『ジェイムズとジャイアント・ピーチ』――が、スティーヴィはすっかりくたびれていて、一ページ終わったところで眠ってしまった。コークは常夜灯だけつけて明かりを消した。しばらく、窓から外を眺めた。背後で、スティーヴィの小さな規則正しい寝息が聞こえる。裏庭の楡の枝を、そよ風が吹きぬけていく。夜の吐息のようだ。暗闇の空気は、煙の臭い、遠くの火事の臭いがした。コークは部屋を出た。廊下を歩いていくと、階下でジョーと娘たちが話している声が聞こえた。穏やかな笑い声が上がった。彼は寝じたくをして、ベッドカバーの上に横たわった。けさのことを考えた。ジョーを両腕の中に抱き、愛をかわそうとした。それが、ずっと前のことのように思えた。ふだん一日の終わりに感じるよりも、ずっと疲れていた。待ったが、ジョーは上がってこなかった。ついに、彼は眠りに落ちた。眠りは深く、ジョーがベッドに来たのかどうかさえわからなかった。

8

ルペールは魔法瓶に濃く熱いコーヒーを入れてきた。トラックに乗りこんできたウエズリー・ブリッジャーに魔法瓶を渡した。

「ひどい顔だな」ルペールは言った。

ブリッジャーは慎重にコーヒーをついだ。「大丈夫だよ。いまいましい鳥どもより も早く起きたせいだ」

「寝る前のウィスキーのせいだろう」

「うるせえぞ、おふくろ」

ブリッジャーがコーヒーを流しこんでいるあいだに、ルペールはエンジンをかけて古いピックアップを出した。コーヒーがブリッジャーのシャツの前にこぼれた。

「なにをしやがるんだ?」

朝日に輝きはじめた前方の道路に向かって、ルペールは微笑した。「熱いシャワーさ」

コーヒーを飲んでも、ブリッジャーは途中ほとんど寝ていた。一時間後、ルペールはイルゲン・シティに着き、南に折れてミネソタ州道六一号線に入った。右側では、ソートゥース山脈の南端を形成する山々が、晴れわたった朝の光を浴びて金色に染まっていた。ソートゥース山脈のふもとからはスペリオル湖が東に広がり、群青色の水がやや薄い青の空に溶けこむ水平線まで、さえぎるものなく続いている。

いい天気だ、とルペールは思った。ダイビングには絶好の日和だ。

ブリッジャーが身動きして目を開け、真正面から射しこむ陽光にまばたきした。

「腹がへったか？」ルペールは聞いた。

「トーストが食いたいかな。あんたがコーヒーと呼ぶしろものをがぶ飲みしすぎた」

二人はビーバー・ベイの小さなレストラン、ブラウンズに寄った。ルペールは黄身の表面だけ固くした目玉焼き二個、ハッシュブラウンズ、全粒小麦粉を混ぜたトースト、ハム、オレンジジュースを頼んだ。ブリッジャーが両手で顔をこすってごま塩のひげがはえたあごをなでているあいだ、我慢強そうな茶色の目の若いウェイトレスは、注文票にペンをかまえて待っていた。

「ああ、くそ」ようやくブリッジャーは口を開いた。「パンケーキとベーコンと卵二個のスクランブルをくれ。自家製のフライドポテトはあるか？」

「はい」

「ダイビングに行くんだぞ」ルペールが注意した。「そんなに食ったら、重り《ウエイト》がいらなくなる」

ブリッジャーは彼をにらみつけて、ウェイトレスに言った。「それからコーヒーだ。たっぷりな」

レストランは満員だった。ルペールが見たところ地元の人間数名と、大勢の旅行者がいた。家族連れが――男、女、少年――店に入ってきて、席に案内されるのを待った。三人は、窓ぎわにすわっているルペールとブリッジャーから少ししか離れていなかった。

「湖で泳げる？」少年が聞いた。

「だめだよ、ランディ」父親が答えた。「水が冷たすぎる。じっさい、あまり冷たいんで溺れた人の遺体が上がってこないんだ。スペリオル湖は死者を放さないんだよ」

「スチュアート」妻がたしなめた。

「どうして？」少年が聞いた。

妻のしかめつらを無視して、スチュアートは答えた。「死体が腐敗すると、体内にガスが溜まって浮くようになる。風船みたいにふくらむんだ。しかし、ここの水はすごく冷たいから、死体が腐らないんだ。あの大きな湖の底に、ずっと横たわっているんだよ——」

「もういいわよ、スチュアート」

「噂では」父親は続けた。「月が明るくて湖面が静かな夜、下を見ると死者たちが水底で踊っているんだそうだ」彼は両手を幽霊のように揺らしてみせた。

「もういい」こんど、そう言ったのはルペールだった。

スチュアートは驚いてこちらを見た。テーブルについている不機嫌で力の強そうな男が、冗談を言っただけだと思おうとして、口もとに微笑を浮かべかけた。

「わたしはただ……」説明しようとして、結局ひとことだけ言った。「申し訳ない」

席に案内されるまで、家族はずっと黙りこくっていた。ルペールは、朝日を反射して銀色の炎のような湖に向いた窓から、外を見つめつづけていた。

朝食を終えて勘定書きが来ると、ブリッジャーが言った。「払っておいてくれるか？」

ルペールは財布に手をのばした。「つきは変わらなかったんだな？」

「ゆうべは〈ブラック・ベア・カジノ〉まで行ってみた。河岸《かし》を変えればちょっとはいいかと思ったんだが、だめだった」

「カードと酒をいっぺんにやらないようにすればいいんだ」

「とにかく朝飯はおごってくれよ。そのくらいは当然だろう。自分の楽しみのためだったら、けさこんなに早くベッドから出なかったんだ」

ルペールは一ドル札を二枚チップに置き、レジで支払いをすませた。外に出ると、スチュアートが窓からこちらを見ていることに気づいた。スチュアートは急いで顔をそむけた。

朝食のおかげで、ウェズリー・ブリッジャーは目がさめたようだった。快活な足どりでルペールのトラックへ歩いていき、自作のキャンパー・シェルをつけた古い青のダッジ・ピックアップに頭を振ってみせた。

「この錆《さび》だらけの車にどのくらい乗っているんだ？」

「十一年になる」ルペールは運転台に乗りこんだ。

「新しいのに乗り換える潮時だな」ブリッジャーは助手席のドアを開けた。「だが、そうなると便所掃除じゃ月々のローンは払えないぞ」

トラックは道路に出て、ビーバー・ベイから南下を続けた。

ブリッジャーはラジオに手をのばして、カントリー音楽の局を見つけた。腕を組むと、背もたれに寄りかかった。「ああいうカジノはとんだ荒稼ぎしているよ。まったく、ほかにはなに一つないところで、昼も夜も駐車場は満杯だ。一日百万ドルは実入りがあるだろう」ちらりとルペールを見た。「それであんたの賃金は、スズメの涙か？」

「前にも言ったろう、カジノはそれぞれの保留地のバンドが運営しているんだ」ルペールはバックミラーを確認して、老婦人が運転するのろいビュイックを追い越した。「〈チペワ・グランド・カジノ〉はオジブワ族アイアン・レイク・バンドが運営している。分配金をもらうには、そのバンドに登録したメンバーでなければならない。おれの母親はカナダから来たクリー族だった」

「たとえそうでも、あれだけ収入があれば、州内のインディアン全員に分け与えても充分だと思わないか。バンドがどうした、くだらない」リーバ・マッケンタイアの曲に合わせて、ブリッジャーは足踏みした。「少なくとも仕事はくれたと、あんたは思っているんだろう。たいした仕事だ。トイレの便座拭きだぜ」

「この話の行き着く先はわかっている」

「おれが言っているのは、あんたがどう思おうと、あんたは誰かにものすごく損をさせられているってことだ」

「だから、この無謀な計画を提案したってわけか。おれが、ものすごく損をしているから」

「いいや、百万ドルを手にすると思っただけで、あそこがおっ立つ気分になるからさ」

「前は、難破船に潜って百万ドルを手に入れるって、自信満々だったじゃないか」

「そうとも」ブリッジャーはすわりなおして腕を組んだ。「手に入れる。だが、そいつはえんえんと続く訴訟が終わってからの話だ。このところのおれのつきからすると、そんなに長く札束を待ってはいられない。言っただろう、このダイビングにもっと金がかかることになれば、おれたちは一巻の終わりだ」

「そろそろ賭《か》けごとはやめたらどうだ、ウェス」

「ここまでやってこられたのは、ギャンブルのおかげだぜ」ブリッジャーは苦い顔で思い出させた。「いいか、おれは別のゲームを提案している、それだけだ」

「あんたが提案しているのはゲームじゃない。刑務所行きになるかもしれないんだぞ」

「あんたの人生はいまでもムショ並みじゃないか」

車は、東へと伸びる長い丘に近づいた。丘は暗い壁のように、前方に立ちはだかっている。稜線《りょうせん》には常緑樹とアスペンが茂っていたが、両側は平行に溝が走った玄武岩の崖で、東端は湖面まで七十メートル以上ほぼ垂直に落ちこんでいた。煉獄の丘《パーガトリー・リッジ》と呼ばれる古代の溶岩流の名残で、ジョン・ルペールはこのふもとで生まれ育った。道路は、丘の下で照明のある長いトンネルに入る。トンネルを抜けるあいだ、ルペールの古いトラックのタイヤは、壁に反響する長い一つの音符を奏でているようだった。ふたたび陽光の下に出ると、ルペールはすぐにスピードを落として、土と砂利の細い道に入った。小道はポプラの密生した木立のあいだを曲がりくねりながら四百メートルほど続き、やがて周囲から隔絶した入り江に建つ小さな家に着いた。そこは、頭上にそそり立つ丘にちなんでこう呼ばれていた。煉獄の入り江《パーガトリー・コーヴ》と。

入り江には、波によって丸くなった小石だけでできた浜があった。ここにはルペールの家しかない。ほかにある人工的な建築物は、頑丈な漁師小屋と、修復した三十六フィートのグランドバンクス・トローラー〈アン・マリー〉が係留されている長い桟橋だけだ。ルペールはトラックを漁師小屋のそばに止め、車から降りた。そして、ドアの南京錠に鍵を差しこんだ。

ブリッジャーも降りて、体をのばした。小さな家のほうにうなずいてみせた。「どうしてぜったいに元の家に入らないんだ？」

「入るよ」

「おれが一緒のときは入らない」

「家の中をそっとしておきたいんだ」

「なんなんだ？　聖堂かなにかのつもりか？」

「あんたのタンクを持ってこい」ルペールは言って、漁師小屋のドアを開けた。

ルペールが若いころ、父親は漁師小屋でその日の収穫を洗っていた――コクチマスやホワイトフィッシュ——それを、グランド・マーレイとツー・ハーバーのあいだの、北岸沿いの市場や燻製工場に売っていた。ジーン・チャールズ・ルペールは四年間を海軍で過ごしたあと、第二次大戦から復員した。広々とした大洋が大好きになっていた。大学進学費用にもできた金で、彼はブッゲという名のノルウェイ人からパーガトリー・コーヴの土地を買いとった。土地には、住居と漁師小屋と水洩れする船と、もつれた大量の網もついてきた。彼は一年近くかけて建物を修理し、船を航海に耐えるように手入れし、網を直した。修理に明け暮れていた冬、ナイフ・リヴァーの小さな店で働いていた美しいインディアンの娘アン・マリー・セバンクと出会い、恋に落ちた。網を仕掛けはじめた次の年に、二人は結婚した。家は狭くて質素だったが、そこが彼らの愛の巣となり、一年もしないうちに息子が生まれた。ジョン・セイラー・ルペールだった。

しばらくのあいだ、ジョン・ルペールの人生はすばらしかった。長い日々を入り江の浜辺で瑪瑙《めのう》を探したり、父親について北岸へ行き、父親が魚を売っているあいだに瑪瑙をみやげ屋に売ったりした。パーガトリー・リッジの頂上でのピクニックを覚えている。北西にはソートゥース山脈が広がり、東にはスペリオル湖が世界の果てまで平らかに青く続いていた。その高みから、銀色の湖面の下のどこに魚がいるか、網を仕掛けるポイントはどこか、父親が指さして教えてくれた。父親は漁を愛し、巨大な湖を愛していた。しかし、彼の命を奪い、彼の妻を暗い錯乱状態に陥れたのは、まさに愛する漁と湖だった。妻は錯乱状態から完全に脱することはなく、そのため、息子たちはあまりにも早く、つらい成長をとげないわけにはいかなかった。ルペールはずっと、この謎の核心にある真実をなんとか解き明かそうとしてきた。ようやく受け入れるようになったのは、キチガミと呼ばれるスペリオル湖はあまりにも広くて古く、その究極の目的があまりにも大きいものの一部なので、一人の人間の命など――あるいは、二人だろうと三人だろうと――まったく意に介さないということだった。そんなふうに、ルペールは湖を神のようなものだと考えるようになった。神は与え、かつ奪い、そしてどちらに対してもひとことの説明すらしようとはしない。

ブリッジャーはピックアップの後部からダイビング用の器材を下ろした。タンクを小屋の中に運ぶと、ルペールがコンプレッサーで圧縮空気《エア》を満たし、続いて自分のタンクも充塡《じゅうてん》した。二人はすべてをボートに積みこんだ。ブリッジャーが係留装置を解き、ルペールは桟橋から〈アン・マリー〉を出した。入り江の入り口は両側とも、はかり知れない年月の風化作用によってパーガトリー・リッジから切りとられた火成岩の堆積《たいせき》で守られている。どんなに激しい嵐でも、波の力は入り江に着く前にそぎとられてしまう。ルペールは船首をまわして、湖へと乗り出した。人をあざむく穏やかな水面を切るように、船は進んでいく。この水が、父を、母を、弟を、愛するすべてのものを彼から奪った。この水が、あまりにも冷たくて瞬時に心臓の鼓動を止め、あまりにも無慈悲で死者を渡すのをかたくなに拒絶するのだ。

## 9

午前四時になるころ、ジョーが部屋の中で動きまわっているのに気づいた。

「どうかしたのか？」コークは尋ねた。

動きを止めた彼女の脚が、斜めに差しこんだ月光の中で輝いていたが、体のほかの部分は暗闇に包まれていた。しばらくたってからジョーは答えた。「頭痛薬を探しているだけ」そう言って、戸口から出ていった。

目をさましたまま彼女の帰りを待つつもりだったが、次に気がついたときには部屋は朝の光で明るくなり、ジョーはやはりベッドの隣にはいなかった。ラジオ時計を見ると、七時十五分だった。

「ジョーを見た？」ローブ姿でキッチンに立っていたローズに尋ねた。

ローズはあくびをして冷蔵庫を指さした。

「メモがあるわ」

コークは冷蔵庫の扉から紙を取った。

〈眠れなかったので、オフィスへ行きます。ジョー〉

「出ていく物音を聞いた？」

「いいえ」ローズは白いマグを持ち上げた。横に赤い字で〈叔母さんは世界一〉と書いてあった。コーヒーメーカーが最後の数滴をドリップするのを、ローズは待ちかまえていた。

居間でテレビがつく音がした。キッチンの戸口からのぞくと、スティーヴィが起きだしてアニメを見ようとしていた。コークは壁の電話で、ジョーのオフィスにかけた。四回鳴ったあと、留守番電話のメッセージが流れた。彼は受話器を置いた。

「コーヒーは？」ローズは大きなマグから一口飲み、もうさっきより目がさめた顔になっていた。

「ありがとう。自分でつぐよ」

彼女はコークを見た。「どうかしたの？」

「いや、別に」

嘘だった。コークはあのときのことを思い出していた。そんなに昔ではない。ジョーは落ち着きがなく、尋常ではない時間に出かけていた。その理由は、ほかの男と恋に落ち、時間をつくってはその男のベッドに忍んでいったからだ。キッチンの窓から外を見ると、ジョーはガレージのドアを開けっぱなしにしていた。彼女の古いトヨタが停めてある場所がからになっているのをコークは見つめ、コーヒーのカップを握りしめて自分を叱った。自分にも罪があった。ほかの女と恋に落ち、何度も彼女のベッドに通っていた。いま、それらはすべて過去のことになっている。二人は苦痛と不信を乗り越えてきたはずだ。それとも、違うのだろうか？

コーヒーに口をつけ、唇をやけどしそうになった。「くそ」

ローズは食料棚を開けて、小麦粉ミックスを出していた。ミックスの箱をカウンターに持っていこうとして、手を止めた。「心配ごとがあるみたいよ、コーク」

「言っただろう」自分でも驚くほど、とげとげしい口調だった。「なんでもないよ」

キッチンから出ていった。居間で、スティーヴィはソファにすわっていた。親指をしゃぶっている。くたびれているか、怯えているときに、六歳になったいまもときどき出る幼いころの癖だ。

「よう、相棒」

コークは明るく声をかけたつもりだったが、スティーヴィはテレビから視線を離さなかった。コークはそれ以上話しかけることはせず、朝のランニングの服装に着替えるために二階へ上がった。

最初のマラソンを走ったのは、去年の秋のツイン・シティ（セント・ポールとミネアポリス）だった。

二度目はこの夏、ダルースの有名なグランマズ・マラソンだった。煙草をやめると同時にランニングを始め、両方とも、愛していたある女との約束だった。その女とはジョーではなかった。あのころ、コークは一人で〈サムの店〉に住んでいた。家族と離れていた長い月日のあいだ、最大の望みは、なんとかして家族全員を取り戻したいということだった。彼は信じていた――いま思うと愚かだが――グズベリー・レーンの家へ戻れば、去ったときのままの生活をあまり変わらずに続けられると。しかし、一日一日、人生は人間を変える。そして、人生に傷ついた場合はとくに、多くのことが永遠に変わってしまう。コークとジョーは過去のその部分について一度も話しあったことがなかった。彼がウエイトレスを愛し、ジョーが金持ちの男を愛していたときのことを。相手は二人ともいまは亡いが、亡霊たちが残って、コークとジョーのあいだに何度も忍びこむ沈黙につきまとっているようだった。そういうことについて話したいと、コークはずっと思っていた。だが、心の奥ではつねに、自分の結婚生活は傷ついていてまだ足を引きずっている状態ではないかと疑っていた。古い傷口をほじくりかえしてなんになるだろう？　時が癒やしてくれるのを待っていたほうがいいのではないだろうか？

いつも、朝のランニングにはアイアン湖岸の道を走る。だが今日、彼の足は違ったルートへと向かった。ジョーの法律事務所がある、オーロラ・プロフェッショナル・

ビルを通る道だ。汗をしたたらせながら、ビルの中へ入った。ジョーの秘書のフラン・クーパーがデスクから顔を上げた。コークは昔からフランを知っている。彼がハイスクールの最高学年のときクラスの書記をしていて、噂では卒業ダンスパーティの夜に妊娠し、その夏にアンディ・クーパーと結婚した。二人はまだ結婚しており、どこから見てもまだ幸せそうだった。バレンタインデーに授かった娘は、現在ミネソタ大学医学部の二年生になっている。フランはコークを見て微笑した。

「ホームストレッチで違う方向に曲がったようね、コーク」

「ジョーはいないかと思ってね」少し息を切らして答えた。

「ここにはいないわ。いったん来て、わたしがけさ出てきたときにはもういなかったの。今日の約束をキャンセルしてくれるように、メモが残してあったわ。保留地へ行ったのよ」

「なぜだかわかる？」

「メモにはなにも書いていないの。でも、ぜったいにチャーリー・ウォレンがらみよ」フランは、コークの汗で灰色のしみができているベージュのカーペットに目を落とした。「水かなにか飲む？」

「いや、ありがとう」

「携帯電話を持つようにって、ずっとジョーには言っているのよ、コーク」やるだけのことはやっているとでもいうように、フランは肩をすくめた。

コークはヌードセン・パークを突っきって湖へ向かった。センター・ストリートにバーリントン・ノーザン鉄道の線路に沿って走り、やがて町を抜けた。〈サムの店〉に着くとシャワーに飛びこんだ。

プレハブ小屋には着替えも置いてあるし、冷蔵庫もコンセントは入れたままで、洗濯ずみの寝具もそろっている。そういうことをとくに考えもなくやっていたが、けさはシャワーを浴びて清潔な服を身につけながら、グズベリー・レーンの家でうまくいかなかったときに備えて、無意識に準備していたのだろうかと思った。そう思ったとたん、怒りが湧いてきた。バスルームの鏡で自分の顔をにらんだ。

「おまえの望みはなんだ、オコナー？　はっきりしろ」

家に電話して、娘たちが仕事に来るときブロンコを運転してくるように、ローズに伝えた。ローズは、今日はセント・アグネス教会の婦人部の手伝いでほぼ留守にするから、スティーヴィを見ていられないと言った。

「娘たちに連れてこさせればいい。また魚をいっぱい釣ろうと、あの子に伝えてくれ」

子どもたちが着いたときには、コークはグリルに火をおこし、アイスミルク・マシンを充填して、フライ鍋の油を熱くしてあった。

「レジに小銭はいっぱいあるから」彼は子どもたちに言った。

「出かけるつもりなの？」ジェニーが聞いた。

「ああ。悪いが」

「忘れないで」ジェニーが注意した。「ママとあたしは今晩図書館に行くんだから」

「図書館？」

「グレイス・フィッツジェラルドの『スペリオル・ブルー』の朗読を聞きにいくの。閉店まではいられないわ」

アニーも口をはさんだ。「あたしも。ソフトボールの練習があるの」

「スティーヴィとおれで店じまいするよ」息子の髪をくしゃくしゃにした。「男だけの夜を楽しもう。いいな、相棒？」

スティーヴィは肩をすくめた。「いいよ。釣りはいつできるの？」

コークは娘たちを見た。

「行って、パパ」ジェニーが言った。「ここはあたしたちが全部やるから」

「ありがとう。恩にきるよ」

コークは車でアイアン・レイク保留地へ向かった。考えないようにつとめた。行きたい理由はただ一つしかない。そしてそれを考えすぎると、自分がいやになるのがわかっていた。どこへ行くか、誰と会ってなにをするか、ジョーが彼に嘘をついていた日々から、まだ充分な時間が経過していない。あのころは、どんな証拠があろうともジョーを信じていた。いまは、確かめずにはいられない。保留地にいる彼女を見なければ、気がすまない。チャーリー・ウォレンの件で調査をしているのだろうとは思う。だが、神よ哀れみたまえ、この目で見なければ気がすまないのだ。

昼少し前にアロウエットに着き、ルダックの店で車を止めた。中ではジョージ・ルダックが、正面の窓の前にある雑誌の棚の横に立って、通りを眺めていた。

「アニン、ジョージ」アニシナーベの伝統の言葉で、コークはあいさつした。

「アニン、コーク」ルダックの顔の暗さは、生まれつきの皮膚の色というよりも別の原因によるものだった。「今日そのドアから入ってきた人間で、レポーターじゃないのはあんたが初めてだ」

「ひどいな」

ルダックは首を振った。「あいつらに話すことはなにもない、チャーリー・ウォレンは爆弾を作るような人間じゃないということ以外にはな」

「彼はあそこでなにをしていたんだろう?」

「わからない」ルダックはレジのあるカウンターへ行き、背の高いガラス容器に手を入れてビーフジャーキーを一本取り出した。コークに差し出したが、彼は手を振って断った。ルダックはジャーキーを少し裂いて、固い肉をしゃぶった。「忍耐しろ、理性を持て、強くあれとみんなに言って聞かせたのは、いつだってチャーリー・ウォレンだった。こんどのことは、まったくわけがわからない」

「お客たちと話したか？」

コークが言っているのは、町の北側の新しい公園に林立している何十ものテントのことだった。部族協議会は投票をして、〝われらが祖父〟を救う闘いに加わるためにオーロラへ来た人々に公園を開放した。彼らはさまざまな団体のメンバーで、ほとんどが白人だった。

「あの人たちはチャーリー・ウォレンを知らない。わしが話をすると、彼らはうなずきはする。だが、目には不信感がある」ルダックはジャーキーを飲みこんで、深いため息をついた。

ルダックの暗いアーモンド形の目にもなにかがあるのを、コークは見てとった。

「あんたも連中を信用してはいないんだろう」

「わしらは違う理由で闘っているんだ、コーク。彼らはすべての伐採を中止するように求めている。こっちの関心があるのは、〝われらが祖父〟を守ることだけだ。すべての伐採を禁じられたらわしらが困るのを、彼らは意に介していないように見える」

保留地内のもう一つの町、ブランディワインにある製材所のことだと、コークにはわかっていた。その製材所はオジブワ族アイアン・レイク・バンドによって運営され、オジブワ族の木こりが伐採した材木を扱っている。

「例によって、彼らには彼らの計画がある。それは、わしらアニシナーベを助けることではない」ルダックはまた正面の窓の前に立って、通りを見つめた。「もう一つ、困った点がある。彼らはあまりシャワーを浴びない」

「ジョージ」とうとうコークは聞いた。「ジョーを見かけなかったか？」

「今日は見ていない。オフィスのほうに電話して、伝言を残した。こっちへ来ているのか？」

彼は胃がひきつるのを感じた。「そう思っていたんだが」

「話をする必要があると伝えてくれ、ジョーに会ったら」

「わかった」

コークはアロウエットの町を徒歩で通り抜けた。端から端までの距離は八百メートルちょっとだ。二、三年前までは、三、四十ある家やトレーラーハウスのほとんどが、ぜひとも修理するか撤去する必要があった。いまはカジノのおかげで、新しい羽目板やこけら板やペンキがあちこちで目につく。古い車がまだ裏庭に鎮座していても、私道には新しい車が止まっている。だが、金が入るようになったからといって、以前雑草を刈らなかった人間が刈るようになるわけではない。とはいうものの、全体としてアロウェットの町は風景を一新していた。この二年間のあいだに大きなコミュニティ・センターが建ち、医師、医療補助者、二人の看護師のスタッフすべてがオジブワ族の、部族が運営するクリニックもできた。商売も――ルダックの店、メディーナのガソリンスタンド、マクワ・カフェ――うまくいっているし、見たところも羽振りがいい。

暑さは耐えがたかった。コークはできるだけ、大きなオークの並木の木陰から出ないように歩いた。コミュニティ・センターの前にジョーの車がないのを見て、そのままぼんやりとただ歩きつづけた。町の北の端まで来て、彼は立ち止まり、新しい公園を埋めつくしているテント村を眺めた。駐車場の古いヴァンやサーブや四輪駆動車の中には、車体の横に放送局のロゴが入った車も数台あった。テント村の人々がレポーターと話したり、写真のためにポーズをとったりしているのが見えた。アースキン・エルロイにぶちのめされかけた若者が、テレビカメラの前で挑戦的にしゃべっていた。「やつらが戦争をしたいというなら、受けて立つまでだ」

コークは首を振った。連中は、いい弁護士を雇ったほうがよさそうだ。

その独白に答えるかのように、ジョーのトヨタが現れて横に止まった。

「コーク、ここでなにをしているの？」

彼はうまい答えを思いつけなかった。

「保安官ごっこをしているのね」間を置いたあと、ジョーは不機嫌に言った。

「保安官ごっこ?」

「言っている意味はわかるでしょう」彼女は車から降りて、オークの木陰にいる彼の横に立った。トヨタのボンネットから、熱気がゆらめくように立ちのぼっている。長時間運転していた証拠だ。彼女はコークが見ていたものに視線を移した。若者はまだテレビのレポーターと話している。「誰かがこの人たちに忠告するべきだわ。気をつけないと、いい結果よりも悪い結果をもたらしかねない」

「きみはどこにいたんだ?」

「チャーリー・ウォレンの娘さんと話をしたかったの。彼が製材所にいた理由がなにか考えられるかどうか聞こうと思って」

コークはほっとした。そして、恥ずかしくなった。「娘さんはどうしていた?」

「なんとか気丈にしていたわ」

「なにか聞けたのか?」

「どうやら、チャーリーは最近かなり秘密主義になっていたようなの。夜中に出かけて、帰るのは明け方。なんの説明もしなかったそうよ。もう年だから、女が原因だとは思えないわ」

コークはざらざらしたオークの幹に寄りかかった。「製材所で起きたようなことにチャーリーがかかわっていたとは、信じられないな」

若者がインタビューを終えてレポーターと握手するのを、ジョーは見守っていた。

「わたしが帰ろうとしたら、シャノーの部下と犯罪捜査局《BCA》の捜査官が来たわ。捜索令状を持って」

「証拠は見つかったのかな？」

「いいえ」彼女は右側を見た。「噂をすれば、よ」

濃紺のボネヴィルが、ジョーの来た方角から近づいてきた。横に来たとき、アール捜査官が運転しているのが見えた。アールはテント村のほうに目を向けていたが、通り過ぎるときコークとジョーのほうを見た。こちらを認めたようだったが、それだけだった。ジョーはオジブワ族の代理人なので、アールにとって彼女はやっかいごとの一部なのだろう。そして、コークは？　たんに、捜査とはなんの関係もないハンバーガー屋としか、思っていないに決まっている。車はゆっくりと町の反対側へ向かい、それから南へ折れて保留地の境界のほうへ去っていった。

コークは木陰から動かなかった。ジョーがすぐそばにいたが、彼女のほうは見なかった。なにか言えたら、自分の気持ちを要約する簡潔な言葉を、愛情と恐怖と名づけがたい暗い要素を因数分解する方程式のような言葉が言えたら、と思った。だが、ひとことで言えるようなことはなにも思い浮かばなかった。

「これからどこへ?」彼は聞いた。

「オフィスへ戻るわ。あなたは?」

「〈サムの店〉へ行く。娘たちに一休みさせないと。このごろは、ずいぶん自分たちだけでやってくれるようになった」

「じゃあ、今晩」

「遅くなるんだろう」

彼女はとまどったようにコークを見た。

「二人で図書館へ行ってグレイス・フィッツジェラルドの朗読を聞くと、ジェニーが言っていたよ」

「ああ、そうだったわ」

「スティーヴィが〈サムの店〉を閉めるのを手伝ってくれるんだ。朗読のあとで会おう」

「ええ」

二人はキスした。そっけなく。ジョーはトヨタに戻って、南へ向かった。

コークはぎらつく太陽の下へ踏みだした。寄ってくれというジョージ・ルダックの伝言を、彼女に伝えるのを忘れたことに気づいた。ジョーの車がルダックの店の前を通り過ぎて、遠くなっていくのを見送った。歩道の熱気で震えているように見えた車体が、やがて完全に視界から溶け去った。まるで、車が——乗せているものも——全部、氷でできているかのように。

# 10

二時間のあいだ最上船橋に立って、ルペールは〈アン・マリー〉を時速十八ノットに保って南南東へ進めた。湖は穏やかで、航行はスムーズだった。遠くの水面で青い鯨が日なたぼっこをしているように見えるアポスル諸島を、ルペールはめざしていた。アニシナーベの人々にとって、多くの島々は神聖なものであり、湖の精霊《マニドーグ》の住みかだった。ジョン・ルペールにとって、島々はビリーと二十七人のよき男たちが死んだ場所を示す墓場だった。

ウェズリー・ブリッジャーは船尾座席で居眠りをしていた。太陽から身を守るために、サングラスをかけて古いキャンバス・ハットをかぶっていた。ルペールは、ブリッジャーのことがちょっと心配だった。この男はゆうべウィスキーを飲んでいる。今日のような深いダイビングをするには、事前に三十六時間はアルコールを抜いておくのがいちばんだ。だが、それはブリッジャーも知っている。彼は、ルペールが資格をとったときのインストラクターなのだから。

ウェズリー・ブリッジャーは、ジョン・ルペールにとって友だちと呼ぶのにもっとも近い存在であり、いろいろな面で世話になっていた。この男がルペールの生活に入ってきたのは去年の夏だった。二人ともビールをチェイサーにしてバーボンを飲むボイラーメイカーが好きだったことが、最初の接点だった。

勤務を終えて、ルペールはカジノのバーにすわっていた。二杯目のボイラーメイカーを飲んでいたとき、ブリッジャーが隣のスツールにすわった。

「おい、バーテン、おれのつけでみんなにおごってくれ」彼は言った。

バーテンダーはグラスを拭く手を止めて、無表情にブリッジャーを見た。「みんなといっても、こちらだけだが」ルペールを示した。

「じゃあ、なんでも好きなものをさしあげてくれ」

「ボイラーメイカーだ」バーテンダーはわざわざルペールに聞かずに答えた。

「おれにも同じやつを」ブリッジャーは手を突き出した。「ブリッジャーだ――ウェス・ブリッジャー。たったいま、二万ドル勝ったんだ」

ルペールは気のない握手をした。おごってくれるのはありがたいが、世間話はそうではない。ブリッジャーは一人で話した。この町には来たばかりだ。いまはぶらぶらしている。ギャンブルに目がなくて、今日はついている。誰かいい女を知らないか。

四杯目を飲むころには、ルペールの舌はいつのまにかほぐれていた。日が暮れきるまでに、彼はブリッジャーに自分の人生を語っていた。〈アルフレッド・M・ティーズデイル〉沈没の悲劇をすべて話していた。

それから二日後の夜、ブリッジャーはふたたび隣のスツールにすわった。「よう、族長《チーフ》、調子はどうだ？」〈五大湖ジャーナル〉の古い号を、彼はカウンターの上に投げだした。写真がたくさん載っている光沢紙の雑誌だ。ブリッジャーはページをめくって、十歳若いルペールがグランドバンクス・トローラーの舵輪を握っている写真を示した。その記事のタイトルは、〈弟を捜し求めて〉だった。ジョン・セイラー・ルペールが、棺となった船の中にある弟ビリーの遺体を見つけてきちんと埋葬してやりたいと望み、ひまさえあればスペリオル湖を航海して、〈ティーズデイル〉の沈んだ場所を捜すようになったことが書かれていた。

「ほんとうに、弟さんの遺体がまだあそこにあると思っていたのか？」

ルペールは、ゆっくりとウィスキーのグラスをまわした。「なんと思っていようとどうだっていい。もうあきらめたんだ」

「酒のほうを選んだってわけか」

「忘れたいだけだ」

「だが、忘れられない。そうだろう？　いまだに悪夢を見るんだ。賭けてもいい。仕事も長続きしないし、人間関係もうまくいかない。そうじゃないか?」

ルペールはショットグラスのワイルドターキーを口の中に放りこみ、続いてチェイサーのレイネンクーゲルをごくごくと飲んだ。

「PTSDって聞いたことがあるか、チーフ?」

「なんだ? 車の走りをよくするやつかなにかか?」

「心的外傷後ストレス障害《ポスト・トラウマティック・ストレス・ディスオーダー》だよ。ベトナム帰還兵の多くがそれで苦しんだ。だが、トラウマになるような出来事のあとにも起こるらしい。たとえば、弟や船の仲間が溺れるのを目撃するとかな」

「じゃあ、おれの悪夢には名前があったわけか。そいつはすごい」

「なあ、あの船はどうして沈んだんだと思う?」

「もういいよ」

「古い船だったから沈んだと思っているんじゃないか? リベットがいくつかなくなっていたんだとか。いつ起きても不思議じゃなかった悲劇的な事故だとか。それは、船会社のやつらの思うつぼかもしれないぞ。あんたたちや保険会社に、そういうふうに思ってもらいたいんだ」

ルペールはビールを口にもっていこうとしていた手を止めて、まっすぐウェズリー・ブリッジャーを見た。「もう帰らないと」グラスを置いて、スツールから腰を浮かした。

「もし、あれが殺人だったとしたらどうだ、チーフ？　冷血な、周到に計画された殺人だったとしたら？」

ルペールは突然胸がしめつけられ、息ができなくなった。スツールの上に戻ってカウンターに寄りかかった。

「ボイラーメイカーをもう一杯」ブリッジャーがバーテンダーに合図した。

グラスが来た。ルペールは飲みものに手を触れなかった。口の中はからからだったが、のどは渇いていなかった。

「一つ、話をしよう」ブリッジャーは語りはじめた。「SEALに入って三年目、おれはある任務に指名された。おれと、あと二人。トップシークレットの任務だ。情報部の人間と会うと、こういうことだった。シンガポールを出港予定の貨物船がいて、船籍はリビアだ。積み荷は燐酸肥料かなにかになっているが、じっさいはまったく違う。なぜなら、情報部は船がカダフィのもとに着くのをぜったいに阻止したがっていたからだ。国際的な事件にしたくないので、表だってはなにもできない。だから、おれたちに貨物船の下へ潜って、船体に沿っていくつか爆薬を仕掛けてもらえないかと提案してきた。そして、爆薬には遠隔操作できる電子起爆装置を付けてほしいと。貨物船を尾行して、海が荒れたら爆発させるってこんたんだ。船体に沿ってミシン目のような穴を開けてほしいと言った。圧力がかかれば、しわの寄った紙を裂くみたいに船体が割れ、すべてが悲劇的な事故だったかのように沈没する。それを期待していたんだ。きたないやつらだと思ったよ。だが、あいつらのほうが立場は上だ、そうだろう？　だから、おれたちはやった。爆薬と起爆装置を仕掛けたあと、貨物船を小さな船で尾行した。三日後に、悪天候に突っこんだ。波の高さが五メートル以上あったよ。この作戦の責任者だった男が命令を下して、一個ずつ爆発させていった。貨物船の無線通話をモニターしながら、爆発に気づくだろうかと息を殺していた。しかし、あの嵐の中だ。荒波にもまれている船の中がどんなにうるさいか、知っているだろう。それに、一つ一つの爆発は小規模だ。とにかく、無線ではそんなことはなにも言っていなかった。貨物船は、見たところなんの変化もなかった。そのまま進みつづけた。みんながそわそわしはじめたが、すべてを計画したやつだけは別だった。まあ見ていろと、やつは言った。そしてたしかに、十二時間後に嵐がやみはじめたとき、船は真っ二つになって海底に沈んだよ。最後の通信でも、破壊工作のことはなにも言っていなかった。構造的な欠陥と大自然の猛威による、恐ろしい事故にしか見えなかった。じつに巧妙だった」

話のあいだ、ルペールは自分の手を見つめていた。カウンターの端をぎゅっと握りしめていた。「誰かが〈ティーズデイル〉を沈めたって言いたいのか？」

「前にもそういうことがあったと言っているだけだ、現実におれはやったんだから。ちょっと考えてみろよ、チーフ。あの老朽船はスクラップになる寸前だったんだ。積み荷を満載した鉱石運搬船にかかっている保険金に比べて、数百トンのくず鉄でフィッツジェラルド海運が受け取る金がなんぼのものだ？　その差を考えれば、誰だって人殺しの誘惑に駆られるさ。きんたまを片っぽ賭けたっていい」

その晩、ルペールがバーからよろめき出たのは、ボイラーメイカーに酔ったせいではなかった。〈ティーズデイル〉の沈没を思いおこして、眠れない一夜を過ごした。ありとあらゆる詳細をほじくり返しては、つらくても一つ一つを吟味した。あのドーンという衝撃音のことを考えた。あれで目がさめ、船が揺れたので寝棚から落ちてしまった。ピート・スワンソンのことを考えた。デトロイトで雇われたボイラー係で、それまで一度も一緒に乗り組んだことはなかったが、死ぬまぎわに「おれが吹っ飛ばした」と言った。ルペールはずっと、スワンソンは意識が混濁していただけだと思っていた。だが、もしかしたらそうではなかったのかもしれない。もしかしたら死ぬ前に、裏切りによって地獄へ行く前に、告白しようとしていたのかもしれない。陰気な朝の光が寝室の窓から射しこむころには、ルペールの心は決まっていた。

翌日の勤務明けに、二十ドル用ブラック・ジャックのテーブルにいるウェズリー・ブリッジャーを見つけた。ブリッジャーの前には緑のチップが山になっていた。

「話がある」ルペールは言った。

ブリッジャーは手を振った。「あとでな、チーフ。ついているところなんだ」

「いまだ」

「わかった、わかったよ」彼はチップを集めて一つをディーラーにひょいと投げ、あとは自分のポケットに入れた。そして、ルペールについてバーに入った。

「なぜオーロラに来た？」

「言っただろう。あちこちぶらぶらしているだけだ。ちょいとギャンブルをやりながらな。それだけだ。ここのカジノは気に入ったよ」

「ほかにもカジノはある。なぜこのカジノにした？」

ブリッジャーはバーテンダーに合図した。「ジャック・ダニエルをロックで。あんたは？」

ルペールはかぶりを振った。

ウィスキーが来た。ブリッジャーはぐっと一口飲んだ。

「SEALをやめてから、ずっとギャンブルで生活してきた。ちんけな稼ぎだ。大きなゲームがやれるだけの元手があったことは一度もない。ある日、おれは歯医者に行った。親知らずが生えかけていたんだ。待合室で順番を待っているあいだ、雑誌を読んでいた。〈五大湖ジャーナル〉だ。あんたと沈んだ鉱石運搬船の記事が載っていた。おれが沈没に一役買った貨物船のことが思い浮かんだ。もしもあんたが沈没船を見つけたら、少なくとも会社側の重過失を証明できるかもしれない。だが、うまくすれば、殺人罪を立証できるかもしれない。どちらにしても、陪審員は莫大な金額をあんたに渡すと決定するだろう。こいつはギャンブルに値すると、おれは思った。だから、ここに来た」

「なにをするために？」

「こういうことだ。おれはあんたを援助する。古い船に艤装《ぎそう》をしてやる——航海できるように修理して、いいソナーを取りつける。あんたにダイビングを教えて、器材も用意する。沈没船を見つけたら——ぜったいに見つけるさ——そして、ちくしょうどもをやっつけてやれるだけの証拠を手に入れたら、陪審員があんたに認める額の何割かをもらいたい」

ルペールは相手を見ただけで、なにも言わなかった。

「何割か聞かないのか？」

「おれが沈没船を見つけるのを助け、フィッツジェラルド海運がビリーを殺したことを立証するのに手を貸してくれるなら、金は全部やる」

ブリッジャーは笑った。「いいとも、チーフ。おれはごうつくばりじゃない」彼はルペールに手を差し出した。「決まりだな？」

「決まりだ」ルペールは答えた。二人は握手した。

アウター島の八百メートル東で、ルペールはブイに近づいて速度をゆるめた。ブリッジャーが目をさまし、伸びをしてあくびした。そして〈アン・マリー〉の舷縁へ行くと、しばらく湖を眺めていた。

「ブイに係留してくれ」ルペールは船を操作しながら叫んだ。

ブリッジャーは片手で船首索をつかみ、片手で鉤竿《かぎざお》を持った。鉤竿をブイに引っかけて船を寄せ、索を固定した。ルペールはエンジンを止めた。湖の静寂があたりを包んだ。

「潜るにはうってつけの日だな」ブリッジャーは言った。帽子をとり、服をぬぎはじめた。

スペリオル湖の水は、ウェットスーツには冷たすぎる。水から守ってくれる、断熱加硫《かりゅう》処理したゴムのドライスーツを二人は身につけた。スーツにはブーツとフードがついており、水深四十五メートルでの寒さと闘うために、ゴムの下にはスエットスーツを着ている。ルペールは左脚の内側にナイフを装着し、腰にはウェイトを留めたベルトには収集のためのナイロンバッグと、深みを照らす強力な水中ライトが吊るしてある。ルペールはタンクを背負った。空気調整器《レギュレイター》からはもう一本ホースが下がっており、彼はドライスーツの前のバルブにそれを差しこんだ。スーツを断熱して体の乾燥を保つため、ゴムの下に空気の層を送りこむのだ。マスクをつけ、最後に断熱グローブをはめた。マスクとフードのあいだのわずかの部分しか、顔の皮膚は出ていない。ブリッジャーを見た。彼はマスクをつけながら、百メートルほど離れたところに停泊している船を眺めていた。

「三度目だよ、チーフ」ブリッジャーは不機嫌そうに言った。

「なにが三度目なんだ？」

「おれたちが潜るとき、あの白いランチがあそこにいるのは三度目だ。この前はたんなる偶然だろうと思ったが。双眼鏡はあるか？」

ルペールは最上船橋に上って、舵輪の横から双眼鏡を取った。下りてきて渡すと、ブリッジャーは目にあてた。

「遠すぎる。船名や船舶登録は読めない。気にくわないな。潜るのはやめておいたほうがいいかもしれない」

「ここまで来て引きかえすのか。考えすぎだよ、ウェス。あの船が前にもいたからなんだっていうんだ。なにもしてやしないだろう」

「これからもしないとはかぎらない。いいか、もしあれがフィッツジェラルド海運なら、おれはぜったいそうだと思うがな、前にも殺しているんだぞ。名簿にあと二人増やしたところで、金の亡者どもにとってはなんでもないんだ」

「好きなようにしろ。おれは潜る」ルペールは新しいソニーのビデオカメラをアルミニウムのハウジングに入れた。カメラと深海用ハウジングにブリッジャーは二千ドル以上払ったが、必要な証拠を集めるにはどうしても必要だった。「行くぞ、ウェス」ルペールは呼びかけた。

ブリッジャーはランチのほうにどなった。「くそったれ！」手を上げて、遠くの船に中指を突き上げてみせた。「わかったよ。いま行く」

ルペールは舷側から飛びこんだ。一分後にブリッジャーも続いた。

去年の夏、ブリッジャーとルペールは〈アルフレッド・M・ティーズデイル〉の捜索を開始した。ブリッジャーが金を出して〈アン・マリー〉にソナーを付け、〈ティーズデイル〉の沈没地点だとルペールが信じているアポスル諸島北東の水域を慎重に捜した。何週間もついやして、ついに船首を発見した。不運なことに、水深九十メートル以上の場所で、スキューバダイビングには深すぎた。十一月の悪天候が始まり、船尾の捜索もあきらめざるをえなくなった。二人は四月に再開した。二ヵ月後、ついに〈ティーズデイル〉の残りの部分すべてを見つけた。鉱石運搬船の後部が嵐の中へとビリーを運び去ったとき、スクリューはまだ動いていた。船尾部分は八キロ以上進んだあと、沈没していた。そして、アウター島沖の岩だらけの湖底に急角度で突っこんでいた。最初のダイビングで、二人はプロペラ軸に鋼鉄のケーブルを取りつけ、ケーブルの先端を水面に出した。そこにブイを設置して目印にした。飛びこんでみて、暑い乾燥した夏のせいで水面に近い水が温まっているのをルペールは感じた。だが、これから潜る暗闇には温もりがぜったいに届かないことはわかっている。ブリッジャーのあとから、ケーブルをたどっていった。水深三メートルで、浮上のとき減圧するため十分間とどまっていなければならない場所を示す、黄色いマーカーを通過した。すでに水圧が増しはじめていることを、ルペールは内耳で感じた。

水深十メートルで、ブリッジャーが水中ライトをつけた。強力な光線で照らされた水は青緑色だった。自分の呼吸の音とホースからたえまなく排出される泡の音以外は、ルペールにはなにも聞こえなかった。

水深二十メートルを過ぎると、水圧は三倍になる。スキューバがなければあばら骨が折れ、肺がつぶれる深さに近づいているのを、ルペールは知っていた。ゴムのスーツを通して、冷たさが増すのがひしひしと感じられた。〈ティーズデイル〉の船尾の曲線と、スクリューの三メートルの羽根が、水深三十メートルの暗闇にぼうっと浮かびあがった。船体は横向きになり、四十度の角度で岩だらけの傾斜から突き出していた。ルペールは、レギュレイター・ホースの残圧計をチエックした。湖底に達するだけで、エアの三分の一を使っていた。彼とブリッジャーが浮上を開始しなければならない時間まで、あと十分しかない。

ビーバー・ベイのレストランにいた男の言葉は正しかった。この深さ、この冷たさでは、湖は巨大な肉の貯蔵庫のようなもので、死者は腐敗することがない。ルペールが最初に沈没船を発見したとき、潜るたびに貴重な時間をすべてついやして、居住区、調理室、ボイラー室、迷路のような昇降階段をビリーの遺体はないかとむなしく捜しまわった。船体がとどまっていた岩の斜面も慎重に調べたが、見つかったのはロを開けた貨物室からこぼれた石炭だけだった。愚かな行為だとわかってはいても、確かめずにはいられなかった。いま、ルペールが潜る目的は別にある。正義のためと自分では主張するかもしれないが、じっさいは復讐心といったほうがいい。

ブリッジャーはルペールに先導をまかせた。二人は傾いた船体をたどり、九十メートル前方の十メートル以上低い中央の切断面へ向かった。

たいして進まないうちに、金属をリズミカルに叩く音がしてルペールははっとした。ブリッジャーが動きを止めて、ナイフでタンクを叩いていた。ルペールの注意を引いたとわかって、ブリッジャーはフードの耳のあたりを手で示し、水面を指さしてみせた。

ルペールは聞き耳をたてた。彼にも聞こえた。夏の蟬の声のような、遠いぶーんというなり。上のほうに船がいる。正確な位置は、ルペールにはわからなかった。ふいに、音がやんだ。ブリッジャーが水中ライトを上に向けた。彼は、光を発する氷柱《つらら》の下にぶら下がっているように見えた。ブリッジャーは強い身ぶりで、浮上しようと促した。ルペールも同様に断固として首を振った。残り時間はあと数分あり、ここに来た目的のためにぎりぎりまで粘るつもりだった。ルペールは向きを変え、ふたたび船体に沿って下へ向かった。ブリッジャーが怒ったようにナイフでタンクを叩く音は無視した。

自分の水中ライトが前方の闇をつんざいて照らしだした。船体が突然ぎざぎざの金属となって終わる地点まで、二分で着いた。裂け目を越えて、鉱石運搬船の貨物室だった巨大な洞穴にライトを向けた。長い一瞬、彼は記憶のとば口に宙吊りになっていた。貨物室はいまはからっぽで真っ暗だ。だが、十二年前の夜、ルペールが沈みゆく船首部分の端に立ってビリーの名を叫んだとき、貨物室には煙と炎が充満していた。ルペールは獣の腹を見つめ、獣は引き裂ける金属の、耳を聾する悲鳴で彼の叫びに答えた。獣がルペールの立っている甲板によじ登って、彼に襲いかかり、骨を打ち砕こうとしているあいだ、彼は麻痺したようにただ見ていた。そのあと何度となく、酒びたりの夜の孤独な暗闇の中で、獣が思いどおりにしていたらよかったのにとルペールは痛切に思った。

ブリッジャーのライトの光が、彼の光と並んで貨物室内部を照らしだした。ブリッジャーが腕時計を指さした。もうあまり時間がない。ライトを使って、開口部の端から表面の被覆を調べはじめた。船体のまんなかあたりで、端がえぐられて泡だっているように見える金属部分をブリッジャーが示した。そして、興奮したように親指を差し上げた。ルペールはビデオカメラのスイッチを入れてゆっくりと降下し、ブリッジャーが示唆した部分をカメラがしっかりと捉えるように動きを止めた。すぐに――ルペールにとっては早すぎた――ブリッジャーが上方を指さした。浮上の時間だ。ルペールは残圧計をチェックした。針はエアの残りが五百ポンドであることを示している。ブリッジャーは正しい。上へ向かうべきだ。だが、ルペールは彼を無視して作業を続けた。ブリッジャーがルペールの腕をつかんで、船体から引き離した。手を上のほうに激しく振ってみせた。話せたら、相手がなんと言っているかルペールには見当がついた。だが、自分たちはいま探していたものを見つけたのであり、もっともっと撮影しておかなければならない。ルペールはブリッジャーの手を振りはなした。ブリッジャーはあきれたようにパートナーから身を引き、背を向けて貨物室から出ていった。巨大でうつろな暗闇の中に、ルペールは取り残された。

一瞬ブリッジャーに怒りを感じたが、相手が正しいのはわかっていた。それに、潜水仲間を危険にさらすのは身勝手で卑怯きわまる行為だともわかっていた。ビデオカメラのスイッチを切り、水中ライトをブリッジャーが去った方向に向けて、そちらへ泳ぎだした。

テープにおさめたもののことを思うと興奮したが、ゆっくり考えてはいられなかった。貨物室のぎざぎざになった入り口の下を通過したとき、リードのついた犬のように引き戻されるのを感じた。器材のどこかが、破壊され、ねじ曲がった開口部の端に引っかかったのだ。向きを変えようとしたが、できなかった。カミソリのように鋭い裂片に空気ホースが引っかかって、あまり強く引っ張ると切断の恐れがある状況が目に浮かんだ。後ろに手をのばして、なにがまずいのか探ろうとした。だが、ビデオカメラと水中ライトが邪魔だ。いつのまにか呼吸が荒くなっていた。この水深では、一息ごとに浅いところの数倍もタンクのエアを消費する。パニックに陥りそうになった。落ち着け、と自分に言い聞かせた。肩ごしにライトを照らしたが、向きを変えることができない。必死で手を後ろにのばし、なにが問題なのか探りあてようとした。しかし、カメラが邪魔なうえに、厚いグローブのせいで指がいうことをきかない。彼はカメラを離し、それが足の下の暗闇にゆっくりと落ちていくのを見た。それから貴重な時間をついやしてグローブをぬいだ。たちまち、氷のような水の痛みが筋肉と骨を貫いた。エアホースを、次にタンクを探った。なにもない。いったいなにが引っかかっているのだ？

また残圧計をチェックした。三百ポンド。たとえいまこの身が自由になっても、水面までゆっくり安全に浮上するだけのエアは残っていない。唯一の望みは、浮力調整《BC》ベストをふくらませて、水深三メートルの減圧用マーカーまで浮上することだろう。ひどい状態になるだろうが、少なくとも命は助かる。

そのとき、別のライトが彼の顔を正面から照らしだした。ウェズリー・ブリッジャーが背後にまわり、次の瞬間ルペールは自由になっていた。二人はすばやく船体に沿って上方へ向かった。ケーブルに着いて、水面へと浮上を始めた。ブリッジャーが横について、ルペールの浮上が早すぎると押しとどめた。水深十メートルで、ルペールは自分のタンクを指し、のどを切り裂く真似をしてエアがないことを伝えた。ブリッジャーは自分のマウスピースを指さしてＯＫのサインをした。水深三メートル地点で、ブリッジャーのタンクに残った最後のエアを分けあって減圧した。ようやく、二人は水面に出て〈アン・マリー〉に乗船した。

ルペールはマスクと器材をはずして、パートナーに向きなおった。「ありがとう、ウェス」感謝をこめて手を差し出した。

「いいってことよ」ブリッジャーはルペールの手を握った。「なんだこりゃ、氷みたいだぞ。グローブはどうした？」

「しかたがなくてはずした。カメラも手放した。取りに戻らないと」

「今日はだめだ」

「あのカメラを取ってこないと」

「どこへも行きゃしないよ。危機一髪は一日一度でたくさんだ」

昼近くなり、太陽が照りつけて暑くなっていた。〈アン・マリー〉の甲板に立って甘美な空気をたっぷりと吸うのはすばらしかったが、ルペールはテープに捉えた証拠のことを考えないわけにはいかなかった。この両手の中に、しっかりと持っていたい。

「水面休息時間はどのくらいだろう?」もう一度安全に潜るために、水上にいる必要のある時間的間隔を尋ねた。

ブリッジャーは少し離れたところで、二度目のダイビング用にタンクを充填するために持ってきたコンプレッサーの前にひざまずいていた。「だめだって言っただろう」彼は立ち上がった。「おれはまた潜るのはぜったいにごめんだが、たとえそうしたくてもむりだ。誰かがコンプレッサーのフィルターをはずした。犯人はあんたがまた潜るのを期待しているだろう。汚れたエアを吸いこむのをな。言っただろう、あのくそったれの金持ちどもが、ただおれたちを見張っているだけですませるわけがない。あんたのカメラを見て、やつらは怯えたにちがいない」彼は湖を見渡したが、白いランチはどこにも見えなかった。

「明日また来よう」ルペールは言った。

「この前言ったじゃないか。明日は〈グランド・カジノ・ミル・ラックス〉でポーカーの大会があるんだ。別の日にしようぜ」ブリッジャーはちらりとルペールを見た。

「まったく、あんたときたら。そっちの考えはお見通しだ」彼は甲板を歩いてルペールのそばに来た。こんなに真剣で心配そうなブリッジャーの顔を見るのは初めてだった。「約束してくれ、頼む。この水の下の弟の墓に誓って、一人で潜ったりしないって。約束してくれ、チーフ」

湖面は鏡のようになめらかだった。その上には、かすかに煙の臭いのするかすみがかかっている。太陽は白熱し、〈アン・マリー〉の周囲の湖面を青白い炎のように輝かせている。ジョン・セイラー・ルペールはあたりを眺め、それからウェズリー・ブリッジャーを見た。静かに微笑して答えた。「約束する」

## 11

その夜、グズベリー・レーンの私道からトヨタをバックで出しながら、ジョーはまたジェニーの服装に目をやった。黒い絹のブラウス、短い黒のスカート、黒いストッキング、黒いベレー帽。どこで手に入れたのか、いかめしい黒縁のサングラスまでかけている。

「グリニッジ・ヴィレッジのコーヒーハウスでやるお葬式に行くみたいよ」センター・ストリートに出て図書館へ向かいながら、ジョーは言った。

「あの人に子どもだと思われたくないの」

「十六歳で彼女の作品が好きだからって、なんの不都合もないわ」

「あの人の作品を愛しているのよ、ママ」ジェニーは小説を胸に抱きしめた。「ものすごく深いところで、あの人は悲劇を理解しているわ」

「それは、悲劇とともに生きてきたからじゃない、ジェニー」

「愛している人を失うなんて、しかもあんなに謎めいた状況で」ジェニーは『スペリオル・ブルー』のカバーに目を落とした。恐ろしいほどに濃い藍色の空の下で曲線を描く、紺青色のスペリオル湖が描かれていた。まるで巨大な青い怪物の口に捕られたかのように、湖と大気のあわいに無人の小さなヨットが漂っている。

「いい、ジェニー、悲劇は、現実より観念であるほうが魅力的に映るものよ。本で読むにはいいけれど、悲劇の中で生きていくのはたいへんなことなの」

「お客さん、大勢来ていると思う？」

「マギー・ネルソンなら、たくさん動員できるでしょう」

オーロラ公立図書館の集会室には、二十以上の椅子が並べられていた。ジョーとジェニーが着いたときには、すべての椅子が埋まっていた。遅く来たほかの五、六人と一緒に、ジョーは部屋の後ろに立った。ジェニーは横にいた。聴衆のほとんどは女だったが、男も二、三人いた。

「ママ、あそこに彼がいるわ」ジェニーがささやいた。「きのうフランス語で話しかけてきた人。ソルボンヌに行ったって」

ジェニーが指さしたのは、部屋の反対側の壁ぎわに立っている若者だった。二十代はじめくらいだろうと、ジョーは思った。上唇のあたりに、うっすらと金髪のひげをはやしている。きたならしいジーンズをはいて、清潔とはいえない白のTシャツを着ている。ジョーも思い出した。けさ、アイアン・レイク保留地のテント村で、レポーターにインタビューされているのを見たばかりだ。無分別な発言をしていた。いまはほかに無分別な考えはないことを、そして、ここにいるのはグレイス・フィッツジェラルドの作品が好きだからにすぎないことを、ジョーは祈った。

マギー・ネルソンは、『スペリオル・ブルー』が何冊も飾ってある、正面のテーブルの横に立っていた。グレイス・フィッツジェラルドはテーブルの椅子にかけ、その横には九歳か十歳くらいの少年がすわっていた。彼女と同じ蜂蜜色の髪をしている。作家は、おそらく絹の淡い緑色のブラウスを着て、えりもとの細い金のチェーンには、小さな金の十字架がついていた。とても目を惹く女で、鼻のせいでよけいに目立っていた。猛禽《もうきん》のくちばしに似た鼻は、それがなければ穏やかで愛らしい顔にそびえ立っているようだ。

マギー・ネルソンが作家を紹介した。礼儀正しい拍手のあと、グレイス・フィッツジェラルドは口を開いた。「まず最初に、この会を企画してくださったマギーにお礼を申し上げます。また、今夜足を運んでくださった大勢のみなさまにも感謝します。もっとも、フェアフィールド家のご好意でこのあとみなさまを待っている、すばらしいお料理に釣られてのことではないかと、わたしは思っておりますが。ありがとう、ジャッキー」クッキーや異国風のスナックの皿でいっぱいのテーブルの横にいる、ほっそりとした黒い髪の女に、彼女は手を振ってみせた。「そして最後に、この会や、ほかの同様の会のスポンサーである、オーロラ図書館友の会に感謝したいと思います」

彼女はジョーのほうに微笑を送った。ジョーがその会のまとめ役であり、グレイス・フィッツジェラルドにこの話を最初にもっていったからだ。ジョーはすぐにグレイスに好意を抱いた。彼女は知的で——そうだろうと思ってはいたが——上品で、すばらしいユーモアの持ち主だった。それ以上に惹かれたのは、グレイス・フィッツジェラルドとのある種の共通点だった。十年以上居住し、住民とかかわりの深い仕事をしていても、かならずしも地元に受け入れられたことにはならないオーロラのような町で、ジョーは友人になれる人間を見つけた思いがした。自分と同じように、つねにアウトサイダーでありそうな人間を。

作者は短く、貧しい若者と恋に落ちた裕福な家の娘を主人公とした小説のあらすじを説明した。娘の強権的な父親の反対を乗り越えて、二人は結婚した。若者は、最後には知性と高潔さと相手への愛情によって、父親の承認を勝ちえた。子どもが生まれ、人生は美しく未来は完璧に思えた。ところが、ある日夫はよく行くスペリオル湖へ帆走に出た。そして、二度と戻らなかった。漂流している無人のヨットが見つかったが、操船していた男の痕跡はどこにもなかった。

グレイス・フィッツジェラルドは抜粋した部分を朗読した。主人公がスペリオル湖灰色の岸に立っている場面だ。寒い冬の日で、夫が消えてから何ヵ月もたっていた。灰色の空から雪がちらちらと舞い落ち、灰色の波が足もとを洗っては、〝暗い永遠の、暗いささやき〟を繰り返していた。そのとき、彼女の胸に冷酷な真実がしみわたった。彼は決して自分のもとには戻ってこない。湖の声が彼女を呼んだ。黒い未知の死を思った。自分を生かしている荒涼とした冷たい空気よりも、そのほうがずっとましに感じられた。彼女はためらった。足が、長い長い最初の一歩を踏みだそうとした。

グレイスはそこで読むのをやめた。聴衆は息を殺していた。だが、作家は先を続けようとはしなかった。

「どんな質問でも喜んでお答えします」グレイスは言った。「もし、なにかあれば」

正面に近い椅子にすわっている一人が手を上げた。「ミズ・フィッツジェラルド――」

「グレイスと呼んでください」

「これまでに映画化の申し込みはありましたか？」

「率直に言って、自分の作品をハリウッドにまかせる気はありません。かならず、どこかにカーチェイスやビルの爆破シーンを入れるでしょうから」

ジェニーが手を上げたので、ジョーは驚いた。「あなたがF・スコット・フィッツジェラルドと血がつながっていらっしゃるというのは、ほんとうですか？」

「ほんとうです。彼は祖父のいとこにあたります。わたしにいくらかでも文学的才能があるとしたら、そのためでしょう。それから、疑問に思っていらっしゃるかもしれないので言っておきますけれど、わたしの鼻は母方のほうから受け継ぎました」

遠慮がちな笑い声が上がった。

「グレイス」マギー・ネルソンが発言した。「愛しあう男と女について、あなたはもっとも美しい作品の一つをお書きになったわ。わたしたちみんな、それがご自身の体験に基づいていることを知っています。あなたの最初のご主人への気持ちに、カールが嫉妬するようなことはないのかしら？」

グレイス・フィッツジェラルドはかすかに頭を振った。「二人は友だち同士だったので。カールはとてもよく理解してくれます」

「ミズ・フィッツジェラルド、質問があります」

保留地のテント村にいる若者だった。

「はい、どうぞ」作家は励ますようにほほえんだ。

「あなたの現在のご主人は、自分の利益のために大地をレイプしている。森を虐殺している。われわれみんなの未来を破壊している。あなたは一人の男の死について書いたが、ほかの無数の生きものの死についてはどうなんです？」

マギー・ネルソンがすばやくあいだに入った。「ここは、そういう話題を持ちこむ場ではありません」

「樹木は発言することができないんだ。彼らにとって、ほかの話題なんかない」

「あんたももうこれ以上発言できなくしてやるから」前列の誰かが叫んだ。

若者の顔は、興奮で真っ赤だった。彼は進み出て、早口でしゃべった。「あなたがいま朗読した小説の主人公は、自殺を考えている。あなたの夫や彼の同類は、樹木を殺すことでわれわれを殺しているんだ――」

一人の女が立ち上がって、彼の前をふさいだ。ジョーはその女を知っていた。ポーラ・オヴァビー。とても大柄なので、岩がカブト虫を叩きつぶすように若者を押しつぶせそうだ。「夫は木を伐って家族を養っているのよ。殺人者なんかじゃないわ、このちびの――」彼女は最後まで言うのを思いとどまった。

〝われらが祖父〟を守ることには共感しているジョーにも、若者の闖入《ちんにゅう》は不快だった。そして、対決を避けるためにこれ以上誰もなにもできそうもないのでいらだった。こんな抗議行動は、悪い結果しかもたらさないだろうに。

「かまいません」グレイス・フィッツジェラルドはテーブルを離れて若者に歩み寄った。唇に指をあてて、なにか考えながらじっと相手を見た。彼女の存在感は大きく、ジョーはそれに気づいて感心した。「あなたの気持ちはわかるわ。環境への関心はわたしにもありますよ、ほんとうよ。この問題について、夫とわたしの見解は完全に一致しているわけではありません。じつは、ほかの多くの問題についても同様です。でも——お名前はなんだったかしら？」

「まだ名乗っていない。ブレットです。ブレット・ハミルトン」

「いい、ブレット、あなたの意見を述べるのは別の機会にしていただくようにお願いするわ。なぜなら、今晩はみんなここにただ楽しむために来ているからです。あなたはわたしの本を読んだ？」

「いや」若者は認めた。

「いちばん愛しているものを失う話よ。だから、樹木に対するあなたの気持ちはよくわかるわ。そのことについて喜んで話しあいたいと思うけれど、今晩はだめ。わかった？」

彼女は微笑して手をのばし、相手の肩に触れた。

若者は黙っていた。

「お茶にしましょう」マギー・ネルソンが言った。「ありがとう、グレイス。本を持ってきた人全員に、作者がサインしてくれます」彼女はグレイス・フィッツジェラルドと若者のあいだに入ると、彼の腕をつかみ、穏やかだがきっぱりとした態度で出口のほうへ連れていった。若者は逆らわなかった。

ジョーとジェニーは、グレイス・フィッツジェラルドのサインを待つ列の最後尾近くに並んだ。順番が来ると、作家はにっこりした。「こんばんは、ジョー」

「こんばんは、グレイス。さっきは妨害が入ってごめんなさい」

「妨害だなんて」とても淡いので金色に近く見える茶色の目が、ジェニーに向けられた。「では、こちらがさんざんお噂を聞いた作家さんね」

ジェニーは真っ赤になった。「詩を書くだけなんです、ほとんどは」

「わたしもまさにそうやって始めたのよ」グレイスはジェニーの本を受け取った。

「なんて書きましょうか?」

「なんでも、お好きなことを」

「それはいいわね」グレイス・フィッツジェラルドは流れるような書体で、〈一人の作家からもう一人の作家へ、幸運をお祈りして〉と書いた。本を閉じようとして、もう一度かがみこむとなにかをつけくわえた。ジョーには見えなかった。グレイスはジェニーに本を渡し、自分の隣にいた少年の肩に手を置いた。「スコティ、こちらがミズ・ジョー・オコナーよ。ここの有名な弁護士さんなの。そしてこちらがお嬢さんのジェニー。わたしの息子、スコットです」

少年は恥ずかしそうに会釈してジョーを見上げた。緑の目とふつうの鼻の小柄な少年で、母親にはあまり似ていなかった。スペリオル湖で行方不明になった父親に似ているのだろう、とジョーは思った。「こんばんは」彼はちょっと手を上げた。

「こんばんは」ジョーは答えて、背後の列を見た。「わたしたち、お時間をとっているわね」

グレイス・フィッツジェラルドはジョーのほうに身を乗りだして、低い声で言った。「お話しできないかしら――近いうちに」

「もちろん。なにか？」

「仕事上のご相談」

「わたしの番号はごぞんじね。電話をいただいて、打ち合わせをしましょう」

「ありがとう」

ジョーとジェニーはお茶を辞退して車へ向かった。家へ帰る途中、ジェニーが言った。「彼女、あの男にうまく対応したわね」

「わたしもそう思うわ」

「きのうはとてもいい人だと思ったのに。わたしがグレイス・フィッツジェラルドだったら、バイト・ミーって言うわ」

「〝バイト・ミー〟？　なに、それ？」

「ああ、知っているでしょう、ママ」

「知らないわ」

ジェニーは肩をすくめた。「うせろって意味」

「あらまあ」

「ママが知りたがったのよ」

ジョーは思わず微笑した。

「彼女、なにを相談したいんだと思う?」ジェニーが聞いた。

「さあ」

ジェニーは少しのあいだ黙っていた。「ママ、グレイスはなんだか心配そうだったわ。怯えているようにも見えた」

「そうね、わたしもそんな感じがしたわ」

「どうしてかな」

「電話があれば、わかるでしょう。ところで、本にはなんて書いてくれたの?」

ジェニーは本を開いて、誇らしそうに読みあげた。「いつか、あなたの本にわたしがサインをもらうことでしょう」

## 12

暗くなったあとも〈サムの店〉を開けておけばもっともうかるかもしれないが、コークは夜の時間を自由にしておきたかった。七時半に、桟橋に乗りつけた十代の少年二人に、〈サムのビッグ・デラックス〉二つとチョコレートシェイク二つを出しおえた。外の掲示を〈閉店〉にして、店じまいを始めた。昼間のあいだはスティーヴィがよく手伝ってくれたが、夕食をすませると――ホットドッグ、フライドポテト、ミルク――プレハブ小屋のベッドで眠ってしまった。

コークはグリルをきれいにし、アイスミルク・マシンをからにして掃除した。フライ用の油をさまして鍋を空け、調理場を拭いて床にモップをかけた。レジから現金を出し、明かりを消した。小屋の奥でデスクの前にすわり、今日の収入を計算して帳簿につけた。最後に、夜間金庫の伝票を用意し、紙幣を束ねて、そっとスティーヴィを起こした。

「行くぞ、相棒。時間だ」

スティーヴィはのろのろと起き上がった。

「乗っていくか？」

スティーヴィは眠そうにうなずいた。

コークは息子に背中を向けてかがんだ。スティーヴィはコークの首に腕を、腰に脚を巻きつけた。

「さあ、行こう」

スティーヴィをおんぶして外に出て、ドアの鍵を閉めた。ブロンコに乗せたときには、息子はすっかり目をさましていた。

「家に帰るの？」スティーヴィは聞いた。

「まず、銀行に行く。それから店へ行って煙草を買う」

スティーヴィはとまどったようだった。「もう煙草は吸わないでしょ」

「おれのためじゃない。そのあと、森の中を散歩するのはどうだ？」

スティーヴィは夕陽が投げかける長い影を見た。「暗くなる？」

「用事が終わるころにはね。暗いと、森はこわいか？」

「こわいときもある」

「おれもそうだ。でも、いいか――なにも起きないようにすると約束する。どうだ？」

スティーヴィは考えた。濃い茶色のアニシナーベの目が、真剣に父親の顔に注がれた。「いいよ」彼はうなずいた。

何度となく感じる息子の信頼の甘美な重みを、コークはいままた感じた。

オーロラの北へ車を走らせた。スペリオル国有林のとある場所まで郡道を行った。そこには幹が二股になった樺の木があり、赤松の深い森を抜ける徒歩の道への目印になっていた。道路脇に古いブロンコを止めてロックし、スティーヴィと一緒に森の中の道を歩きだした。

もう薄暗くなっていた。ふつうなら、松の下の空気はひんやりとしてつんとする香りが漂っているものだが、暑さはひかず、空気は北方の森林火災の臭いがした。下生えはもろくなっていた。コークとスティーヴィが小枝や茨《いばら》に体をこするたびに、骨が鳴るような音をたてて折れた。スティーヴィはコークの手をぎゅっと握りしめ、あたりの森を警戒するように見ていた。

小道を十分ほど歩くと、アイアン・レイク保留地の北西の隅に出た。周囲には、家は一軒しかない。それはヘンリー・メルーのキャビンで、彼はコークが知るかぎり最高齢の人間だった。もっとも、メルーのような人間には年齢などたいした目安にはならない。彼はまじない師《ミデ》であり、呪術師会議《ミデウィウィン》（オジブワ族のまじない師千人以上で構成された秘密組織）のメンバーだった。タマラック郡の白人の多くには、〝マッド・メル〟として知られている。だが、コークはこの男をずっと尊敬していた。

アイアン湖北側の、小さな岩だらけの岬にあるメルーのキャビンに近づくと、コークは心配そうに空気を嗅いだ。滲《し》みこんだような遠くの火事の臭いが、ふいに近く強くなった。コークは松の森から、キャビンと湖をさえぎるものなく見ることができる空き地に出た。キャビンの向こうに、暮れていく空の薄い青に刺青《いれずみ》をしたような、黒い渦巻きが上がっている。煙だ。

「おいで、スティーヴィ」

コークは急ぎ足になった。息子の小さな足のことを思わなければ、全速力で走っただろう。メルーの屋外トイレとキャビンを通りすぎ、岩が露出している斜面のあいだの、よく踏みならされた小道に向かった。岩の向こう側でコークは急に止まったので、あとから走ってきたスティーヴィがぶつかった。

大きな石を円く組んだ中で燃えている火を見ながら、楓《かえで》の切り株にすわっていたヘンリー・メルーが目を上げた。突然コークが現れてもまったく驚いた様子はなかったが、視線をスティーヴィに移すと、子どもの来訪が予期せぬ最大の喜びであるかのようにほほえんだ。メルーのすぐ左側の地面では、年とった黄色い猟犬が前足の上に頭をのせていた。訪問者たちが近づいても、犬はぴくりともしなかった。ただ、大きな茶色の目をしばたたいて、静かに二人を見ただけだった。

「アニン、コーコラン・オコナー」メルーがあいさつした。

「アニン、ヘンリー」コークはたき火をまわってメルーのそばに行った。「直火《じかび》は禁止されているのを知っているだろう、保留地の中でも」

老人は、犬と同じように静かに彼を見た。「おまえは生まれついての警官だ、コーコラン・オコナー。もう報酬をもらってはいないというのに、法律に拠《よ》って立とうとする。わしを逮捕しようというのなら、抵抗はしないよ。そうでないなら、そこのヒマラヤ杉の枝を取ってくれ」メルーは、露出した岩に立てかけてあるたきぎの山のほうを示した。

コークはメルーにヒマラヤ杉の枝を渡した。スティーヴィは父親のそばにいて、コークの一挙一動を見つめていた。

老いたまじない師は枝を火にくべて、燃えあがる炎のゆくえを油断のない目で追った。「そこに、小さなコーコラン・オコナーを連れてきたようだな」

「スティーヴンだ。この子がマスクラットぐらいの大きさのときに、一度見たことがあるんじゃないかな。スティーヴィ、こちらはヘンリー・メルーだよ」

「おいで、スティーヴン・オコナー。隣におすわり」メルーは、自分と老犬のあいだの地面を叩いた。

スティーヴィはコークを見た。父親はうなずいた。少年がすわると、犬が頭を上げてスティーヴィの手に鼻をつけた。尾がぱたぱたと地面を叩いた。

「なでてもいい？」スティーヴィは尋ねた。

「喜ぶと思うよ」

「名前はなんていうの？」

「ずっと、ウォールアイと呼んでいる」

「やあ、ウォールアイ」スティーヴィは犬の黄色い毛をなでた。「いい子だね」

メルーは少年を見つめ、顔のしわを深めてにっこりすると、コークに言った。「この子には部族の血が濃く流れている」

シャツのポケットから、コークはラッキーストライクの箱を出し、老人に差し出した。メルーは受け取って箱を開け、一本抜いた。残りをコークに差し出すと、彼も一本取った。メルーは小枝の先をたき火に差しこみ、火がつくと煙草の先にもっていった。小枝を渡されたコークも同じようにした。しばらく、二人は黙って煙草を吸った。スティーヴィが言っていたことは正しい。コークは煙草をやめていた。だが、いま吸っているのは古い習慣とはなんの関係もない。

「なぜ非合法のたき火をしているんだ、ヘンリー？」コークはようやく口を開いた。

「暑すぎて、舗道でハンバーガーが焼けるくらいなのに」

「ヒマラヤ杉のたき火だ」メルーは答えた。「空気の中に怒りが感じられる」

「ヒマラヤ杉のたき火一つで清められると思うのか？」

「やってみても害はあるまい？」

「残っている森を焼いてしまうことになるかもしれない」

「おまえの人生の二倍近く、わしは火の番をしているんだ、コーコラン・オコナー。火とわしは、古い盟友のようなものだ。スティーヴン」老人は少年のほうにかがみこんだ。「お父さんに別の名前があるのを知っているか？」

「リーアム」スティーヴィは答えた。知っていたのが得意そうだった。

「彼の父親と母親がその名前をつけた。だが、わしは彼がおまえくらいのときに、別の名前をつけたんだ」

「なんていうの？」

「イコド。火という意味だ。彼は、保留地にあった祖父の学校を燃やそうとした」

「あれは事故だったんだ、ヘンリー」コークは言った。

「ぼくにも別の名前ある？」スティーヴィは待ち望むような表情で老人を見た。

「おまえに名前をつけるとしたら、それはわしではない」

スティーヴィは父親に視線を向けた。

「違うよ、相棒」息子の顔に失望が浮かぶのが見えた。

「一晩寝て考えてみよう」メルーは言った。「夢の中になにが出てくるか見てみよう、スティーヴン。次に会うときには、おまえに名前をつけてやれるだろう」

スティーヴィは顔を輝かせて、またウォールアイに注意を戻した。

コークはメルーの右側の地面にすわった。「ヘンリー、じつはチャーリー・ウォレンのことを聞きにきたんだ。リンドストロムの製材所で起きたことを知っているだろう」

「知っている」

「警察は、チャーリーがやったと思っている。どういうわけか、自分が仕掛けた爆弾で死ぬことになったんだと。おれは信じないが、彼があそこでいったいなにをしていたのかわからないんだ」

メルーは、たき火の端の灰に煙草の灰を落とした。「わしはチャーリー・ウォレンをずっと知っている。強い心を持った、善良な人間だ。わしも、彼はこんなことはしないと思う」火が大きな音をたてて爆《は》ぜ、石組みの外にまで火花が飛んだ。地面の上で火花が消えるまで、メルーはじっと見つめていた。

夜が近づいていた。東側の木々に黄色いかすみがかかっている。月が昇っているのだ。メルーのたき火から爆ぜた燃えさしのように突然に、星が空にまたたきはじめた。スティーヴィが濃くなる闇よりもウォールアイに気をとられているのに、コークは気づいた。たき火にはとくべつなものがあるのだ。それに、人と人の交わりにもとくべつなものがある。この二つは、何世紀にもわたって夜の怪物を追いはらってきた。

メルーがまた口を開いた。「わしは老人だ。昔のようには眠れない。ときどき、アマガエルと一晩中話をする。アマガエルしかいなくとも、わしは気にしない。だが、別の相手が必要な人間もいる。チャーリー・ウォレンは相手がいるのが好きだった。チェッカーのゲームも好きだった。チェッカーは一人ではできない。ときどき、チャーリー・ウォレンはジャック・ダニエルという名前の友人と夜を過ごしていた。わしならそういうことを考えるよ、コーコラン・オコナー」

ふいに、ウォールアイがスティーヴィの手を振りはらって立ち上がった。鼻腔を開いて、くんくんと空気をかいだ。体をこわばらせ、メルーのキャビンから続く小道が岩の露出部のはざまを抜けてくるあたりを見ながら、うなり声を上げた。スティーヴィも怯えた濃い茶色の目でそのあたりを見つめた。

たき火の光の中に入ったとたん、女は足を止めた。そして、ステッキに寄りかかって岩のあいだにたたずんだ。

「アニン、ヘンリー・メルー」女は声をかけた。

「アニン」メルーは答えた。「待っていたよ」

女は驚いた顔になった。「わたしが来るのを知っていたの？」

メルーは手招きした。「おすわり」

右足の一歩一歩をステッキでかばいながら、女は進み出た。たき火を隔てたメルーの向かい側の、のこぎりで伐った松の幹の上にすわった。そのとき初めて、メルーが訪問客たちの動きをひそかに誘導して、地面にはすわりにくい女が来たときに松の幹の席があいているようにしたことに、コークは気づいた。

メルーはオジブワ語でウォールアイに話しかけた。すると、犬はまた地面に伏して前足に頭をのせた。疲れたらしいスティーヴィは大きな犬にもたれかかったが、小さな仲間の体重がかかってもウォールアイはいっこうに気にする様子はなかった。

「じゃあ、わたしをごぞんじなのね」女が言った。

「知っている。ジョーン・ハミルトン。セコイアを救うジャンヌ・ダルクと呼ぶ者もいると聞いている。悪い呼び名ではないな」

ジョーン・ハミルトンはうとうとしかけているスティーヴィを見下ろした。それから、じっとコークを見つめた。

「コーコラン・オコナーだ」メルーが紹介した。

「会ったことがあるわ」彼女は答えた。「会ったというか、なんというか」

メルーは二人を交互に見て、あいだに流れる空気を読んだ。「あまりいい出会いではなかったようだ」

「この人の商売にきのうの朝邪魔が入ったのよ。きっとわたしが悪いんだと思っているでしょう」

「あなたの存在はたくさんの商売の邪魔になっている」コークは答えた。

「わざとではないわ。あの男――あなたはアースキンと呼んでいたと思うけれど――彼が始めたことよ」

「あの男には家族がある。家のローンも請求書もある。木々は彼の生きるすべなんだ。彼が正しいと言っているわけじゃない。だが、なぜ彼が怒っているのかはわかる」

「あなたは一人の人間の心配をしている。一つの家族の。わたしが心配しているのは世界のことよ」

「あなたは、もう少しあの子の心配をするべきだ」

「あの子？」

「アースキンのこぶしを自分の血で染めかけた若者だよ」

「わたしの息子よ、ミスター・オコナー」

「あなたの息子？　アースキンに襲われてもいっこうにかまわないように見えたが」

「わたしのことをあなたに説明する必要はないわ」彼女は膝の上にステッキを置い

た。黒っぽい固い木で彫られたステッキは、たき火を反射してそれ自体が燃えているかのように輝いていた。「二つの理由で、干渉しなかったの」唐突に言った。「息子はもう大人よ、子どもではない。わたしに口を出してほしくなかったでしょう。あれは、大人として彼が対処する必要のあることだったから。それに、あの子はあの子なりに兵士なの。兵士はときには傷つくものよ。彼はそれがわかっているわ」

「スパルタ式だな」コークは言った。

「あなたは賛成しないのね。それは、この状況をわたしたちのように理解していないからだわ。わたしは地上のもっともすばらしい木々が、強欲によってばかりではなく自己満足によって、絶滅寸前に追いやられるのを見てきたの。わたしたちは、それで地球とともに自分たちをも滅ぼしているのよ。これは戦争なの、ミスター・オコナー。そして、わたしたちが闘っているのは、この地上におけるわたしたちの生存のため以外のなにものでもないわ」

〈大地の軍〉だ、とコークは思った。環境保護の戦士《エコーウォリア》がその傘下にあると主張している軍事的環境保護グループ。彼はたき火の向こう側にいる女を注意深く観察した。おそらく、自分と同じくらいの年齢だろう。髪は大部分が赤いが、炎の明かりの中では銀色の筋がいくつか入って豪華に見える。細い目は色が淡く、自分の外は見ても自分の内は見せていない。かつては、美しかったことだろう。いまはとげとげしさときびしさが漂って、まるで火打ち石から彫られた殺傷力のある矢じりのようだ。

二人の会話のあいだ、メルーは静かにすわっていた。メルーが空気から怒りを拭い去ろうとしてヒマラヤ杉を燃やしているのに、女と敵意に満ちたやりとりをしてしまったことを、コークは悔いた。老いたまじない師が、来訪の目的を女に尋ねていないことには、とっくに気づいていた。おそらく、メルーはもう知っているにちがいない。多くのことを知っているのと同じように。さもなければ、彼の沈黙は性格の一面である忍耐を示しているだけなのかもしれない。コークとしては、アウトサイダーであるこの女がなぜここに来たのか、誰が道を教えたのか、知りたくてたまらなかった。

しかし、その答えは得られないだろう。女は黙りこみ、メルーは押しやるのと同じくらいはっきりとした眼差《まなざ》しでコークを見た。

「ありがとう、ヘンリー」コークは老人に助言の礼を述べた。そして立ちあがり、ウォールアイに寄りかかって眠っているスティーヴィに近づいた。息子を抱きあげて、クロウ・ポイントから戻る小道を歩きだした。

「わたしたちは、子どもたちが受け継ぐ世界のために戦っているのよ、ミスター・オコナー」彼の背に、女が呼びかけた。

コークは向きなおった。「ほとんどなんにでも使える、高邁《こうまい》な響きの弁明だ。これまでもずっと使われてきた」

コークがまた歩きはじめる前に、メルーが言った。「おまえがまた保安官になるかもしれないと聞いた」

「誰かがこの郡でほらを吹いてまわっているんだ」コークは答えた。

「それは残念だ」老人は言った。「いいことだと思ったんだが」

「あんたのように楽天的には考えられない。もっとも、信任の一票には感謝するよ。じゃあ」

彼は岩の露出のあいだを通り抜け、たき火から遠ざかった。

宵の月が昇っていた。ほとんど満月だ。月がなかったら、暗い森は通れないだろう。だが、いまは影ができるほど明るい銀色の光の中を、コークは歩いていった。腕の中のスティーヴィは重かったが、気にならなかった。スティーヴィが眠りながら身動きし、頬がコークの頬に触れた。一日分のざらざらした無精ひげに、子どもの肌はやわらかかった。コークは女のことを考え、自分の息子にきびしく接しているようだったのを思い出した。この両腕も、永遠にスティーヴィを抱いていられるわけではない。いつの日か、離さなければならないだろう。そのときが来たら、息子を一人立ちさせられるだけの賢明さと、それができるだけの強さが自分にあればいいが。

スティーヴィを隣の座席で寝かせながらオーロラへ戻る途中で、チャーリー・ウォレンについてメルーが言っていたことを思いかえした。とりたてて重要なことではなかった。保留地の多くの人々が知っているちょっとした情報だが、チャーリー・ウォレンへの敬意と法執行機関へのもっともな不信感のせいで、犯罪捜査局《BCA》にはもちろん、ジョーにも話していないだろう。メルーはその情報を重要だと考えていた。だから、コークは慎重に吟味した。

チャーリー・ウォレンはオジブワ族アイアン・レイク・バンドの伝統的な族長で、彼の意見は部族の人々のあいだでつねに重きをなしていた。七十代で、健康状態が思わしくなく、このところ保留地の政治からはほぼ引退していた。眠れないことがよくあり、そういう夜に一人でいるのをいやがった。そんな男が、爆弾が爆発したとき、リンドストロムの製材所でなにをしていたのか?

そう考えてみたとき、コークは答えを見つけたような気がした。

〈パインウッド・ブロイラー〉に寄り、ジョニー・パップの電話帳を借りて住所を調べた。町の北西側を走るバーリントン・ノーザン鉄道の線路沿いにある、小さな下見板張りの家へ車を走らせた。スティーヴィはぐっすり眠っていたので、コークは起こさないことにした。静かにブロンコから降りて、ひびの入った雑草だらけの歩道を玄関へ向かった。家はほぼ真っ暗だった。ブラインドのすきまから、居間のテレビがついているのが見え、開いた窓から野球中継の音が聞こえていた。ベルを押したが、中で音は鳴らなかった。ノックしてみた。少しして、ポーチの照明がついた。リンドストロムの製材所の夜警、ハロルド・ルーミスが戸口に現れた。

「やあ、ハロルド」コークは声をかけた。

ルーミスはやせた男で、下着のシャツと格子縞の短パンという格好だった。白髪はふさふさとして、鼻は顔にねじこまれた電球のような形だった。琥珀《こはく》色の液体と氷の入ったグラスを手に持って、電球のような鼻はあかあかと灯《とも》っていた。

「なんの用だね、コーク？」彼は網戸を開けた。

「少しばかり聞きたいことがあってね」

「いいとも。答えられることならな」

「チェッカーのゲームは好きか？」

「ああ」

「チャーリー・ウォレンとやったことは？」

ルーミスはまばたきした。

「考えていたんだが」コークは続けた。「あんたとチャーリーにはいくつか共通点がある。チェッカー以外にも。あんたは朝鮮戦争に行っただろう？」

「それがどうかしたのか？」

「チャーリーも行った」

「大勢の男たちが行ったさ」

「ここらでは、そう多くはない」

ルーミスはコークを見つめた。彼の目には涙があり、縁は赤くなっていた。グラスの中の酒のせいかもしれない。寝不足のせいかもしれない。あるいは、悲しみのせいなのかもしれない。

「チャーリー・ウォレンは友だちだったのか、ハロルド？」

ルーミスは目をそらすまいとがんばったが、ついに耐えられなくなって手の中のグラスを見下ろした。

「こんなことを聞くのは、もしそうなら、あんたの友だちは製材所を破壊した犯人だと言われているんだ。へまをしでかして、自分の爆弾で命を落としたんだと」

「チャーリーは死んだんだ。いまさら、彼について誰がなにを言ったところで、どういう違いがある？」

「あの晩、彼はあんたとチェッカーをやっていたんじゃないか？　もしかしたら、一緒に飲みながら。昔の思い出話、戦争の体験談を語りあったりして。つらい夜を過ごすのを、お互いに助けあっていたんだ。二人とも、それを他人には知られたくなかったんだろう。あんたには仕事をなくす心配があったし、チャーリーのほうは、自分がリンドストロムの製材所に出入りするのは具合が悪いと思った。いまは伐採問題で大揺れだからな。なあ、ハロルド、事情はよくわかるよ」

ルーミスは、氷がウィスキーに溶けていくのを見つめていた。

「夜、あそこにいたらきっと寂しいだろうな」

ルーミスは外に出てきて、ドアが後ろでぎいと音をたてて閉まった。彼はポーチの手すりに歩み寄り、グラスから一口ぐいとあおって指で氷をかきまぜ、さらにもう一口飲んだ。夜の闇に視線を投げ、口を開いたときその声は聞きとれないほど低かった。「わしらは同じ部隊にいたんだ。戦争が終わって故郷《くに》に帰ってきてからは、お互い疎遠になってしまった。チャーリーには保留地での仕事があり、わしは自分の生活に戻った。だが、年をとってくるとな、コーク。通じあうもののある人間は、次々と死んでいく。寂しくなる。チャーリーとわしは、復員兵協会でときどきばったり会った。昔の話をした。朝鮮戦争の話を。わしは彼が好きだった。インディアンだろうが、気にならなかった。わしが白人だろうが、彼も気にしなかった。そう、彼はわしの友人になった」

「彼は爆弾になんか関係なかった。あそこでチェッカーをしていただけなんだな」

ルーミスはうなずいた。「最初のシフトの人間が現れる前に、いつも彼は帰っていった。おとといの晩、巡回の時間が来たときはゲームの真っ最中だった。わしが出かけているあいだ、チャーリーは小屋に残っていた。わしが製材所の反対側にいたとき、爆発が起きたんだ」彼の目に涙があふれた。「どうしようもなかった。神に誓って、わしにできることはなにもなかった」ルーミスは首を振った。「チャーリーのことがわかってしまったら、くびになるよ、コーク。わしには年金がないんだ。生活していけない」

「誰にも言わないわけにはいかないんだ、ハロルド。ウォリー・シャノーには言わないと。すまない」コークは心苦しかったが、どうしようもなかった。「だが、今晩話すこともないだろう。詳細を伏せておけないかどうか、シャノーに頼んでみるよ。なにも約束はできないが」

ルーミスはポーチの古い床板を見つめた。ぼんやりしているようだった。ウィスキーのせいと、ほかの多くのことのせいだろう。

「話してくれてありがとう、ハロルド」

ルーミスはこちらを見た。意識の奥から、一つの疑問が浮かびあがったようだった。「どうして、こういうことにかかわろうとするんだ？　あんたはもう保安官じゃないだろう」

「おやすみ、ハロルド」

コークは戸口に立っている老人に背を向けた。問いには答えないままだった。

## 13

ジョン・ルペールは小さなキャビンを出て、月光の中、グレイス・コーヴの反対側に建つ大きなログハウスと自分の地所を隔てる森を抜けていった。境界線になっているブルーベリー・クリークの乾いた川床を渡り、入り江の曲線に沿って進むと、月光に白く浮かびあがる小さな砂浜に出た。そこの汀線《ていせん》は、自然のものではなかった。ログハウスを建てる前の年に、リンドストロムがプライベートビーチを作ったのだ。ルペールは、足跡を残さないように注意深く砂浜を迂回《うかい》した。こんなふうに、彼はよくリンドストロムの地所に入りこんだ。入り江に住んでいるのが自分だけだった長い歳月のあいだは、境界線など気にすることなく水ぎわを散歩した。ほんのちっぽけな土地を持っているだけなのに、その間《かん》に、この入り江を自分のものだと考えるようになっていた。間違った考えだとわかってはいたが、十年以上もここに一人で住んできて、いつのまにかそう思っていた。そのあとリンドストロムが越してきて、なにもかも変えてしまった。ルペールは、男とその富を、ルペールの生活にずかずかと踏みこんできた無遠慮なやりかたを恨んだ。

広い芝生に出た。満月の下で銀色に輝く湖のようだ。彼は唐檜の木陰に滑りこんだ。そこの暗闇から、家を観察した。

一階と二階のいくつかの部屋に明かりがついている。ときどき、中の誰かが動きまわっているように、一つの部屋の明かりが消えると別の部屋の明かりがつく。だが、それは幻想だ。家には誰もいない。何度も観察したおかげで、明かりがついたり消えたりするのは、金持ちの男のセキュリティ・システムの一部にすぎないとわかっていた。

唐檜の木陰から出て、桟橋に向かった。板は新しく頑丈で、支柱も太くしっかりと固定されているので、彼の体重がかかってもびくともしなかった。ハリケーンにも耐えられるように作られているのだろうが、グレイス・コーヴは波から守られているので、入り江はたいてい鏡のようになめらかだ。ルペールは、係留されている〈アメイジング・グレイス〉という船名のヨットの救命索をなでた。二十八フィートのグランピアン・スループは外洋航海用で、アイアン湖には少し大きすぎるし仰々しく思えた。ときどき、リンドストロムが帆走に出るのを見かけた。金持ちの男は外見は軟弱そうだが、いいヨットマンだった。単独でも、うまく船を操った。最初のころ、リンドストロムは妻と少年を一緒に連れていった。だが、彼はいらだってどなりまくり、ある日、少年が栈橋に立ったまま行くのを拒否した。ルペールは双眼鏡でそのてんまつを見ていた。いま、少年はディンギーにしか乗らず、母親としか一緒に行かない。女も帆走は巧みで、少年にきびしく教えていたが忍耐強かった。心の中の冷たい闇がなければ、ルペールは女のやりかたを賞賛していたかもしれない。

入り江の隣人が誰になるのかを初めて知ったとき、彼は皮肉なものだと思った。いまは運命だと思っている。フィッツジェラルドの娘を父親の罪によって非難するべきではないとわかってはいたが、人生は公正ではありえないと実体験によって学んだ人間として、報いがあるとしたら彼女が受けなければならないとルペールは思っていた。

スループ船の甲板に上がった。月光を浴びて、マストは清潔な白い骨のように光っていた。一歩進むごとに、さらにリンドストロムの領域をおかしていると思うと気分がよかった。一瞬、なにか小さなものを壊して自分の痕跡を残していこうか、金持ちの男を心配させてやろうかと思った。だが、自制した。破壊と直接結びつけるのはむずかしいだろうが、彼を警戒するようになるだろう。この孤立した入り江では、視線の向く相手はルペールしかいない。

入り江へ続く私道の松並木のあいだに、ヘッドライトが光った。ルペールは動かなかった。女と少年だろう。リンドストロムの帰宅はもっと遅い。遅くまで仕事をしているのだ。家族がそろう機会はほとんどない。女がベッドに入って部屋の明かりが消えたあと、リンドストロムは帰ってくる。夫と妻としては、二人はほとんど繋がりがないとルペールは思っていた。その状況が示す不幸に、ルペールは苦い喜びを感じた。なにもかも持っている彼らは、自分よりちっとも幸福ではないのだ。

　車が接近して、ガレージのドアが開く音が聞こえた。ヘッドライトが呑みこまれ、ガレージのドアが閉まる音がした。ふたたび、静寂が入り江を包んだ。

　こんどは人の手で明かりがついた。家の一階から二階へ、寝室へと明かりが移動するのをルペールは目で追った。少年が窓を横切るのが見えた。ルペールがずっと前にスケートボードをしているバート・シンプソン（アニメ「シンプソンズ」に登場する少年）だと双眼鏡で確かめたポスターが、壁にかかっている。二、三分後に、ボクサー・ショーツとTシャツ姿になった少年がふたたび窓を横切った。バスルームだろうとルペールがずっと思っている部屋の明かりがついた。少年が歯を磨いていると思われるあいだついていて、それから消えた。次に部屋に現れたときには、母親も一緒だった。母親はしばらくいるとルペールにはわかっていた。きっと少年に本を読んでやるのだろう。よく本を手にしているからだ。もし息子がいたら、自分もそうしてやるだろうと思う。

　女が部屋を出たときには、月は高く昇り、ほぼ頭上まで来ていた。ルペールの影は足のまわりで水たまりのようになっていた。疲れてきて、家へ帰ろうかと思った。だが、彼は残って女の部屋だとわかっている部屋を見守った。女の寝じたくが終わるのを待った。この家ではよく、ブラインドを開けっぱなしにしている。グレイス・コーヴは孤立しているので、プライバシーは保証されているも同然だ。誰に見られることもないと思っているのだろう。女がベッドに落ち着き、枕を立てて本を開くのを見るのが、ルペールは好きだった。彼女はいつも一人ぼっちだった。夫の寝室は家の反対側にある。二人とも家にいるめずらしい夜には、夫はときどき来て彼女のベッドにすわった。しばらく話をするが、ルペールは二人がキスするのを見たことがなかった。夫が出ていったあと、女は窓の外を眺めていることがある。その様子には、パーガトリー・リッジからスペリオル湖を見渡し、昔は存在していたのにずっと前になくしてしまったものを探している、彼自身を思わせるところがあった。

一階のテラスのドアが開いて、ルペールははっとした。中からの光を受けて、女の姿がシルエットになっていた。彼女はドアを閉め、テラスの階段を下りて、芝生の上を桟橋のほうへやってきた。彼は隠れ場所はないかとヨットの上を見まわし、船尾座席の陰にしゃがみこんだ。女が乗ってこないように祈った。

彼女は〈アメイジング・グレイス〉の横を通って、桟橋の端へ向かった。ルペールは体を起こして女を見つめた。こちらに背を向けて、湖面を眺めている。入り江の両側に並ぶ松のあいだに、オーロラの町が見える。深い真っ暗な空間を隔てたかなたに、明かりがまたたいている。

銀色の月光のもとで、女は服をぬぎはじめた。蹴るように靴をぬぎ、ブラウスのボタンをはずし、服が足もとに落ちるにまかせた。両手を、流れる黄色い髪の下のとがった肩甲骨のあいだにまわした。ブラジャーのホックをはずし、ストラップから両腕を抜くと、ブラウスの上に大きなレースのブラジャーが落ちた。両手を前にまわして、腰のあたりをいじった。スラックスを下ろし、ためらいもなくぬいで服の山に加えた。月光では色のわからないパンティだけの姿になったが、生地には光沢があり、女のもっとも秘めやかな部分をおおっているのは氷のように見えた。彼女は親指をウェストにあてて、最後の下着をぬぎ捨てた。桟橋の端に全裸で立った女の髪と肌と影になった尻の割れ目が、暗い水の上に浮かび上がった。彼女は両腕を上げて少し前かがみになり、桟橋から飛びこんだ。ほとんどしぶきを立てずに、湖面を泳いでいった。女が平泳ぎで入り江の中央へ向かうあいだに、ルペールは船尾座席を離れて手すりを飛び越え、音をたてないように桟橋を陸へと走った。さっき隠れていた唐檜まで来て、また木陰に入った。ふりかえって、女に見られなかったかどうか確かめた。彼女はあおむけになって、月を仰いでいた。黒と銀のさざ波の上に、体の輪郭がくっきりと浮かんでいた。

ジョン・ルペールが見ていることを彼女は知らない。おそらく、彼という人間が存在していることさえ知らないだろう。そして、暗がりから見つめながら、彼が無意識のうちに非情な拳を固めている理由も知っているはずがない。その拳には、手放すまいと決意しているもの、彼にしか見えないものを握りしめているかのようだった。

## 14

コークが隣で寝入ったあとも、ジョーは長いこと起きていた。月光が窓枠に落ちて、室内にこぼれるのを見ていた。ナイトスタンドの目ざまし時計が、死刑囚の行列のようにそろそろと時を刻んでいく。真夜中に、彼女はベッドから出て窓辺に立ち、闇の中を見つめた。前庭の大きな楓の枝と葉が、街灯の光を不気味に散らしている。夜の静寂は、息が詰まるように感じられた。隅の揺り椅子へ行って腰かけた。スティーヴィが赤ん坊だったころ、ジョーはここであやしながら何度も夜を過ごした。コークも交替してくれた。外耳炎や腹くだしやこわい夢に対処しては、睡眠不足になった。あの眠れない夜が戻ってきてほしいわけではないが、ものごとを解決するには抱いて慰めてやればよかった単純さが恋しかった。いま、彼女はそうしたかった。ただコークを抱きしめ、コークに抱きしめられる。そんな単純なことで、すべてがよくなれば。

彼は、眠っているスティーヴィをかかえて遅く帰ってきた。そして、森を抜けてメルーに会いにいったと説明した。

いいいままで、ずっと? と、ジョーは尋ねた。

彼はハロルド・ルーミスの家へも行ったと言い、夜警との会話を打ち明けた。話を終えると、チャーリー・ウォレンがなぜ製材所にいたのかという謎を解いたことへの賞賛を期待するように、彼女を見た。

賞賛のかわりに、ジョーはこう聞いた。いったいなにをしているつもりなの、コーク? あんなに冷ややかな口ぶりで言うはずではなかった。だが、彼の目にあったうれしそうな表情は凍りつき、口もとの微笑は消えた。

目を閉じると、もう一度自分の言葉が耳の中に響いた。

「まったく、ジョー」みじめにつぶやいた。「いったいなにを考えていたの?」

後悔で、胸が悪くなりそうだった。自分を責める以外になく、あの冷ややかさの原因は自分の恐れ以外のなにものでもないことがわかっていた。

月光に照らされた部屋に向きなおり、低い声でささやいた。「コーク、ごめんなさい」

たしなめるのではなく、自分がどんなに怯えているか、二人の関係のすべてがまだどんなにもろいものに思えるか、彼に話せればよかったのだ。ほんとうは、この結婚を継続させているものが愛だとは、彼女は信じていなかった。お互いにあれほどの苦痛を与えあったあとに、愛がふたたび持ちなおすとは思えなかった。

今夜、スティーヴィを抱いたコークは、彼女の懸念を確かなものにしただけだった。彼は警官だったときのことが忘れられないのだ。もうずっと、コークの落ち着きのなさに気づいていた。リンドストロムの製材所の爆破ではっきりするまで、その原因がなんなのか確信はなかった。いまはもう、あきらかだ。彼が保安官に立候補すると決めたら、支えになれるといいとは思う。だが、選挙のことを考えると、不安になった。それは、自分勝手な理由からだった。

十年以上前、コークとともに彼の故郷の町へ来たとき、彼女はタマラック郡で初めて弁護士の看板をかかげた女だった。女であり、アウトサイダーである自分に向けられる数々の偏見に対して、ずっとけんめいに闘ってきた。事務所を軌道に乗せ、弁護士として申し分のない評判を確立したが、その代償もまた支払わねばならなかった。郡内の同業者が相手にしないクライアントを引き受けることが多かったので——その中には、オジブワ族アイアン・レイク・バンドも含まれる——オーロラの一般的な住民感情とは相容れない立場に立つこともしばしばだった。敬意は感じるが、ジョーは大部分の人間から距離を置かれているのを意識していた。とんでもない失敗をしでかすのを、みんなが待っているような気がしていた。誰も知らないが——知っているのはコークだけだ——彼女はすでに大失敗をおかしているのだ。オーロラに来てから長い汚点のときがあったのだが、ほぼ二年間、隠しおおせていた。ジョーは選挙がこわかった。とくに、きびしい選挙になれば、隠している秘密が公《おおやけ》になってしまう危険がある。ほかのもっと大きな町なら、彼女のあやまちは小さなニュースにすぎない。だが、オーロラのような町では、それは人生を破滅させるだろう。彼女とコークはそのことについて、二人の別居とその原因について、一度も話しあったことがない。二人は——双方の無言のうちの同意によって、とジョーは信じている——前に進み、過去を葬ることに決めたのだ。もしオーロラの人々が彼女のしたことをすべて知ったら、夫婦は正面から過去と向きあわなければならなくなる。そんなふうに精細に吟味したら、結婚生活はもつはずがない。

こういったことをすべてコークに話したいのに、先の見えない会話を始めるのがこわかった。

ジョーは安楽椅子から立ってベッドの足もとをまわり、夫のそばにひざまずいた。彼はいい男だ、ほかのどんな男とも違う。いろいろな意味で、心が優しい。初めて会ったとき、彼はシカゴのサウスサイドの警官だった。残酷な場面をいやというほど見てきていたが、無慈悲な世間に決して侵されない善良で美しいものが、コークの中心には存在していた。彼の目を見るたびに、その美しい心までをものぞきこんでいるような気がした。

彼の目はいま閉じられている。寝息は少し不規則だ。寝返りをうち、夢の中でなにかつぶやいた。ジョーは手をのばして彼の頰に触れた。相手には聞きとれない低い声で、ジョーはささやいた。「努力するわ、コーク。見ていて、やってみるから」

〈ティーズデイル〉の船倉に、弟が一人でいる夢を見た。誰もいない舞踏室で踊っているかのように、深い水流の中で揺れていた。目がさめたとき、ジョン・ルペールは泣いていた。夢がもたらした新たな悲しみにくれることなく、夜明けの最初の灰色の光の中ですぐに起きだし、アイアン湖の冷たい青みがかった暗灰色の水に入り、泳いで感情を洗い流した。太陽が完全に顔を出すころには、頭はからっぽになり、清められた気分になっていた。

## 15

七時前には一号線に乗って、北岸へ車をとばしていた。フィンランドの森を抜けて六一号線に入り、南へ向かった——テタゴーシュでバプティズム川を渡り、ショヴェル・ポイントとパラセイド・ヘッドを経て、シルヴァー・ベイの巨大なタコナイト加工工場を通り過ぎた。太陽はかすんで、あかがね色をしていた。その下で、スペリオル湖は不穏な色合いに沈み、険悪な雰囲気を漂わせていた。強い風が南東から吹いてくる。湖面には白波が立っている。潜るにはいい日和ではないが、ルペールの決意は固かった。

煉獄の丘《パーガトリー・リッジ》をぐるトンネルに入り、彼は魔法瓶に残っていたコーヒーをついで飲みほした。トンネルを出ると、速度を落として急角度で左へ曲がり、細い道に入った。ポプラの林を抜け、パーガトリー・コーヴに着いた。

家の前に駐車して、トラックから降りた。南東の風が湾の入り口を通って、岩だらけの浜に波を送りこんでいる。〈アン・マリー〉は係留地点でゆらゆらと揺れていた。ルペールは家へ行ってドアを開け、中に入った。

昨日ブリッジャーが言っていたこと——ルペールは誰も家へ入れない——は、ほんとうだった。ビリーが死んで以来、ルペール以外の誰も中に入ったことはない。彼はできるかぎり、すべての部屋をあの出来事で人生がめちゃくちゃになる前のままにしてある。料理用のこんろはたきぎを燃料にする古い鋳鉄製で、唯一の暖房でもあった。テーブルと椅子は、道路の向こうの山から伐ってきた樺で父親がこしらえたものだ。ビリーが生まれる前に母親がたんねんに刺繡《ししゅう》したニードルポイントが、額に入れて壁に飾ってある。はじめは両親の、そのあとは母親一人だけのものになった寝室には、からのたんすがある。だが、たんすの上には、母親が使っていたローションや香水の古い瓶のあいだに、金色の額におさめた写真が置いてある。結婚式の写真だ。男はいまのルペールの半分くらいの年齢だが、彼と同じ頑丈な体格と黒い髪をしている。若い女は美しいインディアン系の顔だちで、黒い瞳の輝きは、ルペールがほとんど見た覚えのない幸福のあかしだった。

このキャビンで夜を過ごすときはいつも、ビリーと一緒だった部屋で寝た。小さな本棚には瑪瑙のコレクションが並んでいる。二人が湖岸で見つけて、みやげもの屋に売らないことにした記念品だ。ビリーのベッドには一塁手のミットが置いてある。〈ティーズデイル〉での最初の航海のあと、クリーヴランドから送ったプレゼントだ。ルペールはずっとミットの手入れを欠かさないでいる。壁には、木を焼いて自分で作った額に入れてビリーが飾った、兄の写真がある。そそり立つ船首楼を背景に、ルペールが巨大な鉱石運搬船の甲板に立っている。あのころ未来は希望に満ちており、ルペールは若々しい顔に大きな笑みを浮かべている。

月に二度、彼はすべてのリネンを取り替え、あらゆる表面からほこりを払い、じゅうたんを振って乾かし、床を掃除する。冬が腰を落ち着ける前の秋に、パイプから水を抜く。春が来れば、ペンキ塗りや修繕が必要な箇所を見つけて対処する。買いたいという申し込みはいくつもあり、売ることはかんたんにできたが、そのつもりはまったくなかった。ジョン・ルペールにとって、パーガトリー・リッジの陰にある家と入り江は値段のつけられないものだった。

長年のあいだには、譲歩もした。いま家には、電子レンジ、コーヒーメーカー、コードレス電話がある。冷蔵庫や食料棚にはささやかなストックもある。けさ、彼はコーヒーのドリップを始めてから漁師小屋に行き、コンプレッサーでタンクにエアを入れて、積み荷の準備をした。ブリッジャーが正しいのはわかっている。一人で潜るのは危険だ。いや、それどころか、ばかのやることだ。だが、昨日見てビデオカメラにおさめたものが、彼の心を燃えたたせていた。カメラを回収しなければならない。ブリッジャーを待ってなどいられない。安全を考えて、すべての装備にバックアップを用意した。予備のドライスーツも、甲板下の倉庫に入れた。キャビンに戻って魔法瓶に熱いコーヒーを詰め、ドアに鍵をかけて〈アン・マリー〉へ行った。索を解き放ち、船を後進させて入り江に出した。そして、岩のあいだを通って広い湖面へと進んだ。岩の防護から出ると、風と波が船を揺らした。船首を南南東へ向け、水深四十メートル近い深みに真実が眠っているアポスル諸島をめざした。

少し頭がおかしいとブリッジャーに思われているときがあるのを、ルペールは知っていた。沈没という運命をくぐり抜けていなければ、自分自身でもそう思ったかもしれない。ああいう体験は人間を変える。あそこにいなかった者にはわからないだろう。そして、あのときあそこにいた者で、いまも生きているのはジョン・ルペールしかいない。

十年以上前のあの夜、船尾部分が嵐の中へ消えていき、船首部分が波の下へ沈んだとき、ルペールは救命ボートの上で身を丸めていた。背中側にはピート・スワンソンがじっと横たわって、あの言葉を――「おれが吹っ飛ばした」――唇から洩らしていた。救命ボートの上の三人目の男、スキップ・ジョーゲンソンが保管庫に手を入れ、発火信号を取り出して点火した。

「ジョン」彼はルペールをつついた。「なんとかして体を温めるんだ。おい、ジョン」

ルペールは向きを変えて体を起こした。

「これを持て」ジョーゲンソンは発火信号を渡した。「火花をこぼすな。やけどするぞ」

ジョーゲンソンはまた保管庫の中を探って、照明弾用の銃と懐中電灯を出した。そして、照明弾を一発撃った。

「無駄だよ」ルペールは言ったが、たいして気に留めてはいなかった。「この天気じゃ、誰に見える？」

ジョーゲンソンはしゃがみこんだ。「船尾にいたやつらは、誰か助かったかな？」

ルペールは答えなかった。

「おれたちがここにいるのを、誰か知っていると思うか？」

通じない無線でメッセージを送ろうとしていたオリン・グレインジのことを、ルペールは考えた。燃えている発火信号を見つめ、自分が見たことをジョーゲンソンに伝えてもしかたがないと思った。無感覚なのは、湿気と寒さのせいだけではなかった。心がからっぽだった。発火信号が消えると、ルペールはまた寝ころがり、体を丸めて動くのを拒んだ。しまいには、ジョーゲンソンも横になった。

波はあいかわらず高く、ボートの両側を洗いつづけていた。氷のような水と、冷たくきびしい風がルペールを襲った。ジョーゲンソンが声を上げ、寒さを罵っているのが聞こえた。ルペールはピーコートの下にボクサー・ショーツしかはいていなかった。ジョーゲンソンが着ているのは、パジャマとフード付きのトレーナーだけだ。

夜明け近くに嵐は弱まった。風がやみ、波が静まって、ボートの揺れもおさまってきた。青白い太陽が昇ったが、温もりはまったく感じられなかった。ルペールは身を起こそうとしたが、一晩中丸めていた体は凍りつき、関節も筋肉もこわばって痛くてたまらなかった。けんめいに動かして、なんとかすわる姿勢になった。スワンソンを見た。彼の顔には氷の膜が張り、目は開いたまま凍っていた。死んでいるとルペールは悟った。ジョーゲンソンも動かない。ルペールは足で彼をつついた。

「生きているよ」ジョーゲンソンはしゃがれた声で答えた。長く激しい咳をして、ゆっくりと体をのばした。ボートの横の部分にもたれて身を起こした。顔は灰色で、救命胴衣は氷におおわれていた。わずかに開いているまぶたの下から、ルペールを見た。「どのくらいだ？」

どういう意味か、ルペールにはわからなかった。ボートに乗ってからどのくらいたったのか？　助けがくるまでどのくらいかかるのか？　酷寒に身をさらして死ぬまで、あとどのくらいなのか？

「また発火信号を灯《とも》そう」ルペールは言った。「少しは体も温まるかもしれない」だが、二人とも動く力はなかった。ジョーゲンソンはまた咳きこみ、そのたびにひどく痛むようだった。ふたたびボートの底にずり落ち、胸の上で腕を組んで脚を曲げた。「疲れた」それが、彼の口にした最後の言葉になった。

太陽は空を横切っていった。ルペールは意識と無意識のあいだを行き来した。時間の経過がわからなくなった。湖を暗闇がおおいはじめると、ルペールは残ったわずかな力をかき集めて、自航力のないボートの縁から身を乗り出して水面をのぞきこんだ。夕暮れの空の下で、湖はこれまでに見たこともないほど静かだった。平らでなめらかで、きらきらと光っていた。東の方角にぽつぽつと星がまたたいている。その星の下に、小さな星座が見えた。形がはっきりしていて、動いている。船だ。ルペールはジョーゲンソンを蹴った。彼は動かなかった。ジョーゲンソンが保管庫から出した照明弾用の銃を探そうとしたが、見えるところにはなく、探しまわる力はなかった。

叫ぼうとしても、かすれたささやき声しか出なかった。光が風のない夜の向こうに遠ざかり、消えていくのを見つめた。また寝ころんだ。いまは完全に一人ぼっちだ。のどがからからだった。口の中が渇ききって、つばを呑みこむことさえできなかった。しかし、舷側から乗り出して湖の水をすくう力もない。そのかわり、ピーコートについている氷をつまんで口に入れ、しゃぶった。

そのとき、父親が現れた。

最初、ルペールは誰だかわからなかった。ただ、男がボートの縁にすわっていた。まるで皮膚の下から光が発しているかのように、その顔は輝いていた。

「氷を食べたらだめだ、ジョニー」男は言った。

ルペールは尋ねた。「誰だ？」

「おれたちはおまえを待っていた、それにビリーを。だが、まだおまえの番じゃない、ジョニー」

「ビリー？　あいつは無事か？」

「おまえが最後の一人だ。ただ一人の生き残りだ。生きのびろ。そして間違いを正すんだ、息子よ」

「おやじ？　おやじなのか？　おれは、あんたは死んだと……ビリーは無事か？」

「氷を食べるな、ジョニー。そんなことをすれば体温を下げる。死んでしまう」

「ビリーが心配でたまらなかったんだ」

「ビリーはおれたちと一緒にいる。もう行かないと。みんな待っている」

「行かないでくれ。お願いだ」

「そのうち会おう。おれたちはみんな、また一緒になるんだよ、ジョニー。約束する。忘れるな、氷を食べたらだめだ」

男は消えていった。少しのあいだ輪郭が残っていたが、次の瞬間にはいなくなった。完全に、そして永遠に。

これほど泣きたいと思ったことはなかったが、ルペールは泣けなかった。涙になる水分がなかった。

それから十時間後、沿岸警備隊のヘリコプターが彼を発見し、アポスル諸島とミシガン州沿岸のあいだを漂流していた救命ボートから引き上げた。彼はウィスコンシン州アッシュランドの病院へ空路搬送された。救助とそのあとの出来事を、ルペールはほとんど覚えていない。のちに、沿岸警備隊が搬送してきたとき、彼の体温は二十四度ほどしかなかったと、医師たちから聞かされた。ボートのほかの男たちのように死ななかったことに、医師たちは驚いていた。話ができるようになると、沿岸警備隊が彼に質問した。父親が訪れたことは別として、すべてを話した。父親のことは、誰にも話すつもりはなかった。当初、医師たちは凍傷にかかった足指を何本か切断しなければならないだろうと考えたが、最終的にルペールは五体満足で試練から回復した。誰もが激励した。誰もが驚嘆した。きみは生きている、とみんながほがらかに言った。きみは生きている。

ジョン・セイラー・ルペールはそれが嘘だと知っていた。

〈ティーズデイル〉が沈んでいる水域を示すブイで、ルペールは船を止めなかった。けさはアウター島沿岸を進んで、白いランチを探した。フィッツジェラルド海運がどうやってこのダイビングを突き止めたのかわからないが、いまや敵が懸念していることは確かだと思えた。島の東の流れが急なあたりに船影はなかったが、灯台のそばの小さな湾にはたくさんのプレジャーボートがいた。白いランチの姿はない。気がすんだので、沈没船へ向かった。一人のうえに波が荒かったので、着いてもブイに係留するのはひと苦労だった。ドライスーツを着て、最後に湖を見渡した。アポスル諸島以外、水平線にはなにも見えない。アウター島の岩だらけの岸に波が砕けてしぶきを上げているが、白いランチは視界のどこにもない。こんな日に潜るようなばかはいないと思っているのだろう、とルペールは推測した。

舷側へ行き、船の引きでぴんと張っているブイの索をつたっていった。湖面の下の水は穏やかで、すべてが静寂に包まれていた。ルペールは降下し、太陽の光が届かなくなると水中ライトをつけた。自分の呼吸と、たえまなく吐きだされる泡の音しか聞こえない。水深二十五メートルで、カワメンタイが光の中を横切り、アポスル諸島の方向へ泳ぎ去った。

十分で、〈ティーズデイル〉の船尾に着いた。船体をたどって破壊された中央部へ向かった。中央部の端から、水底の暗闇へと下りていった。貨物室から川のようにこぼれている石炭をライトが照らしだしたが、ビデオカメラはどこにも見えない。石炭が落ちていない岩だらけの湖底へ光を向けた。そこにもカメラはなかった。ルペールは貨物室の中も徹底的に探したが、なにも見つからなかった。この深さであれば強い流れはないから、ふつうならカメラが押し流されることはないはずだ。唯一考えられるのは、誰かが自分よりも前にここへ来たということだ。

くそ。エアを送りこむマウスピースがなければ、そう叫んでいただろう。レギュレイターをチェックした。残り時間はもうないし、どのみちこれ以上探す場所もない。ブイから垂れたケーブルへ向かって引きかえした。

船尾の端に来たとき、彼を待っていたのは、体を圧迫する水のどんな冷たさよりも血の凍る光景だった。ケーブルが、くねりながら水面から落ちてくる。頭上三十メートルで、〈アン・マリー〉が盗まれたか、流されているのだ。

一瞬のためらいもなく、彼はＢＣベストをふくらませた。そして水面に向かって急速に浮上しはじめた。水深二十メートルで、減圧地点を示す黄色いマーカーが横を過ぎ、次に切れたケーブルの端が落ちていった。水面に近づいたら、水深計を頼りに自分で判断して水深三メートルでとどまり、減圧のあいだじっと我慢していなければならない。〈アン・マリー〉を救っても、潜水病にかかってしまってはなんにもならない。あたりが明るくなってきた。水深十メートルで水面が見えたが、彼の船のシルエットも目印のブイも見えなかった。上昇速度を抑えるために、ナイフでベストに穴を開けた。水深計の針が三メートルを指し、自分の感覚もそれを裏づけたとき、浮上を止めた。

ジョン・ルペールは、数えきれないほどの眠れない苦しい夜を過ごしてきた。秒針の進みかたがあまりにものろいので、自分が別の時空にいるような気がした。しかし、手の届かないなにもない水面を見ながら過ごすこの地獄のような時間ほど、耐えがたいのは初めてだった。船が永久に失われたらどうするか、考えようとした。もし、あまりにも速く遠くへ流されていて、捕まえられなかったら？　もし、沈めるために船体に穴を開けられて漂流していたら？

いや、まだだ、と、すでに何時間にも感じられる六分がたったところで自分に言い聞かせた。

風向きを計算して、もしアウター島のほうへ漂流したら船がどこに着くか考えようとした。沿岸には高い樹木と堅固な岩と荒波しかない。無事に接岸するのは不可能だ。

待機は九分にした。完全に安全な時間とはいえないだろうが、かまってはいられない。水面に浮上したとたん、波にさらわれて高く持ち上げられた。五百メートルほど北西に、漂っている〈アン・マリー〉が見えた。その向こうのたいして遠くない地点で、白波がアウター島の岩に砕けている。ダイビングの格好は泳ぐのに適さない。彼は器材を落とした。タンクもウェイトもベストも捨てた。邪魔だったが、ドライスーツは着たままでいた。しびれるほど冷たい湖の水から守ってくれる、唯一のものだ。ルペールは泳ぎはじめた。

力強く規則正しいストロークでペースを保とうとした。毎朝アイアン湖を遠泳して鍛えている体力を信じようとした。だが、アイアン湖は小さいし、波も静かだ。スペリオル湖の怒れる波は彼に襲いかかり、氷のような水でのどを絞めつけ、体を持ち上げては放り出した。長いあいだ、船に近づいているのかどうかもわからなかった。岩にぶつかる前に〈アン・マリー〉に着くことに全力をそそいでいたので、そのあとエンジンが壊されているかラダーケーブルが切られているのがわかった場合のことを、心配しているひまはなかった。

これまでにない必死のクロールで二十分泳ぎ、まだブイを引きずっている船首索の近くまで来た。しっかりとつかんで索をたぐっていき、ダイビング用のはしごの下に着いた。あえぎながら、船に登った。いまや、あと二百メートルもない距離から砕け波のとどろきが聞こえた。急いで、甲板室の中の操舵席へ行った。イグニション・キーがなくなっていた。昇降口階段を前部キャビンへ駆け下り、寝棚の下の釘に吊るしてある予備のキーをつかんだ。操舵席に戻って、キーを差しこんだ。咳きこむような音を発するだけで、エンジンがかからない。ルペールはアウター島を一瞥《いちべつ》した。まだ百メートルほど距離があるが、右舷の約十五メートル先、風と波がまさに〈アン・マリー〉を運ぼうとしている波間に、浅瀬のぎざぎざした光る岩場が見えた。

もう一度イグニション・キーをまわした。「頼む、ベイビー」彼はささやいた。

こんどはエンジンがかかった。舵をぐいと右舷へ切ってスロットルレバーを動かし、水面のすぐ下に見える黒い岩の先端をかわした。上手回しをして〈アン・マリー〉を風上に向け、島と安全な距離をとった。エンジンをアイドリングさせておき、船を調べた。壊されているものはなにもなかった。下にしまってあった予備のドライスーツにも手を触れた形跡はなかった。ブイを回収してケーブルをチェックした。切断されていた。

今日は白いランチを見なかったが、状況は変わっているのかもしれない。敵はいつも違う船を使っていて、また彼を襲撃しようと見張っていたとしても、こちらに知るすべはないのかもしれない。

やつらはカメラを持ち去った。〈アン・マリー〉を破壊しようとした。あきらかに、恐れているのだ。

よし、と彼は思った。笑みが浮かんだ。ということは、敵には隠しておきたい秘密があるのだ。

風を背に受けて、船を帰路へ向けた。また来られるようになるまでには、時間がかかる。ブリッジャーはこのところつきがなく、懐《ふところ》が寂しくなっている。清掃員の給料では、新しいカメラとハウジングを買うには何ヵ月も切り詰めて貯金しなければならない。だが、ルペールはそうするつもりだった。やらなければならないことはなんでもやる。敵はこちらの計画を阻止したのではない。避けられないものを先延ばしにしただけだ。こんど来るときには、やつらを永遠に叩きのめしてやる準備ができている。

午後の早い時間にパーガトリー・コーヴに戻り、〈アン・マリー〉を桟橋につけてエンジンを切った。船を係留し、岸に向かった。漁師小屋のドアが大きく開いているのを見て、急いで走っていき、混乱した内部を見て立ちつくした。まるで、誰かが大きなハンマーを使って思いきり暴れまわったかのようだ。コンプレッサーはばらばらになっていた。ダイビングの器材や〈アン・マリー〉の補給品は、すべて傷を受けるか壊されていた。家へ向きを変えると、そこのドアも同じように開いたままになっているのが見えた。ポーチへ走っていった。家の中のすべての部屋が荒らされていた。戸棚はからっぽだった。グラスと青い陶器の皿は床の上で割れていた。母親の部屋では、化粧品の瓶がたんすの上からなぎはらわれ、こなごなになっていた。

やつらはなにを探していたわけでもない。すでにカメラとテープを手に入れている。これは自分に対する攻撃だと、ルペールは悟った。キャビンに残されていた大切な記憶を、破壊するために来たのだ。母親のたんねんな刺繍は壁から落ちていた。額に入れた両親の結婚式の写真は、床に捨てられていた。無情なかかとが割れたガラスを踏みつけ、ルペールが持ちものの中で、かつて人生が楽しく希望に満ちていたことのいちばん確かなあかしだった写真を引き裂いていた。ビリーと共有していた部屋では、瑪瑙のコレクションがばらまかれていた。ビリーの一塁手用のミットはなくなっていた。

長い歳月、ジョン・ルペールは喪失とともに生きてきた。訪れるたびに新たな悲しみを運んでくる悪夢にも耐えてきた。自分もまた欠けた部分のない人間であるかのように、人なかを歩くすべも学んできた。たとえ、内側にはぽっかりと穴が開いていたとしても。幸福の名残だったすべてのものの残骸の中にひざまずき、彼は激痛に見舞われた獣のような咆哮《ほうこう》を発した。いま内側のぽっかりと開いた部分を埋めたのは、人間よりも獣に近い怒りの感覚だった。

床から電話を拾い上げた。まだつながっていた。番号をプッシュした。相手先で五回鳴ったあと、留守番電話に切り替わった。

「こちらブリッジャー。メッセージを頼む。短くな」

ピーと音がした。

「ルペールだ。あんたのろくでもない計画だが――まだやる気があるなら、おれは乗る」

## 16

金曜日の〈サムの店〉はいつも忙しい。観光客が早い週末にくりだしてくるので、湖からの注文が殺到する。昼ごろには、コークはハンバーガー用のバンズを切らした。娘たちに店番を頼み、オーロラのスーパーマーケットへ向かった。砂利道を走りだすと、ウォリー・シャノーのランドクルーザーがセンター・ストリートを曲がって〈サムの店〉へ近づいてくるのが見えた。バーリントン・ノーザン鉄道の線路の近くで、シャノーはコークに止まるように合図した。二人は車から降りた。

暑い日で、シャノーは灰色のステットソン帽で日ざしから顔を守っていた。「つかまってよかったよ、コーク」

「なにか用事だったのか、ウォリー？」

「考えを聞かせてほしいんだ。ハロルド・ルーミスと話したよ」

「じゃあ、チャーリー・ウォレンが爆発とは関係ないと納得してくれたか？」

「きみと同様にな。それに、ルーミスも関係ないことは確かだ。彼は家を捜索させてくれた。ベースボールカードのいいコレクションを持っている、そんなところだ。ということは、第一容疑者がいなくなったということだ。犯罪捜査局《BCA》には一つ二つ考えがあるようだ。わたしにもある。きみにもいくつかあるんじゃないかと思ってね」

「そういうことは、もうおれの仕事じゃない」コークは言った。「それに、ＢＣＡはどう思う、あんたが権限のない人間に捜査の秘密を明かしていると知ったら？」

「これはまだわたしの事件だ。どっちにしても、きみと話すことは彼らに伝えてある。オジブワ族の血が流れているから、興味深い意見が聞けるかもしれないと」

「捜査の状況を教えてくれないか？」

シャノーは大きな手を曲げたひじにかけて腕を組み、町の方向を見た。「いくつかの可能性が浮上している。アールとオーウェンは二つの線を考えている。わたしは別の線が臭いと思う」

「捜査官たちの考えは？」

「環境保護運動家たちだ。保留地のテント村にいる連中を調べてみたら、爆発物にくわしいやつが何人かいたらしい」

「誰だ？」

「たとえば、ジョーン・ハミルトン。セコイアを救うジャンヌ・ダルクだ。ステッキをついて歩いているのを見ただろう。二年ほど前、彼女の車でパイプ爆弾が爆発したときの傷がもとだ。カリフォルニア州当局は、爆弾は自分で作ったもので、事故で爆発してしまったと言っている。彼女のほうは、材木会社に仕掛けられたと主張している。息子はカリフォルニア工科大学で化学工学を専攻した。つまり、爆発物についてくわしくてもおかしくないわけだ。それから、ブルームもいる。伐採の仕事で切り株やなにかを吹っ飛ばすのに、しょっちゅう爆薬を使っている」

シャノーは、すべての情報を相手が吸収する間を置いた。道ばたの野生のカラスムギは乾ききり、バッタがたくさんとまっている。線路のすぐそばなので、あたりにはタールと熱くなった油の臭いが強く漂っていた。聞こえるのはバッタの羽音と、乾いたカラスムギの葉擦《ず》れと、二人の男が足をずらして砂利を踏む音だけだ。

「捜査官たちは二つの線を考えていると言ったな、ウォリー」

「これには多少飛躍があるんだが」シャノーは慎重に答えた。「ここだけの話にしておいてくれ。わかってもらえるだろう。こういうことだ。あの爆破で、一つの点ははっきりしている。チャーリー・ウォレンの死は偶然だったということだ。そして、製材所の破壊は限定的で、操業にたいした支障は出ないだろう」

「その点が重要だというのは？」

「リンドストロムが目下かかわっている伐採事業は、すべて反対にあっている。噂では、彼は充分な材木を生産できていないそうだ。製材所の修復についやした金を考えれば、材木を生産しないわけにはいかないはずだ。法廷闘争で勝ったとしても、勝つと大勢の人間が思っているようだが、それでも彼には伐採への支持が必要だろう。さもなければ、なにかあるたびに面倒なことになる。環境保護運動家たちが社会の共感を得られなくなれば、リンドストロムにとってはありがたいにちがいない」

「彼が自分で画策できたと、ほんとうに信じているのか?」

「いまの時点では、どんなことでも信じないと決めつけるわけにはいかない」シャノーは答えた。「わたしとしては、まったく別の線である可能性も考慮するべきだと思っている」

彼は灰色のステットソン帽をぬぎ、ハンカチで内側の汗をぬぐった。また帽子をかぶり、顔の上にひさしを傾けた。

「思いつきなんだが」シャノーは続けた。「この伐採問題は、リンドストロムに恨みを持つ者にはこれ以上はないチャンスだろう。恨みを晴らして、環境保護運動家に罪を着せることができる」

「どんな恨みだ?」

「昔の怨恨かもしれない。リンドストロムの一族は百年近くこのあたりの森を伐採してきたし、そのやりかたも思慮があったとはいえない。オジブワ族アイアン・レイク・バンドには良識があるし、カジノの収入で法律的に闘える資金を持っている。しかし、踏みつけにされてきた多くの人間には、まだそういう手だてがない。カールがここへ引っ越してきて落ち着いたいま、しっぺ返しをしようとする人間がいるかもしれないと思うんだ。あるいは、解雇された従業員のしわざといった、単純なことかもしれない。ギル・シンガーにその線をあたらせている」

コークはぼんやりとランドクルーザーのボンネットにもたれかかり、熱くなった金属に触れてあわてて飛びのいた。

「さて、どう思う？」シャノーは聞いた。「もう一つの可能性を、あんたは見過ごしていると思う」

「なんだ？」

「ヘル・ハノーヴァーだ」

「ヘル？　どういうことだ？」

「〈ミネソタ市民旅団〉だよ、ウォリー」

「〈旅団〉は解散しただろう」

「本気でそう信じているのか？　武器はとうとう見つからなかった。告訴もされなかった。あんたは長いあいだ大勢の人間を監視していたが、あの旅団の核心部分をほんとうには見ていないと思う」

「そうか、では〈旅団〉がどう関係しているというんだ？」

太陽を真正面から見ないですむように、コークは立ち位置を変えた。シャノーは、ステットソン帽のひさしの下から彼を見守った。

「〈旅団〉が謳《うた》う任務にぴったりだ。秩序の混乱を招くこと。根本的には連邦政府の規制の是非に帰する問題について、社会不安を煽《あお》りたてる。政府の土地のリースをめぐってちょっとした戦争が起きたら、やつらにとっては大成功だ。ヘルが論説記事でこの問題について大騒ぎするのは目に見えている。それに、ヘルや〈旅団〉の人間が爆発物にくわしいのはわかっているだろう」

人さし指の先でステットソン帽を少し持ち上げて、シャノーは考えた。「ハノーヴァーか、ふむ？」

「一つの可能性として言っているだけだ。捜索令状をとれる見通しは？」

「手持ちの情報だけでは、判事は笑い飛ばすだろうな」

「じゃ、どうするつもりだ？」

「待つことだな。次になにが起こるか見るんだ。そう長くは待たずにすむだろう。カール・リンドストロムが今晩記者会見を予定している」

「なんのために？」

「噂では、なんらかの譲歩をするらしい。どういうわけか知らないが、中学校の階段からスピーチをするそうだ。オーウェン捜査官がいまあそこで爆発物のチェックをしている。それに、リンドストロムの話が終わるまで、わたしの部下たちも周辺に張りつかせる。やっかいなことだが、重要な会見なんだそうだ」

線路の道床からまぎれこんできた大きな赤い石を、コークは蹴った。気になることがあるのだが、自分がそれを切り出したいのかどうかわからなかった。とうとう、唐突に口にしてしまった。

「どうしてなんだ、ウォリー？」

「なにが？」

「どうして今回の捜査におれを引っ張りこもうとする？」

「専門家の意見が聞けるときには聞いているだけだ」

「たわごとだな」

「そうでもないさ」シャノーは間を置いてから続けた。「わたしが十一月の保安官選挙に出ないのは聞いているだろう」

「聞いている。ほんとうかどうかは知らない」

「ほんとうだ」

「アーレッタのことがあるからか？」コークはシャノーの妻の名を出した。タマラック郡でもっとも人柄がよく美しい、そしてアルツハイマー病にかかったことでもっとも悲劇的な女の一人だった。

シャノーはうなずいて視線を落とした。「あれがこれ以上よくなる見込みはない。わたしたちに残された時間を、好きなことをして過ごしたいんだ。旅行したり、娘たちや孫たちを訪ねたりして。わかるだろう、手遅れになる前に」

「ああ」

「党は、アーン・ソダーバーグを推すことにもう決定した」彼は乾いた笑い声を上げた。「ソダーバーグだぞ、考えられるか？」

シャノーはシャツのポケットに留めたバッジを見下ろした。バッジはよく磨かれ、彼の胸で陽光を受けて燃えるように輝いていた。

「なあ、コーク、最初にこのバッジをきみから引き継いだとき、わたしたちのあいだにはしこりが残るだろうと思った。そうなっても当然だった。だが、わたしにとんだ恥をかかせられる機会があっても——なんのことを言っているのか、わかっているな——きみはそうしなかった。わたしに、いわば贖《あがな》いのチャンスをくれた。きみには借りがある。率直にいって、きみ以上に保安官にふさわしい人間はいないよ。そして、そう考えているのはわたしだけじゃない。このあたりの人々は、きみが立候補すれば支持政党を超えて投票するだろう。出るべきだとわたしは思う」

「アーン・ソダーバーグにとっては、ドブをさらって投げつけられる非難中傷のたねが、山のようにあるぞ」コークは相手に思い出させた。

「わたしの判断が間違っていなければ、きみは多少の泥をかぶろうがびくともしないはずだ。それに、タマラック郡の有権者はどうしようもない噂好きではあっても、そういう汚いキャンペーンには眉をひそめるだろう」シャノーは手をのばしてランドクルーザーのドアを開けた。「考えてみるべきだ、と言っているだけだよ。じゃあな？」

「ああ。ありがとう、ウォリー」

シャノーは車をUターンさせた。タイヤがなぎ倒した細い跡が、道ばたのカラスムギに残された。保安官がいなくなったあと、コークはしばし陽光の中に立って、乾燥した熱気にこもるバッタの羽音に耳を傾けた。その音は、爆発寸前に導火線が燃える音を思わせた。

## 17

ジョーはオーロラ・プロフェッショナル・ビルのオフィスのデスクに一時間近くすわって、手もとのリーガルパッドを見つめていたが、内容はまったく目に入っていなかった。一月一日に更新しなければならないカジノの特例的認可について処理を進めようとして、自分が十七歳だったころの元日の思い出がよみがえってきたのだ。あれは、母親が——自分とローズのあいだでは、いつも〝大尉《キャプテン》〟と呼んでいた——テキサス州フォート・フッドに配属された最初の年だった。

大尉は暮れゆく年を大酒をくらいながら見送り、新しい年を同様に迎えた。ローズの手作りハムの夕食の席で大尉はふらつき、酔っているときのけわしく意地悪そうな顔をしていた。テレビではフットボールを中継していた。ジョーはテレビを消そうと立ち上がった。

「つけておいて」大尉が命じた。

ジョーはそのままテレビの前へ行き、音を聞こえないほど小さくして、テーブルへ戻った。もう大尉にはうんざりしていたし、母親と対決するのもこわくなかった。あのころには、二人の関係をあらわす端的な言葉は〝対決〟だった。でも、新年を祝って一生懸命ごちそうを作ったローズのために、口答えするのはやめた。

「去年の感謝したい出来事を話しましょうよ」ローズが提案した。「それから、新年で楽しみなことも」

「いいわね。あたしが最初よ」大尉はテーブルの上にひじをついた。「まず最初に、すばらしい料理ができる娘を持ったことに感謝するわ。それから、自分の意見を通すのがすごくうまい娘を持ったことにもね」ジム・ビームがなみなみとつがれたグラスを、姉妹に向かってかかげた。「去年は——そうね……このさびれきった場所にある基地にあたしを配属し、あたしと家族をこれまで見たこともない最低の基地住宅に押しこんだ、アメリカ陸軍に感謝するわ。それに、つまらない毎日、一人ぼっちで目がさめて、男の小便でトイレの便座が汚れる心配をしなくていいことにも感謝する」グラスから一口飲んで、ちょっと考えた。「それから新年には、そうねえ、いまと同じことがもっともっと続くのが楽しみだわ。新年おめでとう、娘たち」彼女はもう一度グラスをかかげた。そのとき、グラスを戻した手が皿の端にぶつかり、皿が落ちた。部屋はしんとなった。大尉は割れた皿と床に散らばった料理を見下ろした。ローズが立ち上がって片づけようとした。

「ほうっておきなさい」大尉はぴしゃりと言った。

ローズはまたすわった。

「わたしの番ね」ジョーは怒って口を切った。「一年中、わたしがなにに感謝しているか知りたい？」

「コンドームの発明？」大尉はウィスキーを飲んで、グラスの縁の上から娘を見た。

「前の年と同様に、わたしが出ていく日がそれだけ近づくことに感謝している」

「過去はもういいわ。教えてよ、なにを楽しみにしているの？」

「今年もガリ勉してオールAをとり、すべてで一番になること。なぜなら、ここを出ていくときにはさらにトップをめざすつもりだから。そうすれば、あんたからうんと遠くへ離れられるもの」

大尉は乾杯した。「あなたの将来のために。成功を祈るわ」

テーブルをはさんでにらみあう二人の視線は、正面衝突する列車のようにぶつかりあった。それから、二人はローズのほうを見た。

「あたしが感謝しているのは」いつもと同じくローズは静かに口を開いた。母と姉の怒りにみちた視線に、揺るぎのない穏やかさをもって語りかけた。「一人ぼっちになったことが一度もないこと。だって、そういう人が大勢いるのを知っているもの。それから、立派じゃないけれど、屋根の下にいられること。段ボール箱で寝ている人だっているのよ。ベトナムから傷ついて帰ってきた兵士が、ママのようなベテランに世話してもらえることにも感謝する。それから、とてもたくさんのことを知っていて、宿題を手伝ってくれて、夜はベッドで話し相手になってくれるお姉さんがいることにも。パパの思い出にも感謝する、いい思い出だから」ローズはちょっと黙って、小さな笑みを浮かべた。「今年は、太っていることやそばかすがあるのを去年より心配しないですむのが楽しみだわ。それから、神さまがそもそもなぜあたしをここにおつかわしになったのか、もっと考えるのが楽しみ」ローズはすわりなおしたが、すばやくもう一度身を乗り出した。「それに、やっと幾何の授業が終わるのが楽しみ」

しばらく、聞こえるのは玄関のドアからのすきま風の音だけだった。やがて、大尉がグラスを置いて、テーブルごしに娘たちのほうへ両手をのばした。

あとで、みんなそろって散歩にいった。ときおり雪がちらつく中、手と手を組んで。あのときの雪は白い薔薇《ば ら》の花びらのようだったと、ジョーはいつも思うのだった。

大尉との確執はついに終わることはなかった。母親の苦しみはいつも薄皮一枚の下にあって、ウィスキーのオンザロックを飲むとすぐさま出てくるのだった。ジョーがめったに酒を飲まず、飲みすぎたことが一度もないのは、そういう理由からだった。母親の血が自分の中に、皮膚のすぐ下にあるのがこわかった。抑制するのをやめたらたちまち自己破壊へ向かうのではないかと、よく感じることがあった。人生で何度か、崖っぷちまで行ったと思うことがあったが、いつもなにかが起きて引き戻された。まるで、ローズが熱心に信じている天使が、とりなしをしてくれたかのように。

リーガルパッドから顔を上げ、窓から入る陽の光がすっかりうつろい、東側の壁にのびているのを見て驚いた。腕時計を見ると、五時をまわっていた。ということは、フランはもう帰っている。自分も家に帰らなければ。デスクを片づけはじめたとき、ドアにノックがあった。

「どうぞ」

大きなボールベアリングのようにつるつるで、死体安置所の新しいシーツのように白いヘル・ハノーヴァーの頭が、中をのぞきこんだ。続いて足の不自由な体も現れた。「やあ、ジョー」

「ヘルム。なんのご用?」

「町に流れているいくつかの噂の真偽を、あなたが教えてくれるんじゃないかと思ってね」勧められる前に、彼はデスクの反対側の椅子にすわった。手には、大きな茶色の封筒を持っていた。

ジョーはデスクの上で手を組んだ。「噂を説明して、教えられることかどうか」

彼は微笑した。卵にひびが入ったかのようだった。「リンドストロムの製材所の爆破で、コークが捜査に加わっていると聞いた。ほんとうなのか？」

「捜査にかんする質問はすべて、シャノー保安官に聞くべきだわ。そうでしょう？」

ハノーヴァーは心底から面白がっているように笑った。「弁護士ってやつは」そう言って頭を振った。「では、別の質問をさせてくれ。コークが十一月の保安官選挙に立候補すると聞いているが」

ジョーは待った。「質問になっていないわね」

「真実か？」

「噂というものを知っているでしょう。中身はほとんどないわ。でも、本気でコークの気持ちを知りたいなら、彼に聞いたらどう、ヘルム。で、ここへ来たほんとうの目的はなに？」

ハノーヴァーの顔から面白がっている表情が消えた。「あなたの助けがほしい」

「わたしの？　どういうこと？」

「二つの件で、ご主人を説得してもらいたい」

ジョーはすわりなおした。「いったいなんの話なのか、わからないわ」

「一つ、リンドストロムの製材所の件からコークに手を引いてもらいたい。二つ、また保安官に立候補するのは最悪の決断であることを彼に理解させてほしい」

自分だけの理由によって、ジョーはハノーヴァーの意見に賛成だったが、この男のことは虫唾《むしず》が走るほど嫌いだった。ヘルマス・ハノーヴァーによけいなお世話だと言ってやらないのは、何年もかけて法廷で培われた自制力のたまものだった。

「それがいったいあなたとなんの関係があるの？」

「そんなことはどうでもいい。ただ提案しているんだ」

ジョーは微笑した。「彼があなたのボーイスカウト連隊をぶっつぶしたのが、まだ気にさわっているの？〈ミネソタ市民旅団〉だったわね」相手を値踏みするように見た。「あるいは、またコークに調べられるのがこわいの？　そう、あなたが栄光の夢をぽんと捨てたなんて、彼は一瞬だって信じなかったわ」

「言ったように、理由はどうでもいい。説得するんだ」

「ヘルム、どうしてここにこそこそ入ってきて、わたしに命令できるなんて思うの？」

相手の冷たく青い目が、手の中の封筒に向くのを彼女は見た。彼の顔を、またうっすらと笑みがよぎった。なにも言わずに、ハノーヴァーは封筒を渡した。

中にあった写真を見たとき、ジョーは打ちのめされた。ハノーヴァーがこっそりと追跡して、ついに仕留めた獣のように。一瞬、息ができなくなった。その沈黙の中で、ハノーヴァーが勝ち誇ってかすかに鼻を鳴らすのが聞こえた。

「たったいま、おれの栄光の夢をあざ笑ったな、ジョー。あなたの栄光の夢はどうなんだ？」

　写真はモノクロで、暗視レンズを使って夜間に撮影されていた。何度か拡大されているため、少し粒子が粗かった。質は悪くても、写真に写っているものは残酷なほどはっきりしていた。ロウソクに照らされたホットタブ。裸の女がタブの端をつかんで、少し前かがみになっている。女の口は恍惚のうめきを発して小さくOの形に開かれている。裸の男が後ろから彼女に押し入っている。女はジョーだった。男はコークではなかった。

「どこでこれを手に入れたの？」息ができるようになると、彼女は聞いた。

「少し前から持っている。彼の父親からもらった」——写真に写っている男を指さした——「あの古狸がくたばる前にな。こいつはまさに、あいつが使いそうな武器だ。おれとしては、軍隊のハードウェアのほうが好みだが。しかし、武器は武器だ」ハノーヴァーは身を乗り出した。「要するに、こういうことだ。よけいなところに首を突っこまないように、保安官に立候補するのを永遠にあきらめるように、あなたがコークを説得できなければ、この写真のコピーが彼に送られる。8×10《エイト・バイ・テン》に引き伸ばし、金の額に入れて」

　ジョーはハノーヴァーをにらんだ。「彼はこれを見たことがあるわ」

「知っているのか？」ハノーヴァーはあきれたように首を振った。「どうやら、彼はおれが思っていたような男じゃないようだな。まあいい。条件は同じだが、結果はこうなる。タマラック郡全体がこの写真を目にするんだ。あなたやコークが通りを歩くと、背後でかならずひそひそとささやかれるようになる、おれがそうなるようにする。おたくの子どもたちはどう思うかな、ことに、母親が雌犬呼ばわりされるようになったら？」

「出ていって」

「こう考えたらどうだ、ジョー。コークは油もの料理が得意だ。ハンバーガーを焼きつづけるように、説得するだけでいい」

「出ていけと言ったのよ」ジョーは立ち上がり、写真を相手に向かって投げつけた。写真はひらひらと床に落ちたが、ハノーヴァーは拾おうとはしなかった。

「かまわない、持っていってくれ。こっちにはネガがあるから」彼は背を向け、足を引きずりながらドアへ向かったが、ノブに手をかけて立ち止まった。「なあ、ジョー、あなたが自分の都合のいいように法律をねじ曲げるのをずっと見てきたが、今回の件には法律はない。正義があるだけだ。ようやくな」

「ヘル」大勢の人々が彼に対して使ってきたあだ名を、ジョーは初めて吐き捨てた。

「うせろ《バイト・ミー》」

ハノーヴァーは出ていった。ドアを閉めるときに笑い声が聞こえた。

怒りのあまり、ジョーは震えていた。よろめきながらデスクをまわり、床の上の写真の自分を見下ろした。男の快楽に奉仕している自分を、カメラは捉えている。決して忘れられず、その記憶を憎悪してやまない男。人生のあの部分は永久に終わり、自分は逃れることができたと信じていた。だが、過去をなかったことにすることはできない。ひざまずいて写真を拾いながら、ジョーは悟った。そしてオーロラのような町ではとくに、過去からは自分の影と同様に逃れられないのだ。

## 18

夜の七時三十五分に、コークはオーロラ中学校の裏にブロンコを止め、大型のごみ収集箱が置いてある裏口へ向かった。保安官助手のギル・シンガーが警備についていた。

「様子はどうだ、ギル?」

「静かだよ、コーク。少なくともここはね。戦闘は正面のほうだ」

「そうだな。駐車場所が見つからなくて、裏へまわってきたんだ。かまわないかな?」

「べつにいいよ」

「あれはリンドストロムの車か?」自分の古いブロンコからそう遠くないところに駐車してある、新車のエクスプローラーのほうを指さした。

「ああ」

「彼は校舎の中?」

「それも当たりだよ、コーク」

「入ってもいいか？」

「保安官は、あやしいやつは入れるなと言っていた。あんたがそうだとは思えない」

シンガーは裏口のドアを開けた。

三十年前にコークが卒業したときには、この建物はオーロラの高校だった。二、三年して、町の西側に大きな統合された郡の高校ができ、美しい赤レンガ造りの古い建物は地区の中学校になった。コークにとって、校舎にはいい思い出が詰まっていた。廊下を歩くといつも、匂いだけで――ワックスのかかった床と古いロッカーの匂い――瞬時に三十年前がよみがえってくる。

正面入り口の内側で、カール・リンドストロムが製材所の操業責任者ブルース・モーテンソンと激しく言いあっていた。コークが遠慮していると、モーテンソンは激昂して両手を振り上げて叫んだ。「いいだろう、カール、好きにしろ。結局はあんたの製材所なんだから」モーテンソンは足音も荒くドアから出ていった。

コークは低く咳ばらいをした。リンドストロムがこちらを見た。「オコナー」彼は、コークを見て意外にもうれしそうだった。

「やあ、カール」

リンドストロムは進み出て口を開きかけたが、正面のドアが開いてリンドストロムの弁護士フランク・ウォートンが身をすべらせるように入ってきた。リンドストロムに紙を渡して言った。「万事ＯＫだ、カール。みんな待っている」

「ありがとう、フランク。すぐに行く」リンドストロムはコークをちらりと見た。「これが終わったら、ちょっと話があるんだが？」

「いいとも」

リンドストロムは手の中のメモに視線を落とし、大きく息を吸うと外に出ていった。コークも少しだけ間を置いて、あとに続いた。

スタンドマイクとスピーカーが、階段に用意されていた。駐車した車が通りに並び、正面の芝生には人が大勢詰めかけている。カメラとテープレコーダーを持った記者たちは、階段の下に陣どっていた。ヘル・ハノーヴァーがその中央にいた。聴衆を見渡して、伐採問題で対立する双方の陣営が多数来ていることに、コークは気づいた。ウォリー・シャノー保安官と保安官助手数人が、階段の上のリンドストロムを守るように両側を固めている。犯罪捜査局のアールとオーウェンもいる。通りの向こう側には小さな公園があり、そこにジョーがぽつんと立っているのをコークは見た。体の前で腕を組み、ひどい暑さにもかかわらず、まるで寒がっているようだ。

リンドストロムがマイクに歩み寄り、とんとんと叩いた。「みなさん、聞こえますか？」

聴衆の後ろのほうから声が上がった。「よく聞こえるぞ、カール。一丁やっつけろ！」

「わたしはここにいる誰も、やっつけるつもりはありません」リンドストロムはマイクに口を近づけた。「そういうことは、もううんざりじゃありませんか」手の中のメモを見たあと、それを落とした。

「ちゃんと言えるように弁護士が用意してくれたコメントがありますが、いまは難解な法律用語にはいささかあきあきした気分です。わたしの気持ちを、率直にお話ししましょう。

〈リンドストロムの材木で世界の家を〉というスローガンが入った、わが社の昔のロゴを覚えている方はどのくらいいるでしょう。覚えていますか？　リンドストロムの材木で建てられた家の中に、地球があるデザインでした。だが、わが社はもうたいして世界の家に材木を供給してはいません。それには多くの理由があります。

数年前、わたしの父は一つの決断を下さざるをえませんでした。新たな州および国の環境保護規制に対応するため、そして外国の製品に対抗するため、ウィスコンシン州にあったわが社のイーグル・リヴァー製材所は大幅な転換を迫られていました。父は、政府や不公平な貿易政策と闘うよりは、製材所を閉鎖することを選びました。二年前、リンドストロム製材所の最後の一つであるここが同じジレンマに直面したとき、わたしは別の選択をしました。

みなさんの多くがごぞんじのように、わたしは去年アイアン・レイク湖畔に家を建てました、リンドストロムの材木で。そしてこの春、家族とともに引っ越してきました。わたしたちがここへ来たのは、この町の一部になりたかったからです。リンドストロムの家名は何世代にもわたって北部森林地帯で重きをなしてきましたが、一度として自分たちがしたことの結果を見にくることはありませんでした。だがいま、わたしはここにいて、自分たちがすることの責任を引き受けています。この二年間で、製材所を刷新しました。この分野における最新のテクノロジーを導入したのです。これを行なうために私財を投じましたが、それは、環境のためにもここの人々のためにも最善のことだと信じているからです。わたしの考えでは、タマラック郡ほど美しい場所はこの地上にはないし、これ以上すばらしい人々もいません」

「あんたはよくやってる、カール！　やつらに負けるな！」

「ありがとう、どうもありがとう」リンドストロムはマイクから顔をそむけて咳ばらいした。そのあいだに、考えをまとめたようだった。

「大勢のよき人々がわたしの製材所で働いて生計を立てています。そして、製材所が操業するには、木を伐らないわけにはいかない。最近、わが社が取りかかった伐採事業はすべて妨害にあっています。重機のガソリンタンクに砂糖を入れられたり、伐採を指定した木から目印が持ち去られたり、そういうことはほんの一部にすぎません。

　この地域の平和な生活と製材所の材木生産の両方を混乱させた最近の論争は、まったく不幸なことでした。個人的にたいへんな苦痛を味わいました。わたしはつねに、法の定める範囲内で解決法を模索してきましたが、この問題で対立している側にはそうでない人々がいるのです。その結果、恐ろしい悲劇が起きました。無意味な死です。

　わたしはこの憎悪を終わらせたいと思います。そこで、オジブワ族が〝われらが祖父〟と呼ぶスペリオル国有林の一部の伐採にこれほど反対している人々に対し、いくつかの譲歩をしましょう。ラビン判事がわが社に与《くみ》する判断をされた場合――そうなると固く信じていますが――伐採が再開されるとき、リンドストロムの従業員も、下請け契約を結んでいる会社も、〝われらが祖父〟からは一本たりとも不必要な伐採を行なわないことを約束します。あの美しいストローブ松の老木たちを囲む、またそのあいだに混在している、もっと若い木々へのアクセスを確保する伐採用道路は作らなければならない。そのために必要なことしかしない。そう誓います。加えて、ストローブ松を伐る場合は替わりの若木を植えることを確約します。年月がたてば、その若木は〝われらが祖父〟のあいだに高々と誇らかにそびえ立つことでしょう。

　この会見を学校の階段でやりたかったのは、われわれの子どもたちに、健康、富、幸福、そして調和が達成できる世界を残してやるということが、結局はいちばん大切だからです」彼はゆっくりと聴衆を見渡した。「わたしの言いたいことは以上です。ご質問があれば、喜んでお答えします」

リンドストロムが誰も指名できないうちに、一人の声が建物のレンガの壁に反響した。

「質問があります」

コークと大勢の人々が通りの向こう側を見た。セコイアのジャンヌ・ダルクが、片手にハンドマイクを、片手にステッキを持って、汚れたエコノライン・ヴァンの屋根の上に立っていた。

「どうして明らかな危険を見ようとしないの？　環境に配慮すると主張しているにしては、あなたは生態系の壊れやすい性質にまったく無知だわ。〝われらが祖父〟のあいだに道路を通したら、木々を支えている生態系にダメージを与えるのよ。〝われらが祖父〟の周囲の木を伐っても、同じことだわ。わたしたちが言いたいのは、あの区域のどんな伐採も、自然の破壊だということです。結果は壊滅的なものになるでしょう」

「わが社の調査では、そんな結果にはなりません」リンドストロムは反論した。

「おたくの調査では、あなたが聞きたいことだけが報告されるのよ。おたくのような会社の調査を見てきたわ。そして、そういう調査が正当化した虐殺をこの目で見てきたの」

「あなたが言っているのは、カリフォルニア州のセコイアをめぐってのことだと思う。言っておきますが、向こうでは、森から何千キロも離れたところにいる人たちが決断を下している。わたしはここに住むことを選択した。家族をここに連れてきた。わたしはこの地域社会の一員として決断しているのです。製材所での仕事で生計を立て、やはりこの地域社会の一員である男性そして女性のためを考えて、決断しているのです。僭越《せんえつ》ながら指摘させていただくが、あなたはここに住んでいないし、この問題にどちらにしろ決着がついたら、あなたは出ていくのだ。ここに家を建てたらどうです。ここで家族と暮らしたらどうです。生活してみたらどうです。そうしたら、ここで意見を述べる資格があるというものでしょう」

リンドストロムの発言に、大きな喝采が起きた。

あたりが少し静まると、女はふたたびハンドマイクを口に近づけた。「わたしはもっと大きな地域社会の一員なのよ、ミスター・リンドストロム。あなたもそうだわ」

リンドストロムはマイクにかがみこんだが、口を開く前に、大きなバンという音がして飛び上がった――みんなも飛び上がった。コークはとっさに身を低くして、音がした建物の北側を見た。聴衆も頭をかがめ、一瞬パニックに陥って右往左往しはじめた。ウォリー・シャノーは拳銃を抜いていた。二人の保安官助手とともに、彼は校舎の横へ走っていった。ＢＣＡのアール捜査官も自分の銃を抜き、リンドストロムの隣で護衛についた。ほんとうに久しぶりに、自分も銃を持っていたら、とコークは思った。

ほとんどすぐに、夕暮れの静けさが戻ってきた。全員が、シャノーと部下が走っていったほうを見ていた。二分もしないうちに、保安官と助手たちは戻ってきた。ギル・シンガーも一緒だった。シャノーが短く命令を下すと、シンガーは引きかえしていった。また裏口の見張りに立ったのだろう、とコークは思った。

シャノーはマイクに歩み寄った。「なんでもありません、みなさん。ただの爆竹です。誰かのジョークでしょう。おもしろくもない」彼はリンドストロムのほうを向いたが、まだマイクに声を拾わせていた。「ほかに言いたいことは、カール？」

リンドストロムは進み出て、震える声で言った。「ありがとうございます、みなさん、今夜ここに来てくれて。わたしは――ええ――言うべきことは言ったと思います」

「わたしの言いたいことは終わっていないわ」ステッキとハンドマイクを持った女が叫んだ。

リンドストロムは無視した。やにわにマイクに背を向けて、建物の中へ消えた。

　聴衆はすぐに解散しはじめた。シャノーはBCAの捜査官となにか話をしにいった。どこからともなく現れた息子の手を借りて、セコイアのジャンヌ・ダルクはヴァンの屋根から降り、乗りこんで走り去った。コークは階段を下りて通りを渡り、小さな公園へ行った。ジョージ・ルダックが、ジョーの横に立っていた。

「どう思う、ジョージ？」二人の前に立って、コークは尋ねた。

「あんな爆竹などよけいなことだ。リンドストロムは、怯えて小便を洩らしそうだったな」

「彼の譲歩については？」

「さあな、コーク。努力はしていると思うが」

「あいつは、肉のついていない骨を差し出しているだけだ」アイゼイア・ブルームがルダックの後ろに現れた。今夜、コークがアイゼイアを見たのは初めてだった。「あいつの機械と部下があそこに入ってしまったら、なんだって好きなことができるんだ。あいつを信じるというなら、ジョージ、あんたはおれが思っていたよりさらに愚かだということだ」そう言い捨てて、ブルームはきびすを返すと去っていった。

　ジョージ・ルダックは彼の後ろ姿を見送った。「あの男には聖人だって頭にくる」

ジョーを見た。「さて、どうするかな？」

「裁定が下りるまで待つしかないわ。そのあとで、考えましょう」

ルダックは二人におやすみのあいさつをして、自分のトラックへ戻っていった。

「おれは校舎でリンドストロムと話があるんだ」コークは言った。「一緒に来るか?」

「彼、わたしには会いたくないんじゃないかしら」

「なんだか、ずいぶん寛容な気分になっているようだよ」

マイクとスピーカーが片づけられているところで、聴衆もほとんどいなくなっていた。シャノーは自分のランドクルーザーのそばで保安官助手二人と話していた。コークとジョーは正面のドアから入った。リンドストロムは壁に手をついて身を支えていた。ドアが開くと、ぎょっとして姿勢を正した。

「大丈夫、カール。おれたちだよ」

リンドストロムはまだ怯えているようだった。「なんでもないんだ。わたしは……ちょっとばかり……」彼は口を閉じ、気を取りなおそうとした。「来てくれてよかったよ、コーク。ジョーも。製材所での晩のことを、あやまりたかったんだ。わたしは動揺していてね」

「気にしないで」ジョーが言った。

「ごぞんじだろうが、わたしは全財産を製材所の近代化につぎこんだ。人々のためになる、価値のあることをしていると思っていたんだが」

「あんたは大勢の人たちを雇用している、カール。それは大切なことだ」コークは言った。

「さっきあそこにいたジャンヌ・ダルクにいわせれば、わたしはまるで怪物だ」

相手が傷ついているのがコークにはわかった。彼より前の世代のリンドストロム家の人間なら、にやにやして誇らしくその呼び名を頂戴したことだろう。「忘れろよ」コークは慰めた。

「そうだな」リンドストロムはジョーのほうを見た。「わたしの提案の正式な書類をあとで送るよ、ジョー。だが、もしいま必要なら、ブリーフケースにコピーがある。エクスプローラーの中だ」

「どこに駐車しているの？」

「裏だ」

「いま見たいわ、お願い」

三人は暗くなっていく廊下を、もう警備されていない裏口へ向かった。エクスプローラーに着くと、リンドストロムはフロントガラスのワイパーにはさまれていた折りたたんだ紙片を取った。メモを読んだ彼の顔が蒼白になった。腕時計を見た。

「どうした、カール？」

「いや。なんでもない。悪いが、ジョー、書類はあとで届けさせるよ、いいかな？」

「ええ、カール」

リンドストロムは待った。あきらかに、二人に帰ってほしいのだ。

「きみの車まで乗せていこう」コークはジョーに言った。

彼はブロンコに向かった。ジョーが横の助手席にすわると、彼はブロンコをバックさせて、ミラーでリンドストロムを見ながらゆっくりと発進させた。ジョーもミラーを見ていた。リンドストロムは古い革のブリーフケースをエクスプローラーから出して開け、中に手を入れた。なにかを取り出してから、スポーツジャケットの下の腰のあたりに手をやった。それから車のドアを閉め、校舎の裏のフットボール場をせかせかと横切りはじめた。

「見た?」

「ああ」

リンドストロムはベルトに拳銃をはさんでいた。

「どういうこと?」

「おれと同じくきみもわかっているはずだ」コークはエンジンを切って、ドアのハンドルに手をのばした。

「どこへ行くの?」

「カールを追う。メモになんと書いてあったか知らないが、悪いニュースだろう」

ジョーは彼の腕をつかんだ。「コーク、これはあなたの責任の範囲じゃないわ。心配するのはウォリーの役目よ。ウォリーか、保安官助手をつかまえて。お願い」

リンドストロムはフットボール場のまんなかあたりを歩いていた。これ以上延ばすと、リンドストロムの姿は見えなくなってしまう——どこへ向かっているにしても。

「わかったよ」建物の正面に車をつけた。外には誰も残っていなかった。ジョーのターセル以外、車も止まっていない。正面の芝生はからっぽで、ふだんの夏の夜の光景に戻っていた。

「ジョー、行かないと」

「なぜ？」

コークは彼女を見た。ジョーは正しい。こうする理由はない。いま、自分はハンバーガーを焼く男なのだから。ただ、心の中のすべてが、リンドストロムを追えと自分を突き動かしていた。

「行きなさい」ついに、彼女は怒ったように言ってドアのハンドルをつかんだ。「そうしなければならないと思うなら、行けばいいわ」ジョーは車を降りて、叩きつけるようにドアを閉めた。「でも、危ないことになっていると思ったら——」

彼女が言いおわるまで、コークは待たなかった。急いでブロンコを裏の駐車場へ向けた。リンドストロムは、フットボール場の境にある、観覧席の後ろの楓並木に消えるところだった。楓並木の向こう側はレイク・ショア・ドライブで、その先はアイアン湖だ。

コークが並木から出ると、リンドストロムが百メートルほど南をマリーナのほうへ向かうのが見えた。八時をまわっている。太陽はオーロラの西の地平線に沈みかけ、血走った目が閉じかけているようにくたびれて見える。リンドストロムは通りの楓並木の長い影の中を、足早に歩いている。ひんぱんに湖のほうを見ている。マリーナの釣り餌屋の前で足を止めると、ヨットやモーターボートが何列も係留されている桟橋を眺めた。

船はほとんど帰ってきている。湖には、粘り強い釣り人が数人残っているだけだ。マリーナに人はいない。釣り餌屋も閉まっている。コークが近づいていくと、リンドストロムはポケットから紙を出して、腕時計をちらりと見た。

「カール?」

リンドストロムはぎょっとして、スポーツジャケットの下のベルトに手をのばした。「驚いた、オコナーか。ここでなにをしている?」

「あんたはやっかいごとを抱えこんでいるようだ。手助けができるかもしれないと思ってね」

「できないよ、いいか? あっちへ行ってくれ。どこかほかへ」

コークはリンドストロムが握りしめている紙をあごで示した。「それにはなんと書いてあるんだ、カール?」

「行ってくれ、オコナー。早く」リンドストロムはまた腕時計を見た。

「約束があるのか?」

「ああもう、頼むから——ほら」リンドストロムは紙を突きつけた。

真っ白なタイプ用紙に、新聞から切り抜かれた言葉や文字が糊で貼りつけられていた。


全員死ぬことになる。話しあわなければ。〈マタドール〉号に乗れ。

マリーナの三番桟橋。八時十五分。湖の中央で会おう。

環境保護の戦士《エコ・ウォリア》

「さあ、よそへ行ってくれるな?」リンドストロムは頼んだ。「相手を怯えさせたくない」

「本気でこの誘いに乗るつもりなのか、カール?」

「わたしはこわくはない」だが、怯えているのはあきらかだった。

「カール、これは狂気の沙汰だ」

「こんどのことにほんとうにけりをつけられるのなら、チャンスを逃すつもりはない」

「この環境保護の戦士《エコーウォリア》が何者か知らないが、すでに一度殺しているんだぞ」

「みんな、あれは事故だったと言っている」

「いいか、カール、相手が本気で争いにけりをつけたいなら、唯一の手段は自首することだ」

「警官みたいな言いかたじゃないか」

「おれは警官みたいに考えるんだ。そして、これは罠だと思う。おそらく、あんたもそう思っているんだろう。だから、武器をベルトに差してきた」

「許可証はある」

「そうか。けっこう。許可証はある。で、それを携帯してきたのは、あんた自身この状況に信頼が置けないからだろう。頭を使ってくれ、頼む」

「うるさいぞ、オコナー。黙ってくれ」手首を傾けて、腕時計を見た。「もうすぐ八時十五分だ。わたしは行く」

リンドストロムは歩きだしたが、コークは相手の腕をつかんで制止した。

「カール、悪い予感がする」彼は無人のマリーナのほうに手を振った。「相手はどこにいるんだ?」

「湖の上だ。だから、船に乗る」

「もしかしたらな。だがもしかしたら、これはあんたを一人で来させるための罠かもしれない。たやすい標的にしたいなら、湖の上はうってつけだ」

「いいか、オコナー、この暴力を終わらせるチャンスがほんとうにあったのに取りあわなかったら、あとでどんな気がすると思う？　あんたならどんな気がする？　真実を知りたいか？　わたしは心底怯えている。だが、確かめなければならない。わかったか？」

彼はコークを振りはらい、釣り餌屋から三番目に遠い桟橋へ歩いていった。桟橋は湖に三、四十メートル突き出しており、両側にぎっしりと船舶が並んでいた。リンドストロムは赤い夕陽の中で一瞬立ち止まり、前方の板の上に長い影ができた。ジャケットの下の腰に手をやり、また進みはじめた。

コークはマリーナ全体を見渡して、目をこらした――三つの桟橋、係留されているすべての船。低い夕陽があちこちにたくさんの影を作りだしているので、人一人が隠れる場所は山ほどある。かすかな風が湖面を渡ってきて、船がゆらゆらと揺れ、すべての桟橋が動いているような錯覚を生んだ。

リンドストロムは左右を見ながらゆっくりと進んでいった。舳先《へさき》に書かれている船名をチェックして〈マタドール〉を探しながら。コークは腕時計を見た。ちょうど八時十五分だ。リンドストロムの時計が二分ほど進んでいることに気づいた。

彼は叫んだ。「カール!」

リンドストロムは桟橋の途中で足を止め、ふりかえった。

そのとき、桟橋の端に停泊していた小さな船が爆発し、煙と破片が飛び散った。ほかの船は怯えた子馬のように後ろに揺れ、係留装置に引き戻された。板の破片が雨のようにマリーナに降りそそぎ、湖面とコークの上に落ちた。リンドストロムは倒れていた。

コークは三番桟橋へ走った。リンドストロムはあおむけに倒れており、動かない。そばまで行くと、リンドストロムの目が開いて、空を仰いでいるのが見えた。

「わたしは死んだのか?」

コークは首を振った。「けがは?」

「なに? 聞こえない」

「けがは?」コークは口の動きで伝え、自分の体を探ってみせた。

「わからない」リンドストロムは起き上がろうとしたが、コークは押しとどめた。

「そこにいろ」コークは手ぶりで伝えた。それから電話をかける真似をした。「助けを呼ぶ。すぐに救急医療士が来る」

「え?」

「そこにいろ」

コークは釣り餌屋へ駆け戻り、外の公衆電話を使って保安官事務所を呼んだ。リンドストロムのもとに戻るころには、すでにサイレンの音が聞こえていた。

道路管理局がバリケードを運んできて、シャノーの部下が監視に立ち、マリーナの周辺を封鎖した。そうしても、ギル・シンガーとサイ・ボークマンは野次馬を押し戻すのに苦労していた。

「非番の助手全員を呼びだすんだ」シャノーはマーシャ・ドロス保安官助手に命じた。「それから、投光照明を用意しろ。すぐに暗くなる」

## 19

マーク・オーウェン捜査官とデイヴィッド・アール捜査官は三番桟橋の端で、〈マタドール〉のマストだけが突き出している湖面を眺めていた。保安官事務所の犯罪捜査部門を指揮するエド・ラースン警部が、マリーナの責任者ジャック・ビーガンと話していた。

カール・リンドストロムはウォリー・シャノーのランドクルーザーの前部座席にすわって、紙コップのコーヒーを飲んでいた。救急医療士が破片による小さな裂傷の手当てをしたが、コーヒーを口に運ぶ手が震えているほかは、元気そうだった。

ジョーは離れたところに立って、あたりを暗い眼差しで見つめていた。保安官事務所が駆けつけてきたあと、彼女は救急車より前に現場に到着した。コークが無事であることを確かめるとすぐに、無表情になって夫から離れていった。「だから言ったでしょう」とは言わなかったが、その気持ちはニンニク臭のようにはっきりとジョーの顔にあらわれていた。

コークは野次馬を見渡していた。夕闇の中、保安官事務所の車の赤と白の回転灯が、バリケードに押し寄せる人々の混乱していらだった雰囲気をさらに際だたせている。知った顔が大勢いる。好奇心をかきたてられるのももっともだ。セコイアのジャンヌ・ダルクがステッキに寄りかかって立ち、そのすぐ横にはアイゼイア・ブルームがいる。そして、ヘル・ハノーヴァーができるかぎり現場に近づこうとして、ギル・シンガーを手こずらせている。中学校の階段での記者会見を撮影したカメラが、またまわっている。サーカスだ、とコークは思った。そして、いまのところ演技監督をつとめなければならないのがウォリー・シャノーであることを、ありがたく思った。〈タマラック郡救助隊〉と記されたピックアップ・トラックが野次馬をかきわけるようにして進んできた。ギル・シンガーがバリケードを開けて通した。トラックが止まると、オーウェン捜査官が荷台からダイビングの器材を下ろしはじめた。アールが桟橋から戻って、ランドクルーザーに近づいてきた。それを見たシャノーもランドクルーザーの横に来た。

「パートナーには手助けが必要かな？」保安官は聞いた。

「マークは大丈夫だ。自分で桟橋の下へ潜るほうがいい。彼はなにを探すべきか、よくわかっている」アールは、ランドクルーザーの開いたドアにもたれかかった。アイロンをかけたばかりのような白いシャツに、青いネクタイをきちんと結んでいる。

「気分はどうです、ミスター・リンドストロム？」

「よくなってきました」

アールは保安官を一瞥した。「事情聴取のために事務所へ同行してもらうのか？」

「彼が落ち着いたら」

エド・ラースンが呼んだ。「ウォリー？」手招きされて、シャノーは離れていった。

「いくつか質問をしてもかまいませんか？」アール捜査官はリンドストロムに尋ねた。シャツのポケットの箱から煙草を一本抜いて、もう一本をリンドストロムに差し出した。

「わたしは煙草をやらないので」

「オコナー？」

「やめました」

アールは肩をすくめて、ライターで煙草に火をつけた。「ミスター・リンドストロム、学校に止めておいた車のフロントガラスにメモが残してあったと言いましたね」

「そうです」

「駐車する前になかったのは確かですね？」

「あったら見ているでしょう」

「たぶん。しかし、駐車違反の切符をフロントガラスにつけたまま走っていて、気がつかない人たちもいるんですよ。わたし自身も、やったことがある」

「メモはありませんでした」

アールはコークのほうを向いた。「あなたはミスター・リンドストロムの隣に駐車したんですね？」

「ええ」

「メモを見ましたか？」

「いや」

「そこにあったが目に入らなかったという可能性は？」

「可能性はある。だが、爆竹が鳴ったすきに誰かがそこに置いたんじゃないかと思います。人目をそらすにはいい方法だった」

「たしかに、あなたの言うとおりだ」アールは考えこむように、深々と煙草を吸った。「どうして裏手に駐車したんです、ミスター・オコナー？」

「コークと呼んでいただいてかまわない。正面には場所が空いていなかったからです」

「ああ。なるほど。そして、あなたの供述によると、ミスター・リンドストロムがトラブルに巻きこまれる恐れがあると思って、あとをつけた。どうしてそう思いました？」

「メモを読んだときの彼の表情で。それに、ブリーフケースから拳銃を取り出すのが見えた」

「トラブルになるかもしれないと思ったのなら、ことに銃器を使用するトラブルかもしれないのなら、どうして保安官に通報しなかったのかな？」

「ウォリーと部下は、もういなかったので」

「そうだった。あなたの銃を拝見してもいいですか、ミスター・リンドストロム？」

拳銃はリンドストロムの隣の座席に置いてあった。リンドストロムからそれを渡されると、アール捜査官は煙草を舗道に落として踏み消した。

「コルト・コマンダー四五口径。いい銃ですね」

「海軍士官だったときに携帯していたものです」

「海軍の制式拳銃ではありませんね」アールが指摘した。

銃はサテンニッケル仕上げで、クルミ材の握りには金のイニシャルが象眼されていた。

「アナポリスを卒業したときに、父が祝いにくれました」

アールは弾倉を出して調べ、銃身の匂いを嗅いだ。「わたしは単なる歩兵でね。朝鮮で泥まみれになっていた若僧です。あなたはどうでした？　従軍中はなにを？」

「じつは、口外できないことになっていまして。それが、今晩起きたこととなんの関係があるんです？」

「なにも。たんなる世間話です」アールは弾倉を戻した。「一発なくなっている。最近撃たれていますね」

「今日の午後、ためしに一発撃ちました」

「トラブルを予想していたんですか？」

「軍隊で学んだ重要な教訓の一つは、あらゆる不測の事態に備えろということです。銃を返してもらえますか？」

「もちろん」アールは銃を渡した。「今回の事件は、あなた個人を狙ったように見える。危害を加える理由がある人物に、心当たりは？　あなたに対して悪意を持っているとか、深い恨みがあるとか？」

「最近では、そうでない人のほうがめずらしいですよ」

アールはにやりとしたが、節度は保っていた。「メモを読んだあと、なぜマリーナまで車ではなく歩いていくことにしたんです？」

リンドストロムは肩をすくめた。「学校からは遠くない。それに——なんというか——地形をチェックできるんじゃないかと思ったんでしょうね、いってみれば」

「なにかにうっかり踏みこむ前に？」

「そんなところです」

「とても明晰《めいせき》に考えておられたようだ。軍隊の訓練によるものでしょうかな？」

「おそらく」

「シャノー保安官に通報することは考えなかったんですか？」

「時間がなかった」

「マリーナまでゆっくり歩いていく時間はあった」

「結局、それほど明晰な思考ができていたわけじゃないんでしょう。毎日ぶつかるような事態じゃありませんからね。それに、思ったんだが……」

「なにを？」

「この環境保護の戦士《エコ・ウォリア》は、本気で事態を収拾しようとしているのかもしれないと。もしそうなら、わたしにはやってみる義務がある」

「それは賞賛すべき理由ですな、ミスター・リンドストロム。地形をチェックしたとき、なにか見えましたか？」

「いや、コークと会っただけです」

「あなたにとって幸運なことにね？」アールはコークのほうを向いて、愛想のいい微笑を浮かべた。「あなたにはオジブワ族の血が流れているそうだが」

「ええ」

「〝われらが祖父〟についてどう思っています？」

「伐採されるのを見るのはたまらない。だが、そのことで人殺しをするほどの気持ちはありません、あなたの質問の意図がそういうことであれば」

リンドストロムが、カップを乱暴にダッシュボードの上に置いた。「コーヒーが飛びはね、リンドストロムの手とシャノーの車の清潔な内装にかかった。「いいですか、アール。こういう質問のしかたは気にくわない。もしコークがいなかったら、わたしはいまごろ魚の餌《えさ》になっていた。そして、明晰な思考をしていたかと問われれば、わたしたちはたぶんしていなかったんだろう。しかし、ここで危険な目にあっているのはわたしたちだ。困ったことになっているのはわたしたちの仕事だ。引き裂かれているのは、わたしたちの地域社会だ。理解もしていず、関心も持っていない事柄に首を突っこんでいるあなたがたは、何様なんだ？」

「すでに一人が殺されている、ミスター・リンドストロム。そして、たったいまあなたを何者かが殺そうとした。殺人事件はわたしの仕事だし、その仕事にかんしては大いに関心があります。だが、あなたを怒らせるつもりはない。一晩にしては、もう充分ひどい経験をされたんだ。質問は終わりにしましょう」

アールは離れていった。ダイビングの用意をしているパートナーのほうに向かいながら、またマールボロに火をつけた。

「まったく、何様のつもりなんだ」リンドストロムがつぶやいた。

「彼は自分の仕事をしているだけだよ、カール」

コークはふりむいてジョーのほうを見た。彼女はすべての混乱からぽつんと離れて、湖を見渡していた。暗くなってハロゲン灯がつき、駐車場を照らしていた。ジョーの肌は凍っているように白く見えた。コークのほうに視線を向けたとき、その目にはまったく温かみが感じられなかった。

ラースンとマリーナの責任者ジャック・ビーガンとの話を終えて、シャノーがランドクルーザーへ戻ってきた。アール捜査官も一緒だった。

「ビーガンから聞いたところでは、〈マタドール〉はスタンとバーナデット・ルーカスの所有だそうだ」シャノーが言った。

「スタンとバーナデットは、毎年七月はシアトルの息子の家族と過ごしている」コークは言った。「町ではみんな知っていることだ」

「そのとおり」シャノーは答えた。「誰が爆発物を仕掛けたにしろ、カール以外は誰も乗らないとわかっていたんだな」

「マリーナの責任者は、最近船の周囲で不審な動きがあったかどうか見ていなかったのか？」アールが聞いた。

「なにも見ていない」

「そうだろうな。爆弾が水中から仕掛けられていたのなら、見えるような動きはなかったはずだ」アールは言った。「調べたあとで、マークがもっといろいろ教えてくれるだろう」

「メモのほうは？」シャノーが聞いた。

「今晩、セント・ポールの科学捜査研究所に持っていく。だが、なにかわかるまで最低でも二日はかかるだろう」

シャノーはうなずいたが、そのスケジュールには不満そうだった。「カール、病院へ行って、診察してもらってくれ。保安官助手を一人同行させて、完全な事情聴取のあと、あなたを家まで送らせる」

リンドストロムはランドクルーザーから降りて、待っている救急車のほうへ行った。アールはパートナーのもとに戻っていった。シャノーは首を振った。

「サソリでいっぱいの袋を持っていて、遅かれ早かれ手を突っこまなきゃならないって気持ちになったこと、あるか？」

「ウォリー」コークは答えた。「その気持ちはよくわかるよ」もうコークがここにいる理由はなかった。彼は妻のもとへ行った。「よかったら、ブロンコまで乗せていってくれないか」

ひとことも言わず、ジョーは自分の車のほうへ歩きだした。

学校に向かったときには、すっかり夜になっていた。何本もの骨のように細々と並ぶ明かりのあいだに闇が広がり、町は骸骨のように見えた。ジョーは押し黙り、コークは彼女の怒りの熱さを感じた。彼の中にも小さな炎があったが、燃えたたせるつもりはなかった。二人でいきりたったところで、なんになるだろう？　沈黙のほうが得策だ、と思った。

とうとう、ジョーが口を開いた。「結局、あなたが正しかったようね」

「なんのことだ？」

「カールがあなたの助けを必要としているってこと。あなたがいなかったらカールは死んでいたと、みんなが考えているようだわ。だけど、あなたたち二人とも死ぬという結果だってありえたのよ。もっとも、そういうことはつきものよね」

「なににつきものだって？」

「法執行機関にはよ」彼女は停止信号で車を止めたが、交通規則より早く発車した。

「いつ、発表するつもりなの？」

「なにを言っているんだ？　発表って？」

「あなたの立候補。これは、そういうことなんでしょう、コーク？　それとも、オコナー保安官、と呼ぶべきかしら？」

「いいか、ジョー。決心する前に二人で話しあうと約束しただろう？」

「もう決心しているじゃない。自分を見てごらんなさい。爆弾事件以来の騒ぎで、あなたはつねにみんなに先んじてその場にいる。このゲームで、みんなを負かしているわ」

「これはゲームじゃない」

「そう？　人々の命はかかっているわ。でも、コーク・オコナーにかんするかぎり、いちばん大事なのは、自分がどれほど捜査能力にすぐれているか、自分をやめさせたのがどんなにひどい間違いだったか、みんなに示すことよ。ねえ、さぞかしここがい気分でしょうね」――助手席に手をのばして、コークの腹を強く叩いた――「自分がこういうことにどれほど有能かを知って」

「すばらしい気分だよ」彼は答えて、妻の手をおしやった。

ふたたび沈黙が垂れこめた。五十センチほどのお互いの距離が、二つの星のあいだほど遠くうつろなものにコークには感じられた。ジョーは学校の裏手に車をつけて、コークのブロンコの隣に止めた。リンドストロムのエクスプローラーはまだそこにあった。

ジョーは低い声で言った。「〈サムの店〉では楽しくないの?」

「いま、問題はそういうことじゃないだろう。なあ、ジョー、きみはほんとうはなにを恐れているんだ?」

彼女の手はまだハンドルを握りしめていた。「あなたが選挙に出たら、あらゆる汚れた洗濯物が引っ張りだされるのよ」

「ああ」コークはうなずいた。「つまり、きみの汚れた洗濯物か。なぜなら、みんなもうおれのは知っているからな」彼はフットボール場のほうへ顔を向けた。誰もいない観客席の向こうに、月が昇りはじめていた。いずれ、フットボール場の草は銀色に染まるだろうが、いまは悲しそうな灰色をしている。最終学年のときに、パスをインターセプトして七十五ヤード走り、タッチダウンしたヒビング高校との試合を思い出した。あのとき、スタンドにいた人々はみんなコークに歓声を送り、少しのあいだ、彼は自分を巨大で不死身なのだと感じた。「おれは勝てるよ、ジョー」

「勝てるのはわかっているわ。それが我慢できないの」彼女はすわりなおしたが、まだこちらを見ようとはしなかった。「ここではみんながあなたを愛している。通りを歩けば、『よう、コーク』、『元気か、コーク？』、『会えてよかった、コーク』、そればかり。オーロラは一つの大きな家族みたいなもので、あなたはお気に入りの息子なのよ」

「放蕩《ほうとう》息子だよ」

「言いたいのはそこよ。あなたはもう許されている。ちょっとした浮気がなんだ？　男っていうのはそういうものさ、ってわけ。でも、わたしの場合は違う。じっさい、この町ではどんな女の場合も違うわ」

「おれはきみの隣で味方するよ」

「そうね。過去、わたしたちお互いにたいした味方同士だったわよね」ジョーの声は低く、苦々しかった。

「なんにでも過去を持ちだすのはやめろ」

「ほかにどんな基準があるっていうの、コーク？　あなたが保安官になったら、またもとのところに戻るだけよ」

コークは妻のこわばった暗い横顔を見つめた。「おれのせいだっていうのか？」なにかが——ナイフの先端のように——はらわたをえぐった。「保安官という仕事が、おれたち二人の不幸の原因のすべてだっていうのか？」

「いいえ、そういうことを言っているんじゃないわ」

「おかしいな。そう聞こえたが」

「わたしが言いたいのは、保安官としてのあなたの仕事が、わたしの依頼人の利害と対立することが多いっていうことよ。それで、わたしたちも対立することになったわ。もう二度とそういうのはいやなの」

「だったら、依頼人を変えたらどうだ」

「そんなことはできないわ」

「だけど、おれが自分の欲するものを投げ捨てるのはまったくかまわない、というわけか」

「どならないで」

「冗談じゃない。くそ。おれはただ、一人の男が吹っ飛ばされるのを防いだだけだ。いいか、前もこうだったんだ。おれがどんな苦しみを経験しようが、きみは自分の苦しみのほうがずっと大事なんだ」

「それはほんとうじゃないわ」

「ほんとうに思える」彼は車から降りて、叩きつけるようにドアを閉めた。「今晩は〈サムの店〉に泊まる」窓ごしに、ジョーをにらみつけた。

「ここで、『行かないで』とお願いするべき？」

「ふざけるな」コークは身をひるがえしてブロンコへ行った。彼の車が去ったあと、ジョーのトヨタはすくんで動けない動物のように駐車場に残っていた。

## 20

ジョーが裏口から入っていくと、オコナー家の女たちはキッチンテーブルに集まっていた。あらゆる心の病気に効くローズの薬——ミルクとクッキーを服用しているところだった。

「パパは?」額にこぼれた真っ赤な巻き毛の下から、アニーが心配そうに尋ねた。

「大丈夫」ジョーは請け合った。「ぴんぴんしているわ」

「みんなが電話してきたわ」ジェニーが言った。「アニーとあたしはマリーナに行きたかったんだけど、ローズ叔母さんがだめだって」

ローズは平静そうに見えた。「これ以上混乱をひどくする必要もないと思ったのよ」

「ローズ叔母さんの言うとおりよ」ジョーは冷蔵庫の前へ行ってドアを開け、流れだす冷気の中にかがみこんだ。

「なにが起きたの?」ジェニーが聞いた。

　ジョーは疲れていた。あまりにも疲れていて、立っていられないほどだった。冷蔵庫からはなにも出さずにドアを閉め、そこに寄りかかった。「誰かがカール・リンドストロムを殺そうとしたみたいなの」

「爆弾ででしょう」アニーが言った。「爆弾だって聞いたわ」

「そうよ」

「だけど、パパが助けたのね」

「それも聞いたの？」ジョーは尋ねた。

「まあね」アニーが言った。「そうなんでしょ？」

「どうやらそうらしいわ」

「パパ、大丈夫なのよね？」

「ええ、ジェニー。大丈夫よ」

　ローズはビスケットのくずだらけの皿を流しに運んだ。「彼はどこなの？」

「ちょっと用事があって」

「警察の用事？」アニーが聞いた。

「彼はもう警官じゃないのよ、くそ」

　ジェニーの青い目がまん丸になった。「うわ、ママ。言ったわね」

　スティーヴィがパジャマ姿でキッチンに入ってきた。眠そうだった。「起きちゃったよ」母親のもとへ走っていき、腰にもたれかかった。

ジョーは息子に腕をまわした。「またおねんねしましょうね」

アニーとジェニーがテーブルごしに視線をかわした。

「ちょっと出かけてもいい、ママ？」ジェニーが尋ねた。

「マリーナでしょう」

「お願い。邪魔しないから」アニーが懇願した。

「見るものなんかないわよ」

「だったら、行っても悪いことはないでしょう」ジェニーが言った。「ただぶらぶらしてくるだけよ。十二時までには戻るから」

「十一時」ジョーは答えた。

「十一時半」ジェニーがあいだをとった。

「わかったわ」

姉妹はあっというまに出ていった。

「疲れているみたいね」ローズが言った。「あたしがおちびちゃんを連れていくわ」

「いいの」ジョーはかがんでスティーヴィを抱きかかえた。「さあ、坊や。夢の国へ戻りましょうね」

ジョーはスティーヴィをベッドに寝かせて、シーツをかけてやった。子どもの頬にキスした。「少しいてほしい？」

「うん」スティーヴィはつぶやいた。

ジョーにとってもそのほうがよかった。彼女は窓辺の椅子にすわった。

「歌はどう？」子守唄を歌ってやる気分ではなかったが、聞いてみた。

「アー・ユー・スリーピング」スティーヴィは答えた。

ナイトスタンドがついており、そのやわらかく温かな光が室内に満ちていた。ジョーは静かに歌いはじめた。「アー・ユー・スリーピング、アー・ユー・スリーピング、ブラザー・ジョン？……」スティーヴィは目を閉じた。何回か歌を繰り返すと、やがて安らかな寝息が聞こえてきた。ジョーも目を閉じて、誰かが自分にも歌ってくれたらいいのにと思った。いつのまにか、低いすすり泣きが洩れていた。起きたことは――コークが〈サムの店〉へ引き上げたこと――何ヵ月も前にコークがついに家へ戻ってきた日から、ずっと予感していたことだった。以前、人殺しの供述を聞いたことがある。一度やってしまうと、二度目からはかんたんだ、と。すべての罪はそうなのかもしれない。一度踏みにじられた結婚生活は、永遠にひびが入って、つねに壊れてしまう危険があるのかもしれない。避けられないことなのかもしれない。

スティーヴィの部屋を出ると、階段の下でローズが待っていた。

「コークはどこなの？」ローズは聞いた。「ほんとうは」

「行ってしまったわ。〈サムの店〉へ」ジョーは階段にすわりこんだ。「ああもう、ローズ、わたしやっちゃったわ」

「話して」ローズは姉の隣に丸い体を押しこんだ。

「話すようなことはないわ。言いあったの。ひどいことを」

「もちろん、『愛しているわ』とは言わなかったのね」

「わからないのよ、ローズ。陪審員の前で発言するときには、言いたいとおりのことがすらすらと出てくる。コークになにか言うときには、たとえ言葉は合っていても、口から出たときにはまったく違ってしまっているの」

「それはきっと、あなたが法廷でのルールは知っているからよ。ねえ、ジョー、あたしは一度も男の人を愛したことがないから間違っているかもしれないけど、愛のいちばん大切なルールは、正直っていうことじゃないかしら。あなたがうまく言えないのだとしたら、それはコークに伝えなくちゃならないことを正面から言おうとしていないからじゃないの。たとえば、そうね、ほんとうは彼を愛していないとか」

「彼を愛していない？」ジョーは驚いて妹を見た。「ローズ、彼はわたしの人生に起きた最高の出来事なのよ」

「そのことを彼に言った？」

「もう長いこと言っていないわ」

「どうして？」

「こわいの」

「『愛している』と言うのが？　なぜ？　同じ言葉を返してくれないのがこわいの？」

「返してくれるわけがある？　わたしがしてきたのは彼を傷つけることだけよ」

「それはほんとうじゃないわ、ジョー。彼と話すのよ。いますぐ。今晩。話さなくちゃ、あなたの心の中は彼にわからないわ。それに、そうしてみなくちゃ、彼の心の中もあなたにはわからない」

「そうするべきだとほんとうに思う？」

「そう思わなければ、言わないわ」

ジョーは考えた。ついに、うなずいた。「そうするわ、ローズ。お願いが――」

ローズは片手を上げた。「行って。ここのことはみんなあたしがやっておくから。あなたはほかのことをやって」

ジョーは善良な妹に両腕をまわした。「あなたは最高よ」

「そんなこと、わかってるわ」

月光が空から降りそそいでいる。湖の上を流れ、岸辺の木々からミルクのように白くしたたっている。〈サムの店〉に明かりはなかった。コークのブロンコも見えない。ジョーはドアをノックし、ノブを試してみた。ふりむいて、あたりを見まわした。金網フェンスの北側にあるベアポー醸造所の建物が、月光の中に荒涼とした姿を浮かびあがらせ、どことなく不気味に見える。ここにいるのは自分一人だ、とジョーは気づいた。

コークはどこだろう？　彼は危険に身をさらし、タマラック郡で起きていることがなんであれ、そこにどっぷりと浸かっている。いま、危険な目にあっているのでは？　それとも、別のことだろうか？　ジョーがあえて考えまいとしているようなこと？　かつて、彼はほかの女を愛した。もしかしたら、また愛する相手を見つけたのかもしれない。

「彼を責めようというの？」声に出して、自分に問いかけた。「ジョー、ジョー、あなたはなにをした？」

桟橋のほうへふらふらと歩きながら、絶望的な考えをめぐらした。あなたは妹に自分の子どもたちを育てさせた。町全体を敵にまわしている。夫を追いたてた。またもや。でも、少なくとも辣腕の弁護士よ。そうよ、先生——たしかに、みんなの尊敬を勝ちとっているわ。

「みんながあの写真を見るまでは」彼女はつぶやいた。

桟橋の古い板の上にすわり、ローファーをぬいで足を垂らした。アイアン湖の冷たい水が気持ちよかった。

尊敬とはいったいなんだろう？　めざましく、輝かしいものではあるが、触れると冷たい。夜、ベッドの中で足を温めてくれはしない。疲れたとき、肩をもんでくれはしない。耳を傾けてくれもしない——決して。マントルピースの上に飾られた獲物の頭のように、硬直して命のない、利己的なものだ。

〈サムの店〉の暗い窓をふりかえった。コークはどこ？　彼女はこわくなって立ち上がった——自分が彼を追いやったことを案じてではなく、彼になにか起きたのではないかと思って。

オーロラからの道路にヘッドライトが光った。ヘッドライトは鉄道線路を越えてきてジョーを照らしだしたので、彼女は全身をくまなくさらされたような気がした。車は彼女にまっすぐ光を向けたまま止まった。目の上に手をかざしたが、ぎらぎらするライト以外なにも見えなかった。ライトが消えても、突然の暗闇に彼女は目隠しされたも同然だった。足音が近づいてくるのが聞こえた。

「ローズが、きみはここだと言った」

コークは桟橋の反対側の端で足を止めた。いまは、月光の中に立っている彼が見えた。

「家へ行ったの？」

「ああ」

「なぜ？」

「きみがここへ来たのと同じ理由だ。そう願っている。ジョー、すまなかった」

「いいえ、コーク。あやまらなければならないのはわたしのほうよ」彼女はコークのほうへ歩きだし、相手に身を寄せ、固く抱きしめた。彼の心臓の鼓動が自分の鼓動のように感じられた。「ときどき、わたしはほんとうに思いやりがなくなるの。あんなにとげとげしくするつもりはなかったのに」

「おれも、あんなふうに立ち去るつもりはなかった」彼の腕に抱きしめられて、彼女は息もできないほどだった。「ジョー、おれがまたきみのもとを出ていくんじゃないかと、心配しないでくれ」

「出ていく理由をぜったいに与えたくないわ。愛しているの、コーク」安堵《あんど》と感謝のあまり、彼女は泣いていた。こうしているのはこのうえなく心地よく、正しいことに感じられた。なにかが自分の中から流れだすと同時に、なにかが流れこんできて自分を満たしていた。「保安官に立候補したいなら、わたしはあなたのそばで応援するわ。ただ……」

「ただ？」

「あなたはわたしにいてほしくないかもしれない。待っていて、コーク」彼にキスして、車へ行った。戻ってくると、手を差し出した。「ヘル・ハノーヴァーが今日訪ねてきたの。これを持って」月光が明るいので、差し出した恐怖の源がコークに見えたのがわかった。前にも見ている、ずっと昔に。そのあと、彼は出ていった。また出ていくかもしれない。だが、知らせておかなければ。

コークはきびしい顔でそれを見ていた。「あいつは最低の卑怯者だ、ジョー」

「爆弾の捜査から手を引いて、保安官に立候補するのをやめなければ、この写真を公《おおやけ》にするそうよ」

コークは写真を引きちぎった。

「彼はほかにも持っているわ」

コークはそっと彼女の髪をなでた。「ヘル・ハノーヴァーにどう対処するか、考えよう」

「その写真を見たら、わたしに対するみんなの考えが変わるわ。あなたに対する考えも変わるかもしれない」

「もう何年も前から、おれについての考えはさまざまさ。そんなことは我慢できる」

「ジョーは夫に腕をまわし、頬を彼の胸につけた。「わたしがなにをいちばん心配しているか、わかる？　娘たちよ。わたしはどんな見本になるの？　母親のことを、あの子たちはどう思う？」

「おれがきみを愛しているのを見て、それが大切なことなんだとわかるよ」

「わたしを愛している、コーク？」

「どうしたんだ？」彼女の不安をその声に聞きとって、彼は尋ねた。

ジョーは少しだけ夫から離れた。「ときどき、寝言であの人の名前を言うわ」

「ああ、ジョー。すまない」

「いまでもあの人を愛している？」

彼が背を向けて、お互いの目の中をのぞきこむ不快を味わわずにすむような形でつらい真実を口にするのではないかと、ジョーは恐れた。だが、彼はそうはしなかった。月の光のように穏やかで悪びれない口調で答えた。

「彼女がおれの人生にいたとき、彼女はおれのすべてだった。だが、いま彼女はいない。そして、いまおれはきみと一緒にいる。おれのいたい場所はほかにないし、一緒にいたいほかの人間もいない。きみを愛しているよ、ジョー」

彼女は自分自身をゆだねる気持ちでコークにキスした。それは恐ろしいと同時に、甘美だった。

「男のすばらしさをわたしが知っているのは、あなたがいるから。あなたは、わたしにもたらされた最高のものだわ」彼女はふたたびコークの抱擁の中に戻り、そうしながら暗い湖面と月が敷いた光の道を見つめた。「コーク、わたしは一人ぼっちの母を見てきたの。自分を少しずつ、心ない男たちに譲り渡すのを見てきたの。わたしも一度だけ、同じことをした。それは、最大のあやまちだったわ。最悪だったのは、もう少しであなたを失うところだったこと」

「だが、そうはならなかった。おれはここにいるよ。いつだって」

「まるで、結婚式の誓いみたいね」

「いや、いまが結婚式なんだ」コークは彼女の手をとった。「わたし、コークは心と魂のすべてをもってきみを愛し、きみを、きみだけを、死が二人を分かつまでいつくしむことを誓う」

彼は待った。「記憶が正しければ、こんどはきみの番だ」

彼女はコークの目を見つめた。月の光を映している目。誓いの言葉はあふれそうだった。「わたし……ジョーは」ゆっくりと口を開いた。「……誓います……あなたを永遠に愛し、敬い、いつくしむことを。神と、天使と、空の星を証人として、そうすることを誓います。ああ、コーク、約束するわ」

衝動的なものではあっても、ジョーにとって、誓いは教会で行なわれたのと同じように真実であり、堅固なものに感じられた。彼女は夫に顔を寄せた。二人の唇が触れあったとき、それは神聖な瞬間だった。

「次はなに?」彼女は尋ねた。

コークは〈サムの店〉のほうを見た。「ハネムーンかな?」

21

彼は長いあいだ眠った。ジョーの腕に包まれるようにして目がさめたとき、これ以上よく寝たことはないように感じられた。彼は横向きで、ジョーは後ろにぴったりと寄り添っていた。彼女の寝息が首筋の髪にかかっている。乳房が肩甲骨のあいだに押しつけられ、腰骨が彼の尻に当たっている。片足が、彼の両足のあいだにはさまっている。朝の光が、〈サムの店〉の奥の部屋にある流しの上の窓から射しこんでいた。すべてが金色を帯びている。いまのこの瞬間ほど幸せなときは、これまでなかったように思えた。

そのとき、電話が鳴った。

ジョーがぴくりとするのが感じられた。彼から離れようとせず、さらにきつく抱きしめてきた。

「出ないで」

「ああ」

五回鳴ったあと、留守番電話に切り替わった。

「〈サムの店〉です。伝言をどうぞ。こちらからお電話します。ありがとう」

「コーク、ウォリー・シャノーだ。ローズにそこだと聞いた。電話をくれ。事務所にいる。大事な用件だ」

静寂が戻り、そのときジョーは完全に目をさました。コークの首筋にキスした。

「まだ電話しないで」

彼にもそのつもりはなかった。

「ぐっすり眠ったわ」ジョーはつぶやいた。「ほんとうに久しぶり」

「おれもだ」

「わたしが眠れた理由はわかるの。もうこわくないわ、コーク。ヘル・ハノーヴァーがなにをしようとかまわない。みんながどう思おうとかまわない」

「ヘルのやつをどうするか、二人で考えよう」

彼女は夫を抱きしめた。「愛しているわ」

「愛している」彼は体の向きを変えて、そっとジョーにキスした。「おなかがすいていないか？」

「ぺこぺこ」

二人は一緒にシャワーを浴びた。そのあと、コークは卵と冷凍のハッシュブラウンズをいため、ジョーはコーヒーをいれ、自分の事務所に電話して遅れると伝えた。外のピクニックテーブルで食事をした。太陽はアイアン湖の東岸の木々の上に高く昇っていたが、まぶしい光は空にどんよりとかかる薄黄色のかすみでさえぎられていた。

「ウォリーの大事なこととはなんだろう」

「アーレッタとの時間でしょう。彼は自分の優先事項をわきまえている男よ。そして、あなた、コーコラン・オコナーが彼の職を引き継ぐのも大事なことね」

「けさの電話の話だよ」

「もう答えを言ったじゃない。おそらく、またあなたの助けを必要としているのよ」

ジョーの視線が離れた。「あら、見て」

ジェニーが自転車で線路の上を走って、ピクニックテーブルへ近づいてきた。息を切らしていた。プラチナブロンドの髪の下で、額は汗に濡れている。心配そうに、両親を見た。

「ローズ叔母さんが、ここにいるって言ったから」

「どうしたの？」ジョーは尋ねた。

ジェニーはじっと二人を見つめ、ほっとしたようだった。「なんでもない。ママもパパもすごく——幸せそうね」

ジョーは笑った。「あなたにはこの幸せの半分もわからないわ」

一時間後、コークはタマラック郡保安官事務所のウォリー・シャノーのオフィスへ入っていった。シャノーは一人ではなかった。デイヴィッド・アール捜査官、カール・リンドストロム、それに、コークの長年の知りあいであるラッキー・ヌードセンがいた。ミネソタ州ステイト・パトロール第十一管区の警部だ。アールは煙草をふかしながら窓枠に腰かけ、風が煙を外へ運んでいた。ほかの男たちはコーヒーを飲んでいた。

「もう来ると思っていた」シャノーが言った。

「おはよう、ウォリー。アール捜査官、カール。それに、ラッキーじゃないか。久しぶりだな」

「ああ、そうだな。こっちはあいかわらずだよ、コーク」彼はコークの手を握って力強く振った。

「フィービは元気か？」

「妊娠中だ」

「またか？」

「ああ。おれの仕事はあいつの面倒を見ることのようだな。こんどはふたごだそうだ、医者の話じゃ」ヌードセンは金髪の頭を振ってにやりとした。「うどの大木のスカンジナビア人にとっちゃ、悪くはない」

「ここでなにをしているんだ、ラッキー？」

答えるかわりに、ヌードセンはシャノーのほうにあごをしゃくった。

「けさ、州知事のオフィスから電話をもらったんだ」保安官は説明した。「ステイト・パトロールでも誰でも、ここで必要な人員を出してくれるそうだ。知事は、事態の収拾がつかなくなるのを心配している」

コークは待った。これには、もっと続きがあるのがわかっていた。

「コーヒーは？」シャノーは聞いた。

「いや、けっこう」

「こういうことなんだ、コーク。カールは今晩〈クェティコ〉でスピーチをすることになっている。北部ミネソタ民間企業組合の年次晩餐会《ばんさん》だ。でかい部屋に、百五十人が集まる。この数日の出来事からして、集まりを中止するのが望ましい。だが、エヴェレスのジェイ・ワーナーに話をしたところ——組合長だ——カールがやる気なら、開催すると言い張っている。で、こちらのカールはやる気まんまんなんだ」

リンドストロムが言った。「一つだけ心配なのが、ほかのみんなの安全だ」

「それで、おれがここにいるんだ」ラッキー・ヌードセンが口をはさんだ。「知事お約束の助っ人参上さ」

シャノーは続けた。

「こっちには、こういうことの警備に充分な数の保安官助手がいない。だが、ラッキーの部下が来てくれれば、なんとかなるだろう。

具体的には、いまオーウェン捜査官が〈クェティコ〉に行って、会場をチェックしている。州警察の手を借りて、晩餐会が終わるまで警備を続けることになっている。すべての出入り口に警官を配置して、許可を受けたスタッフか招待された客以外は建物に入れないようにする。カールはあきらかに標的になるだろうから、防弾チョッキを着るように説得した」

コークはうなずいた。いい考えだ。「それで、おれはなぜ呼ばれたんだ？」

「彼の考えだ」シャノーはリンドストロムのほうに手を振った。

「今晩、〈クェティコ〉へ来てくれるとありがたいんだ」リンドストロムが言った。「失礼な態度をとった男のために、きのう進んで危険をおかしてくれたことを、ありがたく思っている。わたしのボディガードとして雇わせてもらえないか」

「行こう」コークはためらわずに答えた。「だが、支払いはいらない」

「ありがとう、コーク」

「それでは、諸君」シャノーは椅子から立ち上がった。「いまから夜までに、やることがたくさんある。とりかかるとしよう。カール、会が始まる三十分前には〈クェテイコ〉に着くようにしてくれ。防弾チョッキを着せる。それからラッキー、人員名簿ができたら、わたしにくれ」

「わかった、ウォリー。今晩な、コーク。ジョーによろしく」

カール・リンドストロムとラッキー・ヌードセンはオフィスから出ていったが、デイヴィッド・アール捜査官は窓枠に腰かけたまま残った。彼は、心配そうにコークを見ていた。

「なにか引っかかりが？」コークは聞いた。

「オコナー、わたしはバークの船着き場での出来事を知っているんだ」

「以前のことだよ」シャノーが部屋の向こう側から言った。

「わたしはすでに、ほかのみんなには不安を感じると話した。きみに対して正直でありたいだけだ」アールは続けた。「今晩、みんながきみに銃を持たせるつもりだ。わたしは、きみのような男がこういう状況で弾をこめた銃を携帯することが、とても気がかりなんだ。だが、ここはわたしが口を出す場ではない」

コークが反論するのを予期しているように、彼は待った。コークはなにも言わなかった。

「それじゃ。今晩」アールは煙草の吸い殻を捨てる場所を探した。シャノーがなにも差し出さないので、煙草を持ったまま出ていった。

「彼はきみを知らないんだ、コーク」ウォリー・シャノーは言った。「ああいうふうに思っているのは彼だけじゃないよ、ウォリー。みんな、バークの船着き場であったことを忘れてはいない。ほんとうのところ、おれがガンベルトを巻いたりバッジを着けたりするのを二度と見たくないと、大勢の人々が思っているにちがいない」

「誰がこの職につこうと同じことだ――そういうふうに感じる人々はいるものだよ」

コークは窓辺へ行き、町を眺めた。朝の光の中の、静かで平和な光景。通りの向こうには、シオン・ルーテル教会の鐘楼《しょうろう》がすっきりと立っている。その向こうは、センター・ストリートの商店街だ。そして、その向こうの遠くないところに、白い帆やモーターボートの白い航跡が目を射る湖がある。かつてこのオフィスが自分のものだったとき、この光景を見ると心が落ち着いた。保安官でいることは、もっと大きな一つの概念の一部であるように感じられた。神や偉大な精霊《キチマニドー》の神秘的な行ないと同じように、ときには理解したり正当化したりするのがむずかしいが、その概念の目的は彼にとっては明確だった――人々が平和に生活していく手助けをする。たいして壮大な考えではなく、タマラック郡の外には及ばないものではあったが、それは彼という人間の重要な部分になっていた――あの寒い朝、バークの船着き場での混乱した数秒間の結果、二人が死に、コークのものの見かたのほとんどが変わってしまうまでは。

そのあとの苦い日々も、自分からバッジを奪ったシャノーを責めたことは一度もなかった。たんに、状況の問題、タイミングの問題だった。そして、面目を失ってから、コークはけんめいにもう一度自分の人生を取り戻してきた。この光景の見えるオフィスに、また戻りたいと本気で思っているのだろうか？　バークの船着き場や、それからの年月から、なにも学んでこなかったのだろうか？

「リンドストロムはきみを信頼している」シャノーが彼の背中に声をかけた。「そして、はっきり言っておくが、わたしもだ」

## 22

「今日は早じまいだ」コークは言った。

「何時に？」アニーが聞いた。

「いま」

「いま？」〈サムの店〉で働く時間が少し減るといつもなら喜ぶジェニーさえも、とまどっているようだった。

「でも、まだ五時半よ」アニーは言った。「それに見て。ボートが何隻もこっちへ向かってくるわ」

「接客用の窓を閉めて、〈閉店〉のサインを出すんだ」

「今日は土曜日よ」アニーはなおも反対した。「うちは開いているって、みんな思っているわ」

「それで気がすむのなら、メモを書いて窓に貼っておくといい。〈家族の急用により〉と」

ジェニーが肩をすくめた。「〈保健所の指導により休業〉はどう？」

「やりすぎはだめだよ」コークはグリルを洗いはじめた。

ジェニーはメモするための紙を取りにいったが、アニーは譲らなかった。「みんながどう思う？」

「いいじゃない、アニー」ジェニーは言った。「罪になるわけじゃなし」

「どうして閉めるの？」アニーは説明を要求した。

「家族で夕食をとるためだ」コークは答えた。「もうずいぶん長いこと、みんなで食卓を囲んでいない」

「ローズ叔母さんは知っているの？」

「ああ。だけど、夕食を作っているのはお母さんだ」

二人の娘が不安そうに視線をかわすのに、コークは気づいた。ジョーはアイアン・レンジ地方きっての料理下手だ。ジェニーは〈閉店〉のサインをしまった。「あたしたち、ここに残る」

「一緒に帰るんだ」

有罪を宣告された囚人のように、娘たちは店じまいにとりかかった。

自分の顔のようによく知っている町の美しさを眺めながら、コークはゆっくりと家へ車を走らせた。センター・ストリートでは、生まれたときからそこにある店の前を通った——〈レノア玩具店〉、〈タッカー保険代理店〉、〈メイフェア服飾店〉、〈ネルソン金物店〉。ショーウィンドーの奥にいる男も女も、彼はみんな知っていた。すべての町角に、自分の人生の思い出があった。〈ジョニーのパインウッド・ブロイラー〉から漂ってくるのは——土曜の夜のバーベキュー・リブ・スペシャル——記憶にあるかぎり、土曜の夜はかならずかいでいた匂いだ。この匂いをかぐたびに、父親がまだ生きて保安官をしており、土曜の夜に家族でジョニーの店に行くのが家族のしきたりとなっていた四十年前のことが、瞬時に思い出されるのだった。あるところに長く住んでいると、その土地が生きものであることがわかってくる。意識と良心があることが感じられる。息遣いが聞こえるようになる。土地の愛、怒り、絶望がつたわってきて、気にかかるようになる。

「まるでおばあさんみたいな運転よ、パパ」ジェニーが言った。

「おれはこの町が好きなんだ」

ジェニーは首を振った。「あたしは、早く出たくてたまらない」

「出ていったら、恋しくなるよ」

「そうね、淋病が恋しくなるみたいに」

「なんだって？」

「たんなる表現よ、パパ」

ローズに肩ごしにのぞきこまれながら、ジョーはコークさえ驚かせる立派な料理を作ってみせた。素朴なメニューだったが——ミートローフ、グレイヴィをかけたマッシュポテト、蒸したサヤインゲン、バナナ入りゼリー——家族として一堂に会するのはほんとうに久しぶりで、夕食はとくべつなお祝いのように感じられた。ジョーがこんなに笑うのを見るのはいつ以来か、コークは思い出せなかった。食べている途中で、ローズが水の入ったグラスをかかげて言った。「年増のオールドミスが望みうる最高の家族に、乾杯」

「オールドミシュってなに？」スティーヴィが聞いた。

アニーがその質問をさばいた。「おりこうだから結婚しなかった女の人のこと」

ローズは笑った。「いまのに免じて、あなたは皿洗いをしなくていいわ」

夕食のあと、コークは宣言した。「皿洗いはおれにまかせろ」誰も反対しなかった。

ジョーが手伝った。そのあと二人はポーチのブランコに一緒にすわり、前庭でスティーヴィがアニーとキャッチボールをするのを眺めた。高く投げられたボールは、一人の子どもからもう一人の子どもの手に渡る一瞬のあいだに、太陽の光を受けて輝いた。すぐに近所の家の子どもたちが加わり、アニーがまとめて試合を始めた。通りの向かいの隣人、ジョンとスーのオローリン夫妻にコークは手を振った。夕暮れどきを楽しむために、彼らもポーチへ出てきたのだ。

「こんなにいい日は、ほんとうに、ほんとうに久しくなかった」コークはジョーの指に自分の指をからめた。

「わたし……」ジョーは言いはじめ、口を閉じた。

「どうした？」

「あなたが今晩〈クェティコ〉へ行かずにすめばいいのに、と思うわ」

「おれは大丈夫だよ。危ないのはカール・リンドストロムだ。きみが今晩グレイス・コーヴを訪ねているのはいいことなんじゃないかな」

グレイス・フィッツジェラルドとはけさジョーのオフィスで会うことになっていたが、ジョーはコークと〈サムの店〉にいたので、電話して約束をしなおさなければならなかった。グレイスは月曜日には町を離れると聞き、ジョーは今晩うかがうと申し出た。

「彼女がなにを相談したいのか、まだわからないのか？」

「まったく」

「たとえわかっていても、おれに話すわけにはいかないな」彼は腕時計を見た。「もう行く時間だ」

ジョーは両腕を彼に巻きつけてキスした。コークを抱きしめて唇を押しつける彼女の様子は、どこか必死だった。

「いったいどうしたんだ？」コークは尋ねた。

「わからない。ただ……あなたが危ない目にあわないかとこわいの」

「帰ってくるよ。約束する」

「どのみち、わたしがなにを言ってもきかないでしょう？」

彼は妻の言葉と口調をおしはかり、そこに聞いたのは非難ではなく心配だと思った。「きみがほんとうに行ってほしくないというのなら、おれは行かない」

「ほんとう？」

「ほんとうだ」

「そうしたら、決してわたしを許してくれないわ」

「そう信じているのか？」

「いいえ」

「だったら？」

「行って。あなたがしなければならないことだもの」

「ありがとう、ジョー」彼は妻の頬に触れた。

コークはブランコをあと何度か揺らした。もう少しのあいだ、子どもたちの笑い声に耳を傾け、黄昏の光を受けて金色に染まった泥だらけのボールを投げあうのを眺めた。そして、人生は完璧からはほど遠いが、ときには完璧な時間を与えてくれる、と思った。いまがまさにそうだ。

ジョーはブロンコまで送ってきた。

「気をつけてね」

「ああ」

「起きて待っているわ」

二人は抱きあった。別離はほんの数時間にすぎないが、まるで長い別れのように感じられた。これが愛だ。コークは幸せな気持ちで記憶にとどめた。

「バイバイ、パパ」スティーヴィが呼びかけ、縁石へ走ってきた。

車を出しながら、コークは窓から身を乗り出して、子どもたちに父親の祈りと祝福を投げた。「いい子でな」


〈クェティコ〉はリゾートと会議センターを兼ねた大きな施設で、オーロラの五キロほど南のアイアン湖畔に建っている。本館はいくつもの棟に分かれた巨大な建物で、外壁はログ仕様になっている。外観は、昔ながらの北部森林地帯のくつろげる雰囲気だ。内部はしゃれたモダンな造りで、いくつものゆったりとした会議室、オリンピック・サイズのプール、州内一の炭火焼きレストランがある。広い砂浜、小さなマリーナ、松林の中にはたくさんの贅沢なコテージ、テニスコート六面。それにナインホールのゴルフコースまであるが、コークがゴルフをやるとしても、プレー代が高くてとても払えない。くねくねと曲がっている道をブロンコで走っているあいだも、太陽はまだ当分沈みそうになかった。夕陽を浴びて、最後のグリーンへ向かう遅出のゴルファーたちが長い影を引きずっている。駐車場は、ほぼ満杯だった。コークは古いブロンコを、青のベンツとぴかぴかの黒いウィンドスターのあいだに止めた。

メインロビーには、北部ミネソタ民間企業組合の晩餐会場が北側の建物のハイアワサ・ルームに変更された旨の掲示が、イーゼルの上に立ててあった。コークは矢印にしたがって本館を出ると、私道を渡ってはるかに小さなログ仕様の建物に向かった。ステイト・パトロールの制服警官二人が入り口に配置されており、右側の警官は革紐につないだ犬を従えていた。犬と警官たちは油断のない視線でコークを見た。犬がいちばん友好的だった。狭いロビーの向こうに両開きのドアがあり、奥の広い部屋に白いテーブルクロスと銀の食器、水用のゴブレットの中に花のようにたたまれた白いナプキンがしたくしてあるのが見えた。大勢の客がすでに着席していた。

「招待状はお持ちですか？」犬を連れていない警官が尋ねた。

「シャノー保安官を探しているんだ」コークは答えた。「あるいは、ヌードセン警部を。わたしはコーク・オコナーだ。ここで会うことになっている」

「身分を証明するものは？」

コークは運転免許証を渡した。犬を連れていない警官が、ベルトのウォーキートーキーを取って連絡した。シャノーが答えるのが聞こえた。「すぐに行く」

一分後、タマラック郡保安官が晩餐会場の左側にあるドアから出てきて、コークを手招きした。そのドアの奥には左に上る階段があった。木を焼いて作った案内板が、ハイアワサ・ラウンジはその方向であることを示していた。真正面には、節《ふし》が装飾になっている松材を壁にした、細長い廊下がのびている。コークはシャノーについて、廊下のつきあたりの開いたドアから楽屋のような部屋に入った。スピーチの順番を待つための場所だ――二、三の安楽椅子、ウォータークーラー、テーブル、観葉植物があり、窓からはアイアン湖岸の松林が見える。法執行機関の面々――シャノー、アール捜査官、ラッキー・ヌードセン――に加えて、カール・リンドストロムもそこにいた。スラックスとスポーツジャケット姿の男二人が、そばに立っていた。

「こんばんは、カール」コークはあいさつした。

「来てくれてありがとう」リンドストロムは言った。少し顔色が悪かった。左手に、氷と琥珀色の液体が入ったタンブラーを持っていた。空いているほうの手で、ほかの二人を示した。「こちらはジェイ・ワーナー、組合長だ。それから、ごぞんじだろうが、〈クェティコ〉のオーナーのジム・カウフマン」

コークは差し出された二つの手を握った。

「いまシャノー保安官に、今夜の出席者は史上最多だと話していたところでね」ワーナーが言った。「もちろん、お目当てはカールだ。リンドストロム家はここでは長いあいだ名前だけの存在だったが、カールは北へやってきてここに住み、製材所を刷新して、あの環境保護主義者たちに立ち向かった。そういうことで、彼はみんなにとってとくべつな存在になったんだ」彼はリンドストロムの肩をぽんぽんと叩いた。

五十歳くらいの、禿げ頭でほっそりとしたカウフマンがつけくわえた。「中止することは考えたよ、もちろん。だが、みんな思ったんだ。カールがやるというなら、わたしたちがおたおたしてどうするんだ、とね。それに、こいつは海兵隊をやめて以来のスリリングな機会だ」

法執行官たちの顔を、困惑したような表情がよぎった。彼らにとってはそんな悠長な話ではない。シャノーが言った。「われわれは、退屈な晩餐会のあとの退屈なスピーチですめばと思っている。気を悪くしないでくれよ、カール」

「もちろん」

「こちらのみなさんと一緒に、きみは主賓席だ、コーク」シャノーが言った。

「これを着てくれ」ヌードセンが防弾チョッキを渡した。ケブラーだ。「カールも同じものを着ている」

リンドストロムがドレスシャツの前を開けて、防弾チョッキを見せた。そして肩をすくめて、軽く乾杯するようにグラスを持ち上げた。

「持っているのか？」アールがコークに尋ねた。

「おれが持っているのは三八口径のポリス・スペシャルだけだ。スポーツジャケットにはちょっとおさまりが悪い」

「なにか持ってこさせよう」ヌードセンがウォーキートーキーで指示を出した。

「気分は？」コークはリンドストロムに聞いた。

「大丈夫。ほんとうだ」

けっこう、とコークは思い、リンドストロムが持っている酒をちらりと見た。

「ラッキーのところとわたしのところで、すべての出入り口を警備している」シャノーが言った。「今夜、ほかの郡内が静かだといいが。パトカー一台と内勤の警官一人しか、残していないからな」

「正面の犬はなんなんだ？」コークは聞いた。

「ダルースの支局から借りてきたんだ」ヌードセンが答えた。「爆発物を嗅ぎわけるように訓練されている」

ドアがノックされて、ギル・シンガーが入ってきた。彼が持っているホルスターには、ベレッタ92Fが入っていた。

コークは防弾チョッキをつけて、ホルスターをベルトに装着した。上から、自分のジャケットを着た。「防弾チョッキの快適さを忘れていたよ」

ラッキー・ヌードセンのウォーキートーキーががりがりと音をたて、耳ざわりな声が報告した。「食事を出す準備がととのったそうです」

「いま行く」

シャノーはリンドストロムを見た。「準備はいいかな？」

カール・リンドストロムは酒を飲みほした。「準備よし」

「では」シャノーは全員のためにドアを開けた。

一同は、ヌードセンを先頭にして部屋を出た。宴会場は、どのテーブルも満席だった。エアコンがきいているというのに、コークはぐっしょりと汗をかいていた。リンドストロムの顔も濡れており、足どりが少しふらついていた。一同はテーブルのあいだを縫って進み、みちみちワーナーとリンドストロムは人々と握手をした。高くなったステージにしつらえられた演壇のそばの、誰もいない正面テーブルに来た。それぞれが席に着き、コークとアール捜査官は客たちの顔が見える位置にすわった。ウェイターたちがすでに動きまわって、コースの最初のサラダを配りはじめていた。コークは客たちを見渡した。着飾った男女が談笑したり、皿の上にかがみこんだり、水やワインのグラスを手にしたりしている。なにも異状は見られない。

一人のウェイターがキッチンのドアへ消えるのが、ちらりと目に映った。後ろ姿から、〈サムの店〉でアースキン・エルロイに殴られそうになった若者のように思えた。コークはアドレナリンが沸騰するのを感じ、キッチンのドアを注視した。ウェイターはすぐにまた現れたが、コークが予想していたような顔ではなく、あの若者とは似ても似つかなかった。

自分が神経質になっているのはわかっていた。アールを横目で見ると、BCAの捜査官はじっとこちらを見ていた。おそらく、緊張を読みとっているのだろう。コークが会場のほうにうなずいてみせると、アールは一瞬おいて自分の任務へと目を転じた。

すべての戸口に保安官助手が張りついている。ここでなにかやろうなどと思う者は頭がおかしい、とコークは自分に言い聞かせた。しかし、昨夜カール・リンドストロムを殺そうとしたのが誰であれ、その人間は正気とはいえないだろう。

## 23

ジョーは八時少し前に家を出た。スティーヴィは隣にすわって、自分で作ったレゴの宇宙船で遊んでいた。彼を連れてきたのは、グズベリー・レーンの家に一緒に残る家族が誰もいなかったからだ。ローズはセント・アグネス教会へ、翌日の親睦朝食会の手伝いにいった。アニーはソフトボール・チームの友人たちと映画を見にいった。そしてジェニーは、ショーンとデートだ。

グレイス・コーヴはオーロラから十六キロ離れている。アイアン湖の南端をまわり、アイアン・レイク保留地の数キロ手前まで東側の沿岸を走る。孤立した入り江に家を建てたとき、カール・リンドストロムはずっと砂利と泥だった曲がりくねった道を平らに舗装した。道は大きな赤松と黒唐檜の森を抜け、一度だけ分岐する——左へ行くとわだちのついた砂利道になり、入り江にもう一軒だけある家へと続いている。ジョン・ルペールという混血の男の所有で、郡裁判所で飲酒と治安紊乱《びんらん》の罪を認めているところをジョーは何度か見かけていた。弁護士がついていることは一度もなく、罪を認める以外なにも訴えようとしていなかった。ここしばらく、見かけてはいない。酒をやめたのだろうか？　と、ジョーは思った。もの静かな男で、法廷では礼儀正しかった。頑丈な体格で、ジョーは前に見たことがある絵の中の人物を思い出した。大きなカヌーをかついだ、力強いフランス系カナダ人の毛皮猟師たちだ。ほかにも彼のことで思い出しそうなことがあったが、なんだかはっきりしないうちに、リンドストロムが建てた大きなログハウスが夕闇の迫る松林のあいだにぬっと現れた。その向こう側では、グレイス・コーヴが暮れゆく光の中で暗い銀色の水をたたえていた。

グレイスが出迎えた。黄色いTシャツにダンガリー・パンツ、サンダルというスタイルで、金髪はポニーテイルにまとめていた。リラックスしているようだった。それに、ほっとしているようにも見える、とジョーは思った。二人は抱きあった。二人の友人。あるいは、友人未満といったところか。

「グレイス、わたしの息子のスティーヴン。スティーヴィ、こちらはミズ・フィッツジェラルドよ」

「よろしくね、スティーヴィ？」

「はい」とだけ言って、彼は差し出された手をちょっと握った。

「わたしの息子のスコットは二階の自分の部屋にいるの。ビデオゲームで遊んでいるわ。ビデオゲーム、好き？」

「うちには、ニンテンドーがあるよ」

「きっと仲よくやれるわ。どうぞ、入って」

スティーヴィと同じく、グレイス・フィッツジェラルドの息子も年齢のわりに小柄だった。母親からいちばん特徴を受け継いでいるのは髪の色だった。あとは父親の血が濃いようで、それはとくに睡蓮の葉のような緑色の目にあらわれていた。

「なにをして遊びたい？」スコットは行儀よく聞いたが、あきらかに自分のゲームの真っ最中だった。

「ぼく、見てるよ」スティーヴィは答えた。ちょっとのあいだ立っていたが、もう一人の少年のそばの床にすわった。母親たちは部屋を出た。

「なにかお飲みにならない？」グレイスが聞いた。「今日の午後、水出し紅茶《サン・ティ》を作ったの」

「いただくわ、ありがとう」

階下に下りて、グレイスはキッチンへ行き、ジョーは居間でくつろいだ。居間は広々として、中央には大きな自然石の暖炉がある。床は黒っぽいつややかなオークで、壁も黒っぽいオークの羽目板張りだ。天井にも黒っぽい梁《はり》が縦横に走り、ジョーは力の強い獣の血管を連想した。女が自分のために設計するような家ではない、と思った。カール・リンドストロムが、自分の家の富の源泉である材木に敬意を表して、こうしたのかもしれない。重々しい木の雰囲気は、空気と光を取り入れる大きな窓と、暗い空を背景に陽光を受ける雲のような、床に敷かれた明るい色のじゅうたんで、いくらか和らげられている。出入りの騒々しいオコナー家に慣れているジョーにとって、グレイス・コーヴの大きな家は重々しく静かで、あまりにも人里離れて感じられた。でも、詩人や小説家にとっては、完璧な場所なのだろう。

グレイスがサン・ティとレモンの輪切りがのった皿を運んできた。「もう少ししたら、子どもたちにもなにか持っていくわね」彼女はソファのジョーの隣にすわった。「じつはね、あなたに会うまで、オーロラの人たちは全員話しかたがそっけないと思っていたの」

ジョーは笑った。「それは、あなたが有名人で、大作家だからよ。ちょっと、こわがっているんだと思うわ」

「つつかれれば、血が出るのに」

グレイスはお茶を飲み、それから黙りこんだ。沈黙が重く、気まずく感じられてきたが、ジョーは話を聞くためにきたので待っていた。

「来てくれてありがとう」とうとうグレイスは言った。「かなり遠いのに」

「このあたりでは、それほど遠い部類には入らないわ。それに、大事な話みたいだったから」

「ええ。わたしにとっては」彼女はジョーを見て、思い切って話すときがきたと思ったようだった。「オーロラを出ていくの」

「もう？　この町をよく見てもいないんじゃないかしら」

「きれいな場所だわ。でも、出ていくのは場所のせいじゃないの。カールよ」

ジョーは驚いた。グレイスから話したいと言われたとき、なんのことかわからなかったが、まさかこういうことだとは予想もしていなかった。太陽は、グレイス・コーヴを囲む松と唐檜の向こうに沈み、室内は陰気な光に包まれていた。グレイスはかがみこんで、コーヒーテーブルにグラスを置いた。

「夫をどう思う？」

ジョーは輪切りにした苗木に釉薬《ゆうやく》をかけたコースターに、自分のグラスを置いた。苗木の短い生涯を記すいくつかの輪が、美しくむなしい模様となって固まっていた。

「カールとは、仕事を通じてしか会ったことがないわ」

「質問に答えるのを避けているわね、弁護士さん」

「ごめんなさい。何度かお会いした感じでは、頭がよくて、用意周到で――製材所の爆弾事件の直後をのぞいては――とても礼儀正しい方だわ、お互い意見の相違があるのに」

「頭がいい。用意周到。礼儀正しい。温かみはない、人好きはしない、ユーモアもない？」

「グレイス、彼とは仕事の場でしか接したことがないのよ」

「仕事を通じて会うほかの人たちについて、こう思うことはある？　温かみがある、人好きがする、ユーモアがあると？」

「もちろん」

「本件にかんする弁論は以上」

「そんな。あなたはまだ本件がなにかすら言っていないわ。ねえ、話してみて。あらいざらい」

「長い話なの」

「それを聞くために来たんだから」

グレイスはあたりを見まわした。「ちょっと暗いわね？」立ち上がってランプをつけ、磨かれた床を横切って別のランプもつけた。立ち止まって、窓から芝地の端にある暗い松林のほうを眺めた。「ここは寂しいわ。わたしの家族の家はシカゴの近くなの。ミシガン湖畔の、大きな家が並んでいる通りよ。カールはその並びの一軒で育ったの。リンドストロムの家族はその家をヴァルハラと呼んでいたわ」

「じゃあ、彼とは長い知りあいなのね」

「生まれたときからよ。それぞれの家族が同じクラブに入っていたの。カールとわたしはいつも、集まりがあればペアを組まされていたわ。いつか二人が結婚するんじゃないかって、少なくともうちの家族は思っていたわね。それに、カールもずっとそう思っていた」

「でも、あなたはそうじゃなかった?」

彼女は首を振り、コーヒーテーブルへ行くと自分のグラスを取ってぼんやりと一口飲んだ。

「カールはつらい子ども時代を過ごしたの。彼が七歳のとき、父親が母親を精神病院へ入れて、その後まもなく離婚したわ。父親はそのあと四回結婚して、相手は見かけはよくてもどうしようもない女ばかりだった。父親は息子になんの関心も払わなかったの。かわいそうなカールは、ほとんどわたしの家で暮らしていたようなものだわ。少なくともうちの両親は、彼に親切にしていた。カールの気持ちにはずっと気づいていたけれど、わたしには同じ気持ちがなかったの。でも、うまくかわしていたわ。高校の最終学年のとき、彼がプロポーズしたの。わたしはもちろん断った。そうしたら、彼は脅しをかけてきたの」

「どんな脅し?」

「ああ、なにも危ないようなことじゃないの。ぼくが外人部隊に入ったらきみは後悔するぞ、みたいなこと。じっさい、彼はそうしたわ。というか、カールの流儀の外人部隊ね。海軍士官学校に願書を送って、受け入れられたの。彼はアナポリスへ行き、わたしはスタンフォード大学へ行った。二人とも休暇で家に帰っているときには、たまに顔を合わせたわ。認めるけれど、制服姿のカールはなかなかのものだったのよ。そして、わたしが大学四年になる前の夏休みに、父が自分のヨットのクルーとしてある若者を雇ったの」

「あなたは恋に落ち、お父さんは反対し、でもあなたはとにかく結婚した。そして、その若者はすばらしい相手であることがわかった。『スペリオル・ブルー』の物語ね」

「本に書かなかったのは、カールがどんなふうにわたしの人生に戻ってきたかという部分よ」

階段に足音がして、二人はふりむいた。子どもたちが降りてきた。

「ママ、なにかおやつを食べてもいい?」スコットが聞いた。

「いいわよ。クッキーを出してあげてもかまわない?」グレイスはジョーに尋ねた。

「ええ。食べすぎちゃだめよ、スティーヴィ」

「キッチンでね、スコット。ある場所はわかっているでしょう」

子どもたちは二人でキッチンへ向かった。ジョーはほほえみながら見送った。

「スコットはやさしくしてくれているのね。スティーヴィはいつも、とても恥ずかしがりやなのよ」

「スコットは、大人でない人間がそばにいるのがうれしいのよ。あるいは、母親でない人間がね」グレイスはグラスに目を落とした。「どこまで話したかしら?」

「カールがあなたの人生に戻ってきたところ」

グレイスはうなずいた。「いろいろな意味で、海軍は彼にとってとてもよかったのね。成長するあいだ、彼は父親を一度も喜ばせることができず、愛情を勝ちえることもできなかった。わたしはいつも、かわいそうだと思っていたわ。ほんとうに寂しい少年だったのよ。海軍に入ったおかげで、彼は強くなり、自分自身を規定する確固とした基準ができ、自分の達成したことを認めてもらった。父親が決してしなかったことよ。あのころ、彼には魅力があったわ。力強い雰囲気があった。部屋に入ってきたら、あたりを圧倒するような。自分がなりたかった人間になれたという自信が感じられたの。それに、とてもハンサムだったのよ」

「当時、あなたは結婚していたのね。貧しいけれど、立派な男と」

「そういうことじゃないのよ、ジョー。カールにときめいたりはしなかったわ。ただ、彼のためにうれしかった。カールは町にいるときにはかならず、エドワードとわたしを訪ねてきたわ。夫とはいい友だちになったの。二人とも海や湖が好きで、よく一緒に帆走にいった。

父親が死んだあと、カールは海軍をやめてリンドストロムの事業を継いだの。父親の無計画な経営で、会社はさんざんな状態になっていたわ。カールは死ぬほど働いた。そんなときに、エドワードが一休みするべきだと説得したの。二週間かけて五大湖を航海して、リラックスしようって。残念ながら土壇場《どたんば》で製材所の一つに問題が起きて、カールは行けなくなった。エドワードは一人で出かけて、スペリオル湖のまんなかで消えたの」グレイスは間を置き、時がたっても傷は癒えていないのがジョーにはわかった。「会社の問題で手いっぱいだったにもかかわらず、カールはすべてを捨ててそばにいてくれたわ。わたしは錯乱状態だった。彼がマスコミへのスポークスマンになってくれて、わたしにアドバイスをし、話を聞いてくれ、用事も片づけてくれた。わたしにはどうしてもできなかった必要なことを、彼がしてくれたの。三年近くも」

「そして、あなたたちは結婚した」

「そう」

「カールと恋に落ちたの？」

「いいえ。エドワードとのようではなかったわ。わたしはカールに頼るようになっていたの。それに、スコットには父親が必要だと考えた。自然ななりゆきだと思えたた。

「カールは努力したわ。彼のせいじゃないの。ただ……」グレイスは言いよどみ、またお茶に手をのばしたが、つかみそこねてもう少しでグラスを倒しそうになった。

「ただ、なに？」相手が落ち着くと、ジョーは尋ねた。

「彼の核となっている部分には、やはりリンドストロム家の男の血が流れているのよ。彼はスコットに当たるの。わたしと相談せずにものごとを決め、抗議しても耳を貸さないわ。たとえば、ここへ引っ越してきたこと。美しい場所よ、ジョー。それは否定しない。でも、わたしはここに属していないの。それに、スコットのためにはどうしてもほかの子どもたちが近所にいないとね。わたしたち二人にとって、多すぎる思い出がつきまとっている場所から離れたほうがいいとカールは考えたの、それはわかっているわ。でも――」

「ほんとうは望んでもいないのに、こんな家を彼に建てさせたの？」

「わたし、ニューヨークとマリブにも家があるの。この程度の家を建てるのはどうってことないわ」彼女はジョーのひざに手を置いた。「ごめんなさい。そういうつもりで言ったんじゃないの。ただ、お金は問題じゃなかったってこと」

「わかるわ」

「エドワードとわたしは、すべてを分かちあっていたわ。思いも、恐れも、希望も。わたしは彼の魂を知っていた。彼がわたしを愛していることを、一点の曇りもなく知っていた。たとえば、この鼻」グレイスは、自転車のベルであるかのように鼻の先を握った。「エドワードはこの鼻を愛していたのよ。何週間か前、カールはなぜそれをなんとかしようと一度も思わなかったのかって、聞いたわ」

「ひどいわね」

「カールは自分をさらけ出すことをしないの。リンドストロム家の人間の特徴ね。さらけ出すときは、不愉快だわ。まるで知らない人と暮らしているような感じがしはじめたの、彼をずっと前から知っているというのに。伐採の問題が起きてから、彼はほとんどここにはいないわ。ここにいても、やはりほんとうにはいない」彼女はジョーに背を向けてまた窓辺へ行き、後ろで両手を組んだ。「だから、わたしは彼と別れるの。離婚を要求するつもりよ」

ジョーはグラスを置いた。「いま話しているのは、わたしが友人だから？　それとも弁護士だから？」

「あなたは家庭の問題も扱うんでしょう」

「ここでは、わたしはなんでもやるわ。でも、あなたは大勢弁護士を抱えているでしように。優秀で、報酬も高い弁護士を」

「あなたに離婚訴訟を扱ってほしいわけじゃないのよ、ジョー。違うの。これからわたしが直面することを教えて」

「法律的に？」

「そう。それから、わたしが知っておくべきだとあなたが思うことをなんでも。離婚はこわいわ。まだ誰にもなにも言っていないの。でも、誰かに話さないと」

「カールは知っているの？」

「彼には言っていないの。でも、うすうすは気づいているはずよ」

「カウンセリングを受けることは考えた？」

「何度か提案したわ。でも、カールはリンドストロム家の人間で、元海軍士官よ。助けを求めるのは潔《いさぎよ》しとしないの。とにかく、カウンセリングとかいったものはね」

キッチンでなにかが落ちて、床でガラスが割れる音がした。

「スコット？　大丈夫？」グレイスは呼んだ。

もっと高い、だがこもったような音がした。押さえつけられた叫び声だ。二人はすばやく視線をかわして、キッチンへ向かった。足を踏み出したところで、二人の男がキッチンの戸口を押し通ってきた。顔にスキーマスクをして、手には黒い革手袋をはめている。それぞれが一人ずつ子どもを抱えている。一人の男は拳銃を持っていた。ジョーの肺からすべての空気が吐き出され、重すぎて長くは耐えられない熱いものが、胃の中にどんと落ちてきた。そんなときでも、銃が子どもたちではなく自分に向けられているのを見て、一瞬だけほっとした。なにか言おうとしたが、言葉が出てこなかった。二人の侵入者もぎょっとしたようだった。

「いったいおまえは誰だ？」拳銃を持っている男がようやく言った。

「同じことをそっちに聞こうとしていたところよ」ほとんど息もできないのに、自分の声が冷静に聞こえることにジョーは驚いた。

「なんでも好きなものを持っていっていいわ」グレイスが言った。「子どもたちを放して」

「もちろん、好きなものを持っていくさ」

ジョーはスティーヴィを見た。息子の濃い茶色の目は大きく見開かれ、恐怖でいっぱいの二つの小さな穴になっていた。音をたてずに叫んでいるかのように、口を開けている。大きな手をスティーヴィの小さな腕にくいこませている男を、ジョーは殺してやりたかった。

「大丈夫よ、スティーヴィ」彼女は声をかけた。

「ああ、残念ながら大丈夫じゃないんだな」拳銃を持った男が言った。「二人とも向こうを向け」男は銃の先を小さく回した。

ジョーはためらい、グレイスも動こうとしなかった。片手でスコットを押さえ、片手で銃を構えた男は、少年の頭に銃口を押しつけた。「さあ」
グレイスののどから、大きくはないが悲痛なあえぎ声が洩れた。それは、スティー
ヴィを押さえている男にショックを与えたようだった。「おい」もう一人の男に向か
って言った。「その子の頭から銃を離せ」
「いいとも」銃が、クルミ材の脇テーブルの上のティファニー・ランプに向けられ
た。銃弾が打ち砕いたのは、ランプだけではなかった。スティーヴィを黙らせていた
ものが壊れ、彼はべそをかきはじめた。
「うるさい」銃を持った男が言い、もう一人に命じた。「そいつを黙らせろ」
「やめて」ジョーは一歩踏み出した。
銃口がふたたび彼女の胸に向けられた。「よしておけ」
スティーヴィを押さえている男が言った。「いいか、言われたとおりにするんだ、
そうすれば誰もけがをすることはない。約束する。この子の名前はなんだって？」
「スティーヴィよ」
「よし、スティーヴィ。大丈夫だ。心配ない。だが、言われたとおりにするんだ。わ
かったか？」彼は待った。「わかったか？」
スティーヴィは母親がうなずくのを見て、自分もうなずいた。
「いい子だ」男はジョーを見た。「向こうを向け」

彼女は従った。ゆっくりと。グレイスもそうした。二人とも、子どもたちと男たちに背を向ける格好になった。ガムテープが引きちぎられる音を、ジョーは聞いた。ちらりと後ろを見ると、スティーヴィとスコットの手が銀色のダクトテープで縛られようとしていた。

「大丈夫か？　痛いか？」スティーヴィを捕まえている男が聞いた。

スティーヴィは首を振った。スコットも縛られ、子どもたちの口はダクトテープでふさがれた。

「望みのものを言って」グレイスが懇願した。「なんでも、あげるわ」

銃を持った男が答えた。「両手を背中にまわせ。それがおれの望みさ。さっさとしろ」

女たちも子どもたちと同じように縛られ、テープで口をふさがれた。

「この二人をどうする？」ジョーは後頭部を軽く叩かれた。

「置いていくわけにはいかない。連れていく」

「紙はどうする？」

「ガラスのコーヒーテーブルの上に。やつは気づくだろう。みんな、こっちだ」銃を持った男が、手ぶりでキッチンのほうを示した。

キッチンの床にはミルクがこぼれて、割れたグラスがまわりに散らばっていた。食べかけのクッキーがテーブルの上にのっていた。

「外だ」銃を持った男が裏口のドアを開けた。

彼らは裏のテラスに出た。この時間には太陽は空から消えていたが、光の余韻はまだ残っており、入り江の景色をぼんやりと照らしだしていた。月が昇りはじめ、暗い天井に開いた針の穴のように、星が木々の上に散っている。

「こっちだ」銃を持った男がついてくるように指示して、敷石の道を桟橋のほうへ先導した。次にスコットとスティーヴィ、そのあとにグレイスとジョーが続いた。もう一人の男が最後尾についた。湖岸に着くと、銃を持った男が肩ごしに叫んだ。「ちょいと濡れるぞ」彼はふくらはぎまでの深さの水に入っていき、岸に沿って歩きだした。ジョーは理解した。湖底の砂には足跡が残らない。芝生が森になるあたりの若木に、小さなモーターボートが係留されていた。

「みんな、乗れ」

もう一人の男が船を押さえた。縛られた手では乗りにくかったので、彼が手を貸した。スティーヴィは抱き上げて、そっとジョーの隣に乗せた。

「横になれ」銃を持った男が命令した。

モーターボートは狭かった。折り重なるようにして、みんな横になった。船底は、魚のはらわたと刻んだ餌と湿った木の匂いがした。ジョーはスティーヴィの横にいたが、息子になにもしてやれないのはわかっていた。防水シートが広げられる音がした。次の瞬間、囚人たちは暗闇に包まれた。手がジョーの尻を、それから肩を押さえつけ、男たちは防水シートの端を囚人たちのまわりにきつくたくしこんだ。

「ここからはおれにまかせろ」銃を持った男の声を、ジョーは聞いた。その非情で耳ざわりな声は、乾燥した木にくいこむのこぎりの刃を思わせた。「どうすればいいかは、わかっているな」

「わかっている」

「そんなに心配そうな顔をするな。たったいま成功への道に乗り出したんだぞ」銃を持った男が笑った。

船が後ろへ押された。エンジンがかかった。モーターボートはゆっくりと向きを変え、ジョーは自分たちが小さな入り江からアイアン湖へと運び去られるのを感じた。

スキーマスクの男は入り江の岸辺に立ち、船と、一人だけ立っている男のシルエットが消えるまで見送った。輸送用のラバのように汗をかいていることに気づき、スキーマスクを頭からはずした。濡れた髪に手をやった。いままでずっと、ろくに息もできなかった。思いきり夜の空気を吸いこんだ。かがんで湖の底を探り、ちょうどいい石を見つけた。てのひらくらいの丸い石だ。スキーマスクで包み、ダクトテープで留めた。それをできるだけ遠くの水面に投げた。手袋をぬぎ、尻ポケットに入れた。悪い結果ではなかった。ほかの女と息子がいたのには驚かされたが。それでも、なんとかなった。誰もけがはしないですんだ。計画はもちこたえている。

彼は岸に沿って水の中をブルーベリー・クリークまで歩き、やがて自分の桟橋に着いた。古い板の上に乗ってからスニーカーをぬいだ。キャビンに入り、濡れた靴を裏口の横に干し、服を着替えてキッチンへ行った。そこでカティサークの五分の一ガロン瓶を開けた。グラスにスリーフィンガー分のスコッチを注ぎ、じっと見つめた。

ジョン・セイラー・ルペールは久しく飲んでいなかった。だが、いまは飲む必要がある。神経を鎮めるためではない。失ったものを忘れるためでもない。悪夢から逃れるためでもない。今夜は、ミネソタ州オーロラの人々がこうだと思っている自分になる必要がある。誘拐など、死人を起こすこと同然にできるはずもない、酔っぱらいのインディアンになるのだ。

「おまえに、ビリー」

彼は誰もいない部屋に向かってグラスをかかげ、炎のような液体でのどを満たした。

## 24

夜の十時半に、コークはブロンコをガレージに止めた。ジョーのトヨタがないのを見て驚いた。家の中は静まりかえっている。居間の明かりはまだついており、低くしたテレビの音が聞こえた。アニーがソファで眠っていた。

「ほら」コークはそっと娘を揺すった。「ベッドで寝なさい」

彼女はうなずいたが、まだ夢の中にいるような目だった。

「お母さんは帰ってきたか？」

「ううん」アニーは首を振った。「ローズ叔母さんはちょっと前に寝にいったわ。ジェニーはまだショーンと一緒」

階段を上がっていくアニーを見送って、彼はソファに腰を下ろし、テレビを眺めた。ロックの専門局だ。ラップが流れている。彼は見てはいなかった。〈クェティコ〉で今晩あったことを考えていた。

晩餐会のあいだ、彼はカール・リンドストロムの隣にすわっていた。カールはほとんど料理に手をつけなかった。だが、ほぼずっと酒を離さなかった。テーブルの会話に注意を払っているようでも、視線はあきらかに会場内を見まわし、死神が招待されていないかどうかチェックしていた。エアコンがきいていたにもかかわらず、立ち上がって演壇に歩いていくときには汗びっしょりだった。しかし、スピーチが始まると、リンドストロムの声にも態度にも不安はかけらもあらわれていなかった。くつろいで、落ち着きはらっているように見え、成長と利益の必要と、将来の世代のために健全な地球を残す絶対的義務とのあいだでバランスをとるという趣旨の、なかなかいいスピーチをした。自分が最近死に直面したことについてほのめかしたのは、冒頭でこう言ったときだけだった。「じっさい、今宵はこちらに出席でき、みなさんの前にぴんぴんした状態で立てたことをうれしく思います」

コークは聞いてはいたが、注意深く広い部屋に目を配っていた。シャノーの部下とステイト・パトロールがすべての出入り口を固めているので、環境保護の戦士《エコ・ウォリア》がなにかしようとするなら自殺行為だった。それでも、油断は禁物だ。

なにも起きなかった。リンドストロムはスピーチを終えて拍手喝采を受け、テーブルに戻ってきた。そして、スコッチのソーダ割りをさらに二杯飲んで気持ちを落ち着けた。最後にはしたたかに酔っていたので、シャノーが保安官助手に家まで送らせようと申し出た。リンドストロムは断らなかった。

コークはリモコンでテレビを消した。家の中がよけいにしんとした。腕時計を見た。遅すぎる。階段の下の電話へ行って、引き出しから住所録を出した。グレイス・フィッツジェラルドの名前の下に、ジョーが番号を書いていた。電話に手をのばし、触れたとたんに鳴ったので驚いた。

「コーク・オコナー」

「ウォリー・シャノーだ」

「ああ、ウォリー。どうした？」

「いま、カール・リンドストロムの家にいる。ジョーは今晩リンドストロムの奥さんを訪ねていたのか？」

「そうだと思うが。なぜだ？」

「コーク」ウォリーの声はためらいがちで、慎重だった。「どうやら、グレイス・フィッツジェラルドと息子が誘拐されたらしい。二人の姿は見えず、身代金を要求する手紙が残されている。ジョーのトヨタはまだここにあるが、彼女はどこにもいない」

コークの口の中はからからになった。「スティーヴィも一緒だったんだ」

「こっちへ来たほうがいいと思う」

リンドストロムのログハウスの五十メートル手前で、州警察の警官に止められた。

「コーク・オコナーだ」

「はい、聞いています。ブロンコはこの道路の脇に駐車してください。自分がご案内します」

家から二十メートル以内の道路の両側には、法執行機関の車が並んでいた。そこから先には、タマラック郡保安官事務所のパトカーとジョーのトヨタが、ガレージの正面に止まっているだけだった。トヨタのドアは開いたままだ。ガレージの上の照明の光で、トヨタはすでに指紋の採取がすんでいるのが見てとれた。案内してきた警官は、玄関にいたマーシャ・ドロス保安官助手にコークを託した。

「こんなことになって、なんと言ったらいいか、コーク」

「どんな様子だ？」

「犯罪捜査局《BCA》のアール捜査官。彼が現場を封鎖させたわ。ほかの車の立ち入りを禁じて、現場検証がすむまでここには許可なしでは誰も入れないようにしたの。保安官はすぐに来るわ。彼がお話しするでしょう」彼女は表にコークの名前と時刻を書きいれた。

シャノーが玄関に出てきた。

「なにが起きたんだ、ウォリー？」

「わかっていることをいま話すよ。わたしはこのマーシャに、リンドストロムを〈クエティコ〉から家まで送るように頼んだんだ。彼女が車に乗せてきた」シャノーはドロスを見て先を促した。

「着くころには、彼はだいぶ酔いがさめていたわ。そして家の中へ入ったの。わたしは指令係にいまから戻ると伝えた。車を出そうとしたときに、ミスター・リンドストロムが紙を振りかざして玄関から走りでてきたの。わたしはそれを読んで、すぐに連絡したわ」

「そして、現場を確保した」シャノーがつけくわえた。「よくやったよ」

「紙にはなんと書いてあったんだ、ウォリー？」

「環境保護の戦士《エコーウオリア》の署名があった。要するに、リンドストロムの妻と子どもを預かった、二人にまた会いたければ指示に従え、ということだ」

「どんな指示だ？」

「リンドストロムに連絡するとあった」

「ジョーとスティーヴィのことはなにか？」

「書いてなかった」シャノーはちらりとドロスを見た。

「なんだ？」コークは尋ねた。

「ほかには、警察には言うなということだけだった」

「わたしはもうここにいたので」ドロスは申し訳なさそうな口調だった。

「リンドストロムはどこで手紙を見つけた？」

「居間のコーヒーテーブルの上だ」シャノーは答えた。

「変だな。家に入って、手紙を見つけて、マーシャが車を出す前に走りでてきたのか？　ミルクを飲みにまずキッチンへも行かなかった？　家族が寝ているかどうか見に二階へも行かなかった？」

「コーク」シャノーはちょっとためらった。「侵入した形跡があるんだ。床の上にランプが落ちて割れていた。壁にめりこんでいた銃弾は、もう掘り出したよ」

「リンドストロムはいまどこに？」

「中だ。電話を待っている。手紙には、いつ連絡してくるのか書いてなかった」から の両手をもてあましたように、シャノーはポケットに突っこんだ。「どうやら、ジョーたちはまずいときにまずい場所にいて、リンドストロムの家族と一緒に連れていかれたんじゃないかと思う」

「カールと話せるか？」

「コークの名前をつけたか？」シャノーはドロス保安官助手に聞いた。

「ええ」

「じゃあ、入ってくれ」シャノーは先に立って居間へ向かいながら、話を続けた。

「エド・ラースンが現場を仕切っているが、アールとオーウェンにも応援を頼んだ。

こういうことには、彼らのほうが経験がある」

居間では、リンドストロムが茶色の革の安楽椅子にすわって、小さなテーブルの上の電話を見つめていた。戸口の両側の柱や家具には、指紋を取った跡が残っていた。

「現場検証がすんだのはここだけなんだ」シャノーは言った。「エドかアール捜査官がほかの場所を終わらせるまで、ここにいるしかない」

リンドストロムが顔を上げた。途方に暮れた表情だった。「コーク」

「カール」

彼はしらふになっていた。〈クエティコ〉で自分が襲われなかったことへの安堵《あんど》感は、恐怖と、そして怒りにとってかわられていた。

「ちくしょう」リンドストロムは言った。「わたしたちの家族が、コーク。くそったれどもは家族を狙っていたんだ」

キッチンへ続く戸口から、明かりが消えて、強力なペンシルビームが床を這いはじめるのが見えた。

「コーク、なぜ今晩ジョーとスティーヴィがここに来ていたのか、知っているか？」シャノーは尋ねた。

「グレイス・フィッツジェラルドから話があると言われた。仕事上のことだ。スティーヴィ？　家に、面倒をみる者がいなかったんだ」

おれが家にいるべきだった。コークは思った。リンドストロムではなく、息子を守っているべきだった。

「仕事上の？　なんの話だろう？」

「さあ」

「聞いているか、カール？」

リンドストロムは怒ったように両手を握りあわせて、身を乗り出した。「妻はそのことはなにも言っていなかった。それが関係あるのか？」

「なにが関係があるか、いまの時点ではわからない」シャノーは答えた。

キッチンでオーウェンの声がした。「そこだ。それから、あそこも。少なくとも、二つはいい跡があるな。ここに粉をかけてもっとはっきりさせて、写真を撮ろう。そのあと、採取できるかどうかやってみよう」

ラッキー・ヌードセンがちょっと顔を出してコークを見ると、気遣わしげな表情になった。採取用キットの箱を持って、またキッチンへ戻っていった。デイヴィッド・アール捜査官が二階から階段を下りてきた。エド・ラースンが一緒だった。ラースンは小さな手帳になにか書きつけていた。

「二階にはなにも触れられた形跡はない」アールが言った。「だが、一応可能性のあるところは指紋が取れるかどうかやってみよう」階段の下に着くと、目を上げた。

「オコナー」そう言って、つけくわえた。「とんだことだったな」

「犯人はどうやって入ったんだ?」いまはなんの意味もない礼儀作法をとばして、コークは尋ねた。

「裏口だよ、コーク」エド・ラースンが答えた。「むりにこじ開けた形跡はない」

「ベッドに行くまで、彼女は鍵をかけないんだ」リンドストロムが言った。「ここに一人でいるときはかならず鍵をかけろと、わたしは言っていたんだが。そうしたためしがない」

マーク・オーウェン捜査官が満足げな顔でキッチンから入ってきた。「いいのが取れたよ。こぼれたミルクを踏んで、床を横切った足跡があった。子どものにしては大きすぎる」

「いまやらなければならないのは」コークは冷ややかに言った。「どこへ行けばそれに合う靴が見つかるか考えることだ。そうだろう?」

オーウェンは冷静に答えた。「まずは手始めだよ、ミスター・オコナー」

「これからどうするんだ?」リンドストロムが答えを求めてアールを見た。

「FBIのツイン・シティ支局に連絡した」アールは説明した。「逆探知のチームと器材がこっちへ向かっている。犯人から連絡がくるころには準備はととのっているはずだ。犯人からの手紙は、すでにセント・ポールの科学捜査研究所に送ってある。最優先でやらせるよ。その間《かん》に、われわれは現場の捜査をすませる。近所の聞きこみをして、誰かなにか見ていないか調べる。そのあとは、待つことだ」

「ローズと子どもたちは知っているのか？」シャノーがコークに聞いた。

「ローズは知っている。電話のそばで待っているんだ。連絡しないと」

「わたしのオフィスに電話がある」リンドストロムが言った。「そこの廊下の向こうだ。配線は別になっている」

「行ってもかまわないか？」コークはアールに聞いた。「先に、部屋を調べたいか？」

「かまわないよ。だが、電話を使うだけにしてくれ」

保安官だったころ、怯えているときに法執行機関の人間がそばにいるのは安心だろうと、コークは思っていた。居間から出ていきながら、決められた手順に従って仕事をしてはいるものの、じっさいは自分と同じくなにも知らない人々を見た。彼らがもたらす安心感は、たとえあったとしても、よくて幻想にすぎなかった。悪くすれば、死者に捧げる祈りにも似ていた。

## 25

伐採用道路を走っている——めったに使われない、古い道路だ。ジョーがそれを悟ったのは、自分たちを運んでいる車の揺れぐあいと、運転している男がしばしば急ブレーキをかけ、そのあと右か左にゆっくりとハンドルを切るからだった。ヘッドライトが闇を切り裂き、松の幹をかすめるさまを、ジョーは想像した。光の先は、深い夜と密生した森に呑みこまれているだろう。想像力が働くのは、目隠しをされたまま、どこに向かっているのか一時間近く突き止めようとしているからだ。

グレイス・コーヴからモーターボートで出たときには、北へ向かっているとほぼ確信した。それほど遠くへは行かなかった。十分ほどするとエンジンが止まり、舳先《へさき》が湖底をこすった。スキーマスクの男が防水シートをはずし、グレイスとスコット・フィッツジェラルドの頭に黒い布の袋をかぶせた。それから、二人を連れてどこかへ行った。すぐに、スティーヴィを連れに戻ってきた。「おまえにかぶせるものはない。だから、目をつぶるんだ。もし開けたら、このナイフで目玉をえぐり出すからな」男はまがまがしい刃を見せ、スティーヴィは二枚貝のようにぎゅっと目を閉じたのだった。男はスティーヴィを抱き上げて運んでいった。ジョーを連れに戻ってきたとき、男は尻ポケットからくしゃくしゃの赤いバンダナを出し、一度振ってくずを払うと、たたんで彼女の目の上に巻いた。「目隠しをいじったら、息子の命はないぞ」

彼は、ジョーをすぐにはほかの三人のところへ連れていかなかった。彼女は五、六分その場に立って、男が船体に穴を開け、エンジンをかけてアイドリングスピードにして、モーターボートを湖に戻す気配を聞いていた。数分で、水底深く痕跡も残さずに沈むだろう。

彼女は車に連れていかれた——乗せられたときの様子から、ヴァンだろうと思った。男はジョーを端にすわらせ、彼女はリアバンパーを脚の下に感じた。後ろにずれろと男は言った。少し身を動かすと、二つのドアを乱暴に閉める音がした——両開きなのだ。男は運転席にまわって乗りこんだ。「しっかりつかまっていろ」両手を後ろで縛られているのだから、意地の悪いジョークだった。ヴァンが発進して右に急カーブを切ると、ジョーの体は傾き、うつぶせになった大きな体に倒れかかった。グレイスにちがいないと思った。

最初、道路は平坦だった。東に向かっているとジョーは確信した。横たわっているヴァンの床には古いけばだったカーペットが敷いてあり、ガソリンと犬の匂いがした。ヴァンが比較的静かに舗装道路を走っているあいだは、スティーヴィのすすり泣きが聞こえた。目をつぶっているといいけれど、とジョーは祈るような思いだった。ヴァンが急角度で左へ曲がった――北だ――こんどの道は、車台の揺れとほこりからすると、未舗装のようだった。北へ向かう道はどれだったろう。ジョーは考えた。そういう道はいくつかあり、すべてスペリオル国有林へ入っていく。十五分ほどで、また曲がった――東へ――そのあと道はでこぼこになり、彼女はカーペットの上をはねては落ちて、体じゅうを打ちつけられた。距離を計算しようとしたが、速度は推測するしかなかった。それでも、車はアイアン・レイク保留地の東側、バウンダリー・ウォーターズ・カヌー・エリア・ウィルダネスのすぐ南側を走っていると、ジョーの勘は告げていた。

一時間ほどたって、車は止まった。男は降りて後部にまわってくると、ドアを開けた。

「終点だよ」彼は言った。

ジョーの足首をつかみ、端へ引き寄せた。

「立つんだ」

彼女が立つと、肩をつかまれて脇へ押された。

「そこにじっとしていろよ、べっぴんさん」

ほかの三人が車から出される音がした。男はスティーヴィに言った。「目をつぶっていろ」それから、布を引き裂く音がして、男がまた言った。「さあ、これでおまえの目隠しもできたぜ、坊主。みんな、そのままだ」

男が離れていく音がした。誰かが一緒なのか、ジョーにはわからなかった。スティーヴィに呼びかけようとしたが、口にダクトテープを貼られていてむりだった。男は戻ってはどこかへ行き、また戻ってはどこかへ行って、最後にジョーを連れにきた。彼女は乱暴に腕をつかまれ、引きずるようにして歩かされた。建物に入った——じめじめした臭い、むっとした空気、遠くで鳴いているアマガエルの声がふいにさえぎられた感じから、ジョーはそう思った。足もとが、柔らかい草から土に変わった。男は彼女を止まらせ、肩に手をかけて四角い柱に押しやった。彼の手は大きくて力強く、その手がささくれだった柱に沿って彼女の体をぐいと下に押した。針のように裂けた部分がシャツを通して背中にくいこみ、ジョーはうめき声を上げた。尻が床の土についた。男はジョーをロープで柱にくくりつけ、後ろになった彼女の両手は背中のくぼみと木の柱のあいだにはさまれた。それを終えても、男はそばから離れなかった。頬に息がかかるのが感じられ、指がブラウスのいちばん上のボタンにかかった。手が肌を這って乳房のほうにのびた。舌なめずりするような音が聞こえた。彼女を柱に縛りつけているロープのせいで、手はそれ以上進むことができなかった。クモが退却するように、手は引っこんだ。

「それじゃ、みんな、よく聞け。おまえたちはここにしばらくいることになるから、覚悟しておいたほうがいい。かならず外に誰かがいて、見張っているからな。なにかしようとすれば、困ったことになる」男は忍び笑いを洩らした。「ああ、もうとっくに困ったことになっているな。だが、いいか、おれの機嫌を損じたら、もっともっと困ったことになる。おふくろさんたちは、息子たちを五体満足にしておきたかったら、おれが命令しないかぎりなにもせずにすわっていることだ。声を立てるな、泣き声もだめだ。それからガキども、英雄きどりの真似をしようとか、なにかやろうとしたら、ここにあるおまえたちの腕くらいの大きさのナイフで、おふくろさんのおっぱいをすっぱり切りとってやるからな」

あたりがしんとした。ジョーはけんめいに耳をすませた。土の床は足音を消し、男の気配は伝わらなかった。また体を触られるのではないかと思ったが、手はのびてこなかった。音一つしない。スティーヴィの泣き声さえ聞こえず、ジョーは心配になった。声が聞きたい、息子は大丈夫だと確かめたい。とにかく、いまの状況で望めるかぎり無事だと確かめたい。外で、車のエンジンがかかる音がした。それが、ここまで自分たちを運んできたヴァンなのかどうかはわからなかった。もしかしたら、別の車が待機していたのかもしれない。誰かが外で見張っていると、男は言っていた。車台が揺れる音と、遠ざかっていくエンジンのうなりが聞こえた。二、三分後には、なにも聞こえなくなった。

柱のささくれに引き裂かれたジョーの背中は、燃えるようだった。むりな姿勢で後ろにまわされている腕が痛い。男の汚らしいハンカチで顔をおおわれているのが、耐えがたかった。スティーヴィに呼びかけようかとも思ったが、誰かが見張っていたら全員が痛めつけられるかもしれない。自分だけなら、逃げようとして闘うだろう。だが、ほかの人々が自分のせいで苦しめられる可能性がある。スキーマスクをして銃を持った男は、二重三重の意味でジョーを縛っていた。

右側から、とても小さな音が聞こえた。頭を起こして聞き耳をたてた。また音がした。かすかなかさかさという音。小さな前足が木の上をちょこちょこと走るような。小動物が自分たちの仲間に加わったのだ。たぶんジリスのたぐいだろう。四本の小さな足で走る動物のことは、ジョーはまったく気にならなかった。この森で、彼女がほんとうに恐れるのは二本足で歩く獣だった。

## 26

電話は午前六時に鳴った。そのころにはＦＢＩは電話会社に手配して逆探知の準備をととのえ、会話を録音する手はずもできていた。リンドストロムがスピーカー・フォンにして受話器をとった。

「カール・リンドストロムだ」

「よく聞け、リンドストロム。女と子どもと引き換えに二百万ドルを要求する。番号が続いていない百ドル札で、新札はだめだ。もちろん、見えない粉が振ってあるのもお断りだ。金を用意するのに二十四時間待つ。明日の同じ時間にまた電話して、指示を出す」

「二百万ドル？　そんな大金、二十四時間で用意できない。今日は日曜日なんだぞ」

「二十四時間だ」

「妻と息子と話をしたい。無事を確かめたいんだ」

「指の一本でも送ってやろうか？　それとも、あの女のデカ鼻にちょいと即興の整形手術でもしてやるか。余りを送ってやるよ。二十四時間だ、リンドストロム」

コークは急いでささやいた。「ジョーとスティーヴィは一緒なのか？」

だが、遅かった。通話は切れ、ツーと音がして声は聞こえなくなった。

「探知できたか？」シャノーが聞いた。

「ちょっと待って」FBIのマーガレット・ケイ特別捜査官が警告するように指を立てた。もう一人のFBI、ダルース駐在の捜査官アーニー・グッデンを、彼女は見つめた。グッデンは携帯電話を耳にあてていた。

「わかったぞ」一瞬後にグッデンは告げた。「公衆電話だ。郡道一一号線、〈ハーランド酒店〉」

「どこだかわかります？」ケイ捜査官がウォリー・シャノーに聞いた。

「イエロー・レイクの近くだ」シャノーは答えた。「そこへパトカーをやるのに十五分ほどかかるだろう」

「酒屋に連絡はつかない？」

「日曜日は閉まっている」

「あなたの部下が着くころには、相手はいないでしょう」ケイは言った。「でも、証拠を残しているか、目撃者がいるかもしれない」グッデン捜査官のほうを向いた。

「あの声、聞いた？」

グッデンはうなずいた。「一種のボイスチェンジャーだろう」

窓辺に立っていた犯罪捜査局《BCA》のデイヴィッド・アール捜査官が言った。「すぐにテープをセント・ポールの科学捜査研究所へ持っていって、なにかわかるかどうかやってみよう」

「金を用意できるか？」コークはリンドストロムに尋ねた。

カール・リンドストロムは絶望的な顔でコークを見た。「そんな現金をここに置いているとでも思うのか？ クッキー入れの中にでも？」

「そういうつもりで言ったんじゃないよ、カール」

リンドストロムはすわったが、そうしようと思ったわけではなさそうだった。ただ、膝が崩れただけだった。「二百万ドル。そんな現金はどこにもない。わたしの全財産はあのいまいましい製材所に拘束されている。そうでないとしても、どんなに急いだって明日までには用意できない。くそ、今日は日曜なんだ」

「奥さんのほうはどうだ？」コークは尋ねた。彼自身の脚にも力がなく、なんでもいいから希望の持てる言葉を聞きたくてたまらなかった。

リンドストロムは首を振った。「結婚前の取り決めがある。わたしは彼女の金には手をつけられない。ちくしょう。そうしようと主張したのはこのわたしなんだ」

「ミスター・リンドストロム」ケイ捜査官が歩み寄った。「たとえお金があって相手に渡したとしても、奥さんと息子さんの安全が保証されるわけではありません」

リンドストロムは彼女を見上げた。

「誘拐犯の要求に従うことで、人質が無事に戻ったケースはあまりないんです」

ケイはほかの捜査官たちを率いてミネアポリス支局から来た。捜査官のうち何人かはリンドストロムの家にいる。何人かは、ＦＢＩが捜査本部を置いた保安官事務所にいる。ケイ特別捜査官は背が高く体格のいい女で、その手を見たコークはキャッチャーミットを連想した。マニキュアの色は優美なピンクだった。黄褐色のパンツ、ベージュ色のブラウス、茶色のフラットシューズ。これまでに二十件以上の誘拐事件の捜査を指揮してきたと話していた。

こんどはコークが言った。「身代金目当ての誘拐を担当したことはあるんですか？」

「ありません」ケイは認めた。「でも、統計は見ているわ」

リンドストロムは彼女を見つめた。「金のことをわたしが気にしているとでも思うんですか？　冗談じゃない、一億要求されたって、家族が無事に戻るチャンスがほんの少しでもあるのなら、喜んで出しますよ」リンドストロムはケイをにらみつけた。

「あなたはここに一晩中いたが、いままでにためになる助言は一つも聞いていない」

「セント・ポールの州の科学捜査研究所がいまこの瞬間も犯人からの手紙を分析して

いるし、電話のテープもすぐに解析させるようにします。クアンティコのＦＢＩアカデミーに連絡して、誘拐犯のプロファイリングを進めてもらっています。アール捜査官とシャノー保安官の助力を得て、すでに多数の容疑者を監視下に置くように手配しました」

「たとえば誰を？」リンドストロムは挑むように聞いた。

「とくに名前は挙げません。ご家族の返還を交渉する必要が出てきた場合、訓練された交渉人《ネゴシエイター》が一時間以内にここへ来られる手はずになっています」

「妻と息子がどこにいるか、なにかお考えは？」

「いいえ、ミスター・リンドストロム、いまのところは」

「あるいは、犯人は誰なのか、どうやって取り戻すかは？」

ケイの返答は沈黙だった。

「ほらね？　あなたがたはなんの助けにもなっていないじゃないか」リンドストロムは立ち上がって電話に近づいた。「トム・コンクリンに連絡する」

「誰です？」ケイが尋ねた。

「フィッツジェラルド海運の取締役会長だ。妻の家族は事業を売却したが、グレイスはまだ取締役の一人だ。たぶん、コンクリンが身代金を用意する手助けをしてくれるだろう」

「あなたのお気持ちにかなうことをしてください、ミスター・リンドストロム。わたしたちも必要なことをやりますから」

リンドストロムはさっとふりむいた。「あんたたちがへまをしでかして、わたしの家族を少しでも危険な目にあわせたら、いいか……」リンドストロムはどうしめくくったらいいかわからなくなったようだった。

「お気持ちはわかります、ミスター・リンドストロム」

シャノーがコークの隣に来て、そっと肩に手を置いた。「なあ、コーク、ここにいてもいまできることはない。ローズや娘さんたちが、家できみを必要としているんじゃないか」

「ああ」

「できたら、少し寝ろ」

「電話してくれ、もし……」

「電話するよ」

コークはカール・リンドストロムになにか言おうとしたが、彼は怒ったように電話番号をプッシュしているところだった。コークはそっと部屋を出た。

早朝の光の中に踏み出すと、空気は常緑樹と清らかな水の匂いがした。鑑識チームがあたりを詳細に調べ、煙草の吸い殻や足跡など、落ちたりうっかり残されたりしたものがないかと探していた。コークはグレイス・コーヴの岸をたどって、リンドストロムの大きなヨットが静かな湖面に影を落としている桟橋へ行った。木々が――だいたいは赤松と黒唐檜――入り江の周囲を取り囲み、この場所を湖から孤立させている。カール・リンドストロムが家を建てるために選んだのは、誰もいない土地だ。最近、人々はまさにそういうものを求めてここに来る。逃避。しかし、リンドストロムはなにものからも逃れられなかった。怒りに満ちたなにかが彼にはつきまとっているようだ。郡を二分し、いまやコークがもっとも大切にしているものを脅かしているなにか。リンドストロムのせいではないとわかってはいたが、自分の愛するものの様相をあまりにも短期間に変えてしまうよそ者たちに、憤懣《ふんまん》をぶつけないではいられなかった。

泣きそうになるのがわかった。自分の無力さを呪う涙、怒りと恐怖と自暴自棄と絶望の涙。ほかの人間たちがこちらを見ているかもしれない家には、ずっと背を向けていた。涙がおさまると、ブロンコに歩いていき、家へ向かった。

ローズは一人でキッチンテーブルの前にすわっていた。ベージュ色のシェニール織りのローブを着て、道ばたのほこりのような色の髪はくしゃくしゃで、右手にはロザリオの数珠《じゅず》を握りしめていた。コークが裏口から入っていくと、じっと見つめた。

コークはコーヒーメーカーの前へ行って、ローズがいれたコーヒーを一杯ついだ。

「電話してきた」彼は言った。「彼らは二百万ドルを要求している」

激しく冷たい風に顔を打たれたかのように、ローズはまばたきをした。「全員の分として？」

「もちろん、全員の分だ」

「ジョーとスティーヴィも捕まっているの？　確かなの？」

「確かなことはなにもないんだ、ローズ」コーヒーを一口飲んだ。さめていたが、どうでもよかった。

「彼らって？」ローズは尋ねた。

「え？」

「彼らはスティーヴィとジョーを捕まえているって、あなたは言ったわ」

「彼らなのか、彼なのか。わからないんだ」

ロザリオの数珠がテーブルの上で静かな音をたてた。コークはテーブルに行って椅子にすわった。ローズは目の下にくまをつくっていた。

「あなた、疲れているようね」ローズは言った。すこし間を置いて続けた。「これからどうする？」

コークは彼女を見た。ローズの問いには、彼自身の希望を脅かす恐怖も絶望も感じられなかった。

「まず、娘たちに話そう。知らせておかなければ」

「そうね」彼女はうなずいた。「どうやって、二百万ドルを調達するの？」バスルームの流しの修理について聞いているかのような口調だった。

「わからない。カール・リンドストロムが……」口を閉じた。リンドストロムは自信がなさそうだったし、いずれ崩れ去るような希望を築きたくはなかった。

「もし、リンドストロムが調達できなかったら？」

「わからないよ、ローズ。ほんとうにわからない」

「そう」

窓から、カーテンをかすかに揺らす風に乗って教会の鐘の音が聞こえてきた。朝の祈りの鐘がセント・アグネス教会で鳴っているのだ。ローズはじっと耳を傾けていた。まるで、鐘の音が彼女に語りかける声であるかのように。頭上で古い床板がきしむ音がした。

「娘たちが起きた」コークは言った。

「これから、ミサに行くしたくをするでしょう」ローズはテーブルの上に手をのばし、コークの手にそっと自分の手を重ねた。「あなたも来たら？」

コークはもう二年以上礼拝に出ていなかった。サム・ウィンタームーンが殺され、自分が仕事を失ってジョーから出ていってくれと言われて以来。あのころ、彼は見捨てられた気持ちだった——神からも、ほかのみんなからも。ローズの強い信仰心をうらやましく思い、ジョーが子どもたちの宗教的なしつけに心をくだいているのをうれしく思ってはいたが、心から家族と信仰をともにすることはできなかった。最後に神に語りかけたのがいつだったか、思い出せない。それでも、祈りは悪いものではないと信じていた。ことに、信仰のある者が祈るのであれば。

「きみが行って、おれの分も祈ってくれ」

アニーが先に下りてきた。胸に〈ファイティング・アイリッシュ〉（ノートルダム大学のフットボールチームの愛称）と書かれた、膝まである緑色のスリープシャツを着ていた。「スティーヴィは？」アニーは聞いた。「この時間にはいつもアニメを見ているのに」

いまは、コークはその質問には答えなかった。「ジェニーは起きているか？」

「うん」アニーはあくびをして、のびをした。「いま下りてくるわ」冷蔵庫へ行ってオレンジジュースを出し、食器棚へグラスを取りにいった。

ジェニーが入ってきた。寝るときにいつもはいている黒のワークアウト・ショーツと、しわの寄ったぶかぶかの灰色のTシャツを着ていた。白っぽい金髪は寝癖がついて乱れていたが、アイスブルーの目は——母親の目そっくりだ、とコークは思った——大きく見開かれていた。

「じゃあ……」父親に向かっていたずらっぽい笑みを浮かべてみせた。「パパとママは、またゆうべ〈サムの店〉に泊まったのね。あたしが帰ってきたとき、パパはベッドにいなかったし、ローズ叔母さんははぐらかそうとするし」

「すわって、ジェニー」コークは言った。「おまえも、アニー」

娘たちは一瞬父親を見て、それからお互いに視線をかわした。二人の顔に暗い影が落ちるのを見て、コークの胸は痛んだ。娘たちは言われたとおりにキッチンテーブルの前にすわった。叔母を見て、そこにも不安の種を見つけた。

「誰かが——死んだかなにかしたの?」ジェニーは聞いたが、それほど真剣ではなかった。

「聞いてくれ」

悪いことが起きたのを、ジェニーは理解しはじめたようだった。「ママはどこ?」

「そうよ。それに、スティーヴィは?」アニーも言った。

単刀直入に話す以外、コークにはどうしようもなかった。「二人は誘拐された」

「へえ」ジェニーは笑った。父親が笑わないのを見て、尋ねた。「冗談なんでしょう?」

「冗談じゃないんだ、ジェニー」

「誘拐された?」その言葉か、前後関係かがアニーには理解できないようだった。

「どうやって？　いつ？」

「ゆうべ。グレイス・フィッツジェラルドの家でだ。残されていた犯人の手紙から、ミズ・フィッツジェラルドと息子が目的だったのははっきりしている。お母さんとスティーヴィは悪いときに悪い場所にいただけなんだ」

「無事なんでしょう？」

ジェニーが断定しているのか質問しているのかわからなかったが、コークはきっぱりと答えた。「無事だ」

アニーはまだとまどっていた。「どうやって取りかえすの？」

「ミスター・リンドストロムが犯人の望む金を都合しようとしている」彼は〝要求している〟という言葉を使うのを避けた。

「いくら？」

「二百万ドルだ」

「彼、そのくらい持っているわよね？」

「きっと調達するよ、ジェニー」

ジェニーの目がぼんやりして、視線がゆっくりと父親から離れていった。彼女はキッチンの窓を見つめた。アニーはテーブルの上に目を落としていた。

「大丈夫か？」コークは二人に聞いた。

「こんなことってないわ」息を殺してジェニーは言った。コークは娘の手をとろうとしたが、ジェニーは手を引っこめた。その目は非難に満ちていた。「なにもかもが、またよくなっていたのに。ようやく、なにもかもがまた元に戻っていたのに。どうしてパパはこんなことを許したのよ？」

「みんなで乗り切ろう」コークは言った。「二人を取り戻すよ、約束する」立ち上がってジェニーに近づいた。腕の中に抱きしめ、いまできる唯一の慰めを与えてやりたかった。だが、彼女は父親を押しのけた。

「どうしてそんな約束ができるのよ？　パパはもう保安官じゃないわ。なにができるの？」

「ジェニー」ローズの声には穏やかな警告の響きがあった。

ジェニーはキッチンから飛び出していき、あとにはナイフのようにすばやく鋭く核心を突いた問いだけが残った。

アニーは父親の腕の中に身を投げた。「なにができるの？」しゃにむに抱きついて、アニーはその問いを繰り返した。声は涙でくぐもっていた。

コークはアニーの髪に頰をつけた。「わからないよ、スイートハート」

「あたしがどうするか言うわ」ローズがきっぱりとした態度で立ち上がった。「あたしは日曜日の朝にいつもしていることをするわ。教会へ行く。そして、心をこめてお祈りをする」

アニーは父親を見上げた。

コークは自分に言える最善の言葉を与えた。「いまは、誰にとってもそれができることのすべてだ」

## 27

その晩、彼らはキャビンに来た。ブリッジャーが予想していたとおりだった。ドアがノックされた。最初は礼儀正しく、次には断固とした拳で叩かれた。

「保安官事務所の者です、ミスター・ルペール」彼らは名乗った。二人だった。一人は保安官助手の制服を着た女、もう一人はスーツ姿の男。女は前に見たことがあった。泥酔と治安紊乱で毎日のようにしょっぴかれていたころ、保安官事務所にいた。相手も彼を覚えていた。息にウィスキーの匂いをかぎとり、手に持ったほとんどからの酒瓶を見たときの女の表情から、それがわかった。じつはウィスキーの大部分は、何時間も前に流しに捨てていた。

「なんだ?」酔っているふり、怒っているふりをしながら、彼は答えた。「なんの用だよ? おれは酔っぱらってるかもしれないが、自分の家で飲んでるんだ。それは法律違反じゃないだろう」

「いくつかお聞きしたいことがあるだけです」女は言った。

戸口に立った彼は少しよろめいた。「なんなんだよ？」

「今晩はずっと家にいましたか？」スーツ姿の男が尋ねた。

「おまえは誰だ？」

「アール捜査官です。犯罪捜査局《BCA》」男は身分証明書を見せた。男の服からは、かすかな煙草の匂いがした。「今晩はずっとこちらに？」

「ずっといたよ」ルペールは答えた。「おれと、カティサークとクリント・イーストウッドでな」ふらつきながら後ろへ下がり、ビデオが流れているテレビの画面が相手に見えるようにした――『続・夕陽のガンマン』だ。

「外を見たりしませんでしたか？」保安官助手が聞いた。

「ときどきは見たかもな」

「湖でなにか動きがあったのに気づきませんでした？」

「ここからは湖は見えない。入り江だけだよ」

「入り江になにか見えませんでしたか？」

「水鳥はいたような気がする」

「船は？」男が聞いた。

「船がいたら、気がついただろう。だけど、暗かったから」

「道路のほうはどうです？　車が道路を通って入り江のほうへ来ませんでしたか？」

ルペールはばかにするように相手を見て、スコッチの瓶を持っているほうの手を上げ、侵入者たちの背後の暗闇を示した。「後ろを見てみろよ。道路が見えるか？　へっ、木が多すぎてなんにも見えないんだよ、見てたとしてもな。おれは見てなかった。おい、いったいなんなんだよ、これは？」

「行方不明になったと思われる人たちを捜しているんです」保安官助手が言った。

「なら、間違ったところを捜してる。ここらへんにいるのは、おれと、あそこのでかいログハウスの連中だけだ。おれたちはひっそり暮らしてるんだ、それが気に入ってる。だから、こんなはずれたところに住んでるのさ」彼は非難するように二人を見て、プライバシーを邪魔されていることを伝えた。

「お酒はやめたと思っていたのに、ジョン」保安官助手は言った。その口調は、まるで気遣っているかのようだった。

「何度も何度もやめたよ。よけいなお世話だっていうんだ」

「お邪魔してすみませんでした、ミスター・ルペール」スーツ姿の男が言った。

二人は帰っていった。

その晩は、ずっと明かりが見えていた。大きな家の周囲で。湖岸で。朝、仕事に出かける前には、彼の土地とリンドストロムの土地のあいだの森で犬が吠えているのが聞こえた。演技をするためにウィスキーを少し飲んだにもかかわらず、彼はまったく眠れなかった。朝の泳ぎにも行かなかった。シャワーを浴びてひげを剃り、着替えてカジノの仕事に行き、いつもどおり働いた。

だが、監視されているのを感じた。ブリッジャーはそれも予想していた。気にしてはいけないと言っていた。通常のことなんだと。まるで、ブリッジャーがずっとそういうことをしてきたかのように。

ジョン・セイラー・ルペールは、できるだけふだんどおりの日常を過ごした。機会があるごとに、二日酔いがひどいとこぼした。日曜日の午前中だというのに、カジノはあいかわらず盛況だった。ルペールは信心の篤いほうではないが、神を敬うべき日にこれほど多くの人々がギャンブルにふける世の中に、落ち着かないものをおぼえた。戒律が破られていても、天罰は下らないようだ。神は操舵席で眠りこけているにちがいない、とルペールはずっと前から思っていた。一瞬、身代金の自分の取り分のことを考えた――百万ドル。それは、ギャンブルですってしまう金ではない。正義を買うための金だ。不注意にも、神が見逃してしまった正義を。

## 28

朝になるのを感じた。光を感じた。昼が夜を押しやっていく空気の動きを感じた。鳥の声も聞こえ、それはまぎれもない夜明けのあかしだった。

ジョーはもう痛みを感じなくなっていた。あるいは、あまりにもひどく、あまりにもあちこちが痛むので、痛みと痛みでないものの区別がつかなくなっていたのかもしれない。犯人が柱に沿ってむりやりすわらせたときに皮膚の下に刺さった木片のせいで、背中が化膿しはじめているのは間違いない。

一晩中、ヴァンが来てはまた走り去る音がしていた。ここへ連れてきた男がいないとき、誰も見張りに立ってはいないとジョーは確信した。ヴァンが走り去るたびに、ダクトテープの端を切って自由になる算段がつけられないものかと、ささくれだった柱に沿って指を動かしてみた。

ほかの人質がもぞもぞしたり、体をずらしたり、つらそうなうめきを発したりするのを聞いていた。だが、スティーヴィはまったく音をたてず、ジョーはそれが心配でたまらなかった。

恐怖は過ぎ去った。かわりに心に湧きあがってきたのは怒りと憎しみで、それは背中に刺さった木片のように膿みはじめていた。あのちくしょうども。両手を自由にして、なにか大きく破壊的なものであいつらの頭をぶち割ってやりたい。息子に危害を加えようとしているあいつらの頭を。なぜ神がそれを許してくださらないのか、わからなかった。

前方右側から、かすかなうめき声がした。スティーヴィ？　ジョーは口を開いて息子を慰めようとしたが、テープでふさがれた唇から言葉は洩れず、出てきたのは不可解な低いうなり声で、自分の耳にさえ恐ろしく聞こえた。ああ、スティーヴィに語りかけたい、そして答えを聞きたい。そうすれば、あの子が無事だとわかるのに。歌を歌って寝かしつけてやった晩のことを思った。なんとありふれた、そしてすばらしい時間だったことだろう。

ジョーはハミングしはじめた。心の中で歌詞を唱えながら。

アー・ユー・スリーピング、アー・ユー・スリーピング、ブラザー・ジョン、ブラザー・ジョン？　モーニング・ベルズ・アー・リンギング、モーニング・ベルズ・アー・リンギング。ディング・ダング・ドング。ディング・ダング・ドング。

応答はないかと待ったが、なかった。ああ、神さま、どうかあの子に応えさせて。

あの子の小さな心を強くしてやって。

もう一度ハミングした。アー・ユー・スリーピング、アー・ユー・スリーピング、ブラザー・ジョン、ブラザー・ジョン？

こんどは別の声が応えるのが聞こえたが、スティーヴィではなかった。グレイスが、ジョーと一緒にハミングしていた。モーニング・ベルズ・アー・リンギング、モーニング・ベルズ・アー・リンギング。ディング・ダング・ドング。ディング・ダング・ドング。

二人の母親は待った。ふたたび、恐ろしい無言の待ち時間が流れた。

そのとき、小さな声がハミングするのをジョーは聞いた。アー・ユー・スリーピング、アー・ユー・スリーピング、ブラザー・ジョン、ブラザー・ジョン？

スコットだ。グレイスがくわわり、ジョーの声も音楽の一部になった。モーニング・ベルズ・アー・リンギング、モーニング・ベルズ・アー・リンギング。ディング・ダング・ドング。ディング・ダング・ドング。

ハミングは自由のしるしだった。彼らにできるせいいっぱいの、会話に近いものが小屋を満たしていた。曲の最初からもう一度始めた。スティーヴィの声が聞けますようにと、ジョーは祈った。しかし、最後まで来てもスティーヴィは黙ったままだった。一瞬の間があった。それから、小さな高い声のハミングが、最後のフレーズのこだまのように聞こえてきた――ディング・ダング・ドング。ディング・ダング・ドング――ジョーの心臓はうれしさで高鳴った。スティーヴィは一緒にいる、そしてあの子もわたしが一緒だとわかっている。あまりにも小さな勝利ではあったが、ジョーは感きわまり、涙があふれてきた。彼女はもう一度はじめからハミングした。四つの声は一つになり、その美しさは天使でさえもうらやむにちがいないとジョーは思った。

鳥が鳴きはじめて二時間ほどして、ヴァンが戻ってくる音がした。まだ遠いうちから、ジョーはその音を聞いた。昔の伐採用道路だと彼女が考えている道を、車体ががたがたと揺れながら近づいてくる。胃が締めつけられるのを感じた。あの男は下劣そのものだ。ヴァンが止まり、ドアが開いて閉まった。また静かな朝に戻った。二分ほど、なんの音もしなかった。次の瞬間、男は彼女のそばにいた。言葉はなく、いまわしい息だけがなまぬるく頬にかかった。口にテープを貼られていなければ、つばを吐きかけてやりたかった。なにかを決めたかのように、男は小さく鼻を鳴らした。そして、息が頬から離れた。

「ほほう。これはこれは。どうやら、おれの話をよく聞いていなかった者がいるようだな。ふん。しかも、たいして動けはしなかった。労多くして功少なしってわけだ。しかも、その報いがこれだぜ」

くぐもった悲鳴が聞こえた。グレイスだ。やめて、と叫びたかったが、テープのせいであわれっぽい泣き声のようなものしか出てこない。この身を柱に縛りつけているロープを、ジョーははずそうともがいた。むなしい努力ではあっても、ただ悲鳴を聞いているなんてことができるわけがない。あいつはなにをしているのだろう？　ああ、考えたくもない。

グレイスの悲鳴に、別の音がゆっくりとかぶさってきた。けだものもそれを聞いたにちがいない。なぜなら、罰を加えるのをやめて聞き耳をたてたようだったからだ。エンジンの音。頭の上。空だ。男はすばやく外へ行った。

飛行機は、なにかを捜しているように低くゆっくりと飛んでいる。

ああ、お願い、わ、わ、わたしたちを見つけて。

飛行機の音は真上に来た。この小屋は木に隠れているのだろうか、それとも開けた場所にあるのだろうか？

開けた場所にありますように、ど、どうか、神さま。

エンジンの音は迷っているように聞こえた。ジョーは息を殺した。飛行機は飛びつづけ、北へ向かっていった。自分たちを捜しているのではない、たんに上空を通過しただけで、おそらくバウンダリー・ウォーターズでまだ燃えている火事の消火作業の応援にいくところだ、とジョーは悟った。体から力が抜け、打ち捨てられた気分に襲われた。

　男はまた戻ってきていた。臭いがする。汗とウィスキーと煙草の臭い。「おまえとはまだ片づいていない用事がある、グレイス。だが、あとにしないとな」男が出ていく気配がした。そして、小屋の外からまた彼の声がした。「くつろいで、もてなしを楽しんでくれ」ヴァンに乗りこむまで、男は笑いつづけていた。

　彼が去ったあと、あたりの空気は死んだようだった。鳥たちでさえも静まりかえった。ジョーに聞こえるのは、グレイス・フィッツジェラルドのすすり泣きだけだった。

## 29

午後は、うだるような暑さだった。ブロンコのエアコンは壊れてしまった。おそらくコンデンサーがだめになったのだろうと、コークは思った。三十五度近い熱気が開いた窓から入ってくる状態で、グレイス・コーヴへ向かった。入り江への道が郡道から分かれる地点に、ギル・シンガー保安官助手が立って、法執行機関以外の車を通行止めにしていた。彼はそれほど忙しそうではなく、いいことだとコークは思った。マスコミがまだ事件を知らないということだ。だが、そのうちかぎつけるだろう。どうやってか、かならずかぎつけるのだ。やつらが来るのが遅ければ遅いほどいい、と思った。

ギル・シンガーが手を振ってコークの車を止めたが、それは言葉をかけるためだった。「ジョーと息子さんは気の毒なことだったな。犯人はかならず捕まえるから、心配するなよ」

保安官助手は根拠のない慰めを口にしているだけだと、コークにはわかっていた。

なにかわかったら連絡するとシャノーは言っていた。連絡はない。それでも、コークは保安官助手の気持ちをありがたく思った。ささやかな偽りの希望であっても、ないよりはいい。

リンドストロムの大きなログハウスは、巨大なエネルギーの中核となっていた。保安官事務所、ステイト・パトロール、犯罪捜査局《BCA》、FBIの車に加え、国境警備隊のGMまでいた。制服姿の大勢の人間が湖岸をしらみつぶしに調べたり、森の中を動きまわったりしている。水上飛行機が——森林警備隊のデハヴィランド・ビーバーだ——入り江に浮いている。このありさまを見て、マスコミがまだ勘づいていないのは驚きだ、とコークは思った。

リンドストロムの家の中では、エアコンがフル稼働していた。リンドストロムの姿は見えない。ぱりっとした白いシャツにネクタイを締めた背の高い男が、携帯電話で話していた。男は言った。「いいえ、知事、その必要はないでしょう」シャノー、アール捜査官、ラッキー・ヌードセン、マーガレット・ケイ特別捜査官、それにコークが名前を覚えていないFBI捜査官二人が、大きなマホガニーのダイニングテーブルを囲んで、広げられた地図を検討していた。集中していたので、コークが来たことに彼らは気づかなかった。

廊下の先でトイレの水を流す音がした。すぐに、リンドストロムが居間に入ってきた。足どりはのろく、姿勢は少し前かがみで、疲れきっているようだった。コークを見て、暗い顔でうなずいた。

「フィッツジェラルド海運の人たちと話したのか?」コークは聞いた。

「話した」

「それで?」

テーブルの話し声がやんで、シャノーとほかの人間たちが、災厄の中心に家族がいる二人の男の話に注意を向けた。

「検討中だ」

「検討中?」怒りがコークの神経を逆なでし、体をこわばらせた。

「とても同情している、もちろん」リンドストロムは苦々しく言った。「だが、必要な現金の支出を可能にする方法がないんだ。オーロラ・ファースト・ナショナル銀行のレン・ノットと、ファースト・フィデリティ銀行のジョン・ライノットにも聞いてみようとしたが、二人ともバウンダリー・ウォーターズに行っている。一緒に。毎年のことらしい。シカゴ・シティ銀行にいる友人にも電話した。家が鉄道で財産を築いた、かつての学友にまでかけてみたよ。問題は、今日が日曜だってことだ。誰にも連絡がつかない。くそ、犯人のやつに会って、明日まではなにもできないんだと納得させてやれたら」リンドストロムは目を閉じ、そして大きな革張りの椅子にすわって、精も根も尽き果てたように前かがみになった。「ほかに、どうしたらいいのかわからない」

　コークはテーブルを囲んでいるグループに近づいた。つややかなマホガニーのテーブルの上にあるのはタマラック郡の地図だった。中心にはアイアン湖の大きな青い広がりがある。「なにかわかったか？」シャノーに聞いた。「どんなことでも？」

「たいしたことは」シャノーは心からすまなさそうだった。「警察犬がからぶりに終わったあと、国境警備隊に出動してもらった。どんなかすかな痕跡でも、彼らなら追跡できる。だが、なにも見つからなかった。まだ森の調査は終わっていないが、きっとなにも見つからないだろう。どうやら、状況からすると、この環境保護の戦士《エコーウォリア》は全員を連れ去り、全員を人質にしたようだ」

　その意味を、コークは理解した。妻と息子は生きている。余分な荷物を捨てるように、どこかで死体になって放置されてはいないということだ。ありがたい。これはほんものの希望だ。

　ケイ捜査官が言った。「船で連れ去られたということは、まず間違いないでしょう。つまり、環境保護の戦士《エコーウォリア》は水上から接近して同じようにして逃げたということね。なにか手がかりを残していないか、いま岸を捜索しています」

「キッチンの床からオーウェン捜査官が拾った足跡。なにかわかりましたか？」コークは尋ねた。

「ビブラム・ソールでした。ミネソタ州内で百万足も売られている種類のものだわ」

「〈ハーランド酒店〉の公衆電話からの通話は?」

ケイは首を振った。「時間が早すぎて目撃者はいませんでした。指紋はとったけれど、なにかわかるかどうかは疑問ね」

「犯人が残した手紙は?」コークはBCAのアール捜査官を見た。アールは気まずそうな顔になった。

テーブルの周囲に沈黙が広がった。そのとき、リンドストロムが別の部屋から声をかけた。「くそ、彼に話したらどうだ」

アールはつややかなマホガニーに両手をつき、もたれかかるようにした。「ミスター・リンドストロムをマリーナにおびきだした手紙だが。文面を覚えているか?」

「正確には覚えていない」

「冒頭は、〈全員死ぬことになる〉だった。科学捜査研究所がコンピューターで検索したら、ヒットした」

「ヒットした?」

「一致する文章があった。聖書の、『出エジプト記』だ。十二章、三十三節。すべての初子《ういご》を殺されて、エジプト人が嘆くところだ。つまり、環境保護の戦士《エコーウオリア》は最初から、息子を誘拐することを考えていたのかもしれない」アールは、申し訳なさそうに肩をすくめた。「もうちょっと早くわかっていたら」

「家族を誘拐して身代金を取ろうと思っていたのなら、カールを殺そうとするわけがないだろう」コークは言った。

「爆弾は、ミスター・リンドストロムがほんとうに危険な距離に近づく前に爆発した。遠隔操作していたにちがいない、彼が狙いだとわれわれに思わせるために」

「その理由は？」

シャノーが質問に答えた。「こっちの注意を、全面的に〈クエティコ〉でスピーチするカールに向けさせるためだよ。計画を邪魔する法執行機関は、ここにはいなかった。針にくいついたマスみたいに、こっちは操られたようだ、コーク。おそらく、犯人の最終的な目的は金だろう」

「少なくとも、現時点ではそのようね」ケイがつけくわえた。

コークは地図に近づいた。「船で連れていかれた。どこへ行ったのか、なにか考えは？」

「アイアン湖は大きな湖だから」ケイ捜査官が言った。

「あんたはどう思う？」コークはシャノーに聞いた。

「もしわたしが環境保護の戦士《エコーウォリア》で、見られずに湖から離れたいと思ったら、北へ向かうな。たぶん、ノース・アームまで行くだろう。人目につかない入り江がたくさんあるから、誰にも見られずに人質を降ろせる」

「暗闇の中を行くには遠いな」コークは言った。

「その問題はある」シャノーは認めた。

コークはアール捜査官を見た。「なにか考えは？」

「湖に面した個人のキャビンだろう。私有の桟橋のある」

「そういうのは数多くある」

「確かに」

「あなたは？」コークはケイに聞いた。

「遠くへ行っているとは思えないわ。見られずに動きまわるには、人数が多すぎるから」

「北のほうには裏道がたくさんある。どれだけ走っても、人っ子一人出会わないような」コークはケイに言って、地図を見た。「ジョン・ルペールとは話したのか？」

「ゆうべ」アールが答えた。「酔っていた。なにも見ていないと言っていた」

「酔っていた？」

「めずらしいことではないようだ」

「酒はやめたと思っていたが」コークは言った。「彼の家を調べたか？」

「どうして？」

「ちょっと思ったんだが、カールの家族がずっと環境保護の戦士《エコーウォリア》の標的だったのなら、この家をしばらく監視していたはずだ。そのためには、ルペールの家は格好の場所にある」

「令状なしでできるかぎりのことは調べた」アールは言った。

「令状なんかくそくらえだ」コークはぴしゃりと言いかえした。「おれの妻と息子の命がかかっているんだ。それに、彼の」冷房のきいた空気の中に指を突き出し、リンドストロムを示した。

「コーク」シャノーが穏やかに制した。「どこでも好き勝手に入りこんでいくわけにはいかないのはわかっているだろう、どんなにそうしたくても」

「だったら、令状をとれ」

「できるだけのことはする」シャノーは約束した。

コークは地図をにらんだ。「保留地の昔の船着き場はどうだ？」

「それはどこ？」ケイが聞いた。

「ここだ」コークは地図の場所を指さした。「三キロちょっと北で、保留地のとば口だ。最近の地図には載っていない、この地図にも。アイアン・レイクのオジブワ族だけが使っていたが、アルウエットに新しい桟橋ができて以来誰も使わなくなった。まだ船の出入りはできるだろう、おそらく誰にも見られずに」

「そこに誰か行かせて」ケイがシャノーに言った。

「いまそうしようとしていたところだ」シャノーの声にはいらだちがにじんでいた。次にどうするべきか、自分の怒りと焦燥をどうするべきかわからずに、コークはたたずんでいた。リンドストロムが大きな椅子にすわりこんで目を閉じているのを見た。少しは寝たのだろうか、と思った。

「身代金を用意できなかったらどうなるだろう?」テーブルを囲む人々に向かって静かに尋ねた。

「もう言ったと思うけれど、オコナー」ケイが答えた。「身代金を払ってもなんの保証にもならないんですよ」

「それで、犯人になにも渡さないとしたら」コークは言いかえした。「なんの保証になるんだ?」

ケイは言った。「わたしたちはベストを尽くしています」

コークはテーブルから離れた。昔の船着き場に人をやる手配をしていたシャノーが、居間に戻ってきたところでコークとすれちがった。「どこへ行くんだ?」

「家へ戻るしかないだろう」

「連絡を入れるよ」シャノーは約束した。

「ありがとう」コークはリンドストロムを見た。深い絶望が、リンドストロムの顔にはあらわれていた。鏡を見ているようだ、と思った。かける言葉はなかった。

グレイス・コーヴから少し走ったところで、荷台にキャンパー・シェルをつけた古いピックアップが見通しの悪いカーブを高速で曲がってきてこちらの車線にはみだしそうになり、コークは急いでハンドルを切った。向こうの運転席をちらりと見ると、ジョン・ルペールだった。ピックアップが舗装道路から下り、入り江にもう一軒だけある家へ続く土と砂利の道へ入っていくのを、バックミラーで見守った。保安官だったころ、よく顔を合わせたルペールのことを考えた。コークと同じく、ルペールも混血だった。ルペールは一人でいるのを好み、オーロラに友人はいないようだが、コークは彼の過去をいくらかは知っていた。何年も前の鉱石運搬船沈没事故の生き残りだ。たしか、唯一の生き残りだった。それに、弟をあの悲劇で亡くしていたのではなかっただろうか？　酒びたりになるのもわかる。いまはアイアン湖畔に家があるが、スペリオル湖畔のパーガトリー・リッジの近くにもまだ家を持っているはずだ。ルペールにはどのくらい話を聞いたのだろう。誘拐のあった夜、なにも見てはいなかったにしても、それ以前になにか見ていたかもしれない。見かけない人間が入り江にいたとか、リンドストロムの家を誰かが見張っていたとか。

やめておけ、と自分に言い聞かせた。あとからとやかく言っても始まらない。リンドストロム家のテーブルを囲んでいた捜査陣の仕事を疑っても、苦悩が深まるだけだ。

だが、もしも彼らがなにかを見逃していたら？　どんな捜査にも、なんらかのミスはつきものだ。

コークは車をUターンさせて、ピックアップのあとを追った。

ルペールはまだキャビンに入っていなかった。ブロンコが走ってくる音を聞いていたにちがいない。なぜならポーチの日陰に立って、前庭に乗りつけるコークを見ていたからだ。カジノの管理スタッフの制服である濃紺のジャンプスーツを、肩にかけている。

「やあ、ジョン」ブロンコから降りながら、コークは声をかけた。

「保安官」ルペールは答え、それからはたと口をつぐんだ。「いや、その――」

「いいんだ」コークは手を振った。ポーチの階段のいちばん下に足をかけて、日陰にいるルペールを見上げた。「ちょっと聞きたいことがあるんだが」

「なんだろう」

「保安官のところの人間がゆうべここに来たな。入り江でなにか見かけなかったか知りたがっていただろう」

「あんたが聞きたいのがそのことなら、同じことを答えるしかない。なにも見なかったよ」

「ゆうべはそうだったかもしれない。だが、ここしばらくはどうだ？　このあたりでよそ者を見かけなかったか？」

「彼ら以外にか？」ルペールは入り江の対岸の大きな家のほうにうなずいてみせた。

「あそこの隣人が気に入らないのか？」

「どんな隣人も気に入らない」

「そうか。見かけたか？」

「ここらあたりで？　誰も見ていない」ルペールはリンドストロムの家のほうに目をやった。「おまわりが大勢いるな。なにがあったんだ？」

まだ知らないとは驚きだった。だが、すぐに知ることになるだろう。みんながすぐに知ることになる。

「ゆうべ、あそこで誘拐があった。リンドストロムの妻と息子がさらわれたんだ」

「ほんとうか？」

「おれの妻と息子もだ」

ルペールは考え、驚いているようだった。「リンドストロムは金を持っている。だが、あんたの家族を誘拐してどうしようっていうんだ？」

「環境保護の戦士《エコ・ウォリア》というのを、知っているか？」

「町からははずれているが、ニュースくらいは聞こえるよ」

「そいつが、リンドストロムの家族を金のために誘拐した。おれの家族はたまたまその場にいただけだ」

「大金を要求しているのか？」

「大金だ」

「払うのか？」

「なんとかしようとしているところなんだ、ジョン。あんただってそうするだろう？」

ルペールは答えなかった。

「そいつが誰であれ」コークは続けた。「おそらく、リンドストロムの家をしばらく見張っていたはずだ。もしかしたら、不注意なこともあったかもしれない。どこかこのあたりで、そいつを見かけたことはないか？」

「言っただろう、なにも見ていない」

コークは目を細めて、太陽を直接見上げた。暑い。頬の汗をぬぐった。「すまないが、水を一杯もらえないか？」

ルペールは彼をじっと見てから答えた。「ここで待っていてくれ」玄関から中へ入っていった。

コークはキャビンの裏へまわって桟橋のほうへ行った。入り江と、対岸のリンドストロムの家を眺めた。方向を変えて、ルペールの土地を孤立させ、入り江の入り口まで壁をつくっている森を見渡した。気づかれずに松の樹間に姿を隠し、岬の端まで行ってリンドストロムの家をこっそり見張るのはかんたんだろう。環境保護の戦士《エコーウォリア》はすべてにおいてぬかりがない。ルペールが見ていないとしても不思議はない。

犯罪の被害者側に立つのは、これまでとまったく違っていた。焦燥感。恐怖。自分がもっとなにかを、もっと実のあることをしなければと感じても、なにをしたらいいのかわからない。この世でもっとも愛している二人の人間が恐ろしい危険に陥っているのに、できることはなに一つないように思える。保安官として、自分にできる唯一の慰めを差し出すしかなかったことが何度もあった――われわれはベストを尽くしています。被害者の側に立つと、なんと説得力のない言葉なのだろう。

考えろ、と必死で自分に向かって叫んだ。考えるべく訓練されたように考えろ。

この環境保護の戦士《エコーウォリア》とは何者だ？　ほんとうに見かけどおりの人間なのか？　これまでの出来事のすべてが誘拐を前提としたものだったとしたら、あまりにも危険が大きく、手が込みすぎているような気がする。どうしてさっさとさらって、指示を出さなかったのだろう？　一連の大げさなショーはなんだったのだろう？　そうはいっても、大げさなショーはよくテロリズムの一部となることがある。

二百万ドル。〃われらが祖父〃の保護の要求からは、とてつもない飛躍がある。なにが目的なのだろう？　金をなにに使うつもりか？　武器を買う？　あるいは爆弾を？　テロに役立つもっと先端をいく兵器を？

コークの考えは、すぐにヘル・ハノーヴァーと〈ミネソタ市民旅団〉に結びついた。彼らにならば、二百万ドルの使い道はある。すでにヘルは、コークに捜査から手を引かせろとジョーを脅している。あの新聞記者は不安の種をたくさん抱えているようだ。

だが、セコイアのジャンヌ・ダルクはどうだろう？　あるいは、アイゼイア・ブルームは？　〃われらが祖父〃をめぐる戦いが終わっても、二百万ドルあればたくさんの木を救うことができる。

また、シャノーが疑っていたように、環境保護の戦士《エコーウォリア》が昔からの怨恨をカモフラージュする隠れみのである可能性はないだろうか？　あるいは、たんなる強欲を？

「勝手に入ってもらっては困る」背後からルペールの声がした。

コークはふりむいた。ルペールがグラスを手に持って立っていた。氷入りの水。

「すまない、ジョン。考えごとをしようとしていただけだ」

「考えてもどうしようもないこともある」

コークは水を受け取った。「おれの妻と息子なんだ。どうしたらいいだろう？」

ルペールは目をそらした。「おれには、なにも助けてやれることはない」

コークは水を飲みほしてグラスを返した。「風が出てきたな」

急に、弱い風が吹きはじめていた。入り江の湖面にさざ波が立っている。アイアン湖の西のかなたに、入道雲が湧きだしている。

「雨が降るかもしれない」ルペールが言った。「ようやくな」

「水をありがとう。なにか思いついたら、助けになりそうなどんなことでもいい、知らせてくれないか？」ルペールは黙ってこちらを見つめるだけで、コークはとうとうブロンコのほうへ戻りはじめた。

「オコナー」十歩ほど歩いたところで、ルペールが後ろから声をかけた。

コークはふりむいた。

「幸運を祈っている」

コークはブロンコに乗り、エンジンをかけた。頭の中には多くのことが渦巻いていたが、気がつくと一つの小さな事実に疑問を抱いていた。桟橋へ行く途中で、ルペールのごみ捨て用の缶の横を通った。蓋は開いていた。スズメバチやハエが中身にたかっていた。紙、コーヒーのかす、食べ残し。奇妙だったのは、ガラス製品がなにもなかったことだ。コークの経験では、アルコール中毒者はたくさんの空き瓶を出すはずだ。

ジョン・ルペールは、オコナーの古いブロンコが松林のあいだを遠ざかっていくのを見守った。

くそ。

## 30

こんなはずではなかった。保安官だったころ、オコナーはいつもルペールを親切に扱ってくれた。いちばん飲んでいた時期でさえも。彼にもオジブワ族の血が入っているので、混血として育つことのつらさを理解していたのだ。ルペールは、こんななりゆきになったことを悔やんでいた。予想していたのとは大違いだ。とはいえ、ほんとうにひどいことにはなっていない、とキャビンの中へ戻りながら自分に言い聞かせた。最終的にブリッジャーの計画どおりにことが運べば、二日後にはオコナーは家族を取り戻すことができるはずだ。愛している人間の大切さが、それでもっとよくわかるようになるだろう。その代償は、ほんの少しの心配だけだ。愛していた人間のすべてを失ったルペールにとって、それはわずかな代償に思えた。

裏口の横に吊るしてある双眼鏡を取り、また外へ出た。入り江の対岸のリンドストロム家は、あわただしい様子だった。岸辺にはまだ制服警官がうじゃうじゃおり、桟橋も森も同様だった。彼らはブルーベリー・クリークを越えてルペールの土地にも侵入してくるだろう。それはかまわない。なにも見つからずに、引きかえしていくだろう。要求には〈警官を呼ぶな〉とはっきり書いてあったはずだが、ブリッジャーはこの事態も予想していた。「警官は来る」彼は言っていた。「山ほどな。怯えるな。おれたちはやつらをだまくらかす。やつらが捜すのは環境保護の戦士《エコ－ウォリア》であって、あんたと結びつけて考えることはない。口実を与えなきゃ、やつらにはなにもできないさ。落ち着いてりゃいいんだ、いいか。落ち着いてりゃ」

ルペールは双眼鏡をフックに戻し、寝室のクローゼットへ行った。ハンガーの上の棚から、寝袋と、巻いてバッグに入っているキャンバスの小型テントを下ろした。荷物をトラックの前部座席に積んだ。キャビンに戻り、紙袋に食料を詰めた――ボローニャ・ソーセージ、パン、ピーナツバター、ストロベリージャム、チェダーチーズ、リンゴ。バターナイフも袋に入れ、トイレットペーパー一巻きも加えた。袋を、トラックの荷物の横に置いた。最後に、一ガロンのミルク容器二つに水道水を入れ、トラックへ運んだ。キャビンの戸締まりをして、出発した。道路に配置された保安官助手を見て、車を寄せた。

「おれの土地に警官が勝手に入りこんでいる」

保安官助手は帽子をぬいで、内側の汗をぬぐった。「申し訳ない、ミスター・ルペール。保安官と話したいですか？」

「いや。どこでも好きに入ってくれてかまわないと伝えてくれ。またプライバシーが確保できるようになったら、おれは戻ってくる」

保安官助手は前部座席の荷物を見た。「追い出してしまったようで、申し訳ない」

ルペールは不機嫌なうなり声で答え、道路に戻った。入り江をあとにすると、気が楽になった。警官たちを見ると、どうしても緊張する。ブリッジャーの声が聞こえるようだった。「落ち着いてりゃいいんだ」ブリッジャーにとってはなんでもないことのようだ。こんどの件のすべてが。あのログハウスで銃を撃ったこと、ブリッジャーが本気で誰かを撃つのではないかと恐れたことを思い出した。そんなことになったら、ほんとうの悲劇が起きてしまう。だが、それをいうなら、悲劇はすでに起きているではないか。自分の人生はまさに悲劇だが、みずから望んだわけでも、そうなって当然のことをしたわけでもない。わかっているのは、警告も正当な理由もなく、悲劇は稲妻のように襲ってきたということだ。とはいえ、悲劇がオコナーの妻と息子を襲うのを目にするのはつらい。あの女のことは知っている。裁判所でときどき見かけた。カジノの金が入ってくるようになる前から、オジブワ族アイアン・レイク・バンドの代理人をつとめていた。犯行のどまんなかに彼女が居合わせたのは、まったく不幸なことだった。連れていかなければならないはめになって、残念だ。だが、おそらくブリッジャーが正しいのだろう。あとに残していくわけにはいかなかった。それに、危害を加えてはいない。金が手に入れば、解放するのだから。

彼は昔の伐採用道路を行き、バウンダリー・ウォーターズ・カヌー・エリア・ウィルダネスのすぐ手前にある古い罠猟師の小屋へ向かった。昔の道路が使われることはなく、たとえ誰かが入ってきたとしても小屋は道路から見えない。どこを見るかを知らなければどうしようもない。ルペールは知っている。ルペールが教えたので、いまはブリッジャーも知っている。

道路から松の森の裂け目へと車を乗り入れ、小さな空き地に出たときには、暗くなりかけていた。ブリッジャーが汚れた緑色のエコノライン・ヴァンの横で待っていた。

「時間どおりだな」ブリッジャーが声をかけた。

ルペールはトラックから降りた。「金のことをなにか言ってきたか？」

「やつはなんとかするさ。はりきらせるために、体の一部を送ってやろうかと言ってやった」

「まさか」

「なんなくやってやるよ。小指がなくたって、人間なんの不都合もないんだ」ルペールは小屋のほうにうなずいてみせた。戸口はただの空間で、窓はなく、いまにも崩れそうな建物だ。「どんな様子だ?」

「『どんな様子だ?』」ブリッジャーは嘲《あざけ》るように口真似した。「生きているよ、族長《チーフ》、それだけ心配してりゃいい。朝になったら交替する、リンドストロムに電話して次の指示を出したらな」彼の腹が鳴った。「くそ、腹ぺこだ。ほら」ブリッジャーはルペールに拳銃を渡した。

「こんなもの、どうしろっていうんだ? 縛ってあるんだろう」

「保険だよ。SEALで、人生の大切な教訓を学んだんだ。すべてがひっくり返る可能性を見くびるな、つねに備えておけ、とね。連中をあんたに預けるぜ。リンドストロムの女房は好きにしていいが、もう一人の女には触れるな。もう、おれのものだって印をつけてやった」

「なにを言っているんだ?」

ブリッジャーは笑った。「まあまあ、チーフ。ちょっとは楽しめよ」ルペールの肩を気安げに叩き、ヴァンに乗りこんだ。「じゃ、明日の朝」

ヴァンの走り去る音が、静かな夕暮れの平安を乱した。

小屋は、いつからあるのかわからないほど古かった。ある日、父親と一緒にブルーベリーを探していたときに偶然見つけたのだが、そのときすでに古かった。丸太はヒマラヤ杉で、屋根板もヒマラヤ杉だった。ドアははるか以前になくなり、入り口は雨風にさらされて腐っている。だが、どんなに暑い日ざかりでも、空き地の端にある松の木立の陰になり、風が通る小屋の中は涼しい。

日照りのせいで、空き地に茂る草は乾いた茎だけになっており、ドアのない戸口へ近づいていくルペールの周囲でぱきぱきと音をたてて折れた。小屋の中は暗く、しんとしていた。目が慣れるまで、少し時間がかかった。ブリッジャーが、全員の手首のダクトテープを巻いたままにしてあり、足首までテープで縛ってあるのが見えた。フィッツジェラルドの娘とその息子は、頭に黒い袋をかぶせられていた。オコナーの妻は赤いバンダナで目隠しされていた。どうやら、ブリッジャーはオコナーの息子のシャツを破いたきれで、その子を目隠ししたらしい。人質は——彼らのことをそう考えるのはいやだったが、もっと婉曲《えんきょく》な言葉を思いつけない——一人一人距離を置いて、屋根の梁《はり》を支える柱にナイロンロープできつく縛られていた。二人の子どもは頭を垂れ、眠っているらしかった。女たちは彼が来たことに気づいていた。頭をもたげ、耳をすませている。ルペールは小屋の中を見渡し、水も食料もあった形跡がないことに気づいた。ブリッジャーは食べものを与えていないのだろうか？　水も？　用を足すチャンスもやっていないのだろうか？

ルペールはオコナーの妻のかたわらにひざまずいた。彼女は身を遠ざけようとした。

「大丈夫だ」彼は言った。「口のテープを取ってやろうとしているだけだ」

ダクトテープはしっかりと貼りついており、はがされると彼女は顔をしかめた。

「すまない」彼はつぶやいた。「食べものか飲みものはとったか？」

「いいえ」

「トイレはどうだ？」

「ここに来てからずっと、この状態よ」彼女は怒りと安堵のあいだで揺れているようだった。

「わかった」

子どもたちも目をさまして、頭を上げた。

「いいか、これから口のテープをはがして、なにか食べて少し水を飲めるようにする。用を足したかったら、言ってくれればなんとかする」彼はオコナーの息子のそばに行った。「ちょっと痛いぞ、坊主」

少年は声を洩らした——「ううう」——テープがはがされた。

「さあ。気分がよくなったか？」

少年は答えなかった。死ぬほど怯えているのはあきらかだ。小便の臭いがしたので、もうパンツを濡らしてしまっているのがわかった。だが、いまのところはどうしようもない。

　次の少年のそばに移動した。フィッツジェラルドの息子だ。相手が激しく震えていたので、ルペールは驚いた。さらに強い小便の臭いがしていた。頭から袋を少しだけ持ち上げ、口からテープをはがせるようにした。「大丈夫か？」声をかけた。

　少年の呼吸は荒く、苦しそうだった。息にくだもののような匂いがあることに気づいた。少年はなにも言わなかったが、母親が大きなうなり声を上げはじめた。ルペールは彼女の袋を少し持ち上げ、口からテープをはがした。

「その子は糖尿病なの」あえぐように言った。「インシュリンが必要なの」

「なんだと、くそ。どのくらいの割合で？」

「一日三回。最後の注射をしてから、一日以上たっているわ。お願い、インシュリンが必要なの、すぐに」

「なんてことだ」ルペールは後ろに下がり、最善の方法を考えようとした。こんな込みいったことになるはずではなかった。どうしてブリッジャーは、子どもの体のことを知らなかったのだ？　もしかしたら、知っていても気に留めなかったのかもしれない。刻一刻、ブリッジャーへの嫌悪感が増していく。

「よし、とにかく食べものと水をとるんだ」

「まずトイレに行かせてもらえない？」オコナーの妻が頼んだ。

「みんな行きたいのか？」

「ええ」フィッツジェラルドの娘が答えた。

一度に一人ずつ、木の柱からほどいてやり、両手を自由にして空き地に連れだした。トイレットペーパーを渡し、一、二分のプライバシーを与えた。すんだら呼ぶように言い、こちらは銃を持っており、いざとなれば使うと警告した。誰もやっかいはかけなかった。トイレがすむと、彼は全員の足首を縛り、トラックから食料と水を持ってきた。

「目隠しと袋はそのままにしておくんだ」彼は言いわたした。「口以外は出すな」容器を開けてやると、全員が順番にまわして飲んだ。とくに、フィッツジェラルドの息子はごくごくと飲んだ。ルペールはみんなに食べものを渡した。パンとソーセージを、フィッツジェラルドの息子以外はむさぼるように食べた。

「あなたはもう一人とは違うわ」フィッツジェラルドの娘は言った。

「誰だ？」

「相棒よ。くそったれだわ」

「おれもそうなれる。試すんじゃないぞ」

「気持ち悪い」フィッツジェラルドの息子が言った。

「その薬を持ってきてやるから、いいな？」

「これを終わらせるのは、まだ手遅れじゃないわ」オコナーの妻が言った。

「もう十年以上も手遅れなんだ」

「どういうこと？」

「忘れろ。おい──そのインシュリンはどこにあるんだ？」

「一階のバスルームの棚に」金持ちの女は言った。

「あんたの家には近寄れない」

「薬局ならどこにでもあるわ」

「そうか。警察はすぐにその子が糖尿病だと知る。おれが薬局に入っていったら、待ちかまえているだろうよ。だめだ。別の手を考える。さあ、みんな手を後ろへまわせ」

「どうしてもそうしなければだめ──」フィッツジェラルドの娘は言いはじめた。

「黙れ。さっさとしろ」ルペールは彼女の両腕を後ろにまわし、両手首をテープで巻いた。それから、さっきまで拘束されていた柱へ行かせ、縛って口もふさいだ。ほかの三人にも同じようにした。

「じきに戻ってくる。じっとして、騒ぎを起こすな。すぐに終わる」

彼は水の容器と食料の袋を置いて、トラックを止めた空き地の端の木立のほうへ戻っていった。草むらを通るあいだ、エノコログサとオオアワガエリの丈の高い乾いた茎が、小さな骨が折れるような音をたてた。彼は一度だけふりむいた。夜の訪れとともに暗くなっていく空に突き立つ木々の壁を背景に、小屋は黒く四角くうずくまっている。ルペールは疲れていた。自分がかかわった計画の重みが、あまりにも巨大になってしまったようだ。ほかの面倒に加えて、いまや病気の子どものことまで心配しなければならない。ちくしょう、このまま放っておくか。あの子が自分にとってなんだというのだ。

さっき見た入道雲が、さらに高くなっていた。かなたの北西の空で、稲妻が光った。ピックアップのドアを開けたとき、遠くの雷鳴が低く聞こえた。だが、ルペールは気に留めなかった。けんめいに考えていた。いったいどこで、インシュリンを手に入れたらいいだろう?

## 31

グズベリー・レーンの家の中では、場所も時間も現実とは異なって感じられる一日が過ぎた。見慣れたものに囲まれていても、すべてが間違っていると思えた。いつもなら心待ちにする静かな日曜日の午後は、ぴんと張りつめた空気が漂い、不吉なものに包まれていた。ローズは冷肉の盛り合わせを夕食に出した。誰も手をつけなかった。リンドストロムの家に戻ろうかとコークは思ったが、あそこにいてもなにができるというのだろう？　彼らはなんの解答も持っていない。希望も与えてくれはしない。それに、進展があったら知らせるとシャノーは約束してくれた。

日没が近づき、コークは外に出てポーチのブランコにすわった。アニーも来て、一緒にすわった。ローズがゆっくりと出てきて手すりにもたれ、入道雲が湧いている西の空を眺めた。最後にジェニーが加わり、ポーチの階段に立って腕を組んだ。

「なにかしないと」ジェニーが言った。「これ以上、ただ待ってなんかいられない」

「問題は、なにをするかだ」コークは答えた。

「誰かを殺したい」

「だめよ、ジェニー」ローズが言った。

ジェニーは腕組みをといた。「だめじゃないわ。こんなことをするような人間は、殺してやりたい」

「二人は無事だと思う、パパ？」アニーが聞いた。

「ああ」

ジェニーが挑むように言った。「どうしてわかるの？」

「証拠がないときは、信じるんだ」

「パパが保安官だったらよかったのに」アニーが言った。

「どうしてだ？」

「なにかできるから」

「ウォリー・シャノーはできるだけのことをしている」

「パパのほうが信頼できる」

「ありがとう、アニー」彼は娘に腕をまわした。「ここへおいで、ジェニー」

長女がブランコの隣にすわり、彼は二人の娘を両腕に抱いた。子どもたちを失いかけ、家族のすべてを失いかけ、もっとも愛するものすべてを失いかけたのは、そう昔のことではない。みんなが、一緒にいようと必死で努力してきた。ここまで来て、これほど残酷に幸福が奪われるなどと、信じるわけにはいかない。しかし、人生というのは理解しがたいものだ。ただ一つ、疑いの余地なくわかっているのは、愛する者のためならこの身を犠牲にすることに迷いはないということだ。

「おれも、ただすわっているのには飽きた」コークは言った。「そろそろ、なにかやるべきだ」

「なにを？」ジェニーが聞いた。

「話をすることから始めようと思う」

「誰と？」アニーが彼を見上げた。

「ヘンリー・メルーと」

「彼になにができるの？」

「ヘンリーはいつもおれを驚かせることを言う」コークは立ち上がった。

「あたしも行っていい？」ジェニーが聞いた。

「あたしも」アニーも言った。

「誰かがローズと一緒に残っていたほうがいい」

「その必要はないわ、コーク」ローズが言った。

「わかった」アニーはブランコから降りて、叔母のどっしりとした腰に腕をまわした。「パパの言うとおりだわ。あたしが残る」

コークは愛情をこめてアニーの髪をくしゃくしゃにした。「ありがとう」

「もう暗くなるわ」ローズが言った。「早く行ったほうがいいわよ」

コークは義妹の頬にキスした。「砦を頼むよ」

「いつだってそうしてきたじゃない」

ブロンコがオーロラの町を出るころには、入道雲は完全に星々を消し去っていた。稲妻が雲のあちこちで光り、近づく嵐の前触れを告げていた。

ジェニーは身を乗り出して、フロントガラスから上空を見た。「どうして雨が降ってこないの？」

「空気が乾燥しすぎているか、暑すぎるからかもしれない。わからないな」

しばらく郡道を行くあいだ周囲で闇は深まっていき、ブロンコのヘッドライトと刻々と回数を増す稲光だけが、暗夜を引き裂いた。

「パパとママが別居していたときね」ジェニーが口を開いた。「あたし、二人に元に戻ってもらう手はないかって、夜ベッドの中で考えたわ。たとえば、死にそうな病気にかかったふりをするとか、家出するとか」

「そんなことはしなかったね」

「どうするのがいいのか、なにが役に立つのか、わからなかったの。パパのいまの気持ちもそう？」

「近いな」

ジェニーは北部森林地帯の暗闇を見つめた。「パパが銃を持っていたらいいのに」

「それで誰を撃つんだ？　ヘンリーに会いにいくだけだよ」

「念のためによ」

「自分の頭脳をあてにするほうがいい。警察で働いて、最初に覚えたことだ」

ジェニーはすわりなおし、コークは娘がこちらを見ているのを感じた。

「パパのお父さんが殺されたとき、どんなふうに感じた？」

「ずっと昔のことだ」

「でも、忘れていないでしょう」

忘れるものか、とコークは思った。

彼の父親はタマラック郡始まって以来、もっとも若くして選ばれた保安官であり、もっとも深く記憶されている保安官だ。コークが十三歳のときに殺された。保安官側とカナダへ逃げようとしていた脱獄囚側との撃ちあいの場に、耳の聞こえないかんしゃく持ちの老婦人が踏みこんできた。コークの父親は、老女と盗まれた鹿撃ち銃から発射された弾丸とのあいだに、身を投げ出した。裁判所の塔の時計は銃撃戦で弾丸を受け、それ以来針は動いていない。その時計を見れば、コークは自分の人生を永久に変えてしまったその瞬間をかならず思い出すのだった。

「おれは怒った」ようやく、ジェニーの問いに答えた。「父親を殺した男たちを殺してやりたかった」

ジェニーはまっすぐ前を向いた。「それがあたしの感じていること」

「わかるよ」

車は郡道を降りて、土と砂利の狭い道に入った。

「ヘンリー・メルーがどうしたらいいか知っていると思うの？」ジェニーが聞いた。

「かならずしもそうじゃない。だが、彼と話せば、どうしたらいいかわかるんじゃないかと思うんだ」

ヘンリー・メルーのキャビンへ続く小道の目印である二股の樺の木のそばに駐車したときには、黒い雲が月を呑みこんでいた。稲妻が光るたびに木々が浮かび上がる瞬間を別とすれば、コークはこれほど暗い森を見たことがなかった。グラヴコンパートメントから懐中電灯を出し、ジェニーに渡した。

「先に立って、道を照らしてくれ。小道をたどっていけばいい。おれはすぐ後ろから行く」

いまや、稲妻がまわりじゅうで光っていた。多くの落雷があるだろうと、コークは思った。森の木は乾燥しているから、嵐が大雨を降らせないかぎり、深刻な事態になるかもしれない。不運なことに、雲の様子では、夜と森を突く稲妻しかもたらしそうもない。コークは小道をたどるジェニーの後ろにぴったりとついていった。娘がすばやくきびきびと歩くことに驚いた。雲とともに風も出てきて木々を揺らし、まるでなにか大きなものが歩いているかのように幹が曲がった。ジェニーには知らせたくなかったが、彼は森の中にいることが心配でたまらなくなってきた。

森から出て、メルーのキャビンがあるクロウ・ポイントに着くと、コークはつかのまほっとした。稲光で、百メートル先の暗いキャビンが見えた。そちらへ向かいかけたとき、背後から低い轟音が聞こえた。一瞬とまどったが、音が近づいてきて大きくなると、その正体が閃《ひらめ》いた。

「キャビンへ走れ」ジェニーに叫び、背中を押した。

娘は理由を聞かなかった。猛然と走りだし、持っている懐中電灯の光が前方で狂ったように揺れた。もはや、光は小道を照らしだしてはいなかった。キャビンまで二十メートルほどのところで、ジェニーはつまずいてころんだ。懐中電灯が手から地面に落ち、明かりが消えた。轟音は二人に迫っていた。コークはジェニーの体をつかんで立たせた。最後の数メートルの暗い地面を走っていたとき、雹《ひょう》が襲ってきた。

氷の粒はコークがこれまでに見たことがないほど大きく、彼の拳ほどもあった。それが何百メートルもの上空から降ってくるのだ。強く投げた野球のボール並みの威力がある。ジェニーは悲鳴を上げ、頭を手でかばった。突然立ち止まったので、背後から駆けてきたコークはもう少しで彼女を突き倒しそうになった。ジェニーを支え、引きずるようにして走った。雹はメルーのキャビンに耳を聾《ろう》する音をたてて降りそそぎ、太い丸太でさえその打撃に耐えられるかどうか危ういほどだった。コークはドアを開けて先に娘を押しこみ、そのあと暗い内部へよろめきながら入った。戸口の木の掛け釘からオイル・ランタンを取り、隣の小さな棚にある箱からマッチを出して、急いで明かりをつけた。そのあとようやく、ドアを閉めて雹を締め出した。それでも、氷粒は窓ガラスを壊して侵入し、木の床ではねて、最後にはストーブのそばやメルーのベッドの下にころがりこんだ。

「大丈夫か？」屋根や壁や窓に雹が当たる音に負けまいと、コークはジェニーに叫んだ。

彼女はぼんやりしているようだったが、ゆっくりとうなずいた。

何度も訪れているキャビンの中を見まわした。壁には、長いあいだ森で生きてきた男のしるしが掛かっている——熊の皮、鹿の角のパイプ、スノーシュー、小型の橇。すべて見慣れたものだが、同時にどことなく奇妙な感じがした。メルーがいないからだ。

襲ってきたときと同じように、突然雹はやんだ。キャビンはしんと静まりかえった。

「終わったの？」ジェニーが聞いた。

「このあたりではね」コークは答えた。

ジェニーは周囲を見まわした。「ヘンリー・メルーはどこ？」

「わからない。年寄りにしては、ヘンリーはかなり動きまわるんだ。どこにでも行く」軽い口調で言った。まるで、ヘンリー・メルーが二人を待っていると予期する理由など、なくて当然だというように。だが、メルーが待っているはずだと信じる理由がコークにはあった。必要なとき、ヘンリーはいつもここにいてくれた。老いたまじない師の魔法の一部なのだ。「でも、ウォールアイもいないのは変だな。ウォールアイはぜったいにどこへも行かないのに」

老人がいないのに許可もなくキャビンに入りこんでいることに、コークは落ち着かない気分だった。だが、なにかが引っかかった。長年の警官としての勘だ。メルーのテーブルに歩み寄った。樺の木で作られた古いものだ。テーブルの上にはいくつかの大きなすすけた石があった。

「これはなに？」ジェニーが尋ねた。

「マドド・ワシヌンだ。発汗のための石。ヘンリー・メルーがミデだってことは知っているだろう」

ジェニーは理解できずに父親を見た。「強力《マイティ》ななに？」

コークは微笑した。「マイティじゃない——ミデだ。呪術師会議《ミデウィウィン》のメンバーなんだ。どうやらメルーは、最近誰かを浄化したらしい」

「なんのために？」

「発汗させるにはさまざまな理由がある。たとえば償いだ。魂が調和した状態に戻るのを助ける」

「ヘンリー・メルーの魂？」

「かもしれない」だが、コークはそうは思わなかった。三日前、セコイアのジャンヌ・ダルクがメルーを訪ねてきたことを思い出した。あの女は、老ミデの助力を求めてきたのだろうか？　償いをしようとして、彼の導きがほしかったのだろうか？　なんのための償いだろう？　チャーリー・ウォレンの死だろうか？

「どうするの？」

「家へ帰ろう」

表情から、ジェニーがそんな返事を聞きたかったのではないことがわかったが、反対はしなかった。彼と同じように、打ちのめされてこれ以上闘う気力がなかったのだろう。

外に出ると、雲は東に流れていた。西の空は晴れて、アイアン湖の上にはふたたび星が現れていた。コークはジェニーが落とした懐中電灯を見つけた。スイッチを押したが、明かりはつかなかった。小道を戻りはじめたとき、月が雲の峰から顔を出して、先を照らしてくれた。それは、何百万年も存在しているいつもの月光ではあったが、見慣れていたほかのすべてのものと同じく、いまは不可解な存在に思えた。地面には溶けかかった氷の粒が厚く積もっており、ブロンコに着くと、ボディはへこみだらけになっていた。コークはエンジンをかけてUターンした。ジェニーがラジオをつけた。オーロラへ帰るあいだニュースが流れ、北部森林地帯で落雷による新たな火災がいくつか発生したのではないかと、森林警備隊が憂慮していた。

コークは首を振った。ヘンリー・メルーはいつも語っていた。なんにでも目的がある、偉大な精霊《キチマニドー》がその深遠な知恵をもってすべての命を見守っている、と。いま、コークにはそれを信じるのがむずかしかった。いったい、キチマニドーはなにを考えているのだろう？

## 32

遠くから雷鳴が近づいてくるのが聞こえた。最初に思ったのは、雨、ということだった。雨の感触を想像した。ひんやりと顔に当たり、腫れた背中を流れ落ち、火のような痛みを鎮めてくれる。雨粒を迎えるように頭を上げると、首と肩のこわばった筋肉が悲鳴を上げた。

時間と苦痛。この二つの縄が、彼女を縛っていた。時間はのろのろと過ぎる。体は一分一分を新たな痛みで計っているようだ。眠ることはできなかった。自分に許さなかった。たとえすべてを感じることを意味するのだとしても、意識をなくさずにいなければ。自分自身にできることはなにもなさそうでも、なにかが自分たちのために起こってくれると信じていなければ。寝ずの番と希望。彼女にとって、ほかにどんな味方があるだろう?

雷鳴が近づき、大きな鋭い音が地表を裂くように響きわたった。見えないので、雷が落ちて破壊される森、黒く焦げた地面を思い描いた。楽しい想像ではなかったので、脳裏から振りはらおうとした。強い風が、嵐の前触れとなって吹いてきた。空気が古い小屋の入り口から入ってくるのを感じ、しなる木々のきしりやうなりが聞こえた。雨が降ったら、やさしい雨ではないだろう。

嵐が小屋を包んだ。稲妻があまりにも強烈に光ったので、汚らしい布で目をおおわれていても、夜が明るくなるのがわかった。稲妻が走るたび、すぐに雷鳴が地を震わせた。まるで、天が振り下ろすものに比べたら、ジョーの下の地面など無にも等しいかのように。雷は小屋を囲むように、恐ろしいほどすぐそばに落ちているように思えた。これまで耐えてきた試練を考えれば、これ以上恐れるものなどないだろうに、彼女は怯えた。

雷鳴のあいまに、大波が押し寄せてくるようなつのる咆哮《ほうこう》が聞こえた。二、三分後、雹《ひょう》が小屋を襲った。氷の粒が古い屋根や壁を打つ音は、耳をつんざくばかりだった。世界の終わりもこれほどひどいのだろうか、とジョーは思った。怯えてはいたが、なによりも心配なのはスティーヴィだった。ただでさえ、あの子にとって雷鳴は悪夢同然なのに。抱いてやりたい、慰めてやりたい。

これほど必死に祈るのは、生まれて初めてだ。神さま、どうかわたしたちをお助けください。

やがて雹がやんだ。降ってきたときと同じく突然に。

そのあとの静けさの中、スティーヴィの低い泣き声が聞こえた。

「アー・ユー・スリーピング」彼女は息子にハミングした。震える小さな声が返ってくるのを聞いて、ほっとした。

さらに時間が経過した。何時間もたったように感じられた。スコットのことが心配だ。少年の激しく震える音が、聞こえるように思う。あの男は戻ってくるのだろうか、自分たちに食べものと、わずかな希望を与えた男は？　彼の気遣いは本物に思えたし、インシュリンを持ってくるという約束は真剣なものに感じられた。とはいえ、誘拐ができるような人間は、いくらでも卑劣な行為ができるだろう。もしかしたら、計画の一部なのかもしれない。いい警官と悪い警官という役割分担をしているのかもしれない。一人が威嚇《いかく》し、一人が希望を持たせ、そうやって人質を迷わせて、逃げられないようにするのだ。自分たちを小屋へ連れてきた男は下劣だ、その点にジョーは迷わなかった。やると言っていた残酷な行為を、平気でやるだろう。だが、もう一人の男はまだよくわからない。それに、たとえあの男に善意があるとしても、この状況を左右するだけの力があるのだろうか？

目を開けていられなくなり、ジョーは一瞬だけ閉じた。

直後に夢を見た。見知らぬ家の中を歩いていた。コークを探しているのだが、見つからない。ドアを開けると、黒いものが飛びかかってきた。そこで目がさめた。

その夢のせいで、思いはグズベリー・レーンの家へ飛んだ。いままで住んだ場所で、彼女が愛したのはあそこだけだ。キッチンテーブルに、コークとローズと娘たちが集まっているのが見える。心配そうなみんなの顔が見える。家族の無力感を思うと泣きたくなったが、その弱さから自分をもぎ離した。そして、家族が相談し、行動を起こそうとしているところを思い描いた。コークがただすわって、手をこまぬいているはずはない。彼になにができるのかわからなかったが、なんとかして自分のところに向かおうとするだろうとジョーにはわかっていた。彼が来るという固い信念に、彼女はすべての希望を託した。

また夢を見ていた。こんどは、炎に巻かれる恐ろしい夢だ。はっとして目がさめ、吸いこむ空気が煙でいっぱいであることに気づいた。煙は濃く、鼻腔《びこう》にその質感が感じられそうだった。耳をすませた。アマガエルの声もコオロギの声も聞こえない。いつもの夜の音はまったくしない。キャビンの外から聞こえるのは、敷きつめたもろい枝の上を千本もの足が行進してくるような、乾いたパチパチという音だけだ。その行進のあいまに、大太鼓のドンというような音が聞こえる。

火事だ。

ささくれだった柱の角に、必死で手首をこすりつけ、縛っているダクトテープを切ろうとした。煙はますます濃くなり、数分前には遠く聞こえた音は、木がはじける爆発音でときどき中断される轟音となっている。火事が、どんどんこちらへ近づいているのだ。空気の流れが火事のほうへと吸いこまれ、巨大な炎をさらにあおるのをジョーは感じた。

ああ、神さま、いや。こんなふうに死なせないで。

ロープに縛られた身をけんめいによじっても、手首はほんのわずかしか動かない。そのとき、テープが大きなささくれに引っかかった気配を感じた。落ち着けと自分に言い聞かせ、テープに切りこみを入れる微妙な作業に集中しようとした。あまり強く引っ張ると、ささくれは取れてしまう。咳きこみはじめ、グレイスや子どもたちも咳をしているのが聞こえた。咳のせいで、テープをそっと切ろうとするのがうまくいかない。顔をおおうバンダナが汗で濡れる。空気が熱くなり、流れが速くなって、戸口にまで近づこうとしている炎の怪物を勢いづかせるのがわかる。

お願い、神さま。何度も何度もけんめいに手首を動かしながら、単純で必死の祈りを続けた。お願い、神さま。

しかし、神は耳を傾けてはいないようだ。なぜなら、ささくれは柱から取れてしまった。ジョーは口を封じるテープごしに叫び、あまりにも残酷で信じられない結末を呪った。

そのとき、ロープに手がかかるのを感じた。

「動くな」

インシュリンを取りにいった男の声だ。

ナイフの刃が胸のあいだを滑り、すばやくロープを切った。ジョーは前のめりになり、男の手が手首を押さえていましめを切った。彼女が顔からバンダナをはずしているあいだに、男は足首のほうに移動した。小屋の中は、戸口から入ってくる炎の明かりに照らされた煙でいっぱいだった。男はグレイスとスコットのそばへ行った。自由になった二人は、頭にかぶせられた袋をはずした。最後に、男はスティーヴィの上にかがみこんだ。両手が自由になると、スティーヴィはすぐに目から布を取った。

「来い」男は火事の轟音に負けずに叫び、先に立って戸口から出ていった。

グレイスが、スコットの手を握ってすぐあとに続いた。ジョーはスティーヴィを連れてそのあとに出た。外では、百メートルほど先の空き地の端にある木々を呑みこんだ炎から、霧のように濃い煙が渦を巻いて流れていた。小屋の周囲の丈の高い乾いた草に火花が飛び、燃えだしている。先導している男は、炎の島々のあいだを狂ったようにジグザグに駆けていく。小さな足ではついていけず、スティーヴィはころんだ。ジョーはふりむき、息子を両腕にかかえ上げた。また前を向くと、火が正面に立ちはだかり、道をふさいでいた。左に見えた炎の唯一の裂け目に向かって飛び出した。壁を抜けた瞬間、炎が足首をなめた。キャンパー・シェルをつけたトラックが、空き地の端の木立に止まっているのが見えた。テールゲートは下りている。グレイスとスコットが中に入ろうとしている。男がジョーにがむしゃらに手を振って急がせた。二人がトラックに着くと、男はスティーヴィを抱き上げて後部に放りこんだ。ジョーは息子の隣に飛びこんだ。男はテールゲートを閉じ、キャンパー・シェルのドアを下ろして、四人を中に閉じこめた。

炎は、信じられないスピードで前進していた。すでに小屋と空き地全体を焼きつくし、いまや伐採用道路の両側の松林の梢に燃え移っている。ジョーはひざまずいて、運転台の後部窓とその前方のフロントガラスから外をのぞいた。男が運転席に飛び乗った。彼の右の肩ごしに、前方の細い通廊の両側が火に包まれているのが見えた。男はちらりとふりかえり、炎の明かりの中で、相手の目とジョーの目が合った。彼は向きなおり、ギアを入れてアクセルを踏んだ。乾いた土の上でタイヤが空回りしたが、すぐに地を嚙《か》んだ。セカンドギアが入ると同時に、トラックは燃え上がる通廊へと突っこんだ。ジョーは身を低くしてスティーヴィを抱き寄せた。炎が車の両側に押し寄せ、テールゲートの外に渦巻いた。キャンパー・シェルの中の空気はあまりにも熱く、ジョーの肺は焼けそうだった。

次の瞬間、彼らは抜けた。炎の背後へ。キャンパー・シェルの後部窓から、炎が空を焦がしているのが見えたが、向きなおって運転台の後部窓から前方をうかがうと、フロントガラスの向こうには、青々とした暗く涼しい森があった。トラックは古い道路を激しく揺れながら進み、男は速度を上げつづけて火事とのあいだに距離をあけた。ジョーの頭が車の屋根にぶつかった。彼女はまたスティーヴィの横にうずくまった。

何十キロも止まらずに走ると、伐採用道路がよくならされた土と砂利の道に突き当たった。まだ深い森の中だったが、火事はもう背後の夜空を照らす遠い光にすぎなかった。運転席の男は、車を脇に寄せてエンジンを切った。すぐに、ジョーはテールゲートに近づいて開けようとした。内側のラッチは壊れていた。運転台の男が叫ぶのが聞こえた。「くそ!」そして、怒ったようにダッシュボードを拳で叩き、車体が震えた。男は運転台のドアを開け、トラックの横を蹴った。「くそ! くそ! くそ!」

彼は叫びつづけた。ジョーはスティーヴィのそばへ戻り、息子を腕の中に抱いた。テールゲートが下がり、キャンパー・シェルの後部窓が持ち上げられた。懐中電灯の光が四人を照らしだした。

「ほら。いまいましい薬だよ」男はビニール袋を光の中に投げた。

懐中電灯の光を浴びて、グレイスは袋の中身を出した――小分けに包装された何本かの注射器と、小さな箱。グレイスは箱から瓶を出し、注射器の包装を破り、瓶の薄い膜のような蓋に針を刺した。スコットが足をのばすと、彼女はショーツのすそをたくし上げて太腿《ふともも》の上の部分を露出させた。

「もう少し光を固定してくださる？」グレイスは頼んだ。

「黙ってさっさと注射しろ」

グレイスはスコットの皮膚に針を刺し、ゆっくりとプランジャーを押した。終わると、すべてを袋に戻し、まっすぐに光源のほうを見た。その目は青く、光っていた。

「ありがとう」

「そいつをよこせ」

グレイスはピックアップの床の上を滑らせてビニール袋を返した。男はダクトテープを彼女のほうにころがした。

「さあ、息子の手首を後ろで縛れ」

「お願い――」

「さっさとしろ」男は叫んだ。

グレイスはテープを長く引き出し、歯でちぎった。息子の両手を取って後ろにまわし、手首を縛った。「大丈夫？　痛くない？」

少年は首を振った。

「口もだ」グレイスが従うと、男は言った。「こんどはあんただ」彼は光の中に指を突き出してジョーを指した。「その女を同じようにしろ」

ジョーはグレイスの手首と足首を縛り、口にテープを貼った。「ごめんなさい、グレイス」

「あんたの番だ。向こうを向け」

ジョーはテールゲートに近づき、両手を後ろにまわした。男がテープで縛った。

「おまえもここへ来るんだ、坊主」彼はスティーヴィに言った。

スティーヴィは動かなかった。

「ここへ来い。さもないと、この場で撃ち殺すぞ」

「わたしたちを救っておいて子どもを殺すの？」ジョーは叫んだ。

光の向こうで、男は黙りこんだ。トラックからあとじさって、しばし夜空を見上げた。彼が「なんてことだ」とつぶやくのをジョーは聞いた。戻ってきて口を開いたとき、荒々しさは消えていた。「痛いことはしないから、坊主。約束する」

それでも、スティーヴィは動かなかった。男は光を下げた。ジョーは相手の顔を見つめたが、そこには疲労しかなかった。「この子を傷つけたりしない？」彼女は聞いた。

「しない」

「わたしの隣に来て、スティーヴィ」ジョーは言った。

スティーヴィはためらった。

「さあ」ジョーは促した。「大丈夫よ、約束するから」

ゆっくりと、スティーヴィは母親のもとへ這ってきた。男は小さな手首を一巻きのテープで縛った。スティーヴィの足首と口には、もうかまわなかった。

「あんたが最後だ」男は言い、ジョーの口をダクトテープで封じた。

「みんな固まれ」終わると、男は命じた。その声は疲れきっていた。「それから、しっかり踏んばっていろ。まだしばらく悪路が続く」

四人は身を寄せあった。男はキャンパー・シェルを閉め、テールゲートを上げてロックした。すぐに、トラックは走りだした。

自分たちは自由ではないが死にはせず、危ないところを脱したのだ。希望を抱いていい理由はたくさんある、とジョーは思った。不運なことに、心配しなければならないもっと大きな理由もある……なぜなら、自分は男の顔を見て、誰なのかわかってしまった。そして、相手もそのことを知っている。

## 33

誰も寝室に行こうとはしなかった。別々の部屋で、一人ぼっちで恐怖を抱えて横たわるなど、とてもできなかった。娘たちは枕と毛布を持って下りてきて、ソファの両側に丸くなって寝た。ローブ姿のローズはリクライニングチェアでうとうとした。コークは安楽椅子にすわったが、眠りは訪れてこなかった。たとえどこへもたどり着けなくても、考えるのをやめられなかった。シャノーがなにか知らせてくれないものかと、ひたすら電話を見つめた。電話は鳴らなかった。ついに立ち上がり、義妹の肩にそっと触れた。ローズははっとして目をさました。

「すまない」彼はささやいた。「おれはリンドストロムの家へ戻るよ」

「そこでなにができるの？」

いい答えは浮かばなかった。だが、ローズはうなずいた。「わかったわ」

月は空高く昇っていたが、夜の闇は深く感じられた。コークの車はアイアン湖の南端をまわり、東岸に沿って北上した。グレイス・コーヴへ続く私道へ曲がると、リンドストロムの家からいくつものヘッドライトがこちらへ向かってくるのが見えた。車を脇に寄せると、ＦＢＩの二台の深緑色のルミナスがフルスピードで横を通過していった。そのあとには、犯罪捜査局《BCA》のボネヴィルが続いている。最後尾は、ウォリー・シャノーのランドクルーザーだった。シャノーは、コークのブロンコのそばに車を横滑りさせて止めた。「乗れ！　進展があった！」

コークがすぐさま乗りこむと、保安官のランドクルーザーは急発進して、保留地のほうへ北上していくほかの車を追った。

「なにが起きた？」シートベルトを締めながら、コークは尋ねた。

「ハミルトンと息子を監視していた捜査官から、一時間前に訪問者があったと知らせてきた。身分証明書は持っていなかった。数分後、ハミルトンのヴァンが保留地の公園から出てアイゼイア・ブルームの家へ向かった。ＦＢＩはブルームも監視していた。ハミルトン、息子、訪問者はみんな家へ入った。五分後、ブルームが走りでてきて、ハミルトンの息子と一緒に自分のトラックにダイナマイトの箱のようなものをいくつも積んだ。それから、小型のローダーを載せたトレーラーを連結して、また出発した。こんどはジョージ・ルダックの家へ。いま、そこにいる」

「ダイナマイトだと。確かなのか？」

「そうらしい」

シャノーの無線が鳴った。「応答願います、ミス・マフェット、聞こえますか？どうぞ」

ケイ捜査官の声が答えた。「明瞭に聞こえるわ。どうしたの？」

「また動きだしました。あなたのほうへ向かっている。ルダックは一緒じゃない。彼は自分のピックアップのそばに立っています。待っているようです」

「コーデルのチームはルダックのところに残って。あなたは彼らを追って」

「了解」

またケイの声がした。「アール、シャノー、聞こえた？」

アールが聞こえたと答えた。シャノーはマイクに向かって言った。「この道を行くと、二、三分で彼らと真っ向からぶつかる。姿を隠す必要がある。どうぞ」

ケイは無線の向こうで黙りこんだ。コークは言った。「昔の船着き場に下りればいい。すぐ先だ。アスペンの木でこっちの車は隠れる」

シャノーはコークの提案を伝えた。

「了解」ケイは答えた。

車列は船着き場の車回しに入った。誘拐のあと、ジョーとスティーヴィとほかの二人を湖へ連れ出すときに使われたかもしれないルートだ。とにかく最近誰かがここに来たことを示すタイヤの痕を、鑑識チームが見つけている。すぐに郡道へ戻れるように車列を組みなおし、そのあとヘッドライトを消した。

「ダイナマイトとジョージ・ルダックか」コークはつぶやいた。「腑《ふ》に落ちないな、ウォリー」

「そう急《せ》くな、コーク。とにかく様子を見よう」

五分もしないうちに、ブルームのピックアップ・トラックが疾走してきて、法定速度を超えるスピードで通り過ぎていった。色あせた常緑樹が横に描かれた汚い緑色のヴァンが、すぐあとを追っていった。

「相手とはたっぷり車間をあけましょう」ケイが言った。三十秒ほどして、FBIの二台の車が出た。アールとシャノーも続いた。

コークは言った。「夜のこの時間、道はいつもすいている。こんなキャラバンが後ろにいたら、どんなに車間があいていても向こうは気がつくぞ」

「わたしは決める立場にはないんだよ、コーク」シャノーは答えた。

ヴァンとピックアップの赤いテールライトが、七、八百メートル先に見える。ふいに、その距離が広がりはじめた。

「気づかれたわ」ケイが無線で言った。「ライトをつけて、サイレンを鳴らして。追いつくわよ」

「こちら、ラッキー・ヌードセン警部。そちらの指示でバリケードを張るよう、パトカー二台を待機させてある、ミス・マフェット。どうぞ」

「そうして、警部」

「了解」

無線から、コークの知らない別の声が流れてきた。「ミス・マフェット、こちらコーデル」

「なに、コーデル？」

「ルダックのもとに五、六人の男たちが集まりました。彼のピックアップの荷台に乗りこんで、まっすぐそちらに向かっています」

「ついていて。どういうことなのかすぐにわかるわ」

まもなく、赤と白のライトが明滅しているステイト・パトロールの封鎖地点が、湖岸の先に見えてきた。前方でヴァンとピックアップが速度を落とし、バリケードの百メートルほど手前で止まった。追跡していた車両は背後から急接近して散開した状態で停止し、疑惑の二台は八つのヘッドライトのぎらぎらした光に照らしだされた。ルミナスのドアが開き、銃を抜いたFBI捜査官たちが降りて援護射撃の体勢をとった。

マーガレット・ケイ特別捜査官が叫んだ。「FBIです。手を上げて、車から降りなさい」

一瞬の間があって、ブルームのピックアップのドアが開き、大柄なインディアンが両手を高く上げ、渋い顔で降りてきた。ヴァンの運転席側のドアも開き、ライフルの銃身のようなものが突き出された。

「武器を捨てなさい」ケイが命じた。

「これは武器じゃないわよ、ばか」ジョーン・ハミルトンが叫びかえした。「わたしのステッキよ」彼女はゆっくりと車から降り、ステッキにもたれてアスファルトに立った。空いているほうの手は高く上げていた。

あとからもう一人が、そろそろとヴァンから降りた。年老いた両手は空に向かって掲げられていた。

「ヘンリー?」メルーがそこにいるのを見て、コークは唖然《あぜん》とした。

「向こうを向いて、両手を車の上に置きなさい」ケイが命じた。「そのまま動かないで」彼らが従うと、ケイはきびしい口調で叫んだ。「ブレット・ハミルトン、すぐにヴァンから出てきなさい」

誰も降りてこなかった。

「息子さんに出てくるように言いなさい、ミズ・ハミルトン。誰もけがをさせたくはありません」

「彼は一緒じゃないわ」

「一緒なのはわかっています」

「あんたたちはこれっぽっちもわかっちゃいない」

ケイが部下たちに前へ出るように合図した。二人が銃をかまえてヴァンの後部に近づいた。後部ドアを開け放つと、ブレット・ハミルトンがそこにいないのがあきらかになった。

ケイが言った。「グッデン、あなたとスチュアートでブルームを押さえて」

二人の捜査官は、ピックアップの運転台に両手をついているアイゼイア・ブルームに近づいた。二人は彼の体を叩いて調べ、尋問を始めた。ケイとほかの捜査官たちは、ジョーン・ハミルトンとヘンリー・メルーのほうに歩いていった。コークとシャノーも影のようについていった。

「ボディチェックして」ケイが命じた。

コークは前に出た。「ヘンリー――」

「すみません、下がってください」ハウザーという捜査官が制した。

「この人は犯罪者なんかじゃないんだ」

「二度言わせないでください」

シャノーがコークの腕に手をかけてなだめた。「仕事をさせてやれ」

「いったいなんなの？」ジョーン・ハミルトンが尋ねた。

「あなたがたは法執行機関から逃れようとしていましたね」

「なんのことかわからないわ」

「申し立ては法廷でどうぞ。息子さんはどこです？」

「言ったでしょう、ここにはいないわ」

「うちの人間が彼を見ています」ケイは部下の一人を指した。「ブライアン、スウィーニーとジェンセンを連れて、道沿いの木立と茂みを捜すのよ。遠くには行っていないはずだわ。気をつけて」

「息子は武器なんか持っていないわよ」ハミルトンは言ったが、その声には隠しきれない不安があった。

「デイヴィッド、ミズ・ハミルトンを車へ連れていって話を聞いて。ジェフ、あなたはこちらのミスター……」

「メルーだ」コークは言った。「ヘンリー・メルー」

「……」彼女はコークを見た。

彼女はうなずき、捜査官がメルーを脇に連れていった。ケイはヴァンの後部へ行き、中をのぞいた。BCAのオーウェンとアールがその横に歩み寄り、コークとシャノーも続いた。

「車両を調べたいわ」ケイが言った。

「ブルームのトラックの爆発物は、停止させるに充分な証拠になる」アールが言った。「それに、彼らがこちらから逃げようとしていたのはあきらかだ」

グッデンがブルームへの尋問を終えて、ヴァンの後ろにいたコークたちのところへ来た。

「ダイナマイトの件はなんと説明したの？」ケイが尋ねた。

「仕事で使うものだそうだ」

「それはほんとうだ」コークが請け合った。「木立を切り開いたり、たくさんの切り株を吹き飛ばしたりするのに使う」

「切り株を吹き飛ばすには奇妙な時間ね」ケイが言った。

グッデンが続けた。「例の古い松の森、〝われらが祖父〟で起きている火事を消すために使うんだと言っている」

ケイはシャノーのほうを向いた。「そのあたりで火災が起きているという情報は？」

「聞いていない」

「ほかの人の話を聞いてみましょう」

全員が同じ話をした。メルーは、〝われらが祖父〟を脅かす火災を警告しにジョーン・ハミルトンのもとへ来た。彼らは消火のための器材と知識を持っているブルームのところへ行った。最後に、もっと人手を集めるためにジョージ・ルダックの家へ寄った。それが彼らの話したことだった。

「こちらが把握している状況とたしかに符合するようだな」シャノーが意見を述べた。

「環境保護の戦士《エコーウォリア》の名のもとにさらに爆発物を仕掛けようと計画している、という筋書きにも符合するわ」ケイが指摘した。

「では、〝われらが祖父〟の地域でじっさい火災が発生しているかどうかというのが、妥当な疑問ということになる」アールがしめくくった。

コークは言った。「メルーが火災が起きていると言うのなら、起きているんだ」

「森林警備隊に問い合わせる」シャノーが申し出て、ランドクルーザーへ向かった。

コークはメルーが乗せられているFBIの車へ歩み寄った。「大丈夫か、ヘンリー？」

メルーは肩をすくめてみせたが、疲れた様子で、悲しそうだった。

「火事になっているんだな、ヘンリー？」

「ときには」老人はゆっくりとかぶりを振った。「偉大な精霊《キチマニドー》がなにを考えているのかわからなくなる」

シャノーが戻ってきて、コークは彼と一緒にヴァンのそばに戻った。「情報はない」シャノーは告げた。「森林警備隊のほうには、あの老木の近くで火事が発生したという報告は入っていない」

「そういうことなら」ケイは言った。「ヴァンを調べましょう」

グッデンともう一人の捜査官が、手袋をはめてヴァンに入った。

「マーガレット」ケイの部下の一人がルミナスから呼んだ。「コーデルから無線です。ルダックのトラックが来ている。すぐにここに着くでしょう」

そのころには、ラッキー・ヌードセンと部下が、ピックアップとヴァンを囲む集団に加わっていた。ケイが全員に注意を呼びかけた。「状況が緊迫するかもしれないわ。みんな、理性的に行動して」

コークは周囲を見まわし、目に映ったものに不安を感じた。夜の闇のわずかな部分しか照らしだしていないヘッドライトのぎらつく光の中、銃を持った大勢の人間が集まっている。そこには、白人の法律を代表する機関のゆるやかで組織だっていないつながりしかない。自分たちのしていることは正しいと彼らが信じているのが、コークは心配だった。近づいてくるトラックいっぱいのインディアンたちは、重要な、いっそ神聖ともいえる任務が自分たちの双肩にかかっていると間違いなく信じている。そして、彼らも自分たちが正しいと思っている。近づいてくるヘッドライトを周囲の法執行官たちが無言で待ち受ける中、緊張が高まっていくのをコークは感じた。そして、そう遠くない昔にバークの船着き場で起きたことを思わないわけにはいかなかった。あのとき、間違った正義感によって呼びだされた死神が、朝の雨の穏やかなカーテンの背後から進み出て、二人の人命を無意味に奪っていった。

ルダックのピックアップが速度を落とし、ブルームとハミルトンとメルーが乗せられている散開した車両の、十五メートル手前の暗闇で止まった。ジョージ・ルダックが運転台から降りてくると、コーデル捜査官のチームを乗せていたFBIの車が背後から迫ってきた。ルダックは動きを止め、ヘッドライトの光の中でまばたきしてこの場の状況を理解しようとしていた。コーデルと二人の捜査官が車から飛び降り、銃を構えた。ピックアップの荷台にいる男たちが——六人全員が、木を伐ることを生業《なりわい》とする者の力強い上半身をそなえている——立ち上がって、自分たちの武器を持った。斧《おの》とチェーンソーだ。

マーガレット・ケイ特別捜査官が叫んだ。「FBIです。みんな手に持っているものを置きなさい」

アニシナーベ族の誰一人、従おうとはしなかった。コークは全員の顔を知っていた。ジエス・アダムズ、ホリスター・デフォー、ボビー・ヤンガー、デニス・メディーナ、イーライ・デュプレス、ライマン・ヴィルブラン。みんな木こりで、個人で請負をしているか、ブランディワインのオジブワ族の製材所で働いている。そして、保留地に住んでいる。コークにとってさらに重要だったのは、彼らが家族のある善良な男たちだということだった。

「わしはジョージ・ルダック、アイアン・レイク部族協議会の議長だ」ルダックは怒りをこめて、自分の立場をはっきりさせた。

「あなたが誰かは知っています」ケイは言った。「もう一度言います。トラックの全員、手のものを置きなさい」

「冗談じゃない」ボビー・ヤンガーが叫びかえした。「そっちこそそったれの銃を置け」

「彼らを見ろ」コークはケイに言った。「手に持っているのは武器なんかじゃない。伐採の道具だ、わからないのか」

「コーク？　あんたか？」ジョージ・ルダックが呼びかけた。

「おれだ、ジョージ。とにかく落ち着いてくれ」

「どうしたっていうんだ？」

「下がっていて、ミスター・オコナー」ケイが制した。

コークは彼女を無視して、ルダックの車のヘッドライトの光の中へ歩いていった。

「どこへ向かっていたんだ、ジョージ？」

「〝われらが祖父〟のところだ。あそこで火事が起きているらしい、消しにいくんだ」ルダックはコークの背後をうかがった。「そこのアイゼイアと、彼の小型ローダーに働いてもらう」

「みんなに手のものを捨てさせて。それから話しあいましょう」ケイがきびしい口調で言った。

コークはルダックに近づいた。

「バッジをつけたのが山ほどいるな、コーク。いったいなにがあったんだ？」

「大きな誤解だよ、ジョージ。みんな、チェーンソーと斧を下に置いたほうがいい。それから、ことの次第をはっきりさせよう。そうすれば、また出発できる」

ルダックの顔はまだ怒りでこわばっていたが、濃い茶色の目にはコークへの信頼があった。彼はうなずいた。「道具を下ろせ、みんな」肩ごしに声をかけた。

トラックの床に、鋭く重い道具が音をたてて置かれた。FBI捜査官たちが、銃を抜いたまま乗りこんだ。

ケイがルダックに近づいて、身分証明書を見せた。「FBI特別捜査官のマーガレット・ケイです。ミスター・ブルームがトラックで運んでいる爆発物に関心を持つ理由があります」

「彼はいつだってダイナマイトを使っている」ルダックは答えた。「誰でも知っていることだ」

「ケイ捜査官」グッデンが声をかけた。

彼女はルダックに手を上げて待つように示し、ヴァンへ向かった。グッデンがなにかを見せると、彼女はBCAのマーク・オーウェンを呼んで相談した。それから、アールとシャノーと手短に話しあった。ルダックとコークが待っているところへ戻ってきたとき、ケイの横にはオーウェンがいた。「見せてあげて」彼女は指示した。オーウェンが透明な証拠品袋を持ち上げた。中には、一方の端が密封された短い鉄パイプが入っていた。「ヴァンの床下に隠して作られたコンパートメントに、これがあった。ほかにもある。火薬、ヒューズ、信管、プラモデル用の接着剤。チャーリー・ウォレンを殺したのと同じ爆弾を作るのに必要なものが、全部そろっている」ケイはコークとルダックにけわしい眼を向けて言った。「コーデル、権利を読み上げて、全員を連行して」

「連中、ろくでもないレーダーでも持っているにちがいない」リンドストロムはウォリー・シャノーのオフィスの窓の前に立って、駐車場を見下ろしていた。マスコミが集まっていた。新聞記者たち、それにテレビのレポーターたち。シャノーが保安官助手二人を正面に立たせ、彼らを近づけないようにしていた。

リンドストロムは首を振った。「不幸にたかる虫けらみたいなやつらだ」

ルダックと、ピックアップに一緒に乗っていた男たちは、広い留置場に入れられていた。アイゼイア・ブルーム、ジョーン・ハミルトン、ヘンリー・メルーはほかの者たちと離されて、個別にFBIの尋問を受けていた。まだ所在がわからないブレット・ハミルトンには指名手配が出された。

保安官のデスクには大きな金属の魔法瓶が置いてあり、リンドストロムとシャノーはコーヒーの入ったマグを持っている。ルダックを説得して留置場に導く結果になってしまったコークは、怒りをぶちまけた。「ウォリー、ジョージやあの男たちはなんの関係もない、あんたにもわかっているはずだ」

「わたしの手を離れてしまったんだ」シャノーは答えた。「もうFBIの管轄だ」

「へたをすると、この郡で悲劇的な事件が起きることになるぞ。あの男たちをぶちこんだことで、白人も先住民も一線を踏み越えてしまうかもしれない」

リンドストロムが窓辺からふりかえった。知らせを聞いて、彼はグレイス・コーヴから駆けつけたのだ。疲れきって、打ちのめされているようだった。「彼らはブルームとハミルトンに手を貸していたんだ。ヴァンにあったものは、かなり決定的だ。もしかしたら、一連の爆弾事件に加担していたのかもしれない、コーク。わたしたちの家族を誘拐したのも彼らかもしれない。人は、周囲をあざむくものだ」

「彼らは違う」コークは反論した。「そして、ヘンリー・メルーは間違いなく違う。ウォリー、ジョーン・ハミルトンを拘束するのはいい。アイゼイア・ブルームだっしかたがない。だが、頼むからほかの男たちは出してやってくれ。こうしているあいだにも、〝われらが祖父〟が燃えてしまう」

「くそ、コーク。わたしは森林警備隊と話したんだ――」疲れたシャノーが言いはじめたとき、ケイ捜査官が部屋に入ってきて話は中断した。

「ミズ・ハミルトンが供述するそうよ。でも、あなたがたにも立ち会ってほしいと言っているの」彼女はリンドストロムとコークを見た。

「弁護士は要求しているのか？」シャノーが尋ねた。

「忠告を受ける権利を放棄したわ。お二人とも、どうぞこちらへ」ケイは先導した。

保安官事務所が本格的な尋問に使用する部屋で、ジョーン・ハミルトンは小さなテーブルの前に背筋をのばしてすわっていた。音声は録音され、壁はマジックミラーになっている。保安官だったころ、コークが陳情してこの部屋を作る予算を出させたのだった。予算は認められたが、工事が始まる前に彼は職を失った。いまリンドストロムとケイと一緒に入るのが、ここに足を踏み入れる初めての機会だった。むきだしの壁がどれほど寒々しく無機的であるかを見て、愕然《がくぜん》とした。セコイアのジャンヌ・ダルクは、クルミ材のテーブルの上に置かれたマイクのそばで握りしめた両手を、じっと見つめていた。コークが入ってくると目を上げたが、あとはぴくりともしなかった。

「すわって」ケイが男たちに言った。二人がすわると、ケイはジョーン・ハミルトンに指示した。「記録のために名前を述べてください」

「ジョーン・スーザン・ハミルトン」

ヴァンの上から拡声器でリンドストロムを挑発していたときよりも、彼女の声はずっと抑制されていた。

「ミズ・ハミルトン、供述のあいだに法律的な助言を求めますか？」

「いいえ」

「あなたはこの供述を、自由意思にもとづき、どのような強要も受けずに行ないますか？」

「はい」

「では、どうぞ」

「あなたたちの家族のことを聞いたわ」彼女はコークとリンドストロムに言った。そのあと黙りこみ、また両手を見た。やがて、深く息を吸いこんでから告白した。

「環境保護の戦士《エコーウォリア》はわたしよ。それは認めるわ。ほかには誰も知らない、息子でさえも。完全に自分一人で行動していたの。でも、あなたたちの奥さんや子どもの誘拐には、まったくかかわっていないわ。誰かが、環境保護の戦士《エコーウォリア》の名前を隠れみのに使ったのよ。誓うわ」

コークは言った。「もしあんたが環境保護の戦士《エコーウォリア》なら、チャーリー・ウォレンが死んだのはあんたのせいだ。家族の誘拐に関係ないと、どうして信じられる？」

「チャーリー・ウォレンは事故よ。恐ろしい事故だった。わたしは、木々の破壊につながるメカニズムを攻撃したつもりだったの。標的は機械で、人間じゃなかった」

「わたしは機械か？」リンドストロムが辛辣な口調で言った。「マリーナでわたしを殺しかけたじゃないか」

「あれはわたしじゃないわ。製材所で起きたことのあと、環境保護の戦士《エコーウォリア》は間違いだと気づいて、終わりにすることに決めたのよ。マリーナの事件については無関係だと声明を出そうかとも思ったんだけど、そんなことをしてもなんにもならないと考えなおしたわ」

「それでも、あんたを信じる理由にはならない」リンドストロムが言った。

「この腰は、とてもつらいのよ」彼女は自分の体をさわった。「いろいろ聞いているかもしれないけれど、あの爆発もわたしがやったんじゃないわ。誰かがわたしを殺そうとしたの。巨大製材会社のしわざだと思う。何社かが共謀したのかもしれない。暴力の犠牲者になることがどれほどつらいか、わたしは知っているのよ。あんなふうに人間を標的にすることは、ぜったいにしないわ。あなたたちの家族に起きたことに、わたしはなんの関係もないと信じてほしいの」

「どうしてこの話をおれたちにする?」コークは尋ねた。

「あなたたちを自由にするためよ。そうすれば、もっと有益な方向に目を向けられる。わたしは母親よ。自分の子どもを心配するのがどういうことか、わかっているわ」毅然と姿勢を正してはいたが、彼女は敗北感とあきらめをそこはかとなくにじませていた。

「それで話は全部か?」リンドストロムが聞いた。

「そうよ。あなたたちに知ってほしかったの。わたしの口からじかに聞いてほしかった」

ケイが言った。「もっと正式な供述が必要だわ。お二人はもう必要な話はお聞きになったでしょう」彼女はドアを開けて退室を促した。

廊下で、マジックミラーを通して見ていたシャノーが寄ってきた。「どう思う?」保安官は聞いた。

コークは答えた。「会うたびにあの女のタフさかげんには驚かされてきたが、いやにかんたんに落ちたものだ」

「製材所爆破にかんして、FBIはいまや完全に彼女を追いこんだからな」シャノーは指摘した。

「誘拐についてはどうなんだ?」リンドストロムが聞いた。「彼女はほんとうのことを言っていると思うか？」

シャノーは肩をすくめた。「うまい嘘つきは、太陽が青だと信じさせることだってできるんだ。彼女はチャーリー・ウォレンの死について告発されるのを知っている。もし誘拐にかかわっているのであれば、時間稼ぎをしているのかもしれない。人質の居場所を、ケイとの取引の材料にするつもりかもしれない」

「もし、かかわっていないのなら？」

「その場合は、別の人間のしわざということになるな」

「結局、なんの前進もないわけか。すばらしい」リンドストロムが吐き捨てるように言った。

「ケイ捜査官は彼女にひきつづき圧力をかけるだろう。すぐに、もっと奥があるかどうかわかるよ」シャノーが、確信しているというよりはそう望んでいるのはあきらかだった。「いまのところは、カール、家へ帰って電話にはりついていたほうがいいんじゃないか。なにかあったときのために」

「メルーやルダックやほかの男たちは？」コークは尋ねた。「このまま留置しておくつもりじゃないんだろう、ウォリー？」

「どうかな、コーク。彼らがブルームと一緒だったことははっきりしている。忘れるな、ブルームはトラックの後ろに大量の爆薬を積んでいたんだ。それに、どうしてわれわれから逃れようとしたのかもまだわからない」

「火事だよ」コークは怒りに燃えて言った。「〝われらが祖父〟を救おうとしていたんだ」

「森林警備隊は、火事など起きていないと言っているわ」

「いいか、メルーが起きていると言ったら、起きているんだ」

「火事です」廊下を大股で近づいてきたマーシャ・ドロス保安官助手が告げた。「たったいま連絡が入ったわ。大きな炎が〝われらが祖父〟の方向へ燃え広がっているそうです。森林警備隊がいまクルーを向かわせました」

シャノーは申し訳なさそうにコークを見た。「わかった。アイゼイア・ブルームにはもう少しいてもらう。あの男のことはまだ心配だ。だが、ほかの男たちを留置しておく理由はない。FBIに話をするよ。そうしたら、メルーを家へ送ってやってくれるか?」

「ありがとう、ウォリー」

コークとメルーは、外に群がるマスコミのあいだをうまくすり抜けた。レポーターたちは、シャノーもしくは法執行機関の人間など官憲の姿を求めていた。あるいは、悲劇の元凶であるセコイアのジャンヌ・ダルクの顔を一目見ようとしていた。ブロンコに着いたとき、コークは蛇の巣から逃れたような気がした。

「大丈夫か、ヘンリー？」車に乗りこむと、彼は尋ねた。

「大丈夫でないわけがあるか？」

「あの中がピクニックのようなわけにはいかないことは知っている。彼らがあんなふうにあんたを放りこんだと思うと、むかむかするよ」

「たくさんのいいインディアンが白人の牢で時を過ごしたよ、コーコラン・オコナー。こんなに早く出られた者は少ない」

「知っていたんだな、そうだろう、ヘンリー？」

「なにを？」

「セコイアのジャンヌ・ダルクがチャーリー・ウォレンを殺したことだ。スティーヴィとおれがクロウ・ポイントで一緒にいたとき、そのことで彼女はあんたを訪ねてきたんだ」

「彼女が来たのはチャーリー・ウォレンが死んだから、そのとおりだ」

メルーが微妙に答えをずらしたのを、コークは感じた。エンジンをかけようとした手を止めて、旧友をじっと見つめた。「あの女は爆弾については認めたんだ、ヘンリー。たとえ事故だったとしても、チャーリー・ウォレンを殺したことに変わりはない。そうだろう？」

「ときどき草地で、わしはフタオビチドリがすぐ近くの地面を横切るところを見る。翼が折れたふりをしてな。そうやって自分を危険な立場に置くのには、もっともな理由がある」

「あんたを自分の巣から遠ざけるためだ」コークはちょっと考えた。「ジャンヌ・ダルクは息子をかばっているというのか？」

「わしは鳥の話をしているだけだ」

「あの発汗用の石。あれは彼女のためじゃなく、息子のためだったんだな」

メルーがコークに向けた顔には、本物の問いが浮かんでいた。

「夕方、あんたのキャビンに行ったんだよ」コークは説明した。「娘を連れて、あんたに会いに。雹に降られて、ジェニーとおれはキャビンの中に避難させてもらった。テーブルの上に、発汗のための《マドド・ワシヌン》石があった。勝手に入るつもりはなかったんだが」

「わしがドアに鍵をつけないのは、歓迎されない者はいないからだよ。なぜわしを探していたんだ？」

コークは誘拐のことをまじない師に話した。無力感と絶望感のことも打ち明けた。

「なんということだ」老人は言った。「それは背負うには重い荷物だ」少しのあいだ、黙っていた。「キャビンに来たとき、わしになにを期待していた？」

「わからないんだ、ヘンリー。ただ、あんたに話すといつでも、ものごとがはっきりしてくるように思う」

メルーはうなずいて、考えこんだ。「いまは答えはない。キャビンで会えていたら言っていたことを言おう。おまえには選択肢がある、コーコラン・オコナー。絶望とともにありつづけるか、別のものを仲間とするかだ」

「絶望にはあきたよ、ヘンリー」

「では、捨てればいい」

「それだけか？」

「それだけだ」

コークはメルーへの信頼に自分自身をゆだねた。すると、すぐに活力に満ちたなにかが、体内へ流れこんでくるのを感じた。彼はトラックから降り、湧きあがるエネルギーを抑えきれずに駐車場を歩きまわりはじめた。老人も降りて、彼を見守った。

「ハミルトンの息子はどうなんだろう？」コークは自分に問いかけるように言った。「製材所の爆破が彼のしわざなら、ほかのこともやったんだろうか？」

「多くの点で彼はまだ大人ではないと、わしは思う」メルーは言った。「女たちと子どもたちをかどわかすというのは、小さなことではない。それには、邪悪な心と戦士の度胸がいる」

コークは足を止めた。「ヘル・ハノーヴァー」

「記者か？」

「やつはそれだけじゃないんだ、ヘンリー。それに、すでにジョーを恐喝している」

「武器を愛する人間だと聞いたことがある」

「どうしてそんなことを？」

「森は、ずっと長いあいだアニシナーベ族の友人だった。森はすべてを見て、耳を傾けることを知っている者には話しかける」

コークは一瞬とまどった。「〈ミネソタ市民旅団〉の武器の隠し場所のことを言っているのか？　どこなのか、知っているのか？」

老人はひょいと肩をすくめた。

「どうしてなにも言わなかったんだ、ヘンリー？」

「白人同士のことだ。だが、いまはおまえとジョー・オコナーと小さなスティーヴンが巻きこまれている」

感謝の念でいっぱいになり、コークはメルーに向かいあった。「ヘンリー――」

老人は最後まで言わせなかった。「われわれが行動するときだ」

「われわれ？」

ヘンリー・メルーはにやりとした。「いい戦いを、わしはつねに愛してきた」

「今回、おれたちには助けが必要かもしれないぞ、ヘンリー」

保安官事務所の入り口で騒ぎが起きた。ルダックと保留地のオジブワ族の木こりたちが、無言でレポーターたちをかき分け、牽引されてきたルダックのピックアップが置いてある駐車場の端へ向かうのが見えた。

メルーはコークを見て、満足げにうなずいた。「偉大なる精霊《キチマニドー》は、ようやく耳を傾けてくれたようだ」

## 34

ジョン・ルペールにとって、煉獄の丘《パーガトリー・リッジ》までの道は、地獄へののろのろとした旅も同然だった。考える時間はたっぷりとあり、考えたことといえば、どう見ても自分は終わったということだった。彼ら全員が終わった。オコナーの妻が彼の顔を見て、誰だかわかったのはあきらかだ。スペリオル湖北岸へ向かう暗いカーブの多い道路を走りながら、彼自身の考えもたくさんの紆余曲折をたどりつつ、不幸な結末を迎えないですむ方法はないかと模索した。オコナーの妻と話しあって、不幸を避けるために協定を結ぶ道はあるだろうか？　どれほど状況を検討し、どれほどブリッジャーと自分が最後までやりとげると想像してみても、誰かがサイコロでつきのない目を出したのはあきらかだ。

くそ、こんなはずじゃなかったのに。ブリッジャーは入念に計画を立てていた。フィッツジェラルドの娘とその息子を、すばやくきれいにさらってくる。人質にしておくのは二日程度。そのあいだずっと袋をかぶせておくから、捕らえたのが誰か向こうにはわからない。誰も傷ついたりしない。たとえそうなったとしても（ブリッジャーは彼に言った）、ほんとうに気になるのか？　ビリーと二十七人の善良な男たちが死神の引き起こした嵐の中で命を落としたとき、フィッツジェラルド家の人間は気にしたか？　気がつきさえしなかったんじゃないか？

ブリッジャーは笑って、彼の肩を叩いたのだった。「心配するなよ。計画はうんとスマートで簡潔で安全そのものさ。保証するよ、族長《チーフ》」

ただし、ブリッジャーはオコナーの妻と息子を計算に入れていなかった。糖尿病のことも知らなかった。火事も予測していなかった。これまでずっと、ルペールの人生は失望と絶望ばかりだった。なぜ、その状況はなにも変わろうとしないのだろう？

ようやく南に折れて六一号線に乗ったとき、スペリオル湖の上空は晴れているのに、月や星の光はあちこちの火災の高い煙ですっかりさえぎられていた。全世界が燃えている。彼にはそう思えた。そして、自分の周囲のすべてが灰燼に帰すのは時間の問題だ。

パーガトリー・リッジの下を走る点灯されたトンネルをくぐり、ポプラの木立の中を入り江に下る狭い道に入った。古い漁師小屋の前に乗りつけて車を止めた。テールゲートを下ろし、キャンパー・シェルのドアを上げて、懐中電灯で車内を照らしだした。女たちと子どもたちは一ヵ所にかたまり、運転台に身を寄せていた。彼が自分たちを呑みこもうとしている怪物であるかのように、こちらを見ていた。

「ここなら安全だ」四人は少しずつ前に出てきた。ルペールは足首のテープを切り、手を貸してピックアップから降ろした。「こっちだ」漁師小屋のドアを開け、明かりをつけて四人を中に入れた。

小屋は、幅三メートル、奥行き四メートル半ほどだ。腰高の台が、長いほうの両壁に作りつけてある。床は固い楓の板張りで、中央に排水設備がある。奥の片側に流しと戸棚、反対側にいくつかの棚がある。三日前、漁師小屋が荒らされて器材が壊されているのを発見したあと、ルペールは全部の窓に鉄格子をはめ、ドアに新しい頑丈な鍵と掛け金をつけた。役に立たないものを中から運び出したので、からの木箱が二つと棚の上の二、三の品が残っている以外には、漁師小屋はからっぽだった。〝客〟のためには充分なスペースがある。

「床にすわれ」ルペールは命じた。

フィッツジェラルドの娘が、テープを貼られた口でなにか言おうとした。彼はテープを取ってやった。

「スコットに食べものがいるわ」

「インシュリンを打ってやっただろう」

「こんどは食べものがいるのよ」

少年のぐあいがよくなさそうなのは、ルペールにもわかった。「なにかとくべつのものがいるのか？」

「くだもの。でなければ、ピーナツバターとジャムをつけたパン。加糖したシリアル。なんでもいいんだけど」

「わかった」彼はオコナーの妻の口からテープをはがした。「あんたと息子はどうだ？」

「水を」彼女は答え、ルペールが口にテープを貼らなかった息子のほうを向いた。「スティーヴィ、なにか食べたい？」

少年は母親にぴったりとくっついて立っていた。背丈は母親の腰くらいまでしかない。彼は首を振った。

「ピーナツバターとジャムなら食べるかもしれないわ。それと、ミルク」母親はルペールに言った。

「すわれ」四人は従った。「すぐに戻る」彼は明かりを消し、ドアに鍵をかけて敷地を横切った。

荒らされたあと、パーガトリー・コーヴの自分の小さな家も片づけてあった。破壊の跡をとどめているのは、母親の刺繍《ししゅう》がいくつかかけてあった壁のむきだしの部分だけだ。ルペールは電話の前へ行き、オーロラのブリッジャーの番号をプッシュした。

留守番電話になっていた。

「火事で小屋が焼けた。友人を連れてきた。〈アン・マリー〉のところにいる」電話を切って、こんな夜中にブリッジャーはどこへ行っているのだろうと思った。

キッチンにあった食料でサンドイッチを作り、トレーにのせた。紙パックのミルク、水差し、グラスがわりの古いジャムの瓶をいくつか、紙袋に入れた。それらを持って漁師小屋へ引きかえした。台の上に食べものを置き、また明かりをつけた。

「さあ、一度に一人ずつ。まずおまえだ」糖尿病の少年の手首を縛ったテープを切り、サンドイッチを渡した。少年は食べはじめた。

「ここはどこなの?」オコナーの妻が聞いた。

教えても同じことだとルペールは思った。「スペリオル湖北岸。ビーバー・ベイから三キロほどだ」

「ここはどういう場所?」金持ちの女が聞いた。

「漁師小屋だ。おやじのものだった。おやじは魚絞めだったんだ」

「魚絞め?」

「漁師だった」ルペールは説明した。「網でコクチマスを捕る。魚を出すのに、のどのあたりをつかんで網からはずさなくちゃならない。だから、魚絞めだ」水差しからグラスの一つに水を入れ、食べおわった少年に渡した。飲みおわると、ルペールはグラスを受け取った。「またおまえの手首を縛るぞ」

少年は腕を後ろにまわして前かがみになった。

「どうして、わたしたちなの?」母親が尋ねた。

ルペールは答えなかった。少年をテープで縛りおえ、オコナーの息子に向きなおった。「こんどはおまえだ」

二人目の少年の手を自由にすると、ルペールはサンドイッチを渡した。少年は見ただけだった。「腹がへっていないのか?」

「ミルクと一緒に食べるのが好きなの」オコナーの妻が言った。

ルペールは肩をすくめて、少年にミルクをついでやった。片手にサンドイッチ、片手にミルクのグラスを持って、スティーヴィは食べはじめた。

「どうして、わたしたちなの?」フィッツジェラルドの娘がまた聞いた。

ルペールは疲れており、答える気分ではなかった。「もう一度聞いたら、口にテープを貼る」

女たちも順番に少し食べ、水を飲んだ。ルペールはダクトテープを手に持ち、金持ちの女の手をふたたび縛ろうとした。そのとき、彼女が尋ねた。「いくら?」

「なにがだ?」

「わたしたちを解放するには。いくらなの? あなたの好きなだけ払うわ」

ルペールの顔は怒りで紅潮した。相手をにらんだ。ずっと贅沢に暮らし、いつだって金で問題を解決してきた女を。相手に思い知らせてやりたかった。自分と同じように無残に心の底から、人生には金ではどうしようもないこともあるのだとわからせてやりたかった。

「要求はなんなの?」

「死者をよみがえらせることだ」

「よくわからないわ」

「もちろん、わからないさ。だが、そのうちわかる」彼は女の背後に立って、乱暴に両腕をとった。

「お願い、痛いわ」

「痛いだと?」彼の中でなにかがはじけた。飛びのいて、ベルトから銃を抜いた。

「殺されないことを感謝するんだな」

「ジョン」オコナーの妻だった。静かな声で彼に語りかけた。「この人には悪気なんかないのよ。ただ、怯えているだけ。わたしたち、みんなそうよ」

ルペールは目を下に向け、自分の手が震えているのを見た。驚いた――そして恐ろしくなった――自分の指が銃を握っているのを見て、そして考えもせずにそれを抜いたことに気づいて。考えもせずに、ほかにどんなことをしてしまうだろう? オコナーの妻を見た。彼をわれに返らせたのは、彼女の声と、名前を呼ばれたことだった。ルペールは銃をベルトに戻した。

「手を」金持ちの女に言った。それからつけくわえた。「頼む」

女は腕を後ろにまわし、手首を縛られるあいだもうひとことも言わなかった。ルペールは戸口へ向かった。「少ししたら様子を見にくる」明かりを消し、ドアをロックした。

彼は家へは行かなかった。〈アン・マリー〉を係留してある小さな桟橋へ歩いていった。先刻の雹は北部森林地帯を通過してあっというまに東へ去ったので、黒い空と黒い水が見分けのつかない水平線で合体している遠くの暗闇には、その痕跡はかけらも残っていなかった。パーガトリー・コーヴと、その向こうのスペリオル湖は静まりかえっている。ルペールは、ビリーと過ごした夏の日々を思い出した。桟橋から入り江への飛びこみを競《きそ》い、八月でも冷たい水に入ると、たちまち体じゅうの筋肉がけいれんしたものだった。いつもビリーが最初に飛びこんだ。飛びこむだけではなく、遠くまで泳いでいって、水に入るとたいていすぐに上がる兄を挑発した。ビリーは、ルペールよりも冷たい水に強かった。ビリーのほうが湖に命を奪われたのは、まったく理不尽なことに思えた。

長年、何度も無意味に繰り返してきたことだが、ルペールは自分が〈ティーズデイル〉の遭難を生きのびた理由を考えようとした。どう見ても、スペリオル湖《キチガミ》の水底でほかの死者たちとともに踊っているのは、自分だったはずだ。夜のしじまの中、一つの考えが浮かんだ。ほんとうに久しぶりに訪れた、くもりのない理解だった。自分は死んだにちがいない。あの嵐の湖で小さなボートの上に這い上がった瞬間から、自分は死んでいるように感じていた。そのあとの十数年間、生ける屍《しかばね》として毎日を過ごしてきたのだ。

ジョン・ルペールは悟った。片棒をかついだ危険なゲームで、今日サイコロを振って不運な目を出してしまったのは、自分自身なのだ。

## 35

ジョン・ルペールの足音が漁師小屋から遠ざかるとすぐ、ジョーは壁に体をつけて立ち上がろうともがきはじめた。

「なにをしているの？」グレイスがささやいた。

「みんなでここから出るために、できるだけのことをしているの。あなたの助けがいるわ。あなたも立って」

「ぼくたちは？」スコットが尋ねた。

「わたしが言うまで、そのままでいて」ジョーは答えた。「それがいちばん助けになるわ」

ジョーはなんとか立ち上がった。足首にテープを巻かれているので、跳ねて窓までたどりついた。すぐに、グレイスもそばに来た。

「彼が見える？」ジョーは尋ねた。「あの小さな桟橋の上」大きなボートの横で月光に包まれている青白い人影のほうへ、彼女はうなずいた。ルペールは微動だにせず、入り江を眺めている。「こっちへ来そうになったら教えて」

ジョーはグレイスに見張りをまかせて、漁師小屋の向こう端の壁に作られている棚へと跳ねていった。なにを探しているのか自分でもよくわからなかったが、そこにいくつかの道具が見えるのは希望の光に思えた。急いでいたのでバランスを崩し、一部屋しかない小屋の横壁に作られている長い木の台に倒れかかった。顔がナイフの刃の傷跡だらけの表面につきそうになり、かすかな匂いをかいだ。木目の一つ一つに滲《し》みこんでいる、魚の古い匂いだ。体を起こして、より慎重に床を横切っていった。

「あなた、彼の名前を呼んでいたわ」グレイスが低い声で言った。「知りあいなのね」

「あなたは知らないの？」

「知っているはずなの？」

「彼の名前はジョン・ルペールよ。入り江の隣に住んでいるわ」ジョーは棚のほうに身をかがめ、月の光でなにがあるか確かめようとした。

「近くで見たことはないのよ。わたしたちがあそこに来たことに、彼はずっと腹をたてていたような印象があるわ」

「あなたが思っていたよりも、はるかに恨んでいたみたいね」

「ママ？」

「なに、スコット？」

「ぼく、一度あいつと話したことがあるよ」

「いつ？」

「ちょっと前。小川の近くに行ったら、あいつもそこにいたんだ。いい人みたいだったけど」

「人はいつも見かけどおりとはかぎらないのよ、スコット」

棚の上にあるのは、船の装備やダイビングの器材などで、一見したところなんの役にも立ちそうもなかった。

「ごめんなさい、ジョー」グレイスが言った。

「なにが？」

「わたしの家に来てもらったりしなければ、こんなことに巻きこまれてはいなかったのに」

「この世に極悪非道な連中がいるのは、あなたのせいじゃないわ、グレイス」

ジョーはなんとかころばずにかがもうとした。いちばん下の棚を、もっとよく見たかった。

「わたしたちを捜索しているかしら？」

「コークが捜しているのはわかっているわ」

「どうしてわかるの?」

「コークを知っているから」

「彼を愛しているのね」グレイスはうらやましそうだった。

スティーヴィがつぶやいた。「パパに会いたい」いまにも泣きだしそうな声だった。

「パパのところへ、連れて帰ってあげる」ジョーは約束した。

なにかが見えた。月光がいちばん低い棚を照らしているところに、大きな白い羽のようなものが。ジョーは膝をつこうとして少しよろめいたが、うまくいった。それが羽ではなく、ナイフの鋭い刃であるのを見たとき、喜びで胸が高鳴った。背中が棚を向くように体の位置をずらして、ナイフの柄《え》をつかもうとした。後ろに反《そ》って、痛む肩が許すかぎり腕を遠くにのばした。ナイフに触れた。指を動かすと、柄があった。

「やった!」勝ち誇ってつぶやいた。

「どうしたの?」

「ナイフよ。ナイフをつかんだわ」

ゆっくりと前かがみに戻り、ひざまずいた姿勢からなんとか立ち上がろうとした。うまくいきそうになったとき、バランスを失って棚に倒れかかった。肩がペンキの缶にぶつかり、缶は音をたてて床にころがった。

「彼が戻ってくる」グレイスが警告した。

ジョーは必死でナイフを持って、ルペールが出ていったときに自分がすわっていたスティーヴィの隣へ跳ねていった。もしころんだら、背中にひどい傷を負う危険があることを、痛いほど意識していた。グレイスはすでにスコットの隣に戻っていた。漁師小屋の外の砂利を踏むルペールの足音が聞こえたが、ジョーはまだスティーヴィのところまで来ていなかった。もう一度、長い危険なジャンプをして、壁にぶつかりそうになった。ドアの鍵が開き、掛け金がはずれるがちゃりという音がした。ジョーはナイフを落とし、急いで体をずらして尻で隠れるようにした。

ルペールが入ってきた。明かりをつけ、注意深くジョーとほかの三人を見た。「なにか聞こえたようだが」

「体が痛かったの」ジョーは言った。「別の姿勢になろうとしていたのよ」

彼はうなずいたが、心は別のことに向いているようだった。ジョーに言った。「あんたと話がしたい」視線をグレイスに移した。「あんたとも」

ルペールはポケットナイフを出して、ジョーの足首のテープを切った。グレイスのそばに行って、同じようにした。尻の下に隠したナイフをどうするか、ジョーはすばやく考えをめぐらした。スティーヴィが体をぶつけてきた。彼女は息子の目の表情を読んだ。ルペールがグレイスを助け起こしているあいだに、ジョーは左にずれ、ステイーヴィも左に動いて、ナイフを小さな体の下に敷いた。ジョーは息子を見下ろした。えらいわ、と表情で告げた。

ルペールがジョーに近づき、手を貸して立ち上がらせた。それから、子どもたちに言った。「おふくろさんたちは戻ってくるよ」ジョーとグレイスに、先に立って歩くように合図した。三人が外に出ると、彼は漁師小屋のドアに鍵をかけた。「こっちだ」彼は小さな家に二人を連れていき、ドアを開けた。「中に入れ」

ジョン・ルペールがランプをつけたとき、ジョーはそこに見たものに驚いた。居心地のよさそうな室内で、きちんと整頓されていた。すべてのものがおさまるべきところにおさまっているという快適さが、そこにはあった。一人暮らしの男の多くは、乱雑で不潔な環境で満足している多少野蛮な人種だと、ジョーはずっと思っていた。

「かけてくれ」

彼は花柄の小さなソファを示した。二人がすわると、彼は女たちを残して別の部屋へ行き、少しして新聞の束を持って戻ってきた。

「どうしておれがこれをやっているのか、わかってもらいたい」

コーヒーテーブルの清潔な表面に新聞を置き、グレイスの背後にまわって彼女の両手を自由にした。

「読め」そう言って、新聞を指した。

ジョーも、ルペールが持ってきたものを読んだ。古い新聞で、十年以上前のものだった。最初の日付は一九八六年十一月十九日だった。見出しには、〈スペリオル湖で鉱石運搬船沈没。乗組員絶望か〉とあった。鉱石運搬船〈アルフレッド・M・ティーズデイル〉がダルース港へ向けて航海中、スペリオル湖上で猛烈な嵐に遭遇し、全員が乗船したまま沈没した模様だと、記事は伝えていた。デヴィルズ島の観測所では時速百四十四キロの風が記録され、スペリオル湖上のほかの船舶からの無線通信では、十メートルを超す高波が報告されていた。〈ティーズデイル〉との最後の交信は、ほぼ一日半前の午後十一時三十七分で、船長はダルースの沿岸警備隊に、アポスル諸島方面へ迂回して嵐を避けると伝えたという。その後連絡はなかったので、〈ティーズデイル〉は無事に切り抜けて嵐が過ぎるのを待っていると思われていた。行方不明になったという正式な報告は、三十六時間経過するまでなかった。船が最後にいたと思われるアポスル諸島北部を中心に、広範囲の捜索が行なわれている。沿岸警備隊は、生存者がいる見込みはまずないと見ている。

「次はこれだ」ルペールは二つ目の新聞を渡した。

翌日の、十一月二十日付だった。見出しは、〈遭難の唯一の生存者発見〉となっていた。記事によると、沿岸警備隊は行方不明の鉱石運搬船〈アルフレッド・M・ティーズデイル〉の救命ボート一艘《そう》を発見した。船が沈む前に、三人の乗組員がボートに乗ることができたが、救助までの長い時間に耐えて生き残ったのは、たった一人だった。ジョン・セイラー・ルペールが瀕死《ひんし》の状態で発見されたとき、救命ボートは沈没地点と思われる水域から三十キロ以上離れた湖上を漂流していた。ルペールは沿岸警備隊のヘリでウィスコンシン州アッシュランドへ搬送されたが、重体の模様。

「これを」ルペールは女たちに別の新聞を差し出した。

一九八六年十一月二十二日付だった。〈唯一の生存者、恐怖を語る〉という見出しが躍っていた。

グレイス・フィッツジェラルドは、新聞を読まずに膝に置いたままだった。彼女はルペールを見上げた。「これが、わたしたちとなんの関係があるの？」

「あんたとだ」ルペールはぶっきらぼうに訂正した。「〈ティーズデイル〉は、フィッツジェラルド海運会社が所有して運航させていた。古い船だった、古すぎたんだ。最後の航海よりずっと前に、スクラップになっているべきだった」

「記事には、嵐はスペリオル湖を襲ったものの中でも最悪だったと書いてあるわ」

「ほかに遭難した船はいない」ルペールはテーブルの上に残った新聞を平手で叩き、グレイスのほうに身を乗り出した。「〈ティーズデイル〉の沈没に手を貸した者がいた」

「なんの話かわからないわ」

「爆薬だよ」ルペールは言った。新聞の一つをつかみ、ページの一部を引き裂いた。ポケットナイフを出して、刃を開いた。「船体に沿って一直線に、小さな爆薬を仕掛ける」彼はナイフの先で新聞紙に穴を開けた。「それから嵐が来るのを待つ。十一月の五大湖にいつも吹き荒れる嵐を。嵐が来たら、爆薬全部を同時に爆発させる」ナイフの刃で、穴を開けた部分を切った。「波が船体を上下に揺らす。しまいに、船は真っ二つになる」彼は線に沿って新聞紙を半分に裂いた。「そして、恐ろしい事故に見せかける」

「ひどいこじつけに聞こえるわ」グレイスは言った。

「冗談じゃない、前にも行なわれていることだ」

「でも、なぜ？」

「保険だよ」

グレイス・フィッツジェラルドの表情がきびしくなった。「わたしの父か代理人が、保険金のためにこんな悲劇を仕組んだっていうの？　どうやら、あなたは父を知らないようね、ミスター・ルペール」

「証拠がある。確固たる証拠が」

「信じないわ」

「おれは沈没した船を見つけた。潜って、船体の傷をカメラにおさめた。証拠はそこにある。だが、誰かがおれを監視していた。数日前、おれは殺されそうになったんだ。器材もすべて破壊された」

「それで、あなたはそれがフィッツジェラルド海運のしわざだと思うのね」

「ほかに、気にする者はいない」

「信じられない」

「信じろ」ルペールは部屋から飛び出して、額に入れた写真を持って戻ってきた。投げつけるように、それをグレイス・フィッツジェラルドに渡した。彼女は写真を一瞥《いちべつ》して、ルペールを見上げた。「弟のビリーだ」彼は言った。「おれが撮った最後の写真だ。弟は〈ティーズデイル〉と一緒に沈んだ。たった十八歳だったんだ」

グレイスは、前よりも長く、慎重に写真を見た。まだ少年だった。長い骨ばった顔と手足をして、まだ育ちきっていないようなぎくしゃくとした体格をしていた。そして、少年はほほえんでいた。入り江を背に小さな栈橋に立ち、その向こうには高く暗い岩の壁がそびえていた。「お気の毒に」グレイスはつぶやいた。

「気の毒がっても死んだ者は帰ってこない」

グレイスは目を光らせてルペールを見上げた。「でも、お金で帰ってくる？　あなたが夫あてに残したのは、身代金の請求でしょう」

彼は女の手から写真をひったくった。「難破船の調査を続けるために、金が必要だったんだ。ビリーは殺されたと証明するために。あの男たちは全員殺されたんだと証明するために」

グレイスはしばらく彼を見つめた。茶色の目は鋭く、長い鼻はつんと上を向いていた。「いくらほしいの？」

「二百万」

「夫は調達に苦労するでしょう」

「ばかな、あんたたちには充分まかなえる額だろう」

「わたしにはね。でも、夫にとっては違う。彼は、わたしのお金に手をつけられないの。結婚する前に、合意して署名したのよ」

「彼は貧乏人じゃない」

「夫の資産はすべて製材所に縛られているの。自分一人では、二、三十万ドルしか都合できないわ」

「嘘だ」

「わたしの命がかかっているのよ、ミスター・ルペール。それに、息子の命も。嘘をつくと思う？」

「誰も死ぬことにはならない」

「でも、わたしたちはあなたが誰か知っている」

「ああ」ルペールから怒りが消えていくようだった。肩を落とし、一瞬目を閉じた。「だから、あんたたちと話をしたかったんだ」曲げ木の揺り椅子に歩いていき、腰を下ろした。大事そうに手に持った弟の写真を見つめた。

「救命ボートの上で、奇妙なことが起きた。いままで誰にも話したことはない」

彼は、救命ボートの上での苦難を語りはじめた。巨大な波、凍るように冷たい水、猛烈な風。一人、また一人と死んでいき、一人ぼっちになったこと。それから、彼は誰にも話さなかったことを二人に打ち明けた。「おやじがおれのところに来たんだ。死んだおやじが。ボートの端にすわって、まだおまえが死ぬ番じゃないと言った。自分とおふくろとビリーはおまえが来るのを待っているが、まだそのときじゃないと」

ルペールは立ち上がり、歩きまわっていた。顔の筋肉は激情でこわばっていた。「おれはその記憶を酒で忘れようとした、沈没についてのほかの記憶と一緒に。だが、忘れられなかった。どうしておれの番じゃなかったのか、運搬船には善良な男たちが大勢いたのに、どうしておれだけが助かったのか。その答えを求めて、おれは十年以上を無駄にした。だが、とうとう答えがわかった」彼は歩きまわるのをやめて、グレイスに向きなおった。「おれは真実を見つけることになっているんだ」

ジョーは縛られた手を上げた。「これがその一部だったの？」

ルペールは、心の底から悔やんでいるようだった。「違う、なりゆきが……まずいことになってしまった。いいか、条件を出したい」

「言ってみて」ジョーは促した。

「〈ティーズデイル〉の難破を一から調査しなおすこと。それと、わかったことを隠《いん》蔽《ぺい》しないことを約束してくれたら、あんたたちを帰す」

グレイス・フィッツジェラルドは言った。「約束するわ」

彼はグレイスを無視して、じっとジョーを見た。「おれはあんたを知っている。あんたの言葉は信頼できると聞いている」

「約束するわ、ジョン。でも、わかってほしいの、あなたは告訴される。それは、わたしにはどうしようもないのよ」

彼はまた揺り椅子にすわった。「ことわざはなんだっけな？　真実を知れば自由になれる、か。長い長いあいだ、おれは監獄に入れられたような気がしていた。真実が発見されれば、この身がどうなろうとかまわない。おれは自由でいられるだろう」

グレイスは用心深く聞いた。「いま解放してくれる？」

「いまはできない。だが、すぐに」

「なぜ？」ジョーは聞いた。「もう一人の男がいるから？」

「あれはいい人間じゃないわ」グレイスは言った。

「ルペールはうなずいた。「しかし、やつには借金がある」

「それで、どうやって返すつもり？」ジョーは尋ねた。

「身代金はもらう。やつが金をとる——全額だ——そして姿を消す。いなくなったあと、おれがあんたたちを解放して、責任をとる」

「言ったでしょう、夫は身代金を調達できないと思うわ」

「だったら、払えるだけの金額をもらって、間に合わせるしかない。おれにとっては、金の問題じゃなかったんだ」

「あなたのパートナーは？」

「やつのことはまかせろ」

「子どもや女を傷つけるような人間を信用してはだめよ」

「あんたを傷つけたのか？」

「わたしじゃなくて、グレイスを」

ルペールがグレイス・フィッツジェラルドに尋ねるような顔を向けると、彼女はうなずいた。

「もう二度とさせない。約束する」

「わたしたちを放して」グレイスはもう一度頼んだ。「約束するから——」

ルペールは最後まで言わせなかった。立ち上がるとグレイスをさえぎった。「子どもたちが心配しているだろう」

ジョーとグレイスは、苦労してソファから立ち上がった。ルペールはキッチンの引き出しを開けて、灰色のダクトテープを取り出した。「向こうを向け」グレイスに命じた。

「まだそれは必要なの？」

彼はグレイスを見つめただけだった。その暗い目は疲労してはいたが、断固としていた。グレイスは向こうを向いた。ルペールは彼女の手をテープで縛り、二人の女を外へ連れ出した。

月の光で、前方の敷地から漁師小屋のほうへ三人の影がのびていた。ルペールは戸口に立って、鍵を差しこんだ。ドアが大きく開くと、暗い開口部がふたたび自分たちを呑みこもうと待ちかまえているように、ジョーは感じた。その思いが浮かんだ瞬間、小さな銀色の舌が黒い口から突き出してジョン・ルペールの腹をなめるのが見え、驚愕した。ルペールはうめき、あとじさった。また舌がさっと突き出した。こんどは、それが月光に輝くナイフの刃だとジョーは悟った。叫び声を上げて動くひまもないうちに、ルペールが少年を捕まえて地面から持ち上げた。少年と男は一瞬もみあい、ナイフが二人の頭上高く突き出されて、鋭い刃が月光にきらめいた。ナイフは地面に落ち、まるで白熱しているかのようにまだ輝いていた。少年は、黒いからの袋のようにジョン・ルペールに抱えられていた。

「その子を離して」グレイス・フィッツジェラルドが叫んだ。ルペールが捕まえているのはスコットだったからだ。

もう一つの影が漁師小屋から飛び出してきて、ルペールの下半身にぶつかった。男はよろめいたが、倒れなかった。小さな黒い人影はルペールの両脚にしがみついて、身長は自分の二倍、体重は五、六倍ある男をひっくり返そうとして小さなうめき声を洩らした。ルペールが捕まえていた少年もまたもがきはじめ、手足を激しく振りまわした。

「スティーヴィ」ジョーは叫んだ。「いいのよ。その人を離して」

グレイスも制止した。「スコット、やめて。その人はわたしたちを傷つけたりしないわ」

まるで頭と手足が増えたように見えるジョン・ルペールの全身が、静かになった。彼がスコットを下ろすと、少年は母親に駆け寄った。スティーヴィも手を離して、母親のそばに来た。ルペールは前かがみになった――ゆっくりと――そして、ナイフを拾った。刃が彼の目に月の光を反射した。ルペールは少年たちを見た。

「勇敢な子たちだ」

左手で腹を押さえた。ジョーは、彼のシャツに黒いしみができていることに気づいた。

「刺されたのね」

ルペールはズボンからシャツの裾を出して、その下をのぞいた。「かすり傷だ」漁師小屋へ入っていき、明かりをつけた。「みんな、中へ戻れ」

四人は彼の横を一列になって小屋へ入った。ルペールはまた子どもたちの手をテープで縛ったが、足首と口はそのままにしておいた。ジョーがナイフを取った道具棚を、ルペールは見た。

「ほかにもあんたたちの興味を引くものがあるかもしれないが、やめておいてくれ。すぐに終わるから」彼は約束した。「そうしたら、また家族と一緒になれる」

「一つだけ」グレイスが言った。

「なんだ?」

「もう一人の男。あの男とわたしたちだけにしないで」

「約束する」

ルペールは四人を暗闇に残し、ドアをロックした。敷地を横切って家へ向かう彼ののろのろとした足音に、ジョーは耳を傾けた。あの家にかつては彼の家族がいたのに、もう二度と団欒《だんらん》がよみがえることはないのだ。

# 36

コークがグレイス・コーヴへの脇道に近づいたとき、太陽が昇りはじめた。ヘンリー・メルーをクロウ・ポイントのキャビンへ送り届けたのは、一時間近く前のことだった。長い夜で、たとえ戦士であっても老人のメルーは疲れきっていた。ジョージ・ルダックが、いまブロンコの助手席にすわっている。彼はうつらうつらして、ほとんど眠っている。困難な一夜は、彼にもこたえているのだ。コークはシャツのポケットから小さな薬瓶を出して、親指で蓋を開けた。前腕でハンドルを操作しながら、白い錠剤を二錠てのひらに落とした。薬を口に放りこみ、水なしで飲みこんだ。蓋を閉め、瓶をポケットに戻した。これで、しばらくのあいだもつだろう。

ベテランの保安官助手、サイ・ボークマンが脇道の入り口に立っていた。手を上げて、コークのブロンコを止めた。ボークマンは恰幅のいい男で、しゃべると二重あごが七面鳥の肉垂れのように震える。彼はブロンコに歩みより、運転席側のドアに肉づきのいい腕をかけた。「やあ、コーク。家へ帰ってはいないのか?」

「いや。どうしてだ？」

「マスコミの連中に洩れた。リンドストロムとあんたの家に押しかけている。日が昇る前から来ているんだ。近づけさせないようにしているんだが、ちくしょう、あいつらはボートで湖から来たり、森の中を歩いてきたり、ヘリを飛ばして裏の芝に記者を下ろしたりしているんだ。こいつはビッグ・ニュースだからな。とうとう保安官は、もういいからマスコミの身分証を持っている者は通せと言ったんだ。あんたが家へ近づいたら、あいつらはうようよ集まってくるぞ」

「教えてくれてありがとう、サイ」

コークは車を出した。道がルペールのキャビンのほうへ分かれる地点に来ると、そちらへ曲がった。

「どうするんだ？」ルダックが聞いた。

「ここに止めて、歩いていく。動物園へ車で入っていくのはごめんだから」腕時計を見た。「まだ五時二十分だ。誘拐犯の電話は六時にくることになっている。時間はある」

コークは車を端に寄せ、丈の高い草むらの中に止めた。ルペールの地所だったが、いまとなってはあの男もたいして気にはしないだろう。プライバシーはとっくに蹂躙《じゅうりん》されている。ルダックもコークのあとについて森を抜け、干上がった川床を渡って、大きな家を囲む広い芝生に出た。ボークマンが言っていたとおり、そこはサーカスのような騒ぎになっていた。さまざまな角度からログハウスを撮影するために、たくさんのカメラが並んでいる。記者やレポーターが、お互いに話しあったり、各戸口に配置された警官に話を聞こうとしたりしている。さいわいなことに、コークとジョージ・ルダックが芝を横切っても、注意を払う者はあまりいなかった。裏口で、ステイト・パトロールが行く手をはばんだ。

「コーク・オコナーだ。ここに来ることになっている」

「身分証明書を拝見できますか？」

コークは運転免許証を見せた。

「そちらは？」ステイト・パトロールがルダックに聞いた。

「おれの連れだ」コークは言った。「やはり、ここに用事があるんだ」

ステイト・パトロールはジョージ・ルダックを観察したが、そうしているひまはあまりなかった。大勢のレポーターがこちらに近づいてくるところで、彼がもうマスコミにうんざりしているのはあきらかだった。「どうぞ」彼は脇にどいて、二人を通した。

キッチンには朝食の香りが漂っていた。ソーセージ、卵、ハッシュブラウンズ、コーヒー。テーブルの上には、からの発泡スチロール容器がいくつかと、〈ジョニーのパインウッド・ブロイラー〉と大きく印刷された大きな白い袋が二つあった。シャノーが届けさせたのだろうと、コークは思った。〈ブロイラー〉は留置場にいる者たちの食事をまかなっている。ジョーとスティーヴィが誘拐されてからコークはほとんどなにも食べていなかったが、〈ブロイラー〉の料理のいい匂いをかいでも、食欲は湧いてこなかった。

捜査陣は居間に集まり、電話を待っていた。デイヴィッド・アール捜査官は革の安楽椅子にすわって、なにかメモしている。マーガレット・ケイFBI特別捜査官はコーヒーのカップを手にして、次の電話を記録するために装置をチェックしているアーニー・グッデンの肩ごしにのぞきこんでいる。ラッキー・ヌードセンは腕組みをして、シャンデリアのクリスタルを通過する朝日が作りだす壁の虹を眺めているようだ。ウォリー・シャノーはウォーキートーキーで話している。

「どこにいたんだ？」コークを見てシャノーは聞いた。「サイは、きみがだいぶ前に通ったと言っていたが」

「迂回して、マスコミを避けてきたんだ」コークは答えた。「誰とも話したくなかったから。どうやら、地獄の蓋が開いたようだな」

「時間の問題だとわかっていた」正面の芝生に面したカーテンが開いている窓のほうへ、シャノーは目をやった。そこで繰り広げられている騒ぎが手にとるように見えた。「少しのあいだは遠ざけておいたが、じきになんらかの実のある情報を与えてやらないわけにもいかないだろう。どのみち郡全体が、もう知っている。保安官事務所の電話は鳴りっぱなしだ。ここらで、猿人からエルヴィス・プレスリーまでの目撃情報が寄せられているよ」

トレーの上にコーヒー・ポットと使い捨てのコップが置いてあった。コークはそこへ行って一杯ついだ。「コーヒーは、ジョージ？」

ルダックは首を振った。

「サイの話では、おれの家にもマスコミが押しかけているそうだ」コークはシャノーに言った。

保安官は沈鬱な顔でうなずいた。「こんなことになってすまないな、コーク。ドロス保安官助手をやって、ローズを助けだすようにはしたんだが」

「電話したほうがいいな」

カール・リンドストロムが短い廊下の先の戸口から出てきて、ゆっくりと居間に入ってきた。その様子を見て、コークは驚いた。カールはリンドストロム一族の人間、つまり闘士だ。だが、コークに近づいてくる男はあまりにも憔悴《しょうすい》して見え、闘争心はどこにも残っていないようだった。目は血走って、黒ずんだ眼窩《がんか》の底に落ちくぼんでいる。生命力は枯れ果て、弱々しい骨に皮膚がぶら下がっているだけの、老人のような歩きかただ。コークから一メートルほどのところで立ち止まり、間を置いてから口を開いた。

「申し訳ない。金を調達することはできなかった。やってみたんだが。ほかに、どこを頼ればいいのかわからない。どうしたらいいのかわからない」

ケイ捜査官が部屋の向こうから低い声で言った。「申し上げたように、ミスター・リンドストロム、交渉することはできるわ」

「どうやって?」怒りが——一瞬、生命力が閃いた——言葉にみなぎった。

「金を渡すと約束するんです。調達できるけれども、もう少し時間がかかると言って。犯人がほしいのが金なら、待つでしょう。そうしているうちに、事態を打開できるようなことが起きるわ、かならず」

リンドストロムは彼女を見やった。うつろな顔に戻っていた。「わたしはもう疲れた」

「カール」コークは彼の肩に手を置いた。「金はあるよ」

全員がコークのほうを向いた。

「ジョージ・ルダックは知っているだろう」コークは言った。

「もちろんだ」ルダックに向けたリンドストロムの顔はとまどいに満ちていた。これまで、二人の男はずっと敵同士だったのだ。まったくおかどちがいのこの場所に、このインディアンがいる理由はいったいなんなのだ？　とリンドストロムの表情は語っていた。

「ジョージが金を出すと約束してくれた」コークは告げた。

まったく聞こえなかったか、信じられないというように、リンドストロムは目を細くした。「どうやって？」

ルダックは答えた。「わしらのカジノの支配人に、かき集めるように頼んだ。もうすぐ届くよ」

リンドストロムの表情は変わらなかった。「なぜだ？」

「なぜなら、それが人としてすべきことだからだ」ルダックは言った。「富そのものに、オジブワ族は価値を見出しているわけではない。わしらが価値を置くのは、いかに富を使うかだ」

リンドストロムは驚愕しているようだった。完全にどぎもを抜かれたらしかった。

「わたしは……その……なんと言ったらいいのか……」

コークは助言した。「ミグウェチとだけ言えば充分だ、カール」

「ミグウェチ？」

「ありがとうという意味だよ」

リンドストロムの腕がゆっくりと持ち上がり、ジョージ・ルダックに差し出された。「ミグウェチ」彼は言って、オジブワ族の手を握った。「かならず返すよ、約束する」

「そのことはあとで相談しよう」

「きみは一晩中そのことで駆けずりまわっていたのか？」シャノーが尋ねた。「ずっと連絡をとろうとしていたんだ」

「聞かないほうがいいよ、ウォリー。それはともかく、おれは居留地のクリニックに行ったんだ。医療助手のアドリアンヌ・ワデナが、起きていられるような薬をおれにくれると言って。クリニックに入ったら、誰かが押し入った形跡があった」

「ドラッグか？」

「おれもまずはそう思う。アドリアンヌがいま目録をこしらえているから、誰か行かせて調べさせたほうがいい」

「ありがとう、コーク。そうしよう」

コークは、録音装置をいじっているアーニー・グッデンのところへ行った。ケイが肩ごしにのぞきこんでいる。「逆探知の準備だな？」

「電話会社がまた協力してくれているの」ケイが答えた。「でも、今回は前よりも準備がととのっているわ。半径三十キロ以内のすべての公衆電話を確認してあるの。百十七ヵ所。そのうち、四十八は商店の外に設置されている。三十三ヵ所については、もう人員を張りつかせてあるわ。電話をかける者を目撃できる確率は高いでしょう」

「で？」

「適切と判断できれば、逮捕するわ」

「それによって、おれたちの妻子の安全を確保できるとはかならずしもいえないな」

ケイは大きなため息をついた。「どうすれば確保できるというの、ミスター・オコナー？」

彼女の言うのももっともだ。コークは聞き流した。「犯人の手紙や、あなたがたが集めた証拠から、ほかになにかわかったことは？」

「残念ながら、いまのところは。保安官事務所への信頼できる通報については、すべて確認するようにしているから、その線からなにか出てくるんじゃないかしら。目下のところ、それがせいいっぱいなの」

コークは言った。「ありがとう。あなたがたの尽力には感謝している」

彼女はほほえんだ。かすかではあるが、はっきりとわかった。ほかのみんなと同じく、ケイもかなり疲れているようだ。

「家に電話しないと」コークはシャノーに言った。

「わたしのオフィスに電話がある」カール・リンドストロムが言った。「でなければ、携帯を使ってくれ」彼はポケットから携帯電話を出して、コークに渡そうとした。

「オフィスのほうを使わせてもらうよ、ありがとう」コークは電話をかけにいった。

ローズは疲れた口調だったが、もちこたえているようだった。「朝早くから来たのよ、コーク。まだ明るくなってもいなかったわ。あのレポーターの人たちときたら……」彼女は言葉を探しているようだった。

「ハゲタカ？」

「くそったれって言おうと思ったの」

「娘たちの様子は？」

「くたくたよ。少し前に、ようやく眠ったわ。話したいなら、起こしてくるけれど」

「寝かせておいてくれ。だが、目をさましたときに話してやれるいい知らせがあるんだ。金を調達することができたよ」

「ああ、コーク」ローズの声が涙でとぎれた。「神さまのおかげだわ」

「それと、アイアン・レイクのオジブワ族の」

「どういうこと？」

「あとでみんな説明するよ。行かなくちゃ。犯人がもうすぐ連絡してくる。娘たちを頼むよ、ローズ。おれも帰れるときに帰るから」

「神さまがともにありますように、コーク」

居間に戻ると、リンドストロムは窓の近くに陽光を浴びて立ち、けさまでは何もない美しい緑の広がりだった芝生を眺めていた。コークはそばに行った。レポーターたちが彼とリンドストロムが並んでいる写真を争うように撮っているのが見えたが、かまわなかった。乾いた白い石のようなものが、人込みの中で揺れているのに気づいた。ヘル・ハノーヴァーの剃りあげた頭だ。コークは胃の腑《ふ》がこわばるのを感じた。ヘルとは決着をつけなければ、それもすぐに。

「わたしのせいだ」リンドストロムがつぶやいた。

「自分を責めるな、カール」

「わたしのせいなんだ。いまいましい製材所とリンドストロムの家名にすっかり気をとられて、ほんとうに大事なことにかまわなかった。あの晩、ここにいればよかったんだ」

「誰にも予測できなかったことだよ」

「どうして、手遅れになるまで愛するものを大切にすることに気づかないんだろう？」

「手遅れじゃないさ、カール。おれたちは家族を取り戻す」

リンドストロムがこちらを向き、コークは相手の疲れた目が落ちこんだ暗闇に、ふたたびなにかがよみがえるのを見た。「あんたを信じられそうだ」

電話が鳴った。

「来たわよ」ケイ特別捜査官が言った。

リンドストロムはすばやく電話のところに歩いていった。アーニー・グッデンが親指を上げて合図するまで待ってから、受話器を取った。スピーカー・フォンにして応答した。

「リンドストロムだ」

「金はできたか？」その声には、またもや耳ざわりなボイスチェンジャーがかかっていた。

「ああ」

長い間《ま》があった。「あるんだな？」

「言っただろう、ある」

「そいつはすばらしい」ボイスチェンジャーを通していても、相手が含み笑いしているのはわかった。

「で、どうする？」リンドストロムは聞いた。

「受け渡しは今夜だ。暗くなってから。午後九時半に電話して、受け渡しの指示を出す」

「受け渡しじゃない。交換だ」

「ミスター・リンドストロム」通話は切れた。


「それは手配する」

「家族が無事だという証拠がほしい。それから、オコナーの家族も」

「でなければ、なんだ?」相手はとがめるような口調で言った。「じゃあ今夜、ミスター・リンドストロム」通話は切れた。

「わかったか?」携帯電話で電話会社と連絡をとっていたアーニー・グッデン捜査官に、コークはすばやく尋ねた。

「ちょっと待て。よし。ハーバー・アヴェニュー三四一四の公衆電話からだ……」彼の顔が曇った。「ダルースだ」

「ダルース?」リンドストロムは繰り返した。

「やられたわ」ケイが低い声でつぶやいて、アーニー・グッデンに向きなおった。「ダルースの警察に電話して。こっちが鑑識を送れるまで、電話ブースを確保しておくように頼むのよ」彼女はデイヴィッド・アール捜査官を見た。「相手は頭がいいわ」

「ああ。しかし……聞いたか? リンドストロムが身代金を用意したと言ったとき、相手は驚いたようだった。どう思う?」

「わからない」ケイは額をこすった。「受け渡しを暗くなってからにのばしたわね。それは筋が通る。姿を見られたくないんだわ」

シャノーが言った。「外のマスコミに、声明を出す必要があるな」

「わたしが連中に話すよ」リンドストロムの声には威嚇《いかく》するような響きがあった。

「それはしないほうがいいわ」ケイは止めた。「わたしが話しましょう」アール捜査官のほうを向いた。「一緒に外へ来てもらえるかしら。州側を代表して」

「わかった」アールはうなずいた。

ケイはシャノーを見た。「計画を立てましょう。あなたの協力が必要だわ」

「なんでも言ってくれ」

ケイが玄関のほうへ歩きだしたとき、コークは低い声でジョージ・ルダックに言った。「二、三分後にブロンコのところで。保留地まで送っていくよ」

「あんたはどこへ行くんだ？」

「悪魔と握手しにさ」

レポーターたちがＦＢＩと犯罪捜査局《BCA》の捜査官の登場を見て前面の芝生へ押し寄せているあいだに、コークは裏口から出た。ケイとアールに気をとられている人込みの中を、すり抜けていった。ケイは太陽と向かいあって、見上げている大勢の顔にまばたきしながら、玄関ポーチに立った。

「みなさん、お待ちいただいたことに感謝します……」彼女は口を開いた。

コークはすぐにヘル・ハノーヴァーを見つけた。背後から、相手の耳にささやきかけた。「あんたに独占記事をやるよ、ヘル」

ハノーヴァーはふりむき、その顔にまぎれもない驚きがあらわれた。「オコナー。なんの用だ？」

「話がある。特ダネだ」

「奥さんと子どもの誘拐についてか？」

「いや。そっちのケツを監獄から救い出してやることについてだ。一時間後に、〈サムの店〉へ来い」ハノーヴァーがなにも言えないうちに、コークは離れていった。

ヘル・ハノーヴァーのえび茶色のトーラス・ワゴンが〈サムの店〉のそばの未舗装道路を揺れながらやってきて、無人の駐車場で止まった。ヘルは少しのあいだすわったまま、周囲を見まわした。車のドアを開け、ぎくしゃくとした動きで義足を突き出して、立ち上がった。右手でまだ低い朝日をさえぎり、もう一度あたりの地形を注意深く眺めた。自分がどういう状況に踏みこんでいくのか警戒しているようで、それももっともなことだった。一年半前、彼はコークとの対決で用心を怠り、そのためにもう少しで刑務所送りになるところだった。ヘルは手を下ろし、プレハブ小屋の入り口に向かって足を引きずりながら歩いていくと、ノックした。ドアはすでに少し開いており、彼は義足で大きく開け放した。

「オコナー？」中に向かって呼びかけた。

答えはなく、ハノーヴァーは背後と左右をうかがった。左手がしわになったスポーツジャケットの下の腰のくぼみに滑りこみ、てのひらにおさまるほどの小さな拳銃を抜き出した。

「オコナー？」もう一度呼んだ。そのあと、彼は中に入るという間違いをおかした。

コークは〈サムの店〉正面の接客窓口から離れた。〈サムのビッグ・デラックス・バーガー〉のポスターに開けた小さな穴から、ずっとハノーヴァーを見ていたのだ。プレハブ小屋の居住部分と店を分ける戸口のすぐ内側に、コークは静かに立った。野球のバットを手にしていた。この前のアニーの誕生日に買ってやった、ルイヴィルスラッガーだ。

古いプレハブ小屋の床が、ヘル・ハノーヴァーの足もとできしんだ。相手の位置を把握するのは、コークにとってたやすいことだった。ハノーヴァーはまっすぐコークが望む場所へ行き、足を止めた。確かめなくとも、ヘルが写真を見ているのはわかった――テープで補修して、キッチンの流しの上に貼ってある――裸のジョーがほかの男とセックスしている写真だ。コークが赤い手書きの大文字で記したメモが、クリップで留めてある。〈気にしないさ、これっぽっち《ヘル》も〉

床板のきしみがやんでハノーヴァーの足が止まったとわかった瞬間、コークはさっと戸口から出た。ハノーヴァーがその音に反応する前に、アニーのルイヴィルスラッガーを振りかざしてヘルの左前腕を打った。ハノーヴァーは痛みに叫び声を上げ、拳銃を床に落とした。コークはバットの先を警棒のように突き出し、ハノーヴァーの腹の中央をとらえた。ヘルは膝をつき、空気を求めてあえいだ。コークは、拳銃を禿げた男の手の届かないところへ蹴り飛ばした。

「おい」コークは彼の上に立ちはだかり、自分も息を荒くして言った。「武装革命を指導しようっていう男にしては、お粗末すぎる戦略家だな」

「おまえを……逮捕させてやる」ヘルはあえぎ声のあいまにうなった。

「で、自分が破壊したがっている社会のシステムに頼るわけか？　そんなことはしないだろう、ヘル。それに、あんたの負けだ。あんたはおれの家に無断侵入し、銃を抜いた。こっちはいつだって、陪審にそれを持ちだせる」

ハノーヴァーは痛めていない手で腹を押さえ、やっとのことでコークを見上げた。

「いったい、これはなんの真似だ？」

靴の先で、コークは床の上の拳銃をつついた。「ちっぽけな三二口径か、ヘル？　巨大な武器庫から選んだわりには、情けない銃を持ってきたものだ」

「携帯許可証はある」

「安全策というわけだな、なるほど。刑務所行きになるかもしれないと心配していたのか？」

「なにが目的なんだ、オコナー？」

「交換だ」

ヘルはゆっくりと立ち上がった。腹をさするのをやめて、ルイヴィルスラッガーの一撃を受けとめた前腕におそるおそる触れた。「ちくしょう、骨が折れてるみたいだ」

「話がつかなければ、そいつはほんの手始めだ」

「交換だと。いったいなんの話だ？」

「ジョー、スティーヴィ、グレイス・フィッツジェラルド、彼女の息子。その四人と、あんたが不法所持している武器の山との交換だ」

「なにを言っているのかさっぱりわからない」

「答えが間違っている」コークはまたバットをスイングして、ハノーヴァーのいいほうの足の膝のすぐ下を打った。ヘルは悲鳴を上げて倒れた。

「頭がおかしくなったのか、オコナー」

「そのとおり。いますぐあんたを殺せるくらいおかしくなっているぞ、ヘル。おれは家族を取り戻したいんだ」

「おまえの家族のことなんかなにも知らない、くそったれ。この誘拐にはなんの関係もないんだ」

「あんたは、その写真を使って環境保護の戦士《エコ・ウォリア》の捜査からおれを遠ざけようとした。なぜだ?」

ハノーヴァーはまた立ち上がろうとしたが、脚がいうことをきかず、ふたたび膝をついた。「あらゆるレベルの政府の鼻先で、暴発が起きそうな状況だったからだ。ああ、夢のようなチャンスだった、おれは起きてほしかったんだ」彼は脚にさわって顔をしかめた。「ええ、くそ」

「二百万ドルだ、ヘル。それが身代金の額だ。二百万ドルあれば、あんたの小さな武装組織の武器庫はいっぱいになるだろう」

「おれは武装組織なんか持っていない。おまえのせいだったろうが?」彼はコークに、痛がるというよりはふてくされたような顔を向けた。「おれを殺すつもりか、オコナー? だったら、さっさとしたらどうだ。脳天を砕くか、なんでも好きなようにすればいい」

コークはバットの先をハノーヴァーの頭に置いた。「おれはもう二日寝ていないんだ、ヘル。妻と息子は血迷った卑劣漢に囚われている。おれがあんたを殺さないとほんの少しでも思うなら、考えなおせ」

「いいか、おれにどうしろというんだ? おまえの家族を誘拐などしていない。妻と息子は土曜の夜に連れ去られたんだろう？　土曜の夜、おれはタワーでボランティア消防士たちの出動を取材していた。百人の人間がそこでおれを見ている」

「だったら、あんたの武装組織のしわざだろう」

「おれの武装組織があるとしても、オコナー、レベルを考えてみろ。こんなことを実行できるだけの冴えたやつがいると思うのか？　まったく、おれをぶちのめしたのはとんだ空振りだぞ」

コークは後退したが、バットは下ろさなかった。「空振りじゃないさ。写真の件も決着をつけないとな」

ハノーヴァーは頭上に吊るされている写真を見上げた。「そのことでおれを殺すのか？　そうは思えないな」コークを打ち負かしたかのように、彼はにやりとした。

「目には目を、脅しには脅しを」コークは言った。「リトル・サン湖」

それを聞いて、ハノーヴァーの表情が変わった。にやにや笑いは消え、目には追いつめられたような表情があらわれた。

「そうだ」コークはうなずいた。「あんたの武器の隠し場所がリトル・サン湖にあるのを見つけた。そして、移動したよ。ＡＫ47、スコーピオン・サブマシンガン、催涙ガス弾、弾薬、一つ残らずすべてを。いまは、こっちの隠し場所にある。だが、おれがひどい間違いをおかしていなければ、武器にはあんたの指紋がうじゃうじゃついているはずだ。それに、〈ミネソタ市民旅団〉のほかのメンバーの指紋も。アルコール《A》・煙草《T》・火器《F》局は大喜びするだろう。あんたは相当長いあいだ、刑務所に行くことになる」

ハノーヴァーは答えず、まばたきもせずにらむだけだった。

「それから、おれを消せば問題が解決すると思うな、ヘル。武器を動かすとき、大勢の人間に手伝ってもらった。もしおれに危害が及べば、三十分以内にATFへ隠し場所が通報されることになっている。その写真もしくはその複写、もしくはどこかに隠しているかもしれないほかの証拠を誰も目にすることがなければ、あんたは自由の身でいられる。わかったか？」

ハノーヴァーは荒い呼吸を繰り返したあと、やっと答えられるようになった。「ああ、わかった」

「よし。さあ、ここから出ていけ」

コークは下がったが、ハノーヴァーは立ち上がらなかった。「歩けるかどうかわからない」

「ほら」コークはルイヴィルスラッガーを渡した。「これを杖にしろ。だが、銃はおれが持っている」床から拳銃を拾った。

ヘル・ハノーヴァーはよろめきながら立ち上がり、木のバットに寄りかかってのろのろと外へ出た。ゆっくりとトーラスに乗りこむとき、痛そうにうめき声を上げた。

「バットを置いていけ」

ハノーヴァーはルイヴィルスラッガーを地面に投げ、車のドアを閉めてエンジンをかけた。一度もコークのほうをふりかえらずに、彼は走り去った。

コークはプレハブ小屋の戸口に立っていたが、この十五分間に噴出したアドレナリンのせいでまだ体が震えていた。もし、ハノーヴァーがジョーとスティーヴィの誘拐に少しでも加担していると匂わせていたら、あの男を容赦なく殺せる覚悟はあった。だが、ハノーヴァーと彼が支持しているものすべてが大嫌いではあっても、こんどの件についてはあの男の無実を信じた。

がらんとした駐車場を見つめた。端のほうの雑草は日照りのせいで茶色になっている。バッタがたくさんいて、いたるところで草を食《は》んでいる。熱気の中、虫たちの羽音がうるさいほどだ。だが、コークはバッタを見てもいなければ羽音を聞いてもいなかった。思いに沈み、絶望的な気持ちで考えていた。ヘルでないのなら、いったい誰が？

37

ウェズリー・ブリッジャーは、朝の遅い時間に現れた。ルペールの小さな家の横にヴァンを止め、中に入ってきた。

「どうしたっていうんだ、族長《チーフ》？」

ジョン・ルペールは小さなダイニングテーブルの前にすわって、コーヒーを飲んでいた。かなり疲れていたが、ブリッジャーと話をつける前に寝たくなかった。テーブルの上にひじをついて、相手をじっと見つめた。「あんたの周到な計画でも思いもよらなかった事態が起きたんだ」彼は答えた。「火事だよ。もう少しで、おれたち全員死ぬところだった」

「あいつらは？　無事なんだろうな？」

「無事だ」

「だったら、なんてことないじゃないか。あんたはよくやったよ」彼はルペールに近づいて、親しげに背中を叩いた。「そのコーヒーを一杯もらっていいか？　おれにとっても長い夜だったんだ」

「どこにいたんだ？」

「準備していたんだよ。いろいろと用意をととのえていた。連中、金を用意したぜ」

ブリッジャーはコーヒーをつぎ、雄叫《おたけ》びをあげた。「現ナマを、用意したとよ」

「フィッツジェラルドの娘は、夫が金を調達できないんじゃないかと言っていたが」

「ほらを吹いているんじゃないかぎり、調達したのさ。そして、おれたちは今晩金を手に入れる」ブリッジャーはカップを持ち上げて乾杯のしぐさをした。「もう祝いを始めてもいい。百万長者になるのがどんな気分か、考えてみろよ」

ルペールはカップを置いた。「話しあわなくちゃならないことがある」

ブリッジャーは椅子を引き、向きを変えて逆向きに腰かけた。コーヒーを飲みながら、椅子の背ごしにルペールに聞いた。「話？　なんだよ？」

「おれは金はいらない」

ブリッジャーは笑った。「おもしろいジョークだ」

「本気なんだ」

「わからないな」

「金はほしくない」

「なら、なんの目的もなく、えらい危険をおかしたってことか」

「顔を見られたんだ、ウェス」

ブリッジャーは彼を見つめ、目をしばたたいた。それから、カップを壁に投げつけた。「こんちくしょう」立ち上がると、椅子を蹴倒した。「まったく。なんだって――」

「火事のせいだ。四人を炎から逃がしているときのことだ。どうしようもなかった。彼らのせいじゃない」

「くそ」ブリッジャーは花柄のソファを蹴った。目を閉じ、どちらを向いても袋小路であるかのように、いらいらして頭を振りながら少し考えた。「で、どうしてそれが金はいらないって話になるんだ？」

「あんたは金を持っていけ。罪はおれが引き受ける」

ブリッジャーは陰気な顔で鼻を鳴らした。「また酒を飲みはじめたのか？」

「道はそれしかない」

「いや」ブリッジャーは彼をにらんだ。「それだけじゃない」ルペールは相手の言い分を理解した。「この人たちは家族のもとへ帰るんだ、ウェス」

「あいつらは家族のもとへ帰る。あんたは刑務所へ行く。おれはどうなる？　二百万ドルを持って夕陽の中へ消えていくのか？」

「そうだ」

「やつらがそんなことをさせると思うか？　やつらは金持ちなんだ、チーフ。金持ち連中をぎゃふんといわせたら、やつらはさらに手ひどく返り討ちにするだけの資金を持っている。それに、警察はどうだ？　おれのことを白状するまで、あんたを地獄のような目にあわせるぞ」

「やってみるがいいさ。おれは、いままでずっと地獄で暮らしてきたんだ。これ以上おれを苦しめることなんかできっこない」

ブリッジャーはテーブルのそばに戻り、ルペールに身を寄せて、ささやいた。「この話にはもっと奥がある、そうだろう？」

「難破を再調査して真実を明らかにすると、あの二人は約束した」

ブリッジャーは驚いたふりをしてあとじさった。「それで、あんたは信じたのか？　チーフ、あんたもおめでたいな」

「そういう言いかたはやめろ」

「なんてことだ」ブリッジャーはうんざりしたように背を向けた。戸口へ向かったが、出てはいかなかった。そこに立って、漁師小屋を見た。「どうやら、さいは投げられたってわけだな。あんたはあんたのちっぽけなルビコン川を渡ったんだ」一呼吸置いて、ルペールに向きなおった。「だが、今夜の受け渡しはやるだろう？」

「ああ」

「わかった。あんたの人生だからな」彼は戻ってきて手を差し出した。「失敬なことを言って悪かった」

ルペールは握手しなかった。「あと一つ。これが終わるまで、あの四人には近づくな」

ブリッジャーは手を下ろして、問いかけるようにルペールを見た。

「フィッツジェラルドの娘を痛めつけただろう」

「ちょっとばかり脅かしただけだ」ブリッジャーは肩をすくめて、ばつが悪そうに笑った。「わかったよ、かなり脅かした。だがな、あの女は逃げようとしたんだぜ」

「とにかく放っておくんだ」

ブリッジャーはまじめな顔をして両手を上げた。「誓うよ」背を向けて、歩きだした。「今晩の準備がまだあるんだ。もう行くよ」戸口で立ち止まった。「ほんとうに、気持ちは変わらないんだな?」

「変わらない」

ブリッジャーは親指と人さし指で銃の形を作り、ルペールを撃つ真似をした。「あんたはたいした野郎だぜ、わかってるのか、チーフ?」彼は外へ出ていった。すぐにヴァンのエンジンがかかり、車は細い道を遠ざかっていった。

ジョン・ルペールはすっきりした気持ちだった。いちばんむずかしい部分は終わった――ブリッジャーとの話しあいは。テーブルを離れてキッチンへ行った。袋にバナナを入れ、プラスティック容器に冷たい水道水を満たした。外の空気はむっとして、煙の臭いがした。ルペールは漁師小屋へ行ってドアの鍵を開けた。入っていくと、女二人が顔を上げた。子どもたちは、あごを胸につけて眠っていた。

「腹がすいたんじゃないかと思ったんだ。それと、水を飲んだらどうかと」彼は静かに言って、袋を床に置いた。台の上のジャムの瓶のグラスに、水をついだ。グラスをグレイス・フィッツジェラルドに差し出した。彼女がうなずいたので、口もとにグラスを近づけた。「ご主人は金を用意した」女があごに水を一筋こぼしたので、彼は拭いてやった。

「どこで調達したのか、想像もつかないわ」

「二百万ドルでビリーが救えたなら、おれは天地を動かしてでも手に入れただろう」

「スコットに、また注射をしないと」

「薬を持ってくる」彼はジョー・オコナーを見た。「その前に、水を飲みたいか？」

「いいえ、ありがとう」

戻ってくると、スコット・フィッツジェラルドが目をさましていた。「手首を自由にする。そうすれば、注射してやれるだろう」ルペールは少年の母親に言った。テープを切って手首から剝《は》がし、包装された注射器と薬を彼女の手の中に置いた。後ろに下がって、見守った。少年はまばたき一つせずに注射を受けた。ルペールは捨てるために注射器を受け取った。

返しながら、フィッツジェラルドの娘は言った。「二千万ドルでエドワードが救えたなら、わたしは惜しんだりしなかった」

ルペールは驚き、相手の言葉を理解できるまでに少し間があった。「最初のご主人だな? 湖で亡くなった。あんたの本を読んだよ。立派な男だったようだな」

ルペールは注射器を、壁にとりつけた金属の箱の小さな穴に入れた。それは、父親がひげを剃るときたまに漁師小屋の流しを使っていたころ、古いカミソリの刃を入れていたものだった。「お父さんを覚えているか?」少年に尋ねた。

「あんまり」

「それは運がいいかもしれない。覚えていたら、とても悲しいだろう」

「人生は続いていくわ、ミスター・ルペール」フィッツジェラルドの娘が言った。

「そうだな」彼は金属の箱を叩いて、注射器が確実に中に入るようにした。「だが、決して忘れられはしない、そうだろう?」向きなおって、女を見下ろした。「おれは、入り江で長いことあんたたちを観察していた。そのときに見たと思った人間と、じっさいのあんたとは違う」

「どう違うの？」

「どうでもいい。おれは見当違いをしていた」彼はダクトテープを持った。「また、手を縛らないと」

「そうしなくちゃならないの？」

「あと少しだ。すまないが」女を縛り、息子に尋ねた。「腹はすいているか？」

「うん」

「バナナはどうだ？」

「食べるよ」

彼はスコットの手を自由にして、食べおわるまで待った。「あんたの息子はどうだ？」オコナーの妻に聞いた。

「この子には睡眠のほうが必要だわ」

ルペールはバナナの皮を外へ放り、少年の手首をふたたびテープで縛った。「疲れた。こっちにも睡眠が必要だ。しばらくしたら様子を見にくる。窓は開いているし、風が入ってくる。涼しいはずだ」

ルペールは漁師小屋のドアに鍵をかけ、入り江と湖を隔てる岩のほうへ歩いていった。岩の上にすわり、あたりの風景すべてを心にとりこもう、こまかいところまで記憶にとどめようとした。もうじき、むきだしの壁と鉄格子だけを眺める日々が来るのだから、わが家を覚えておきたかった。煉獄の丘《パーガトリー・リッジ》と呼ばれる巨大な古代の溶岩流を見上げた。縞のある黒い崖は、つねに彼の最良の思い出の背景をなしていた。目を閉じると、そこには入り江の銀色がかった青い水が輝き、そのすぐそばには小さな家がある。岸辺のポプラとアスペンはいま緑だが、秋には紅葉し、黄金の削りくずのように落ち葉が水の上に舞い散るのだ。最後に、彼は自分が生まれる何千年も前からここにあり、死んだあともずっとここにあるであろう湖を眺めた。湖を憎んだこともあった。奪われたものを思い、湖を責めたこともあった。だが、ほんとうのところは、湖はただ茫漠《ぼうばく》と無関心にここに存在しているだけだと、彼にはわかっていた。なにも聞かず、誰にも従わず、その水面を渡る者はかならず危険を負うことになる。そんなふうに、湖は人生そのものをあらわしている。

囚人としての日々を前にして、ジョン・ルペールは十数年ぶりに自由を感じ、自分は生きていると思った。

力強い船のエンジンの音がして、目がさめた。彼はベッドに横たわって、単調なエンジン音が大きくなって入り江へ入ってくるのに耳を傾けた。ベッドから飛び降りて窓辺へ行き、ウェズリー・ブリッジャーがエンジンを切って桟橋にこぎれいなモーターボートをつけるのを見守った。ルペールは靴をはき、水辺へ向かった。

ブリッジャーがもやい綱を投げた。「係留してくれ」

「これをどこで手に入れたんだ？」

「借りたのさ。今晩だけ。気づかれないよ、ぜったいに」

「なんのために？」

ブリッジャーは船から飛び降りた。片方の手にスキーマスク、もう片方の手に重そうな金属の懐中電灯を持っていた。桟橋に立つとすぐに、頭からスキーマスクをかぶった。「行って、お客さんたちに話をしよう」

「なぜだ？」

「いい知らせがあるんだ」彼はルペールの肩に同志という雰囲気で手をまわした。「交換の手はずはすべてととのった。お客さんたちが知りたがるとは思わないのか？それに、おれは謝罪をしないとな。かなり手荒に扱ったから」

あたりは薄暮に染まりはじめていた。思ったよりも長い時間眠ってしまったことにルペールは気づいた。さっきよりも涼しくなり、心地がいい。風の中のなにかが変わったのだ。

漁師小屋に着いて、ルペールが鍵を開けているとき、ブリッジャーが尋ねた。「チーフ、確認しておきたいんだが。ほんとうにいいんだな？　つまり、あんたが全責任を引き受け、おれは二百万ドルを持って鳥のように自由に飛んでいっていいんだな？」

「自分の気持ちがこれほど確かなのは久しぶりだよ、ウェス」

ルペールはドアを開け、一歩中に入った。後頭部への打撃は、感じさえしなかった。ただ、まっすぐに暗闇へと落ちていった。

38

娘たちはやつれていた。泣き疲れ、年齢よりもはるかに年をとって見えた。そしてローズも、彼女の勇気と信仰をもってしても、いまにも絶望に屈してしまいそうに見えた。

「お金を払えば、ママとスティーヴィを返してくれるのね？」ジェニーはせっついた。

ローズがこしらえてくれたハムとチーズのサンドイッチを、コークはかじった。味はほとんどしなかった。食べているのは、体力を保たなければならないとわかっているからだ。「そうだ、ジェニー。返すと信じている」キッチンの戸口の近くで壁に寄りかかっているマーシャ・ドロス保安官助手のほうを、ちらりと見た。彼女は中背でほっそりとして、茶色の髪をショートにしている。そして、コークが知るどんな法執行官にも負けず頭が切れる。彼女が目をそらしたのは、状況がほんとうはどれほど不安定かを知っているからだ。コークはまた、マーシャが疲労しきっているのも見てとった。捜査に加わっている者は全員、ろくに寝ないで長時間勤務している。それが仕事だからマーシャがそうしているわけではないことを、コークは知っている。それが正しいことだから、そしてなんらかの助けになるかもしれないと思うから、そうしているのだ。コークは心から感謝していた。

「どうやってお金を渡すの？」アニーが聞いた。彼女は、父親とジェニーとともにキッチンテーブルの前にすわっていた。ローズは流しの前に立って、皿を洗っていた。水切り籠の中の濡れた銀食器が薄暮の太陽を反射して、壁や天井に光の炎を散らしている。

「まだわからないんだ、アニー。今晩、電話がかかってくるのを待たないと。九時半に」

「逆探知して捕まえられないの？」ジェニーが聞いた。

「やっているんだ。誰だか知らないが、相手は頭がいい」

「でも、人質は返してくれるんでしょう？」

「言っただろう、ジェニー。そう信じている」娘の執拗な質問と、つきつづけている嘘によってかきたてられる怒りに、コークは呑みこまれまいとした。「あらゆる点から見て、犯人は約束を守るはずだよ」

「FBIはしょっちゅうこういう事件を扱っているのよ」ローズが言った。「ちゃんとやりかたを心得ていると思うわ」

娘たちは確認を求めるように父親を見た。彼はペーパーナプキンで口もとをぬぐい、立ち上がった。「グレイス・コーヴへ戻らないと」

「コーヒーがもうできるわ」ローズの声音には、嘆願するような響きがかすかに感じられた。行かないで、と言っているようだった。ローズが背負っている重荷がどれほどのものかを、コークは察した。娘たちに希望を持たせつつ、心の中では事態の深刻さを案じている。レポーターたちに包囲されてグズベリー・レーンの家から出られず、自分を支えるものといえば信仰のほかにはなにもない。

「行かなくちゃならないんだ、ローズ」彼は告げた。「連絡するから」

彼女は黙ってうなずいた。

コークは娘たちを抱きしめてキスした。

「こんどパパと会うときには、ママとスティーヴィも一緒よね？」ジェニーが言った。

「また家族に戻れるよ」彼は約束した。

コークはオーロラを出てアイアン湖の南端をまわった。さっきまで熱い風が吹いていたが、いま大気は動かず北の大地に重くのしかかっている。なにかが破裂しそうだ。コークは骨の痛みのようにそれを感じた。

午後のあいだずっと、すべてを別の観点から考えよう、これまで見ていなかったものを見ようとしていた。ヘル・ハノーヴァーが容疑者からはずれ、ジョーン・ハミルトンとアイゼイア・ブルームが留置されているとなると、もっとも大きな可能性として浮上するのは、セコイアのジャンヌ・ダルクの息子ブレット・ハミルトンだ。コークが知るかぎり、彼はまだ捕まっていない。メルーがほのめかしていたことが当たっているなら、あの若者がほんとうの環境保護の戦士《エコ・ウォリア》なら、すでに一度殺人をおかしている。誘拐をしたところで、なにも失うものはないのではないだろうか？

　しかし、この考えは間違っているとコークの勘は告げていた。女と子どもをさらうような人間は、邪悪な心と戦士の度胸を持っているはずだと、メルーは言っていた。あの若者には度胸はある。自分の信念のために、〈サムの店〉の駐車場でこてんぱんにのされる覚悟でアースキン・エルロイとやりあったとき、コークはそれを見ている。だが、あの出来事は同時に、無私の精神と神聖な生命への敬意を示しているように思え、それは女と子どもを危険な目にあわせる邪悪な心とは矛盾する。

　なぜかはっきりとは言えないが、コークの思いはいつもジョン・ルペールへと戻っていった。一つには、ルペールが見かけどおりの酔っぱらいとは思えない。また一つには、グレイス・コーヴのルペールの土地は、誘拐を計画するにあたってリンドストロムの家を監視するには最適の場所だ。問題は、ハミルトンの息子と同様に、ルペールが誘拐に手を染めるような人間とは思えないことだった。保安官だったころ、コークはタマラック郡の人々をよく知っていることに誇りを持っていた。人となりを測ることにかけては、熟練しているという自信があった。ルペールは、かつては大酒呑みだった。酔っているときには言い争いをすることもあった。たまには、けんかもした。だが、それは酒のせいと、おそらくは人生に失望したせいだろう。ルペールは聖人ではないが、金のために人の妻子を誘拐するような悪魔でもない。少なくとも、コークにはそう思えた。

それでも、ルペールは語っている以上のことを知っているという気がしてしかたがなかった。もしそうなら、二つのあきらかな疑問が湧く。ルペールはなにを知っているのか、そしてなぜ黙っているのか？

グレイス・コーヴへの曲がり道には、こんどはギル・シンガー保安官助手が立っていた。コークは車を寄せて呼びかけた。「リンドストロムの家はまだ動物園状態か？」

「元気なやつらしか残っていないよ、コーク。暑くて、ほかの連中はホテルへ引き上げた。あんたのほうは大丈夫か？」

「踏んばっているよ、ギル。最近、ジョン・ルペールを見かけたか？」

「ルペールは出かけたとサイが言っていたよ。自分の地所に、糞にたかるハエみたいにおまわりがうようよしているってこぼしていたそうだ。それ以来、見ていないな」

コークは車を出そうとしたが、シンガーが呼びとめた。

「そうだ、けさ保安官に言われて保留地のクリニックの侵入事件を調べにいったんだ。なくなっていたのは、インシュリンと注射器だけだったよ」

「糖尿病の犯人か？」

「おかしな世の中だな、コーク」

「ありがとう、ギル」

コークはルペールの土地に車を止めたが、まっすぐリンドストロムの家へ向かわずにルペールのキャビンへ歩いていった。男のピックアップはなく、あたりはがらんとしていた。コークは裏へまわり、ルペールのピックアップがちょうど入る大きさの納屋へ行った。ドアには鍵がかかっていた。ほこりだらけの窓から、中をのぞいてみた。工具がいくつか――シャベル、つるはし、手長斧、二種類の熊手――壁にかかっている。隅には古タイヤが山にして積んである。あとは、からっぽ同然だった。そのあと桟橋を調べ、係留されていた手漕ぎボートに下りて、むりやり乗せられた人間が残したようなものはないかと、かがみこんで探した。ボートにはなんの痕跡もなかった。

「オコナー」

急いでふりむいたので、もう少しでバランスを崩して湖に落ちるところだった。デイヴィッド・アール捜査官が桟橋に立って、こちらを見下ろしていた。

「ボートはもう調べたよ」アールは言った。「なにもなかった」

「ここでなにをしているんだ？」

「きみと同じだろう、たぶん」アールは手を出して、コークが桟橋に上がるのを助けた。「ニュースを聞いたあと、出てきたんだ」

「なんのニュースだ？」

「知らないのか？」アールはマールボロの箱をシャツのポケットから出し、叩いて一本取った。コークに箱を差し出しかけたが、引っこめた。「そうだ。きみはやめたんだったな」アールはビックのライターで煙草に火をつけ、桟橋の上に煙を吐き出した。「ブレット・ハミルトンが死んだ」

それを聞いて、コークは驚愕した。「どうして？」

「ＦＢＩから逃げたあと、彼は保留地のテント村にまっすぐ戻ったらしい。そしてほかの環境運動家たちを集めて、〝われらが祖父〟の消火作業に向かった。消防士たちよりも早く彼らは現場に着いたが、消火の要領などまったくわかっていなかった。一人が、燃えている木の下敷きになった。ハミルトンは身の危険もかえりみずに、仲間を救い出そうと木を伐《き》った。そいつは助かったが、ハミルトンはだめだった」彼はいったん口を閉じ、ふうっと煙を吐いた。「目星がついたかと思った矢先だったんだが」

セコイアのジャンヌ・ダルク、ジョーン・ハミルトンのことをコークは考えた。非情な女だ。足を引きずりながらも、戦いを選んだことによって鍛えあげられている。それでも、やはり母親だった。息子のためにわが身を犠牲にしようとした親だった。いまは亡き、ただ一人の子どものために。コークは空を見上げ、自分の不安の鎧《よろい》を通して、深い悲しみが突き刺さってくるのを感じた。

「それでなんで、ここへ来ることに？」ようやくアールに聞いた。

「考えていたんだ――あとは誰が残っている？　リンドストロムの大きな家の中に立つと、見えてきたのはこの場所だった。目下のところ、それでジョン・ルペールが誘拐にかかわっているということにはならないが、彼がなにも見ていないというのはおかしい。あの晩でなくとも、それより前にはなにか見ているはずだ。彼は自分のプライバシーを極端に守る男だと、わたしは思った。いるべきでない人間がここにいたなら、気づくだろう」

「おれは彼と話した。なにも見ていないと言っていたが」

「アル中だからな。なんでも否定するだろう」

「アル中？」コークは首をかしげた。「ついてきてくれ」アールを納屋の近くのごみ捨て用の缶に連れていき、蓋を開けた。黒蠅がわっと飛び出してきた。「なにが見える？」

「ごみのほかに？」

「酒は、水道の蛇口から出てくるわけじゃない。空き瓶はどこにある？」

「なぜ、酔っぱらいのふりをするんだろう？」

「いい隠れみのになる、とくに周囲が予断を持っていれば。おれはずっと前からジョン・ルペールを知っている。とくに親しいわけじゃないが、どうしてこんなことに巻きこまれるのかわからないという程度には知っている」

「二百万ドルは強力な動機だ」

「大きな危険がともなう。そこが問題だ。こういうことをするやつが誰にしろ、すべてを危険にさらすことになる。ジョン・ルペールはカジノでちゃんとした仕事についている。それに、ここは孤独な暮らしを好む者にはいい場所だ。スペリオル湖北岸にも、彼は土地を持っている。誘拐事件を起こすというのは考えにくい」

「もしかしたら、まだピースがそろっていないのかもしれないな」アールは煙草を落として、かかとで踏みつぶした。キャビンをちらりと見た。「わたしはあそこには入れない。誰かが入るのを黙認するわけにもいかない」

「あなたはそろそろ帰ったらどうだ」

「ここで見るべきものは、すべて見たようだな」

アールが去ったあと、コークはキャビンの裏口のドアを試してみた。予想どおり、鍵がかかっていた。ブロンコに戻り、後部に積んでいる道具箱からがっしりした柄のスクリュードライバーと、軍手を出した。軍手をはめ、スクリュードライバーの柄を使って、裏のドアの窓枠を壊した。そのあと、手を入れてロックをはずすのはかんたんだった。

ルペールの住居を目にして、コークは驚いた。経験では、独身の男というものはおよそ家事能力がない。大酒呑みの場合はとくにそうだ。ルペールの住まいは清潔だった。自分がなにを探しているか、コークにもよくわからなかった。なんであれ、片づいたキッチンは——カウンターの上にはくず一つこぼれていない——有望とは思えなかった。居間に入った。めったに客を迎えない人間らしい、簡素なしつらえだ。読書用ランプのそばの安楽椅子、椅子が二つある小さなダイニングテーブル、フランクリン・ストーブ、棚が四つある本棚——本がぎっしりと詰まっている。趣味のいい茶系の三つ編み紐のマットが、ストーブの前の古い床板の上に置いてある。壁には、額に入れた写真がいくつか掛かっており、すべてモノクロだ。コークは一つだけの寝室をチェックした。ルペールの小さなクローゼットとたんすの引き出しを調べた。バスルームでは、フーバー社の小さな洗濯機の中を見た。居間に戻って、しばらくたたずんだ。なにか場違いなものが目に触れないかと思ったが、なにも見当たらなかった。壁のいちばん近い写真の前へ歩いていった。建設中のキャビンの前に立っている、男と少年が写っていた。下右隅に、白で〈シルヴァン・コーヴ、一九六六年〉と書いてある。少年は、子どものときのジョン・ルペールのようだった。少年の肩に誇らしげに腕をまわしているのは、ルペールの父親だろう。

コークは次の写真の前に移った。十代終わりのジョン・ルペールが、年下の少年と桟橋に立っている。二人の後ろには銀灰色の湾が広がり、奥にはがっしりとした黒い岩でできた大きな丘がそびえている。二人の少年は、満面の笑みを浮かべている。隅に、やはり白で〈パーガトリー・コーヴ、一九七九年〉と書いてある。

ストーブのいちばん近くに掛かっている写真には、ピーコートを着て毛編みのぴったりした帽子をかぶったジョン・ルペールが写っていた。マストの上の見張り台に立って、水平線を見張っているかのように目の上に手をかざしている。彼の下のマストには、巨大なFの文字が大きな電球に照らされて光っている。写真の隅に、ペンで説明書きがあった。〈レーダーが故障したとき。ティーズデイル、一九八五年〉。ルペールの顔にはにやにや笑いが浮かんでおり、カメラに向かってポーズをとっているのはあきらかだった。ルペールの悲劇的な過去を、コークは知っていた――彼以外の乗組員全員の命を奪った〈ティーズデイル〉の難破事故の、唯一の生き残りだ。何年だったか思い出そうとした。たぶん、この写真が撮られてからそれほどあとのことではないだろう。ルペールの下のマストに光っている大きなFの文字はどういう意味なのか、ちょっと考えた。だが、自分がキャビンにいる理由とはなんの関係もないことなので、すぐに考えるのをやめた。

もう一度すべてを見直したが、またもやなにも収穫はなかった。入ったのと同じドアから出た。外では、入り江の西岸に立つ木々の梢に、夕陽が沈もうとしていた。腕時計を見た。八時半。あと一時間で、犯人が電話してくる。そして、目下のところ、ジョー、スティーヴィ、グレイス、スコットを救う唯一の希望と思えるものが、姿を現す。

## 39

ジョン・ルペールは父親に抱きしめられる夢からさめた。父親の服は魚の匂いがした、ルペールが大好きな匂いだ。目を開けると、自分が古い漁師小屋の中にいて、縄で縛られているのがわかった。空気は熱くよどみ、板の一本一本から漂う魚の匂いに満ちていた。

「気がついたわ」女の声がした。

薄明かりに目が慣れてくると、二人の女と息子たちがこちらを向いているのが見えた。「なにが起きたんだ？」

「あなたのお友だちよ」フィッツジェラルドの娘が苦い口調で答えた。

ルペールは、漁師小屋に来るまでのことを思い出した。「あいつがおれを殴って気絶させたのか？」

「大きな懐中電灯で殴ったわ」オコナーの妻が説明した。「死んでしまったんじゃないかと、わたしたち心配していたの」

後頭部がずきずきする。ルペールは自由になろうともがいたが、縄は筋肉にきつくくいこんでおり、血行が止まって手がしびれていた。両手両足を一緒にして縛られている。腕と胸のまわりに幾重にも縄がかけられ、両手は後ろにまわされて折り曲げた足首に結ばれている。

「どのくらい気を失っていた?」

「二、三時間かしら」ジョー・オコナーは答えた。

ルペールは戸口を見た。「やつは戻ってきたか?」

「いいえ。わたしたちが逃げるのに使うかもしれないと思ったものを棚から取って、出ていったわ。それ以来、見ていない」

「なにか言ったか?」

フィッツジェラルドの娘が、短い陰鬱な笑い声を上げた。「あなたを見下ろして、陸《おか》に上げたビッグマウスバスがどうとか言っていたわ。誰なの?」

ルペールはためらってから答えた。「ブリッジャーというやつだ」むっとする空気と胸を締めつける縄のせいで、ろくに息もできなかった。「ここは暑いな」

「お友だちのブリッジャーは窓を全部閉めたの」グレイス・フィッツジェラルドが言った。「わたしたちが叫び声を上げて、聞かれるのを心配したんじゃない」

「声を聞きつける者はここには誰もいない」ルペールは言った。

戸口の外から砂利を踏む音が聞こえ、鍵ががちゃがちゃと外された。ウェズリー・ブリッジャーが中に入ってきて、明かりをつけた。「生きかえったか、族長《チーフ》？」彼は手袋をはめた手に肉切り用のナイフを持っていた。アイアン湖のキャビンのキッチンから持ってきたものだと、ルペールにはわかった。

「どういうつもりだ、ウェス？」

「おまわりに、あといくつか手がかりを与えてやるだけだ」

「なんの話かわからない」

「あんたにはぜったいにわからないさ。そこが、すばらしい点だったんだ」ブリッジャーは漁師小屋にいる一人一人をじっくりと眺めまわした。「誰がブリッジャー先生の執刀を受けるかな？　さて」

「いったいなんのつもりなんだ？」

「計画どおりにことを進めているだけだよ。おれの計画で、あんたのじゃない」ルペールの顔に浮かんだ表情を見て、ブリッジャーは笑った。「さっぱりわからないようだな。ちょいと説明してやろう」彼は古い木箱をひっくり返し、その上にすわった。左の手袋をぬいで、親指でナイフの切れ味を確かめた。たちまち血が出て、彼は微笑すると ズボンで刃を拭いた。「チーフ、じつは見かけどおりのことはなに一つなかったんだ。あんたがとりつかれていたあの沈没船は、おれにとっちゃあんたの信頼を得るための手段にすぎなかった」

「おれの信頼を得るのがなぜそんなに重要だった？」

「二百万ドルさ」ブリッジャーは女たちと子どもたちのほうに腕を広げた。「いいか、チーフ、おれはあんたと〈ティーズデイル〉のことを知っていた。そして、入り江をはさんであんたの家の正面に、フィッツジェラルドの娘が住んでいることも。おれはただ、あんたの中の憎しみをあおりたてるだけでよかった」

「嘘だったんだな、〈ティーズデイル〉に爆薬が仕掛けられた話は？」

「そうでもない。リビア船籍の貨物船の沈没に手を貸したのはほんとうだ。だから、同じように〈ティーズデイル〉も破壊工作をされた可能性はあると思う。だが、そんなことはほんとうはどうでもいいんだ。おれはあんたに望みのものをやった、自分の不幸の責任をかぶせられる相手を。ああ、ところで、ここの設備を壊したのはおれだ。やぶれかぶれになって、こっちに手を貸す気にならせるためだった」

「潜っていたとき、監視していたボートはいなかったんだな？」

「草むらに蛇がいっぱいだと聞かされたら、曲がった枝でも危険なものに見えるというのは、経験上わかっていたんでね」わざとらしい悲しげな口調になった。「さて と、いちばんつらい部分に来た。あんたはずっと死ぬことになっていたんだ、チーフ。彼らと同じに」ブリッジャーはほかの四人のほうにうなずいた。「わかるだろう、二人の人間が秘密を守るためには、一人が死ぬしかない」ブリッジャーは立ち上がった。「ちょっとした流血の時間だ」

「やめろ」

ブリッジャーは笑った。「落ち着けよ。ほんのちょっぴり血がほしいだけだ。警察はしまいにはあんたに疑いを向けるだろう。そのときに、あんたが人質をここへ連れてきたことを知らせるために、血が必要なんだ。そのあと、女たちと子どもたちになにが起こったかは」――肩をすくめた――「このあとずっと謎になるだろう。それじゃ……誰にしようか？」

「わたしの血をとって」グレイス・フィッツジェラルドが言った。

「おや、おれがスコティ坊やを見ているのに気づいたらしいな。あんたみたいなおふくろが、おれにもいたらと思うよ。そうしたら、別の人間になっていたかもな。どう思う？」

「さっさとやって」フィッツジェラルドの娘は命じた。

ブリッジャーは手袋をはめて、彼女の背後にナイフを持った手をのばした。グレイスは小さなあえぎ声を洩らした。ブリッジャーは、ぬらぬらと真紅に輝くナイフの刃を持ち上げた。「床にちょっとばかり血が垂れるだろうが、切ったのは表面だけだよ、グレイス。それから、おれだったら感染の心配はしない。細菌が入るほどの時間はないから」彼は戸口のほうへ戻りかけた。「もう少し、あんたたちには動ける状態でいてもらう。神を信じているのなら、そろそろ悔い改めを始めるころあいだぜ」

「あなたはこれを楽しんでいるのね」オコナーの妻が言った。

「あんたたちには想像もつかないほどね」

彼は明かりを消し、ドアをロックした。漁師小屋は静まりかえり、窓からかすかに忍びこんでくる青い霧のような光に満たされた。黄昏《たそがれ》だ、とルペールは思った。身代金を受け取る時間が近づいている。ヴァンがUターンする音が聞こえた。まもなく、車は道路のほうへ遠ざかっていった。

「ミズ・オコナー、動けるか？」彼は尋ねた。

「少しは」

「流しの横の壁に、金属の箱がある。ときどき、漁のあと、おやじは顔を洗ってひげを剃るのに流しを使っていた。使いおわったカミソリの刃を、誰もけがをしないようにその箱に入れていた。覚えているかぎりでは、中身を空けたりはしなかったはずだ」

オコナーの妻は苦労して立ち上がり、床の上を跳ねていった。ひざまずいて横になり、壁に近づいた。両脚を上げて箱に届かせようとしたが、位置を調整しなければならなかった。手を縛られて肩に重圧がかかる、困難な体勢だ。両脚をまた箱のほうへ持ち上げながら、彼女が痛みにうめく声をルペールは聞いた。

「ただ蹴ればいいの？」あえぎながら彼女は尋ねた。

「そうだ」ルペールは答えた。「そして、祈るんだ」

## 40

すべてを悪化させるその決定は、コークが着く前にすでに下されていた。

午後七時二十分に、二百万ドルがグレイス・コーヴのリンドストロムの家に運びこまれた。百ドル紙幣の束が大きな金属ケース二つに詰めこまれ、ラッキー・ヌードセンと三人のステイト・パトロールが付き添ってきた。ジョージ・ルダックも一緒に来て、彼が携えてきた利息なしのシンプルな返済合意書にカール・リンドストロムが署名した。そのあと、二人は握手をかわした。弁護士は誰も同席していなかった。

ルペールのキャビンを徒歩で出たコークが大きなログハウスに着くころには、猛暑の時間は過ぎて、マスコミがふたたび大挙して戻ってきていた。それでも、あまり注意をひかずに家に入ることができた。中では、リンドストロム、ＦＢＩと犯罪捜査局《BCA》の捜査官、ラッキー・ヌードセン、ウォリー・シャノーが、ダイニングルームのテーブルに集合していた。身代金が入った金属ケースは開いていた。テーブルの上には、金が入っているのと同じ大きさの黒いからのケース二つも置いてあった。ケイが腕時計を一瞥して、じりじりしたように言った。「ミスター・オコナー、ようやく来てくれてよかったわ」

コークは彼女の不機嫌にはかまわなかった。テーブルへ歩いていき、百ドル札が詰まったケースを見た。これほどの額が一ヵ所にあるのを見るのは初めてだったが、多額の金とは思わなかった。彼にとっては、ジョーとスティーヴィをこの腕の中に取り戻す可能性なのだ。だが、何百万ドル、何千万ドルだろうと、信頼はできない。これからの取引、人間の命の商いには、なんの保証も、なんの法律上のよすがもない。もしうまくいかなければ、死があるだけだ。

「どういうことだ？」からの黒いケースを見て、コークは尋ねた。

「いま計画を説明していたところよ」ケイは言った。

「なんの計画？」

「あなたと連絡をとろうとしていたのに」

「連絡はいまとれたじゃないか。なんの計画だ？」

ケイは、カード一組と同じような大きさと形の電子装置を掲げた。「これはGPSの発信器。このケースに隠せるようになっているの」彼女はからの箱の一つに手を入れて、厚い裏張りの中に隠された小さな仕切りを開いた。発信器をそこに入れて、仕切りを閉じた。「ほらね？　どう見てもわからないわ。これで、置いたあと持ち去られた金を追跡することができるでしょう。そうすれば、あなたの奥さんと息子さん、それにミスター・リンドストロムの家族が拘束されている場所がわかるんじゃないかと思うの」

「電子探知すれば引っかかるんじゃないか？」コークは聞いた。

「まあね。でも、そのためには犯人は最新の装置を持っていないと」

「犯人は、これまで用意周到だった」コークは指摘した。

「もっといい考えがおありかしら？」ケイの目は透明な緑色で、いまコークを見るまなざしはけわしかった。来て以来、彼女はまともな睡眠をとっていない。それが、いまこたえはじめている。

コークはちらりとカール・リンドストロムのうつろな顔を見た。「あんたは承知したのか？」

リンドストロムはうなずいた。「彼女が言うように、コーク、少なくともチャンスではある。ほかにどうしたらいいのか、わからないし」

「ウォリーは？」コークは聞いた。

シャノーは肩をすくめた。「わたしの権限が及ぶ範囲じゃないんだ、コーク」

コークは、少し離れて立っているデイヴィッド・アール捜査官を見た。「あなたの考えは？」

「はっきりした容疑者がいないかぎりは……」アールは間を置いた。ルペールのキャビンでコークがなにか手がかりを発見したかどうか、考えているのだろう。「わたしとしては」ふたたび口を開いた。「もしこれが自分の家族なら、いまの時点でとりあえずなんでもやってみようと思うだろう。だがたぶん、なにも信頼はできないだろうな。きみに提示できる手だてがもっとあればと思うよ、オコナー」

まだ暗くなってはいないが、窓のカーテンは閉じられていた。ダイニングルームは、いくつかのランプとシャンデリアの灯で照らされている。この家のダイニングルームは広いが、コークは壁が迫ってきて息が詰まるような気がした。

「わかった」とうとう言った。「どうやって使うんだ？」

ケイ捜査官の説明では、金を置く場所がわかりしだい、暗視装置を持った人員に囲ませるということだった。誘拐犯が金を持ち去ろうとした時点で、その場で逮捕するかどうか決断する。誘拐犯を押さえないことにした場合は、追跡能力のある車で尾行する。移動が終わったらすぐに一帯を封鎖し、人質の発見と解放をめざす。

「さまざまな点で、手さぐりの計画よ」ケイは認めた。「はったりは言わないわ。多くの危険があることも確かなの。どうかしら？」彼女は最終的な承認を求めてコークとリンドストロムを見た。

リンドストロムがまず答えた。「計画に従うしかなさそうだ。そうするか、たんに金を渡して最善を祈るしかない。そして、どう考えてもこの犯人は信用できない。あんたはどうだ、コーク？」

「犯人を尾行しよう」コークはけわしい顔で答えた。

41

最初にジョーが、古いカミソリの刃でいっぱいの金属の箱を力の続くかぎり蹴って、漁師小屋の壁から外そうとした。次にグレイス・フィッツジェラルドが交替した。金属の箱を留めているねじ釘は固い木に深くくいこんでおり、ついに二人の女の体力が根負けした。木と金属を必死で蹴る靴底の音が——いくばくかの希望の音だった——しばらく響いていた漁師小屋に、沈黙が垂れこめた。閉じた窓から洩れてくる光は、しだいに薄れていく。しまいには、暗闇になるだろう。

暗闇と沈黙、とジョーは思った。まるで墓場だ。

疲れて体が痛かったが、絶望への誘惑に屈しそうになる気持ちに活を入れた。スティーヴィのために。「ブリッジャーが戻ってくるまでどのくらいある？」

ルペールは答えた。「彼の計画どおりなら、金の引き渡しは十時のはずだ。それから、尾行されないようになにか手を打つだろう。一時間か一時間半くらい、ここに戻ってくるまでに時間をかける。だから、おれたちにはせいぜい二時間半の余裕しかない」

「二時間半」ジョーはつぶやいた。それほど長い時間ではないが、なにかできるかもしれない。「わかったわ」

「思いついたことがあるのか？」ルペールが尋ねた。

そういうわけではなかった。もう死んだかのように、床に倒れているわけにはいかない、ということだけはわかっていた。グレイスもその例を見習って、同じようにしながら言った。「なんであれ、あなたと一緒にやるわ」

体を押しつけて立ち上がった。彼女は壁ぎわに背中をすべらせていき、壁にった。「なんであれ、あなたと一緒にやるわ」

ジョーは小屋の中を注意深く見まわした。前に気づいていなかったものが目に入ることはないが、別の角度から見ようとした。ほとんどからの棚、長年魚のはらわたを抜いたりさばいたりしてきた長い台、窓。視線を止めて、窓を壊してガラスの破片でテープを切ることができないかと考えた。残念ながら、窓は全部高すぎて届かない──自分のように、両手を後ろに縛られている人間には高すぎる。流し、その上の小さい木製の戸棚、床の排水口。流しと、その上の戸棚に視線を戻した。

「あなたのお父さんがひげを剃るとき、鏡はなにを使っていたの？」

ルペールは目を閉じて思い出そうとした。「おやじは……なにか……戸棚の中の……」

「ガラス？」

「覚えていない」

ジョーは戸棚のほうへ跳ねていった。流しに腹をつけ、戸棚の扉のほうに身を乗りだした。左側に木製のノブがあるので、歯で押さえて引っ張れば開けられる。さらに身を乗りだしたが、自分の背丈では届かないことに気づいた。もう一度体勢をととのえてやってみた。こんどは、飛び上がって流しに体重をかけた。扉のノブをくわえる数秒間、流しの台がもってくれればいいが。不運なことに、台は傾いた。ジョーは前のめりになって壁に頭をぶつけ、床に倒れた。

「大丈夫？」グレイスが聞いた。

「ママ？」スティーヴィが怯えた声で叫んだ。

「大丈夫よ、ハニー」ジョーは答えた。「ママは大丈夫」つのりゆく闇の中で、グレイスのほうを見た。「あなたはわたしより背が高いわ」

ジョーが身を起こすあいだに、グレイス・フィッツジェラルドは流しへ跳ねていった。

「気をつけて」ジョーは警告した。「いまいましい金属の箱ほど頑丈じゃないわ」

グレイスは床に足をつけたままノブをくわえ、引っ張って扉を開けることができた。中の棚はからだったが、扉の裏側にガラスの鏡がついていた。グレイスはそれを見て、ジョーをふりかえった。「どうやって壊す？」

自分がかすかにほほえんだことに、ジョーはわれながら驚いた。「この状況では、頭を使うのがいちばんよ。扉を完全に開けられる？」

グレイスは高い鼻を有効に使って、扉の裏側が流しの上から外れるまで大きく開けた。ジョーは、後頭部がガラスに向かいあう位置まで体を動かした。

「ああ、ジョー、気をつけて」グレイスが叫んだ。

ジョーは目をつぶって、頭をガラスに打ちつけた。びくともしない。もっと強く、と自分に命じた。もう一度。だめだ。くそ。頭をぐいと後ろにそらした。ガラスが割れる音がして、頭が切れたかと彼女は緊張した。

「見せて」グレイスが言った。

ジョーは後頭部を向けた。

「血は出ていないわ」

ジョーは自分が息を止めていたことに気づいた。ほっとして、大きく息を吐いた。

「よし。ここまではOK。こんどは、グレイス、床の破片を拾える？」

グレイスはひざまずき、次に尻を落として、ガラスが古い床板に散らばっているところまで身をすべらせた。横になって体をずらし、指で床の上を探れる体勢になった。「一つつかんだ。かなり薄いけれど、角は鋭そうよ」

「グレイス、あなたに背を向けて横になるわ。わたしの手首のテープを切ってみて」

ジョーは床にころがって、後ろむきに体をずらし、グレイス・フィッツジェラルドの縛られた手首に触れられるところまで移動した。もう一度位置を直し——体の下のガラス片に注意しながら——手首がグレイスの手と平行になるようにした。そして待った。「どうしたの？」

「ジョー、あなたの手首のすぐそばを切ることになるわ。どうしよう、もし手がすべって——」

「ほかに選択の余地はある？」ジョーはさえぎった。

「わかった。でも、もし失敗したら……ごめんなさい」

「うまくいくわよ、グレイス」

ジョーは力強く自信のある口調で言ったが、手首の皮膚はとても薄く、ガラスは鋭利で、たいした失敗ではなくとも角が動脈を切断する可能性があるのはわかっていた。

「いくわよ」

ジョーは目を閉じた。一瞬後、ぎざぎざした破片が皮膚を刺すのを感じた。「そこはわたしよ」急いでグレイスに言った。

「ごめんなさい。ここは？」

「なにも感じないわ。きっとテープよ」

切断はぎごちなく、時間がかかった。おもに、グレイスがダクトテープにあまり力をかけるのをためらったからだ。だが、じつは彼女が案じていたのはジョーのことだけではなかった。

「あなた、大丈夫?」グレイスが小さな苦痛のうめきを洩らすのを聞いて、ジョーは尋ねた。

「テープよりも自分の指を切っているみたい」彼女は答えた。「ガラスが滑りやすくなっているの。汗のせいじゃないと思う」

「テープがゆるくなりはじめているわ。もう少しがんばれる?」

「ここから出られるのなら、指一本くらい切り落とすわ。あうっ」

「どうしたの?」

「なんでもない」

「ママ?」スコットが心配そうに声をかけた。

「大丈夫よ。平気。気分はどう、坊や?」

「ちょっと気持ちが悪い」

「がんばって。あと少しでみんな出られるから」

グレイスは大きく息を吸った。ジョーはふたたびガラスがテープを切るのを感じ、手首のまわりの締めつけが一気にゆるんだ。力いっぱい両手を離し、テープの残りの部分を破った。すばやくすわる姿勢になり、ガラス片を拾って足首のテープも切った。

「さあ、あなたの番」グレイスに言った。

光はもうほとんど消えていた。漁師小屋の中には、細い窓からかろうじて入ってくる黄昏の光の、深く陰鬱な灰色しかなかった。色はほとんど見分けられないが、もっと明るければ、グレイス・フィッツジェラルドの右手に点々とある黒いものは真紅であることに、ジョーは気づいた。

「ああ、グレイス」彼女はそっとささやいた。

「平気、自由にして」

ジョーは用心しながらすばやくテープを切った。「傷を見せて」

グレイスのてのひらと指には、深い切り傷がたくさんついていた。すべての傷口から血がどくどくと流れ、どれもみな縫う必要がありそうだった。ふつうの状況だったら、この傷は気がかりでならないだろう。いまは、グレイスは手を引っこめて言った。「さあ、足首を」

ジョーはグレイスを囚人にしていたいましめをすべて切り、次にスコットとスティーヴィを解放した。ルペールに注意を向ける前に、自分のブラウスの裾を幅広く裂いて、グレイスの血だらけの手にやさしく巻いた。

「ありがとう」

「いいえ、お礼を言うのはわたしよ」ジョーはグレイスに腕をまわし、ローズは別として、ほかの女にこれほど愛情を感じたのは初めてだと思った。「あなたはすごいわ」

「無我夢中だっただけよ」グレイスは微笑した。「さあ。こんどは、このいまいまし い場所から脱出しないと」

ジョーはルペールを縛っている縄にとりかかった。スティーヴィがそばに寄ってきて、慰めを求めるように母親の裂けたブラウスの端を握った。ジョーは縄を切る手を止めて、息子の頭のてっぺんにキスしてやった。「すぐにお家に帰れるわよ」

いましめがなくなると、ルペールはすわったまま縄が深くくいこんでいた箇所をさすった。少しよろめいたが、立ち上がってすばやくドアへ向かった。そして、肩を破《は》城槌《じょうつい》がわりにしてドアを壊そうとした。

「おれは、ここを要塞同然に改造したばかりなんだ」彼はそう言って、自分を呪った。

「窓はどう」ジョーは言った。「通り抜けられるかもしれないわ」

ルペールは手近な窓を疑わしげに見た。「鉄格子のすきまは十五センチくらいしかない」

ジョーは、まだブラウスの裾をつかんで離さないスティーヴィを見下ろした。少年は、年齢のわりにとても小柄だった。「一人が通り抜けられたら？　ドアの鍵はある？」

「キッチンの引き出しの中だ」

ジョーはひざまずいて、静かに息子に語りかけた。「スティーヴィ、ときどきママがあなたを小さなお猿さんて呼ぶでしょう？」

少年はうなずいた。

「ママのために、小さなお猿さんになってもらいたいの、いい？　あの窓を通り抜けて」——ジョーは指さした——「わたしたちがここから出るのに手を貸してほしいの。ママのためにやってくれる？」

スティーヴィは高い窓を見上げた。その顔は怯えきっていた。「ぼく、やりたくない」

「それはわかっているわ」ジョーは低い声で言い、息子の髪をなでた。「でも、ほかにできる人が誰もいないの。あなたがどんなに勇敢だったか、どうやってみんなを助けだしたか話したら、パパはあなたを誇りに思うわ」

「やりたくない」スティーヴィはまた拒んだ。

「スコットならどう」グレイスが言った。

ルペールは手をのばし、鉄格子のあいだの距離をてのひらで測った。同じ測りかたでスコットの頭と胸の厚みを確かめた。「むりだ」彼はスティーヴィを見下ろした。「じっさい、この子でもきついだろう」

ジョーは息子を抱きしめ、穏やかに、だが真剣に言った。「わたしたちを苦しめようとしている男が、もうすぐ戻ってくるの。ここから出ないと、その男はみんなをひどい目にあわせるわ」

「ぼくたちを殺すよ」スコットが言った。

ジョーはスティーヴィの色の濃い怯えた目を見つめた。「そうよ。わたしたちを殺す。でも、あなたなら助けられるの。そして、それができるのはあなただけなのよ。そこの窓から這い出るだけでいいの。こわいのはわかるわ、スティーヴィ。みんなこわいのよ。ママにできるのなら、ママがやる。でも、あなた以外の誰にもできないの。ママのためにやってくれる、お猿さん？　それから、パパとローズ叔母さんのために、わたしたちが家に帰ってくるのを待っているみんなのために、やってくれる？」

幼い息子にこんなことを押しつける自分を、この状況のすべてを、ジョーは憎んだ。だが、自分で選んだことはなに一つない。そして、ほかに方法はなさそうだ。スティーヴィを抱き寄せて、ささやいた。「お願い」

　それ以上は言わなかった。スティーヴィは母親の腕の中で身をこわばらせていた。やがて、ささやき声が返ってきた。「いいよ」

　ルペールが窓ガラスを上げた。彼らと自由を隔てるものは、鉄格子と、そのあいだをスティーヴィが通れるかどうかだけだ。

「窓まで持ち上げてやるからな、坊主」ルペールは少年に言った。「おまえはくぐり抜けるだけでいい。そうしたら、そこからどうするかおれが教える」

　ジョーは息子にキスして、ルペールに渡した。彼はやすやすと少年を抱いて、窓まで持ち上げた。スティーヴィは鉄格子をつかみ、体を押し上げた。頭が格子をくぐった。ルペールが支えているあいだに、スティーヴィは体をまわして肩と胸を鉄格子に対して平行にした。そして、身をくねらせて前へ進んでいった。三十センチも行かないうちに、動きを止めた。

「どうした？」ルペールが尋ねた。

「はさまっちゃった」

「ちょっと押してやる」

「あ あう！」

「待って」ジョーはルペールの腕をつかんだ。「スティーヴィ、いま引き戻すから」

ルペールに言った。「そっとね」

「あうう！」ルペールが引き戻すと、スティーヴィは叫んだ。「頭が出ないよ」

ルペールは片手でスティーヴィを支え、片手を上げて鉄格子のあいだを探った。

「この子の耳だ」ジョーに言った。「あいだを抜けるのはむりだ。はさまってしまった。どうしようもない」

「待っててね、スティーヴィ。出してあげるから」

ジョーはパニックが声にあらわれないようにした。怒りといらだちと恐怖との闘い。時間との闘い。頭上に集《つど》い、下りてくる闇を彼女は見上げ、そこにいる何者かが聞いているかのように悲痛なささやきを洩らした。

「どうして？」

## 42

電話は、空がほぼ闇におおわれた九時二十七分にかかってきた。西の地平線にまだ細い色あせた青が残り、光の余韻をこぼしてはいたが、それもすぐに消えるだろう。リンドストロムが電話に手をのばしたとき、コークは窓辺に立ってグレイス・コーヴを眺めていた。

「こういう段取りだ」声が――前の電話のときと同じく、ボイスチェンジャーで変えられていた――スピーカー・フォンで流れた。「携帯電話と金を持って、エクスプローラーに乗れ。警官は同乗させるな、わかったか？　南へ向かって、時速六十キロで運転しろ。途中で指示を出す。おかしな真似はするんじゃないぞ――どこかに警官を隠したり、こっちをだましたりしたら――おまえの家族は死ぬ。オコナーの家族もだ。いいか、死ぬんだ。車に乗るまで五分やる」

犯人が電話を切るやいなや、ケイがアーニー・グッデンに聞いた。「探知できた？」

「キャスケード・トレイル一九一一、ミネソタ州イエロー・レイクだ。電話はミンダ・ライザとロバート・レヴァインの登録になっている」

「イエロー・レイク。オーロラから十六キロ南だ」コークは言った。「ウォリーは以前そこの警察署長だった。その二人を知っているか？」

「ああ。女はラトビア人、男はゲイだ。奇妙なカップルだが、いい人たちだった。しょっちゅうヨーロッパへ行って、高価な美術品を買いつけている。この犯人が誰にしろ、押し入って電話を使ったんだろう」

「こっちがそこに着くころには、犯人はいないわ。でも、とにかく鑑識を行かせましょう」ケイがシャノーに言った。「ミスター・リンドストロム、どうやらあわただしいことになりそうね。心配しないで。わたしたちが後ろについています。でも、気づかれないように距離をとって行くわ。お渡しした携帯電話があるから、連絡はずっととれるし。もしなにか起きたり、連絡がつかなくなっても、GPSの発信器であなたと身代金は追跡できる。あなた一人でなにかやろうとしたりしないように、もう一度忠告しておきます。金を置いたら、すぐに立ち去ること。いいですね？」

「わかった」

「けっこう。みなさん、用意はいい？　行きましょう」

「おれはカールと一緒に行く」コークは告げた。

「犯人が言ったのを聞いただろう、コーク」シャノーが止めようとした。「警官は乗せない」

「おれは警官じゃないよ、ウォリー。もう違う」

「いい考えとは思えないわ――」ケイが言いはじめた。

「行かせろ」アールがさえぎった。

ケイは犯罪捜査局《BCA》の捜査官を横目で見て、それからリンドストロムに視線を移した。「異議は？」

カール・リンドストロムはラッキー・ヌードセンから金のケースを受け取っていた。重そうだった。「彼の家族もいるんだ」リンドストロムは言った。「わたしと一緒に来たいなら、来るべきだ」

「イエロー・レイクか」リンドストロムはつぶやいた。「ということは、向こうはこちらを監視しているわけじゃないな」誘拐犯の指示に従って、二人は郡道一一号線を南下していた。

コークは速度計を見た。「六十キロを保てと言っていた。おそらく、犯人はルートを車で走ってみて、見ていなくても指示が出せるように時間を計ったんだろう。いまは、受け渡し地点に向かっているにちがいない」

座席の横に置いてあるリンドストロムの携帯電話が鳴った。リンドストロムは取り上げて耳を傾けた。「わかった」そう言って、通話を切った。「もうじきボーン・クリーク・ロードだ。そこを東に折れる」

コークはふりかえったが、ヘッドライトは見えなかった。ケイ特別捜査官に渡された携帯電話で、教えられた番号にかけた。「ボーン・クリーク・ロードを東だ」

「そちらの八百メートル後方にいるわ」ケイが言った。「通話を開けておいて、向こうの指示があったら連絡して」

リンドストロムの隣の携帯電話がまた鳴った。リンドストロムが出た。「はい?」彼は右手で携帯を持ち、左手で運転していた。道路は、ボーン・クリークの橋へと下っていく。エクスプローラーが橋を渡った瞬間、ヘッドライトが道のまんなかですくんでいる鹿の目を捉えた。

「くそ!」リンドストロムは携帯を落とし、両手でハンドルをつかんだ。左にハンドルを切り、かろうじて鹿をよけて道路から外れそうになった。コークは助手席側のドアに倒れかかり、ケイ捜査官に渡された携帯が激しく窓にぶつかった。「携帯が」リンドストロムが叫んだ。「携帯を落とした」彼がエクスプローラーを立て直しているあいだ、コークは車の床の上に携帯はないかと探った。アクセルペダルの下にはさまっているのを見つけ、拾って耳にあてた。

「切れている」コークは言った。

「ちくしょう」

「次の指示を受けたか？」

「シプリー・ロードを南だったと思う」

「すぐだぞ。そこだ！」コークは叫び、しだれかかる松の天蓋でほとんど見えない、細い未舗装道路を指さした。

リンドストロムはブレーキを踏んだ。エクスプローラーはスリップした。だが、彼は車をきれいに百八十度回転させ、前部を来た方向と逆に向けた。すぐさまアクセルを踏んでシプリー・ロードへと曲がり、遅れを取り戻すために時速六十キロを少しオーバーするスピードで走った。

コークはケイ捜査官と話していた自分の携帯を試してみた。発信音は聞こえなかった。「だめだ。連絡がつかなくなった」

「大丈夫、発信器で追ってくるよ」

コークは、ここまでの誘拐犯の指示を考えた。「南東へ向かわせているな。ソートゥース山脈の裏側のほうだ」

「どういうつもりだろう？」

「それがわかればな」

車は郡道一三号線を横切った。

「あそこで曲がらなくてもよかったのか？」コークは聞いた。

「わからない。そのことはなにも言っていなかったと思うが、あのときは自分たちが死なないようにするのでせいいっぱいだったから」

電話が鳴った。コークはその音に憎悪を感じはじめていた。リンドストロムが出た。「いや、切ったんじゃない。もう少しで鹿を轢《ひ》くところだった、ほんとうだ」リンドストロムは相手の声に耳を傾けた。「ああ、わかった」彼は携帯を置いた。「次は左。私道だ」

十字路の木製の標識が、この先にはグース湖畔のブラック・スプルース・ロッジがあると告げていた。そこが最終目的地だとは、コークは信じなかった。人が多すぎる。彼の考えは正しかった。二分後に、また犯人から指示が入った。

「わかった」聞いたあとでリンドストロムは答え、携帯を置いた。「右の伐採用道路だ」

道ともいえないような道で速度を六十キロに保つのは、エクスプローラーのサスペンションとコークの背骨の両方にとって試練だった。しかし、長くは続かなかった。リンドストロムはまた電話に出て、すぐに舗装された郡道に入った。次の瞬間、長い橋が目の前に現れた。コークはこの場所を知っていた。橋はアッパー・グース池にかかっている。グース湖と、その南のリトル・レッド・シダー湖を結ぶ、幅の広いゆったりと流れる池だ。リンドストロムは、池のそばの小さなピクニック場に車を止めた。

「こんどは？」コークは聞いた。

「ここで待てと言っていた」

すぐさま連絡がきた。リンドストロムは指示を聞いて、ヘッドライトを消したがエンジンはかけたままにした。さらに、相手の声に耳を傾けた。「コーコラン・オコナーがいるだけだ」彼は携帯に向かって言った。「いや、そっちは警官はだめだと言ったんだ。オコナーは警官じゃない。それに、いいか、そっちには彼の家族がいるんだ……わかった、わかったよ」リンドストロムは携帯を置いた。「あんたが一緒だと知っている」

「このあたりにいるんだな。見張っている」

「金を、ごみの缶の裏に置けと言っている」

リンドストロムがピクニック場に車を入れたとき、コークはヘッドライトの光の中にごみ捨て場を見ていた。森林警備隊の紋章のある緑色の缶が二つ並んでいた。

「なにかやらかそうなんて思っていないだろうな」リンドストロムは言った。

「思っていない。言われたとおりにしてくれ」

リンドストロムは後部座席から二つのケースを取って、エクスプローラーを出た。ごみの缶のほうへ歩いていき、ケースを裏側に置いて、車に戻ってきた。携帯が鳴った。リンドストロムは応答した。「ああ、わかった」

「交換はどうなった?」

「家族は?」リンドストロムは相手に呼びかけた。「こっちにはなんの保証があるんだ?」彼は目を閉じ、通話を切った。「車を出す。東へ走りつづける。問題がなければ、十五分以内に向こうから家族のいる場所を連絡してくる」

「それだけか?」

「ほかにどうしようがある?」

「このままここにいる。また電話してきたら、家族を返すまで交渉を続ける。もう少しで金が手に入るんだ。犯人はがっついているだろう」

「コーク……」リンドストロムは言いかけて、口を閉じた。「わかった」

二人は待った。携帯が鳴った。

「だめだ」リンドストロムは答えた。「もう脅迫もなし。約束もなしだ。とにかく家族を返せ、いますぐに」リンドストロムは耳を傾け、ゆっくりと目を下に向けた。

「コーク?」

コークはリンドストロムの視線を追った。リンドストロムの胸のまんなかに、ＢＢ

弾ほどの小さな赤い円があった。

「レーザーの照準だ」リンドストロムはささやいた。「すぐに車を出さないと、わたしたち二人とも死ぬことになり、金はどのみちもらうと言っている」

コークはエクスプローラーの外の闇に目をこらした。

「電波探知がある」リンドストロムの声は少しうわずっていた。「電波探知で追えるよ、コーク」

「わかった」

リンドストロムは駐車場から車を出し、道路に出て橋を渡った。四百メートルほど走ったところで道はカーブし、右側に狭い私道があるのが見えた。

コークは言った。「そこに入って止めろ」

「なに？」

「その私道だ」

「走りつづけろと犯人は言っていたぞ」

「相手にこっちは見えない。それに、音も聞かれないところまで来ている。レーダーかなにかを持っていないかぎり、向こうにはわからない」

リンドストロムは細い未舗装道路に曲がって、密生した松の木立のあいだに駐車した。

「ケイ捜査官に連絡するんだ。ケースの動きを聞こう」

「犯人が電話してきたら？」

「十五分と言っていただろう」

リンドストロムはケイから聞いていた番号にかけた。「リンドストロムだ。金は置いてきた。ケースは動いているか？」彼はコークを見て首を振った。「わたしたちはその場所から四百メートルほどの、道路から少し入ったところにいる。犯人は、十五分以内に電話してきて家族の居場所を教えると言った」リンドストロムはケイの言葉にうなずいた。「わかった」通話を切った。「彼らは橋から八百メートルの地点で止まって、ケースの動きを見守っている。わたしたちの前後に車を配置して、いま逮捕すると決めたら犯人を阻止できるようにしておくそうだ。なにかわかったら知らせると言っている」

それから数分間、コークは何度も腕時計を見た。一秒が一時間にも感じられる時のひずみに、入りこんでしまったような気がした。五分後、彼はエクスプローラーのドアを開けた。

「どこへ行くんだ？」

「じっとしていられない」

道路へ歩いていき、背後の暗いカーブを見た。月はまだソートゥース山脈の上には昇っておらず、あたりは闇に包まれている。道の両側には、高い松の木立が壁をつくっている。頭上の狭い夜空を仰ぐと、もう一つの道を見ているような気がした。天空を横切る、星屑《ほしくず》におおわれた道を。この先はどうなるんだ？　コークは思った。終わりはどこなんだ？

時間のことが気になった。急いでエクスプローラーへ戻った。「なにか言ってきたか？」

「いや」

「気にくわないな。ケイに電話しろ」

「あれからまだ二、三分しかたっていないぞ」

「犯人がりこうなら、金をつかんで逃げる。電話するんだ。ケースが動いているかどうか確かめよう」

リンドストロムは電話した。電波から判断するかぎり、ケースはぴくりとも動いていない。

「気にくわない」コークはうなった。「マリーナで持っていたコルト・コマンダーをいま持っているか？」

「グラヴコンパートメントの中だ」

コークは手をのばしてコルトを出し、弾倉をチェックした。

「なにをしている？」リンドストロムは聞いた。「どうも変だ。もうケースは回収されていなければおかしい。行って見てくる」

「コーク、もしあんたのせいでまずいことになったら、家族が殺されるんだぞ」

「どのみち、そのつもりかもしれない」

コークはエクスプローラーから降りて、道路のほうへ向かった。エクスプローラーの反対側のドアが乱暴に閉まる音がして、すぐにリンドストロムが横に来た。「わたしたちは、一蓮托生だ。銃を返してもらおう。おそらくわたしのほうがその銃には慣れている。かわりに、これを持っていてくれないか」彼はコークに懐中電灯を渡した。

二人は池から百メートルのところまで道路を進んだ。それから、コークは木立の陰に入った。月が出ていたら、光で照らしてくれるものがあったら、と思った。これでは、橋を隔てているだけで四十メートルも離れていないところまで来ても、ピクニック場はまったく見えない。

「犯人は暗視装置を持っているんだ」コークは言った。「だから、駐車していたときおれたちが見えたんだ」

「つまり、向こうが断然有利ということだな」リンドストロムは言った。「こっちが橋を渡ったら、すぐに見られてしまう」

下から、細々とした流れの音が聞こえてくる。日照りのせいで、ふつうなら深い池は涸《か》れ、浅いリボン状の流れになっている。コークは言った。「橋の下に行こう」

彼は這うように土手を下りた。最初、地面は固く岩だらけだった。途中から葦《あし》の茂みに入り、足首まで泥に埋まった。歩くたびに、泥から足が抜ける音がした。コークは立ち止まり、耳をすませた。聞こえるのは、すぐ後ろから来るリンドストロムの荒い息遣いだけだ。さらに進んだ。流れを渡り、向こう側の泥地を抜け、ようやく土手の固い地面に着いた。リンドストロムがすぐそばに来た。コークはひざまずいて、傾斜を這いのぼった。上に着くと、地面に平らになって駐車場のほうをうかがった。かろうじて、ごみの缶が見えた。

「どうする？」リンドストロムがささやいた。彼は両手でコルトを構え、前かがみになって発砲姿勢をとっている。軍隊の訓練を受けていてくれてよかった、とコークは思った。

「なにか見えるか？」

「ごみの缶はかすかに」リンドストロムは答えた。

次にどうするべきか、コークに確信はなかった。駆けこんでいくような危険はおかしたくない。とはいえ、すでになにかが間違っているという直感があり、それがなんなのか知るのは早ければ早いほどいいという気がした。そのとき、缶ががたがたと音をたてた。リンドストロムは銃のスライドを引いた。次の瞬間、ピクニック場の静寂は缶の一つが倒れる金属音で破られた。リンドストロムは発砲した。コークは懐中電灯をつけた。前足をごみだらけにして光の中に立ちすくんでいるのは、太ったアライグマだった。自然が小さな盗人《ぬすっと》に与えた生来の仮面の中で、二つの目がまばたきした。アライグマは四つんばいになって逃げだした。

「どうなっているのか見よう」コークは立ち上がった。

リンドストロムも彼についてごみの缶の前へ来た。ケースはまだ裏側にあった。リンドストロムは持ち上げてみた。「からのようだ」

コークが懐中電灯で照らしている下で、リンドストロムはケースを地面に置いて開けた。金はなくなっていた。ケースの中央に、隠し場所から引き出された発信器があった。メモがついていた。リンドストロムは紙を取り、そこに書いてあることを二人が読めるように光にかざした。

メモにはこうあった。〈死ぬことになる。全員死ぬことになる〉

## 43

漁師小屋の窓の鉄格子からスティーヴィを自由にする手段をついに考えついたのは、グレイス・フィッツジェラルドの息子スコットだった。

ジョン・ルペールはからの木箱の上に立って、鉄格子を広げようとしていた。運の悪いことに、小屋を安全にしようと材料を吟味したため、鉄格子はびくともしなかった。古い板――ツーバイフォーの材木一メートル――をスティーヴィの頭の上に押しこんで梃子《てこ》にして、せめて一本の鉄格子だけでも窓枠に留めたボルトからゆるめようとした。結局、板が裂けてしまった。ジョーはできるかぎりスティーヴィを励まそうとしたが、時間がたつにつれて、小さな少年はパニックに陥った。スティーヴィがどうしようもなく泣いていたとき、集まっていた大人たちの後ろからスコットが静かに言った。「これはどう？」

ほぼからの棚から見つけた缶を、彼は差し出した――船舶用エンジンのオイルで、ブリッジャーが持っていかなかったわずかなものの一つだった。「これで、滑らせて出せるんじゃない？」

ジョーは缶を受け取り、感謝をこめてスコットを抱きしめた。少年は顔をそむけて、恥ずかしそうだった。「スティーヴィ、あなたのシャツとズボンをぬがせるわね。それから、ぬるぬるするものを全身に塗るから。べたべたもするだろうけれど、きっとその鉄格子のあいだから体を滑らせて出られるようになるわ。いい？」

スティーヴィはまだ泣いていたが、しゃくりあげながらなんとか答えた。「……かった」ジョーは息子が理解したことを知った。

「いい子ね」

ルペールがスティーヴィを支えているあいだに、ジョーはボタンをはずしてシャツをぬがせた。ジーンズのスナップも外し、ジッパーを下げた。ジーンズをぬがせるには、靴も取らなければならなかった。最後に、壊れた鏡のガラス片を使って、古いオイル缶の厚紙でできている部分に切れ目を入れた。粘り気のある液体をスティーヴィの背中に垂らし、両脇と胸と腹に沿って塗っていった。最後に、息子をはさんでいる鉄格子に残った液体を垂らした。

「さあ、これでいいでしょう。いくわよ、ハニー」ルペールに合図すると、彼は少年が肩をまわせるようにスティーヴィを持ち上げた。ゆっくりと、ルペールは少年を前に押した。スティーヴィは痛そうな声を上げた。ルペールはちらりとジョーを見たが、彼女は続けるように促した。鉄格子のあいだのスティーヴィを自由へ向かって押し出しながら、ルペールの顔は心配でゆがんでいた。いったん胸が外へ出ると、スティーヴィは窓から飛び出すように自由になった。ルペールは少年の足をしっかりと握っていた。

「ゆっくりと下ろすよ」彼はスティーヴィに呼びかけた。「できるだけな。そのあと、手を離す。離すときは言うから」ゆっくりと、肩がぶつかるまで鉄格子のあいだに腕を通した。「よし、スティーヴィ、これから離すよ。下までは五、六十センチしかないはずだ。地面に着いたらころがるんだ。ショックがやわらぐから」

スティーヴィが落ちたどさっという音を、ジョーは聞いた。木箱に乗り、ルペールの隣に立った。「大丈夫、スティーヴィ？」

スティーヴィは答えなかった。

「スティーヴィ？」彼女は叫び、窓の下を見ようとした。ちょうど月がスペリオル湖の上に昇りはじめ、その光で地面は霜が下りたような銀色になっていた。息子の姿はない。「スティーヴィ、返事をして」ジョーの声は絶望的な恐怖で凍りついた。

そのとき漁師小屋のドアががたがたして、四人はさっとふりむいた。「開かないよ、ママ」

ジョーはドアへ走っていき、体を押しつけた。「いいのよ、スティーヴィ」ほっとして、涙が出そうだった。「いいの」

「どうしたらいい？」小さな怯えた声で、少年は尋ねた。

逃げなさい、とジョーは言いたかった。できるだけ早く遠くへ逃げるのよ。だが、ここにはもう一組の親子がいる。そしてスティーヴィは唯一の希望だ。

「家に入るんだ」ルペールがジョーに言った。「もしドアがロックされていたら、ポーチの階段の最上段の裏側に釘があって、鍵が吊るしてある」

ジョーはスティーヴィの服と靴を窓ごしに落とし、彼が着ているあいだに、なにをしなければならないかを注意深く説明した。砂利の上を急いで走っていく小さな足音に耳を傾けていると、やがてなにも聞こえなくなった。彼女は窓のそばの木箱の上に乗った。そこからなら、あたりが見えた――桟橋、入り江、パーガトリー・リッジの暗い丘、そして家。すべてが月光に照らされている。西の空のソートゥース山脈の上で、何度か稲妻が閃くのが見えた。少しして、遠雷が響いた。最初、スティーヴィは見えなかった。やがて、正面のポーチの暗闇から姿を現し、漁師小屋へ走って戻ってきた。

「開いたよ」スティーヴィは言った。

「中へ入るんだ」ルペールが、こんどは直接ドアごしに指示した。「入ったところがキッチンになっている。流しに向かって右側に、引き出しがある」彼はそこでジョーを横目で見た。「右と左はわかるかな?」

「わかるわ」

「よし、スティーヴィ。右側のいちばん上の引き出しに、鍵の束が入っている。その中に、ここのドアの鍵があるんだ。束ごと持ってくれば、おれがどれだか教える。わかったか?」

「わかった」スティーヴィは答えた。

木箱の上から、ジョーは息子がまた敷地を横切るのを見守った。月の光で、少年の影が付き添いのようにのびている。

「ブリッジャーが戻ってくるまでどのくらいあるかしら?」グレイスが聞いた。

「あまりない」ルペールは答えた。「どんな様子だ?」

ジョーは言った。「わからない。家の中に入ったと思うけれど、明かりがつくのが見えないの」

ルペールはいらだって壁を叩いた。「スイッチがわかりにくい場所なんだ。くそ、説明しておくべきだった」

「見つけて、スティーヴィ」ジョーはつぶやいた。

言ったとたんに、後悔した。道路の近くの木立を通して、遠くから入り江のほうへ近づいてくるヘッドライトが見えたからだ。

「戻ってきたわ」ジョーは言った。「ブリッジャーが戻ってきた」

そのとき、家の明かりがつき、パーガトリー・コーヴの闇の中に鮮やかな標識灯のように浮かび上がった。

## 44

ミネソタ州犯罪捜査局《BCA》のオーウェン捜査官とアール捜査官は、アッパー・グース池にかかる橋のたもとで、現場検証を監督するＦＢＩの手助けをしていた。ウォリー・シャノーとラッキー・ヌードセンは、グース湖とリトル・レッド・シダー湖を含む一帯の捜索を指揮していた。二つの湖の岸にはリゾート施設と公共のキャンプ場があり、湖上へのアクセスはいくらでもあった。誘拐犯はおそらく湖上へ出て、そのあと裏道をつたって車で逃走したという見解に、誰もが賛成した。みんなが口にしなかったのは、捜索には時間がかかり、なにか見つかったとしてもたぶん手遅れだということだった。

　コークが残っている理由はなかった。リンドストロムとマーガレット・ケイ特別捜査官と一緒に、犯人がもう一度連絡してくるかもしれないというはかない望みを抱いて、グレイス・コーヴへ戻った。それはまた、希望を抱いて待っているローズや娘たちのいる家へ戻らずにすむ口実でもあった。みんなとどう顔を合わせたらいいのか、なんと言ったらいいのか、わからなかった。

ケイは自分の携帯で電話をかけ、報告をしていた。やつれ、疲労している様子だった。最後の電話をかけて、低い愛情のこもった声で話した。彼女の金の結婚指輪のことをコークは思った。自分の生活を中断し、寝ずに奔走して安全な解決へ導こうとベストを尽くしてくれた。こうなってしまったのは、ケイのせいではないとコークにはわかっていた。リンドストロムの居間の電話は、まだ逆探知ができるようになっていた。アーニー・グッデン捜査官が録音装置を準備して、そばにすわっている。眠そうだった。リンドストロムは安楽椅子にへたりこみ、鳴らない電話を見つめている。ぼんやりして、疲労困憊《こんぱい》し、うつろな様子だ。コークも同じだった。あまりにも疲れていて、はっきりとものごとを考えられない。それが、疲労のせいだけではないのはわかっている。なにもかもからっぽになってしまったとき、最後の希望のかけらすらとうとう潰《つい》えてしまったとき、人はそうなるのだ。排気管から排気ガスを吸いこむのに似ている。あきらめて目を閉じ、なんであれ考えないですむようなことに埋没するのだけが、望みなのだ。たとえば眠り。たとえば死。なんでもいい。

「家に電話しないと」コークはつぶやいた。

リンドストロムはのろのろと視線を上げた。「なんと伝えるんだ？」

「わからないよ、カール。オフィスの電話を借りてもいいか？」

リンドストロムはかすかに肩をすくめてみせた。コークは承諾のしるしと受け取って、廊下を歩いていった。大きな家と敷地には、ほとんど人がいなかった。身代金の受け渡しを無事に行なうために、コークとリンドストロムを追跡する警察の車列が出発する前に、マスコミは追いはらわれていた。私道に止めたパトカーに警官が一人残っているだけで、さっきまでいたすべての法執行機関の人間は、アッパー・グース池一帯の捜索を手伝うために出払っていた。しんとした家の中で、コークは西のほうでごろごろと鳴る雷鳴を聞いた。受け渡し場所へ行く途中で、ラジオの天気予報を耳にしていた。数ヵ月ぶりに、大雨を降らせる嵐が近づいているのだ。だが、コークにとってはどうでもよかった。

リンドストロムのオフィスの桜材のデスクの前にすわった。頭痛がする。目がくらみそうにずきずきする。三度電話に手をのばし、三度引っこめた。ローズと娘たちに、なんと言えばいいのだろう。

かい、かい、かい、助けられなかった。逝ってしまった。永遠に。

そんなことを電話で言うことはできない。かといって、リンドストロムの家から出ていくこともまだできない。

壁の時計は十二時十分前を指している。コークは針を戻したかった。すべてを違うふうにやりなおしたかった。そうであるべき場所、そうであるべき時間にわが身を置きたかった。この数日間を、もう一度やりなおしたい。この数年間を、もう一度やりなおしたい。家族を、愛するすべての人たちを裏切ったりしない人生を送れていたら。

彼の視線は、時計のまわりに飾ってある写真に移った。海軍士官の制服を着て、軍艦のようなものに乗っているリンドストロム。一緒に船に乗っているリンドストロムとグレイス・フィッツジェラルド——澄んだ青い水、風をはらんだ白い帆。別の一枚には、とても若いグレイス・フィッツジェラルドが写っている。十代のようだ。特徴のある鼻でわかる。彼女は白髪の男の隣に立っている。お互いに腕を組んで、ほほえんでいる。父親と娘だろうか？ 大きな船の甲板にいる。二人の頭上にそびえる前部マストには、大きな輝くFの文字がある。この老人はまだ生きているのだろうか、とコークは思った。いや、死んでいるだろう。そうでなければ、リンドストロムに身代金を出したはずだ。グレイス・フィッツジェラルドの父親は運がよかった。もう死んでいる。喪失を味わわずにすむ。傷つかずにすむ。

ばか、やめろ。コークは自己憐憫《れんびん》から自分を引き戻した。なにをしている？ まだ、いい、いい、いい、あきらめたりするな。

メルーは言っていた。自分には選択肢があると。絶望とともにいることもできるし、別のものを仲間とすることもできる。

コークは立ち上がった。頭をはっきりさせて考えなければ。廊下の先のバスルームへ行き、ドアを閉めた。冷水を出して顔を洗った。頭痛を鎮め、思考を明晰《めいせき》にする必要がある。シンクの上のキャビネットに、鎮痛剤があった。二錠出して口に放りこみ、水道の水で飲んだ。瓶を戻そうとしたとき、目がなにかを捉えた。注射器。棚の一つにいくつも、個別に包装されて並んでいた。注射器の横には薬瓶がある。インシュリン。

ギル・シンガーは、居留地のクリニックから盗まれたのはインシュリンだけだったと言っていなかったか？　リンドストロムの家で糖尿病を患っているのは誰だ？

コークは居間に戻った。グッデンは目を閉じて後ろに反り、眠っていた。ケイはダイニングテーブルの前にすわり、頭を垂れていた。うとうとしているようだ。リンドストロムはまだ電話を見つめていた。

コークはインシュリンの瓶を持ち上げ、リンドストロムにささやき声で尋ねた。「誰なんだ？」

「スコットだ」リンドストロムは答えた。コークに倣《なら》って低い声だった。

コークはついてくるように合図し、リンドストロムのオフィスへ行ってドアを閉めた。「ゆうべ、保留地のクリニックが押し入られた。盗まれたのは、インシュリンと注射器だけだ」

リンドストロムは考えた。「スコットのためだっていうのか？　なぜだろう？」

「犯人は彼を生かしておこうとしたんだ。そのために、大きな危険をおかした」

「今晩まではな」リンドストロムはむっつりと指摘した。デスクの前にすわり、コークの興奮に対してはまったく無反応だった。

雷鳴が大きくなった。窓の外に閃光が見えたあとすぐに、音が続く。風が強くなり、カーテンを高く舞い上げている。コークは部屋の中を歩きまわりながら、声に出して考えた。「犯人は保留地のクリニックのことを知っている誰かだ、あそこで治療を受けたことのある人間だ」

「インディアンか?」リンドストロムも考えていた。「アイゼイア・ブルームとか?」

「ブルームじゃない。彼はまだ留置されている。それに、森林火災を消火しにいく途中で逮捕された。二百万ドルの身代金交渉をしている男のすることじゃない。違う、ブルームじゃない。もしかしたら、純血のアニシナーベ族じゃないのかもしれないな。クリニックで治療を受ける資格があっただけなのかもしれない」

コークは壁の写真の前に立ち止まった。グレイス・フィッツジェラルドと父親が船上にいる写真を見つめ、それを指さした。「写っている大きなFの文字、あれはなんだ?」

「フィッツジェラルド海運の船舶であるしるしだよ。フィッツジェラルドのすべての船には大きな光るFの文字がついている。夜、遠く離れていてもフィッツジェラルドの船だと見分けがつく。どうしてだ？　なにか重要なことなのか？」

「ジョン・ルペールのキャビンに写真があった。同じ大きな文字のあるマストの見張り台にいる、彼の写真だ。ルペールのことを知っているか？」

「どんなことを？」

「十二年前、スペリオル湖の嵐で沈没した鉱石運搬船に乗っていたんだ。彼を除く全乗組員が死んだ。彼の弟もその船で死んだんだ」コークは壁の写真を凝視した。「これは、フィッツジェラルド海運にかかわることにちがいない」

リンドストロムはゆっくりと立ち上がった。顔にあらわれていた疲労は、理解の閃きにとってかわられていた。「ルペール」目をけわしくしてコークを見た。「復讐か？」

「おそらく。あるいは、彼の考えでは、一種の遅れすぎた正当な補償なのかもしれない」コークは、こんどは歩調を速めて歩きまわりはじめた。「ギル・シンガーが、ルペールはきのう出かけたと言っていた。入り江が騒がしいのでいられないと、文句を言っていたそうだ。こもりがちな男が姿を消すには、かっこうの口実だ」

「どこへ行ったんだろう？」

コークの脳裏に、ルペールのキャビンで見た別の写真が浮かんだ。〈パーガトリー・コーヴ、〈一九七九年〉と書かれていた写真だ。

「スペリオル湖北岸じゃないかと思う。パーガトリー・コーヴという場所だ。ビーバー・ベイの少し南だ」

「あんたの推測に四人の命がかかっているんだぞ」リンドストロムは言った。コークがあとへ引かないのを見て、うなずいた。「わかった。行こう」

「ケイに話さないと」

「FBIなんかくそくらえ。あいつらが打った手はすべて裏目に出た。わたしはわたしのやりかたでいく。あんたはどうだ？」

「誰かに話しておく必要がある」コークは譲らなかった。

「なぜだ？　やつらが令状やらなにやらを取っているあいだ、こっちの足を引っ張れるようにか？　ケイは証拠をほしがる、確実な根拠を。彼女が判事のところへ持っていけそうなものは、なにかあるか？」

リンドストロムの言っていることは正しかった。はっきりとした証拠があるわけではない。勘と、すべて辻褄《つじつま》が合うという事実だけだ。

「もう待つのには死ぬほどうんざりした」リンドストロムは言った。「行かないのか？」

法の執行官としての二十五年間の人生が、コークをためらわせた。

「いいか」リンドストロムはいまや怒っていた。「ルペールについてのあんたの考えが正しいなら、いちばん近い法執行機関はどこだ？」

「グランド・マーレイのクック郡保安官事務所だ」

「そこの連中がパーガトリー・コーヴに着くのにどのくらいかかる、わたしたちの話を信じて、行く気になってくれたとして？」

「三十分か四十分」

「わたしたちが全速力で車をとばせば、四十五分で行ける。すぐに出発すれば」

コークは戸口を見た。

「あんたは家に帰ると言えばいい。いないのに気づかれるだろう」

「わたしは、少し寝ると言う」コークのためらいを見て、リンドストロムはいらだって両手を上げた。「なんだっていうんだ、あんたはここにいる誰よりも先を読んでいるじゃないか。これまでのところ、ずっと正しかったじゃないか。わたしはあんたを信じるよ、コーク、ほかの誰よりも。わたしたちの家族のことだ。わたしたちの愛する相手のことだ。結局のところ、行動する権利を第一に持っているのは誰なんだ？」彼は間を置き、コークの躊躇《ちゅうちょ》を押しのけるように手を振った。「いいよ、好きにしてくれ。わたしは行く。いますぐに」

コークは心を決めた。「おれのブロンコがルペールのキャビンのそばに止めてある。そこで会おう」

リンドストロムを残してオフィスを出た。ダイニングルームのテーブルで、マーガレット・ケイ捜査官の肩に軽く触れた。彼女ははっとして目をさまし、前腕の上にのせていた頭を起こした。

「家に帰る」コークは告げた。「電話してくれ、もし……」最後まで言わなかった。

彼女はうなずいた。そして言った。「ごめんなさい」

気休めになるような返事を、コークは与えなかった。部屋を出て足早に裏口から出た。空気に雨の匂いがした。湿った、ほこりっぽい匂い。グレイス・コーヴを風が渡っていくのが感じられた。稲妻が光ったときに、黒い波立った湖面が見えた。急いで芝地を横切った。ルペールのキャビンとリンドストロムの家のあいだの森に入ると、最初の大きな雨粒が顔を打った。

よろめくように森から出たときには、どしゃ降りになっていた。風も激しく、雨は横殴りだった。コークはブロンコへ急ぎ、エンジンをかけた。濡れた服のせいでフロントガラスが曇り、手でガラスをぬぐっていると、リンドストロムが助手席のドアを開けて乗りこんできた。

「家族のところへ行こう」リンドストロムは言った。

コークはブロンコのギアをファーストに入れてアクセルを踏んだ。車はスペリオル湖北岸へと向かった。

## 45

「スティーヴィ！」ルペールの小さな家に向かってジョーは叫んだ。「明かりを消して！　あいつが戻ってきたわ！」

明かりは一つだけで西向きなので、細い道が入り江に近づいてくる方向とは反対側だ。それでも、闇の中であかあかと輝いているように見える。

「明かりよ、スティーヴィ。あいつに見つかるわ！　消して！」あまり大声で叫んだので、のどが痛かった。神さま、聞こえないのだろうか？

エンジンのうなりと車台の揺れる音が聞こえてきた。これ以上叫んだら、ブリッジャーにも聞かれてしまうかもしれない。だが、それでも叫ばなければ。また口を開きかけたとき、明かりが消えた。スティーヴィの小さな体が暗い家の中から出てこないかと、ジョーは見守った。出てこない。ヴァンが前庭に止まった。ドアが開いて、車内灯がついた。ブリッジャーが降りて、車内に手をのばすのが見えた。大きなキャンバスの郵便袋のようなものを、彼は引っ張りだした。ブリッジャーがこちらを見たので、ジョーは窓から身を引いた。ブリッジャーは家のほうへ向かった。

「ああ、スティーヴィ」低い絶望的な声で、ジョーはつぶやいた。

家の明かりがついた。窓から、ブリッジャーが歩きまわっているのが見える。

「あいつはなにをしている？」ルペールが聞いた。

「わからない」

グレイスが隣に来た。「スティーヴィが見える？」

「いいえ」

「だったら、隠れているのよ」安心させるようにグレイスは言った。「ジョー、スティーヴィはおりこうさんだから、隠れているのよ」

正面のドアが開き、中から光の筋が洩れて前庭を切り裂いた。ブリッジャーは戸口に立って影になっている。彼が腕を上げて手に持っている銃をチェックするのを、ジョーは見つめた。ブリッジャーの前には長く黒い影がのび、足を踏み出したときその影が漁師小屋の壁に届いた。

「来るわ」ジョーはささやいた。

「ドアのそばに」ルペールが言った。「みんな、ドアのそばに」鉄格子を広げようとしたときに裂けてしまったツーバイフォーの板を、彼は持ち上げた。

ジョーはグレイスとスコットとともにうずくまった。ルペールは板を振り下ろせる体勢で、ドアの前に立った。ジョーの息は荒く、ブリッジャーに聞こえてしまうのではないかと不安だった。空に稲妻が走り、漁師小屋の中は一瞬ぱっと明るくなった。そのあとの雷鳴にまじって、砂利を踏んで近づいてくるブリッジャーのブーツの音が聞こえた。彼が戸口に立ったとき、あたりは静まりかえっていた。小屋の鍵を探すじゃらじゃらという音をジョーは聞いた。彼女は息を殺した。そのとき、携帯電話が鳴った。

「おれだ」ドアの向こう側でブリッジャーが言った。「いや、着いたばかりなんだ」少し黙って、相手の言葉を聞いていた。「なあ、言っただろう。もう全部やってあるよ」

グレイスが身を固くして、スコットをさらにぎゅっと抱き寄せるのをジョーは感じた。

「わかった、わかったよ。確認する。ここに来るまでどのくらいかかる?」

ルペールは立ち位置をずらし、板を握りなおした。

「なんだよ、落ち着いてくれよ。すべてうまくいくさ」

ブリッジャーはそのあとしばらく黙っていた。電話は終わったのだろうとジョーは思った。鍵が開く音を待ち受けたが、ドアに変化はなかった。ブリッジャーはそのまま立ち去ったのだ。ジョーは窓へ走っていき、木箱の上に乗った。

「桟橋へ下りていったわ。片方のボートに乗ろうとしている」

「あの子はどこだ?」ルペールは聞いた。

家のほうをうかがうと、小さな姿が正面のドアを抜けて、ポーチから暗闇に滑り出るのが見えた。一瞬後、スティーヴィは漁師小屋の前に来た。

「どの鍵?」ドアの向こうから、低い声で呼びかけた。

「束の中に銀色のは一つしかない」ルペールは答えた。

「よく見えない」

恐怖で小さな少年の声がろくに出ないのが、ジョーにはわかった。「その調子よ、スティーヴィ」自分の声を平静に保とうとつとめながら、ジョーは励ました。「えらいわ」

鍵が回る音がした。ドアが開いた。ジョーは腕の中に息子を抱きしめ、この子を抱けるのがこんなにすばらしいのは初めてだと感じた。

「行こう」ルペールが促した。「おれのトラックへ」

ソートゥース山脈にかかる雲から雷鳴がとどろいた。みんなで漁師小屋から走りでたとき、最初の雨粒がジョーの頬に当たった。雨とともに強い風が吹いてきて、入り江の荒涼とした黒と白の光景が稲妻の中に浮きあがったとき、湖面が波立っているのが見えた。ボートの甲板に立っているブリッジャーも見えた。彼にこちらが見えないように、ジョーは祈った。

ルペールがトラックのドアを開けた。「くそ。やつがキーを持っていった」

「どこかに予備がないの？」グレイスが聞いた。

「家の中だ。だが、たぶんそれも持っていっただろう。とにかくここから逃げよう」

ルペールはグラヴコンパートメントに手を突っこんで、懐中電灯を出した。「来い。道へ行こう」

彼が先導し、グレイスとスコットが続いた。ジョーとスティーヴィは後ろについた。雨が激しくなり、風が顔に水滴を吹きつける。五人は、入り江を迂回《うかい》する細い道に沿って走った。ジョーはスティーヴィの手を握っていた。心臓は狂ったように高鳴り、彼女は本物の希望を感じはじめた。自由はもう目の前だ。

ルペールが突然足を止めた。

「どうしたの？」グレイスが風と雨に負けまいと叫んだ。

ジョーも聞く必要はなかった。彼女にも見えたのだ。別のヘッドライトがポプラの木立のあいだをくねりながら入り江のほうへ下りてくる。さっきのブリッジャーの電話を思い出した。誰だか知らないが、彼が予期している人間がやってきたのだ。ジョーはルペールのほうに身を乗り出して叫んだ。「通り過ぎるまで木立に隠れていましょう。それから道路に出て、誰かの車を止めるのよ」

彼は首を振った。鼻先から水滴が飛んだ。「この時間は、誰も通らない。それに、ブリッジャーは最初にそのあたりを捜す」

「だったら、朝まで木立の中に隠れていましょう」

「そこは二番目に捜すだろう。それに、朝まで隠れていられるほど深い木立はない」

いちばん近いカーブの木々を、ヘッドライトが白く染めた。一瞬後には、ジョーたちが立っている場所は完全に照らしだされてしまう。

「こっちだ」ルペールは叫んだ。

彼は木立の中へと走りだし、先に立ってパーガトリー・リッジの暗くけわしい崖へ向かって登りはじめた。

## 46

嵐は東のスペリオル湖へと近づいていた。コークは州道一号線を嵐とともに進み、道はソートゥース山脈の南端をカーブしながら続いていた。北部森林地帯全体に、数ヵ月ぶりにまとまった雨が降っている。路肩にうずたかく溜まったほこりは泥に変わり、舗装の上に薄く滑りやすい膜を作って、走行を危ういものにしている。コークは古いブロンコを危険なほど高速で走らせているため、急カーブにさしかかるとタイヤが横滑りした。稲妻が閃くたびに、隣にいるリンドストロムがちらりと見える。あごをこわばらせ、ダッシュボードにしがみついているが、速度をゆるめろとはひとことも言わなかった。

「コルトを持ってきたか？　マリーナで持っていたやつだ」コークは尋ねた。

答えるかわりに、リンドストロムはベルトに手をのばして銃を取り出した。フロントガラスのほうに持ち上げてみせたので、路面から目を離さずにコークも見ることができた。「あんたは？」

「グラヴコンパートメントの中だ。リボルバーが入っている」

リンドストロムの拳銃と同じく、コークのスミス&ウェッソン三八口径ポリス・スペシャルも父親から息子に受け継がれたものであり、彼が信を置く武器だった。

「弾薬は別にしてあるんだ。後ろの釣り道具箱に入っている。弾ごめしてくれるか？」

リンドストロムはグラヴコンパートメントから拳銃を出し、座席の背を乗り越えた。釣り道具箱の中を探る音がした。リンドストロムは前に戻ろうとしたが、カーブでブロンコが激しく傾き、彼は後ろのドアにぶつかった。

「このままここにいるよ」

リンドストロムがシリンダーに弾をこめはじめる気配がした。

車の中で、二人はだいたい黙っていた。コークの頭は、警官としての二十年間に訓練された仕事に没頭していた——パズルのピースを正しい箇所にはめるのだ。考えれば考えるほど、全体図ができあがってくればくるほど、穴は少なくなり、目立ちはじめた。

フィンランドまであと数キロの地点で、コークはブロンコの車内の沈黙を破った。

「犯人と話したときだが、カール、なぜあんたの息子の糖尿病のことを言わなかったんだ？」

「わたしの息子じゃない。妻の息子だ。あの子は、わたしの養子になるのを拒絶した」リンドストロムは銃のシリンダーをもとに戻した。「なんの役に立つんだ、子どもの弱点を話して？」

弱点？　とコークは思った。

「ルペールみたいな人間は気にかけもしないだろう」リンドストロムは言った。

「あきらかに気にかけている。すべてを危険にさらして、インシュリンを手に入れるためにクリニックに押し入ったんだから。いいか、おれにはよくわからないことがあるんだ。もし彼がスコットを生かしておくことにそこまで気を遣っているなら、なぜいまはこんなに急いで殺そうとするんだ？　まるで、この件には二つの人格がかかわっているような感じがする」

「ルペールのような男は、分裂的な傾向があるんじゃないか。だって、家族全員をスペリオル湖に奪われているんだから——父親、母親、弟。そんなことがあれば、誰だって頭がおかしくなる」

父親、母親、弟？　コークはジョン・ルペールとは長年の知りあいだが、これほどくわしい前歴を聞いたのは初めてだった。どうしてリンドストロムは知っているのだろう？

コークは少しのあいだ考えながら黙っていた。バックミラーを見ると、リンドストロムが三八口径で狙いをつけていた。

「いい感じだ」リンドストロムは言った。「撃ち慣れているのか？」

「狙ったものにはだいたい当たるよ」

車はつかのま嵐の前方に出て、雨の降る範囲から一歩抜け出していた。開けた場所を通るあいだ、風が道路のほこりを舞い上げてブロンコに吹きつけた。コークはハンドルをしっかりと握っていた。

肩ごしに話しかけた。「マリーナで、あんたの軍歴についてアールが質問したとき、なにをしていたのか答えることはできないと言ったな。ということは、海軍情報部だったのか？」

「海軍情報部にいた」リンドストロムは答えた。「なぜ聞く？」

「ちょっと考えていた。情報収集にかんしては、訓練ずみなんだな」

「だから？」

「なんでもない」

だが、なんでもなくはなかった。フィッツジェラルドの名を憎む理由がいくらでもある男が唯一の隣人である場所に、リンドストロムが家を建てたことをコークは考えた。それは、調査のひどいへまを意味するのかもしれない。あるいは、そうではないのかもしれない。もしかしたら、まったく違うことのあかしなのかもしれない。冷酷で、忌むべきことの。

「なんでもない？」リンドストロムは静かに言った。「オコナー、あんたの頭の働きをずっと見てきたが、あんたは理由もなく質問することはしない」

コークは三八口径の撃鉄が起こされるカチリという音を聞いた。次の瞬間、後頭部に冷ややかな金属の銃口が押しつけられるのを感じた。

「わたしがなにを考えているか、わかるか？　あんたはいま、すべてをつなぎあわせただろう」

コークは、イルゲン・シティの州道六一号線との合流地点でブロンコを止めた。シティというのは、この交差点にはそぐわない呼び名だ。目につく建物はホテルとカフェの二軒しかなく、どちらもこの時間は静まりかえっている。道路に車の影はない。ワイパーの音と、雨が車の屋根を叩く音しか聞こえない。コークは運転を続けようとはしなかった。

「あんたとルペールか？」

「ルペールもかかわってはいるが、あんたが思っているようなことじゃない。というか、彼が思っているようなことじゃない」リンドストロムは間を置いた。「あんたはもうおしまいだ、オコナー。いまここで殺してもいいし、このまま走ってもいい。全員死ぬ前に、最後に一目家族に会いたいんじゃないか」

「あんたと同じほどにはね」

「生きているのか？」

コークは車を出し、ハンドルを切って進みつづけた。湖上に稲妻が走るたびに、岸辺の岩に怒れる波が砕けているのが見えた。「彼女は離婚しようとしていたんだな、そうだろう？」彼は言った。「だから、弁護士であるジョーに相談したかったんだ」

リンドストロムはかすかな笑いを洩らした。「グレイスは最近になってそう考えはじめたようだ。わたしのほうは、ずっと前から予想していた」

「離婚した場合、結婚前の取り決めであんたはなにももらえない」

「取り決めは、わたしが主張したんだ。あまりにも自分をかえりみない申し出だったので、彼女はどうしてもわたしを信託受益者にすると言った——あの子どものだ、もちろん。二人とも死ねば、全部がわたしのものになる。三千万ドル以上だ、オコナー。さあ、ここに動機がある。だがな、誰もわたしにこれっぽっちも疑いをかけはしない。たんに、誘拐事件が悲惨な結末を迎えたというだけだ。最後には、すべての痕跡がルペールを指し示すことになるが、彼も消えるんだ。わたしの愛する妻とその息子とともに、地上から姿を消す。そして、あんたとあんたの妻子も」リンドストロムは三八口径の銃口で軽くコークの頭を押した。「あんたはルペールを見つけだすのが早すぎた。そっちのミスだ」

銃口がコークの頭から離れた。リンドストロムが携帯電話をかける音がした。「船の準備はできているか？」そのあとリンドストロムは黙りこみ、耳を傾けた。「すぐにやるんだ」間を置いてから、激しい口調で言った。「ふざけるな。船に乗って全部調べろ。あまり時間がない、それに手違いはごめんだぞ」いらだって息を吐いた。「十分か、十五分だ。こっちが着いたときには船をスタンバイしておけ。わかったか？」彼は携帯電話をポケットに突っこんだ。

「いいか」コークは言った。「通常の手続きとして、その電話の今晩の通話記録を警察は調べるぞ」

リンドストロムは笑った。「これは別の電話だよ、オコナー。料金の口座も別だ。すべて計算ずみなんだよ。ずっと前から計画していたことだ」

車は、いくつかの商店が並ぶビーバー・ベイを過ぎた。コークは何度か、ここの小さなホテルで食事をしたことがある。うまいパイだった。だが、いまは暗く人通りもなく、町はそ知らぬ顔だ。

「グレイス・コーヴの家は、ルペールをあおりたてるためにわざとあそこに建てたんだな」

「天才的な思いつきだろう」ふたたび、リンドストロムはポリス・スペシャルの銃口をコークの頭に突きつけていた。「何年か前に、たまたま雑誌の記事を目にしたんだ。ルペールの、悲しい人生の物語さ。これだ、と思った。アイディアが閃いたんだ。家を建てる。ルペールをその気にさせる。それから、なにが起きたと思う？　運命が手を貸してくれたんだ。環境保護の戦士《エコーウォリア》だよ。なんてすばらしい煙幕になってくれたことか」

車はパーガトリー・リッジに近づいていた。稲光の中、巨大な波が崖下の斜面に押し寄せて砕け散るのを、コークは見た。すぐに、ブロンコは丘の下を通る長く照明の明るいトンネルに入った。

「あんたがいなくなったのに気づけば、みんな不審に思う」コークは言った。

「誰も気がつかないうちに戻る。速度を落とせ」リンドストロムは命じた。「聞いたところだと、すぐ先に左へ入る道がある」

雨は激しかったが、トンネルから出てすぐのところに細い道があるのが見えた。コークはブロンコを道路からその砂利道に入れ、木立の中を進んでいった。木々がとぎれると、道はカーブして小さな入り江を迂回していた。前方には、ブロンコのヘッドライトに照らされて小さな家が水辺に建っていた。

「ピックアップの横に止めろ」リンドストロムが命じた。車が止まると、彼は言った。「キーをよこせ。ゆっくりと、肩ごしに渡すんだ」銃口で後頭部をつついて、コークの苦境を強調してみせた。コークは言われたとおりにした。

リンドストロムが先に降りた。三八口径を振って、コークにもあとから出るように促した。コークがブロンコから降りると、見たことのない男が夜と雨の向こうから現れた。

「船は?」リンドストロムは聞いた。

「準備してあると言っただろう」男は答えた。

「あとちょっとのところで、油断してミスをするものなんだ」

「そいつは、士官学校のおえらい教科書にでも書いてあったのか?」

リンドストロムは周囲を見まわした。「彼らはどこだ?」

「漁師小屋に閉じこめてある」男は、家から二、三十メートル離れた建物を指さした。

「涙の再会の時間だぞ、オコナー。行こう」

見知らぬ男が先に歩いていった。漁師小屋の戸口に着くと、男ははたと足を止めた。「くそ」

「どうした?」

「鍵がかかっていない」男はドアを開けた。「いない。こんちくしょう」

「いつからだ?」

「おれは超能力者かよ?　知るもんか」

「身代金を取ってきたあと、確認しなかったのか？」

「そうしようとしたとき、そっちが電話してきて船の用意をしろと言ったんだ」男は漁師小屋の壁を蹴った。「くそいまいましい、あんたのせいだ」

「おい」リンドストロムは入り江の向こうのパーガトリー・リッジのほうに目をこらしていた。「あれはなんだ？」

コークも目を向けた。そして、湖面に近い崖の低いあたりを、一条の光が移動しているのを見た。

「丘の反対側へ逃げようとしているんだ」見知らぬ男が言った。

「よし。ヴァンで反対側へ先まわりしろ。わたしは崖を登って後ろから追いかける」

「こいつはどうする？」

リンドストロムはコークを見た。「ここでおしまいだな、オコナー」

おそらく無駄だと知りつつ、コークは身をひるがえして入り江のほうへ走りだし、声をかぎりに叫んだ。「ジョー、気をつけろ！　追っ手が行くぞ！」

リンドストロムが三八口径の引き金を引く前に、言えたのはそれだけだった。

## 47

煉獄の丘《パーガトリー・リッジ》の一キロ半南、六一号線の景色のいい分岐点に、昔、ミネソタ地質学協会が巨岩の形成物を説明する金属板を設置した。子どものときから、ジョン・ルペールは何回となく刻まれた文章を読んでいた。

何百万年も前に、スペリオル湖北岸を形成する玄武岩は、大規模な溶岩流によってこの場所に運ばれてきた。はかり知れない年月のあいだに、天候と氷河の浸食のために岸は削られ、ついにはソートゥース山脈のふもとのあたりまで後退した。しかし、数ヵ所で頑丈な流紋岩が細い縞となって、玄武岩の上に重なった。周囲のもっと軟かい岩が浸食されたあともずっと、この流紋岩の縞は周囲から孤絶した形成物として、自然の力に抵抗しつづけた。パーガトリー・リッジの高さは、スペリオル湖の水面から約八十五メートルある。幅は約四百メートル。もっとも硬い鉱石の一つでできてはいるが、丘は時による破壊をまぬがれているわけではない。何千回もの冬を越して凍っては溶けるサイクルを繰り返し、何万回もの過酷な大嵐に耐えてきた痕跡が、丘には残されている。積み重なったその結果は崖錐《がいすい》となってあらわれている——切り立った崖から崩れた岩の堆積だ——崖のふもとに沿って、それはいくつもの巨大な山になっている。いつか、たぶんいまから百万年後には、丘はもう崩れてなくなっているだろうと、金属板には書いてある。

地質学者は、まるで理解を超えた無限に続くもののように、時間のことを口にする。呼吸と心臓の鼓動によって計る者にとっては、時間を理解するのはかんたんだ。パーガトリー・リッジのふもとの崖錐を乗り越える四人を先導しながら、ジョン・ルペールは、もう時間がないのではないかと恐れていた。

ほかの四人を丘のほうへ導いたとき、道はかんたんに見つかると思っていた。子どものときから知っている岩山を、すばやく見られずに誘導できると思っていた。自分とビリーは何百回も、道をつたって丘の向こう側へ行っていたのだから。しかし、波が怒れる巨人のように高まり、岩でないものをすべて崖からさらっていってしまうときには、充分気をつけなければならないことは子どものころからわかっていた。だから、嵐の日には一度も崖にとりついたことはなかった。黒い断崖の下に来たとき、彼は自分が間違いをおかしたことを知った。懐中電灯を使わなければならない。もしブリッジャーと彼の仲間が見ていたら、入り江の向こうの光に気がつくだろう。望ましくないことだが、こうなってはどうしようもない。

ルペールはほかの四人の少し先を進み、それからふりかえって道を照らしだした。フィッツジェラルドの娘とスコットは、すぐ後ろについていた。スティーヴィと母親はその後ろだ。この二人は、つなげるときにはいつも手をつないでいる。しかし、狭い岩棚や大きな岩のあいだでは、親子は一列縦隊で動かざるをえなかった。入り江に面している丘の南側では、彼らは比較的楽に進むことができた。丘の張り出した部分を迂回するやいなや、スペリオル湖が岸に吹きつけるものすべてに全身がさらされることになった。速度を落とし、這って進んだ。波が砕ける音が大きくなり、なにも聞こえない。ルペールは手ぶりで四人に指示を伝えた。湖に引きこまれないように、何度も冷たい濡れた岩にしがみついた。ルペールはつねに背後に気をくばり、ウェズリー・ブリッジャーが追ってくる気配がないかどうか見張っていたが、はるか後ろで光がすばやく崖錐のほうへ動いてくるのに気づいた。かなり遠い、と思った。このまま進みつづければ、ブリッジャーに追いつかれることなく丘の向こう側へ出られるだろう。

岸辺のいちばん危険な部分を無事に渡りおえ、彼らは湖面に鋭く傾斜する幅の広いプレートを横断しはじめた。波はここまで届かないが、叩きつけるような雨で岩が滑りやすくなっている。二度、ルペールは足場を失った。湖に落ちずにすんだのは、握力が強かったからにすぎない。自分が渡りきることに集中し、そのあと四人をふりかえった。全員が足を止めていた。その理由はすぐにわかった。オコナーの息子が水の中にいた。危なっかしい体勢で、母親が息子のほうに身をかがめ、斜面に寄せる大波に翻弄されている子どもの手をつかもうとしている。一瞬のためらいもなく、ルペールはもと来た道を引きかえし、懐中電灯をグレイス・フィッツジェラルドに渡して、スティーヴィを追って湖に入った。

水は氷のように冷たかった。だが、ルペールはほとんど気づかなかった。波間に揺れているスティーヴィをつかみ、自分の右腕をしっかりと少年の胸に巻きつけた。次の波が来たとき、ルペールは湖の力が二人を木の葉のように持ち上げるのを感じた。プレートにぶつかる直前に体の向きを変え、少年をかばって自分の横腹と肩で衝撃を受け止めた。湖はスティーヴィを彼の腕から引きはがそうとしたが、いまここでこの子を失ったりするものかと思った。空いているほうの腕をのばして、つかまるところを探した。手がぎざぎざした岩の縁に当たり、彼は必死でそこをつかんだ。体を持ち上げ、ジョー・オコナーの手が届くところまで少年を押した。スティーヴィが彼の腕を離れた瞬間、次の波が来てルペールはうつむけに岩の上を引きずられた。さらに二度の波に襲われたあとで、ようやくルペールは水から上がることができた。なまぬるい血が、顔を流れ落ちるのを感じた。ほんの一瞬でも休みたかったが、その一瞬が惜しかった。四人に手を振って先に進ませ、あとからついていった。

こんどは、グレイス・フィッツジェラルドが懐中電灯で道を照らした。丘の向こう側に着くと、八百メートルほど先の湖岸に並ぶリゾート・キャビンの灯がルペールの目に入った。彼はふりかえった。背後の光はかなり近づいている。ブリッジャーに追いつかれる前に、キャビンに着くのはむりだと悟った。

「先に行け」四人に叫んだ。

「あなたは？」ジョー・オコナーが叫びかえした。

ルペールは近づいてくる懐中電灯の光のほうを指さした。「あいつを足止めする。行け。早く」

二人の女は息子たちを連れて前進した。ルペールは隠れられそうな岩を見つけ、裏にしゃがみこんで身構えた。懐中電灯の光が横を過ぎた瞬間、飛びかかって相手を地面に倒した。つかのまもみあったが、銃声が一発とどろいて二人の動きを止めた。懐中電灯を持った男の上にのしかかっていたルペールは、ブリッジャーの声を背中で聞いた。

「彼を立たせろ、ジョン」

ルペールは起き上がった。ブリッジャーが女たちと子どもたちに銃を突きつけていた。

「待ち伏せしていたの」ジョー・オコナーが言った。

五人を追ってきた男は体を起こし、懐中電灯で自分の銃を探した。見つけると、こちらに向きなおった。

「カール？」グレイス・フィッツジェラルドの声はとまどいに満ちていた。

「やあ、グレイス。いたな、スコット。よくやった、ウェス」リンドストロムはブリッジャーにうなずいた。

「この男を知っているの？」グレイスは夫に尋ねた。

「知っているかって？　もちろんさ、わたしが雇ったんだ。さあ、ルペールのこぢんまりした家へ戻って、話しあおうじゃないか。ああ、それからジョー、あなたのためにあそこにスペシャル・サプライズを用意したよ。それからきみにもだ、スティーヴィ。パパに会いたいか？」

「コークがいるの？」ジョー・オコナーは聞いた。

「わたしが出てきたときにはいた。どこにも行ってはいないと思うよ」彼は銃で丘のほうを示した。「行くぞ。時間がない」

## 48

ブリッジャーが漁師小屋のドアを開けて明かりをつけた。彼が脇に寄ると、リンドストロムが四人を中に入れた。

コークを見て、ジョーは叫び声を上げた。彼は床の上で壁に寄りかかり、シャツは血に染まっていた。「ああ、なんてこと、嘘よ」彼女は夫のそばにくずおれた。

コークの目がまばたきして開いた。ジョーを見て、かすかな笑みを浮かべた。「生きていたんだな」

彼女はまた後ろ手にテープで縛られていた――四人全員がそうだった――だから、彼に手をのばすことも、なにをしてやることもできなかった。コークは自分でボタンをはずし、シャツを脇に寄せていた。左手に血まみれのハンカチを握って、右乳首の十センチほど上の肩の部分に押しつけていた。

「ひどいの？」

「穴が開いただけだ」コークはささやいた。「小さな穴が一個」

スティーヴィはそばに立って、大量の血となにもできない父親の様子をなんとか理解しようとして、まばたきを繰り返していた。

「やあ、相棒」コークは言った。その声はほとんど聞きとれなかった。息子のほうへ右腕を上げようとしたが、動かすとうめき声を洩らし、苦痛にぎゅっと目を閉じた。

「どういうことなの、カール」グレイス・フィッツジェラルドが言った。スコットを隣にして、壁ぎわに立っていた。

「すわれよ、みんな。ウェス、船を見てこい。準備ができたら知らせろ。それから、おまえの銃をこっちによこせ」

「なぜだ？」ブリッジャーが険悪な表情で聞いた。

「登録されていないからだ。指紋を全部拭きとって、ミスター・ルペールの家に置いていく。警察が見つけて弾道検査をすれば、ミスター・コーヴのわたしの家で発射されたのと同じ銃だとわかる。ミスター・ルペールの有罪の証拠がさらに増える」彼は手を出し、ブリッジャーは――いくらかためらいながら、とジョーには見えた――武器をリンドストロムに渡した。

ブリッジャーが出ていったあと、ルペールの父親が魚をさばいていた台の一つに、リンドストロムは平然として寄りかかった。「なあ、グレイス、わたしも一度はきみを愛したんだ、本気で。きみのためなら死もいとわなかっただろう、知っていたか？」彼はブリッジャーから受け取った銃をズボンの腰に差したが、もう一つの銃は囚人たちに向けたままだった。

「信じないわ」グレイスは答えた。

リンドストロムは肩をすくめた。「けっこう。お好きなように。わたしは一度、きみのために人を殺したんだ」

「なんの話？」

「きみの愛するエドワードだよ。彼を殺したのは湖じゃない。ブリッジャーだ。わたしの指示でね」

グレイスは信じられないという目で夫を見た。「あなたが……エドワードを殺した？」

「彼がいなくなれば、わたしにチャンスがあると思った。だが、いまだにきみは彼のものだ、たとえ死んでいても」リンドストロムは、もうそんなことはなんでもないというように手を振った。「とにかく、きみがわたしを愛することは決してないとはっきりしたとき、いつかきみが出ていくだろうということもわかった。そうなると、わたしは手をこまぬいてはいられない。さまざまな理由で」

「あなたが……これをすべて計画したの？」

「細部にいたるまでね、グレイス」

「どうやってウェスと知りあった？」ジョン・ルペールが聞いた。

「SEALにいたときにリビアの貨物船を沈めた秘密工作について、彼はきみに話したことがあるんじゃないか。あの作戦を指揮したのはわたしなんだ。多くの技能を持ち、良心の呵責《かしやく》をほとんど感じないウェスは、印象に残った。エドワードを消そうと決めたとき、彼を捜したんだ」

コークが呟きこんでうめいた。彼を抱きしめ、少しでも慰めて苦痛を軽くしてあげることができれば、とジョーは思った。横目でスティーヴィを見ると、少年の目はぼんやりしていた。こちらを向いていても、まるで母親の姿が目に入っていないかのように、もはやなに一つ見えていないかのように。ジョーには息子の状態がわかった。これほどに幼い命が、これほどに守られてきた存在が、いままでくぐり抜けてきた恐怖をどうして理解することができるだろう？

ブリッジャーがドアを開け、雨のしずくを落としながら入ってきた。「準備ＯＫ。これが遠隔起爆装置だ」彼はリンドストロムに装置を渡した。

「これから船遊びに行く」カール・リンドストロムはジョーたちに言った。「先に断っておくが、きみたちが戻ってくることはない。さあ、この場で殺されてもいいし、船へ歩いていって、いま少し貴重な生を味わうこともできる。きみたちを桟橋まで運ぶことはできれば避けたいが、決めるのはそちらだ」彼は腕時計に目を走らせた。

「早く決めたほうがいい。気づかれる前に、わたしはグレイス・コーヴへ戻らなくちゃならない」

　彼は待った。ルペールがついに立ち上がった。グレイスとスコットも立った。ずっとすわっていなかったスティーヴィは、ぼんやりした顔のまま動かなかった。

「立たないと、コーク」ジョーは必死でささやいた。「お願い、立って」

　コークはのろのろと四つんばいになり、台の一つにつかまって体を持ち上げた。立ったところでよろめき、ジョーに倒れかかった。

　カール・リンドストロムは言った。「彼に手を貸してやれ、ウェス」

「こいつは血だらけだ」

「だったら、明日新しいシャツを買え。そのくらいの金はあるだろう」

「どうしてあんたが手を貸さないんだ？」

「誰かが銃を持っている必要がある」

「くそ」ブリッジャーはコークの腕の下に肩を入れて、戸口まで連れていった。

「行こう」リンドストロムが声をかけ、ほかの者たちは彼のあとに従った。

　外は嵐で、桟橋までの道はぬかるんでいた。腕を後ろで縛られていても、ジョーはなんとかスティーヴィのシャツの前をつかんで引っ張っていった。少年はゾンビのようにふらふらとついてきた。ブリッジャーは盗んだモーターボートを〈アン・マリー〉の船尾に引き綱で結んでいた。全員がルペールの〈アン・マリー〉に乗った。ブリッジャーはコークを舷縁ごしに乗せ、船尾座席に落ちるにまかせた。

「おれが運ぶのはここまでだ」ブリッジャーは宣言した。

リンドストロムはほかの者たちを雨の中から〈アン・マリー〉の甲板室に入れたが、コークだけは落ちたところにそのままにしておいた。「邪魔にならないように、そいつを脇に寄せておけ」ブリッジャーに命じた。

ジョーはふりかえり、ウェズリー・ブリッジャーがコークを船尾座席の脇にころがすのを見た。コークはそこに、はらわたを抜かれるのを待つ死んだ魚のように横たわったままだった。

操舵席の左側の、下へ降りる昇降口階段のほうへ、リンドストロムは囚人たちを促した。短い階段の下に着くと、彼らは船首のVの形をした寝棚のある狭い前部キャビンに入った。リンドストロムがルペールを床にすわらせた。ジョーとほかの三人は肩を寄せあうようにして寝棚にすわった。ブリッジャーが降りてきて、一同に加わった。

「わたしが船を出す。おまえは彼らがおいたをしないように見張っていろ」リンドストロムは命じ、甲板室の操舵席へ上がっていった。ブリッジャーはキャビンのドアを閉め、ほかの者たちと甲板下に残った。

〈アン・マリー〉は桟橋から離れた。パーガトリー・コーヴの比較的静かな水面では、船の揺れは穏やかだった。カール・リンドストロムが岩の防壁の外へ船を出すと、たちまち船首は激しく上下しはじめた。スティーヴィはジョーの隣にすわり、プラスティックの人形のように体を硬くしていた。グレイスとスコットはV字形の寝棚の反対側にいた。ルペールは、〈倉庫〉と記されたドアを背にして床にすわっていた。

ブリッジャーは船の振動に足を突っ張って、にやりとした。「じっさいよりも荒れているように感じるな。波は一メートルくらいしかない。なんてことないんだ、ほんとうは。くつろいで、船旅を楽しんでくれ」

「どこへ連れていくの？」グレイスが尋ねた。

「遠くない。二キロほど沖の、湖の底が落ちこむところまでだ。深くないといけないんでな」

ジョーは、ブリッジャーがリンドストロムに渡していた遠隔起爆装置のことを考えた。牽引しているモーターボートのことを思い出し、相手の計画を理解した。〈アン・マリー〉を沈め、モーターボートでパーガトリー・コーヴへ戻るつもりだ。

ブリッジャーは彼女の考えていることがわかったようだった。「あんたたちを吹き飛ばすつもりはないよ」彼は言った。「大きな爆発音で注意を引きたくはないし、破片が残るのも困る。そうじゃなくて、穴を開けて沈められるだけの爆薬を仕掛けておいた。沈むまで、十五分か二十分くらいかな。そうしたら、あんたたちも船も全部の証拠も、きれいさっぱりなくなる。だが心配することはない、そのときにはもう死んでいるだろうから」

ジョーは尋ねた。「彼はいくらくれると約束したの？」

「それがどうだっていうんだ？　カウンターオファーでもしようっていうのか？」ブリッジャーは笑った。

「あなたが今日言ったことを、ちょっと考えていたの」

「へえ、なにをだ？」

「二人の人間が秘密を守るためには、一人が死ぬしかない。正確に、こう言ったわ」

「さすが弁護士さんだ」ブリッジャーはあざけった。

「考えてみて。これ以上、カールはあなたが必要？　あなたは彼に銃を渡したし、彼は遠隔起爆装置も持っている。いまとなっては、あなただけが彼にとっての未処理事項よ。秘密を共有する二人のうちの一人だわ」

「黙れ」ブリッジャーはうなったが、ジョーには相手が考えているのがわかった。

船が左舷側に大きく揺れ、スティーヴィが寝棚から落ちそうになった。ジョーは彼の体に脚をかけて、押し戻した。スティーヴィはそのことにまったく気がついていないようだった。まばたきさえしていないように見える。ジョーは心の隅で、それがいちばんいいと思った。みんな死ぬのであれば、息子の意識がどこかほかにあり、死がやってくるのを見ないですむほうがいい。

「逆に考えれば」ジョーはふたたびブリッジャーに向かって言った。「あなたにとっても、彼は未処理事項なんじゃない？　あなたは二百万ドルを持っている。じっさい、それ以上いくら必要なの？　警察はかならず彼を調べはじめるわ。取捨選択し、より分け、たとえすべてが別の方向を指していても、カール・リンドストロムを疑うはずよ。フィッツジェラルド家の財産はあまりにも強力な動機だわ。彼はほんとうに自分の痕跡を消した？　ちょっと考えてみて、ミスター・ブリッジャー。もし警察に捕まって、彼が取引をしたいと思ったら、あなたを差し出す以外にどういう手があるかしら？」

ブリッジャーの目にある表情が浮かんだ。合理的な疑いが残っていると思わせることができたとき、陪審員席で彼女がよく目にする表情。ブリッジャーは手をのばして、ズボンの右足を上げた。ふくらはぎには、鞘《さや》に入れたナイフがくりつけてあった。彼は柄《え》を留めている革のスナップをはずした。

「みんなおとなしくすわっていろよ」そう言って、ジョーにウィンクした。「あんたをSEALで部下にほしかったぜ」彼は昇降口階段の下に立ち、待った。船のエンジンが止まると、ブリッジャーは緊張した表情になった。手に拳銃を握っていた。「甲板だ、ウエス。相談がある」

「相談ね」ブリッジャーは言った。「わかった」

リンドストロムは甲板へ戻っていき、ブリッジャーは警戒しながらついていった。ドアが閉まった。波が船腹に打ち寄せて、船体がきしんだ。ジョーはすばやく寝棚から滑り下りた。「そこをどいて」ルペールに言った。

彼は急いで倉庫の前からどいた。ジョーは必死でドアを開けようとした。中になにか——ナイフでもなんでも——自分たちを自由にしてくれるものがあるかもしれない。テープで縛られた手はあまり役に立たなかった。まだけんめいに手を動かしていたときに、キャビンのドアになにかがぶつかった。苦痛にうめくしわがれた声がした。甲板室での争いの音が伝わってくるあいだも、ジョーは倉庫のドアの掛け金を開けようと必死だった。銃声が響き、すぐさまもう一発が続いたと思うと、争いは突然やんだ。

全員がキャビンのドアを見つめた。

ドアが開いて、カール・リンドストロムが階段を下りてきた。げっそりした表情で、腰の右上あたりに赤いしみができていた。

「彼はナイフを足にくくりつけていたのよ」ジョーは言った。

「とっくの昔にわかっている」リンドストロムは答えた。

「あなたを殺せばいいと思ったのに」

「お互いに殺しあえばいいと思ったんだろう。残念だったな。かすり傷だ」

「朝になったら、なんて説明するの？　ひげを剃っていて手がすべったとでも？」

「なにか考えつくさ」リンドストロムは言った。「いつだって、そうしてきた」

彼は右手に銃を、左手に遠隔起爆装置を持っていた。おしまいだ、とジョーは悟った。先にみんなを撃つのだろうか？

たいして考えはしなかった。結局は、どちらでも同じことだ。

リンドストロムがふいに階段からよろめき落ちた。顔じゅうに、驚愕があらわれた。彼が口を開けたので、なにか言うのかとジョーは思った。だが、出てきたのは短く野太いうなり声だけだった。銃を落とし、なにかをつかもうとするかのように後ろに手をのばした。キャビンの中央で膝をつき、前のめりに倒れた。彼のシャツの背の三ヵ所に、血のしみが広がっていった。

コークが階段の上にふらつきながら立っていた。手には、ブリッジャーがリンドストロムとの格闘で使っていたナイフが握られていた。刃先から柄まで、リンドストロムの血で濡れていた。〈アン・マリー〉の船首が持ち上がって下がり、コークは階段を落ちるようにしてキャビンに入ってきた。うつぶせになったリンドストロムの体につまずき、寝棚にぶつかって、ルペールの足もとに倒れこんだ。ナイフが手から落ちた。ゆっくりと、痛そうに手をのばし、もう一度ナイフを握りしめると、ルペールのほうへ向けた。

ジョン・ルペールはすばやく背中を向けて、コークが持っているナイフの鋭い刃に手首のダクトテープを押しつけた。自由になると、コークの手からナイフを取って、ほかの四人を解放した。

ジョーは床にすわり、夫の頭を膝にのせた。「わたしといて、コーク」

「いつだって」彼はささやいた。

ルペールが言った。「甲板に行く。船を戻すよ」

ルペールが一歩も動かないうちに、グレイス・フィッツジェラルドが叫んだ。「やめて!」そして、カール・リンドストロムのほうに手をのばした。

ジョーは理解した。誰も阻止できないことが起こるのを、恐怖とともに彼女は見つめた。カール・リンドストロムは、遠隔起爆装置を持っている左手のほうに頭を向けていた。誰も止められないうちに、彼は装置を握りしめた。こもったような爆発音がとどろき、〈アン・マリー〉は足蹴りを加えられたかのように揺れた。

「このくそったれ」グレイスが叫んだ。

「いつだって、あきらめの悪い敗者なんだ」リンドストロムはつぶやいた。

ルペールは、リンドストロムのそばを通って急いで甲板に上がった。そして、暗い顔で戻ってきた。

「船尾に穴を開けられた。水が入ってきている」

「モーターボートは？」ジョーは聞いた。

ルペールは首を振った。「爆発で引き綱が切れた。モーターボートはなくなっている。どこにも見えない」

「救命胴衣は？」グレイスが聞いた。

「甲板室だ」ルペールは答えた。「このキャビンを出よう。おれは倉庫に入る。ふくらませる救命ボートがしまってあるんだ。急げ。あまり時間がない」

「スティーヴィを連れていって、グレイス。わたしはコークを」

「あんたじゃ力が足りない」ルペールは言った。「あんたがボートを持ってきてくれ。おれがご主人を連れていく」彼はコークを腕の中に抱え、グレイスたちについて階段を上った。

ジョーは、ルペールが教えた場所で巻かれた黄色いゴムボートと小さなオール二本を見つけた。それらを持ったときには、水が甲板昇降口を流れ下り、キャビンに十センチほど溜まっていた。

リンドストロムがあおむけになって、溺《おぼ》れそうな声で言った。「助けてくれ」

「神さまに言ったら」ジョーは足を止めもせず、彼をまたいで甲板へ向かった。

エンジンも舵も動いていない船は舷側に風を受けて、波を登っては谷間に落ちながら危なっかしく傾いていた。ジョーは甲板室の船尾側のドアへ向かった。船の角度が変わって、一歩ごとにバランスを失いそうになった。ルペールは操舵席の無線マイクにどなっていた。「メーデー、メーデー、メーデー。こちら〈アン・マリー〉。船体を損傷し、沈みかけている」彼はメッセージを五、六回繰り返し、船の位置をつけくわえ、それから無線を放棄してゴムボートとオールを運ぶジョーを手伝った。甲板室を洗う水に顔をつけて倒れているブリッジャーを、二人は避けて通った。彼のシャツの背には血のしみが二つ浮いていた。

外に出ると、甲板は膝下近くまで水につかっていた。スコットは両手でしっかりと、最上船橋へ上るはしごの手すりを握りしめている。オレンジ色の救命胴衣は、彼には大きすぎた。スコットの横で、グレイスは片手ではしごにつかまり、片手でスティーヴィを抱き寄せている。スティーヴィも大きすぎる救命胴衣を着ていた。もう一つの救命胴衣がはしごの上に掛かっている。コークは一人で舷側に寄りかかっていた。船尾の手すりが壊れているのが見え、〈アン・マリー〉の傾きが刻一刻と増していくのがジョーにはわかった。

ルペールはゴムボートを巻いていたロープを切り、空気バルブを開くコードを引っ張った。たちまちボートはふくらんだ。

それが小さすぎることを、ジョーはすぐさま見てとった。「これではだめだわ」彼女は抑制を失って叫んだ。あまりにも長いこと張りつめてきたので、疲れきっていまにもパニックを起こしそうだった。

「あんたたち二人」ルペールはジョーとグレイスを指した。「それに子どもたち。それなら大丈夫だ」

「コークを残してはいかないわ」

「彼にはどうしようもない」

「彼を残してはいかない」ジョーはルペールにどなった。夫のほうを見た。波が〈アン・マリー〉に打ち寄せるたびに、コークはぬいぐるみの人形のように揺れていた。それでも、彼の頭の動きが意思を伝えているのはあきらかだった。彼はジョーにノーと言っていた。

彼女はコークのそばにひざまずいた。「あなたを置いてはいけない」

彼の答えを聞くためには、耳をすぐそばに近づけなければならなかった。

「行くんだ」

「どうしてあなたと別れるなんてことができる、コーク？」

「おれたちは決して別れない」彼は、グレイス・フィッツジェラルドにしっかりと支えられているスティーヴィのほうにうなずいてみせた。「息子を無事に家に帰してくれ。おれのために。約束してくれ」

雨が滝のように顔を流れ落ちていたが、ジョーの目をかすませているのは雨ではなかった。「コーク――」

「時間がない。約束してくれ」

彼女は屈した。「約束する」

「愛している」彼女の頰に、コークはささやいた。

「愛しているわ」ジョーはささやきかえした。さよならは言えなかった。これ以上、どんな言葉も言えなかった。彼にキスした。ただ一度だけ。そして、背を向けた。

ルペールが三つ目の救命胴衣をグレイスとジョーに差し出した。「おれが持っているのはこれで最後だ。誰が着る？」

「あなたよ」グレイスが彼に言った。

「おれにはなんの役にも立たない。この湖では、凍えて死ぬだけだ」

「だったら、夫に着せてやってもらえない？」ジョーはルペールに頼んだ。「彼を永遠に失いたくないの」

彼女はグレイスを見た。グレイスは、ジョーの意図を察したようだった。救命胴衣のない遺体は、スペリオル湖には浮かない。湖は死者を離さない。グレイスはうなずいた。

「ボートに乗れ」ルペールが叫んだ。それから、「待て」と言って甲板室へ戻り、小さなコンパスを持ってきてジョーに渡した。「北西をめざすんだ、風に向かっていけ」

ジョーはつかのま、男に腕をまわした。「ありがとう」

「神のご加護を」彼は言って、ジョーをボートのほうへ押した。

船尾は水に沈みかけており、ボートを浮かべるのはかんたんだった。ジョーとほかの三人が乗りこむあいだ、ルペールはできるだけ揺れないようにボートを押さえていた。波立つ湖面のせいでむずかしかったが、最後にグレイスが後部に乗ってオールの一本を持ち、前のジョーがもう一本を持った。二人の少年は中央にかたまり、スコットはスティーヴィに腕をまわしていた。ルペールはボートを押し出した。

風上に向かうと、湖が押し寄せてくるようだった。ジョーは全力で水をかいた。ボートは二メートル近い波を越えては、谷間に落ちていった。黒い水はしびれるような冷たさで落ちかかり、小さな黄色いボートに乗っているのは浸水する〈アン・マリー〉の上にいるのとたいして変わらないとジョーは悟った。コンパスを顔に近づけて、方向を確認した。一度だけ、ふりかえることを自分に許した。船の明かりはほとんど見えなかった。すでに暗闇が大きく口を開け、永遠にコークを呑みこもうとしていた。彼女は心と意志を、夫との最後の約束を守ることに向けた。

長いあいだ、二人はずんぐりしたオールを一本ずつ持って湖と闘った。これほどの腕の痛みは、ジョーにとって初めてだった。風に向かって進むのは苦労だが、ある意味でよかった。比較的容易に進路を保つことができた。前に進んでいるのかどうか、ジョーにはまったくわからなかった。グレイスには話しかけなかったが、もう一本のオールが自分のオールと同じように規則的に水をかいているのが感じられた。四十五分ほどで、風が弱まり、雨が上がりはじめた。二、三分後には、嵐は過ぎ去っていた。湖は静まりつつあった。カーテンが引かれたかのように、月と星が現れ、前方の湖面を銀色に染めた。五、六百メートル前方の銀色の果てに、ジョーは黒い陸地を目にした。岸に沿って、ぽつぽつと明かりが見えた。

「助かったわ！」背後でグレイスが勝ち誇ったように叫んだ。

わたしたち全員がではない、とジョーは前方の闇を見つめて思った。わたしのすべてが助かったわけでもない。

## 49

ジョン・ルペールは故郷に帰ったような気がしていた。沈んでいく〈アン・マリー〉の船尾に立って、生まれたときからずっと知っていた湖の黒い水を見下ろしていた。この広大な水は彼の人生のあらゆる側面をおおいつくしていたが、その真の心は、理解しようとする彼のすべての試みをかわして謎のままだった。ついにルペールは理解しようとすることをやめ、自分が確かに知っていることだけを受け入れた。波立つ面《おもて》の何百メートルか下では、岩だらけの湖底に沿って、水は動かず静かな沈黙を保っている。そして彼はまもなくそこに横たわる。ずっと前から眠りにつくはずだった、その場所に。

黄色いボートが夜と嵐に呑みこまれたあと、ルペールはふりかえって状況を考えた。ブリッジャーは甲板室で死んでいる。下の前部キャビンでは、リンドストロムが死んでいる——もしくは死にかけている。これらは、なるべくしてなったことだ。しかし、この最後の舞台に一つだけ、場違いな要素がある。コーク・オコナーはここにいるはずではなかった。待ち受けている最期にふさわしい行為を、彼はなに一つしてはいない。

ルペールは氷のような水が溜まった甲板を重い足どりで歩いていった。オコナーの隣にすわり、船の揺れに翻弄されないように支えてやった。自分にできる唯一のわずかな慰めを、彼は口にした。「みんな逃げたよ」

オコナーは頭を上げた。「助かるか？」

「助かるさ」ルペールは言っただけではなく、そう信じていた。二人の女たちとその息子たちになにができるかを見てきただけに、信じていた。「彼らは強いよ、オコナー。あらゆる大切な点で、強い」

オコナーはまた頭を垂れていた。相手に聞こえたのかどうか、それが意味を持つのかどうか、ジョン・ルペールはわからなかった。

「さあ」ルペールは両手で救命胴衣を持った。「これを着せてやる」

オコナーは目を上げて、首を振った。ルペールは彼の言葉を聞きとろうと、さらに身を寄せた。「あんたが着ろ。おれが着ても無駄だ」

「あんたの奥さんと約束した」ルペールは言った。「おれはその約束を守る」

ルペールがなんとか救命胴衣を着せるあいだ、オコナーは苦痛に叫び声を上げたが、さからわなかった。妻の願いのほんとうの理由をこの男は理解しているのだろうか、とルペールは思った。だが、どうでもいいことだ。

「ほら。これで頭を水の上に出していられる。体が濡れないようにしてやれれば、沿岸警備隊が来るまでへいちゃらなんだが」

軽い口調で言ったが、オコナーが疲れた目を上げたとき、ジョン・ルペールは相手が自分のほんとうの状態を完全に理解しているのがわかった。

「すまない」ルペールがそう言ったのは、責任を感じていたからだった。

オコナーはかすかに首を振った。許しのつもりだろうか？　と、ジョン・ルペールは思った。

波が舷縁を越えて押し寄せ、甲板を満たしていくあいだ、二人の男は一緒にすわっていた。水が増えるにつれ、〈アン・マリー〉が重くなり、動きが鈍くなるのをルペールは感じた。いまは終わりを待つしかない。一瞬、稲妻が湖を荒涼とした黒と白に浮かびあがらせた。ルペールは目を閉じ、色彩にあふれる光景を思い出した。スペリオル湖の上に広がる夏空の青と、その下の湖の心うずく深い青。煉獄の丘《パーガトリー・リッジ》の黒に近い灰色の崖と、どんなに硬い岩からも生えてくる緑の草。丘の上から見下ろして、魚のいる場所を教えてくれる父親の、太陽のような金色の目。夫の横に立つ母親の、幸せに赤く染まる頬。そして、ビリー。なんといっても、ビリー。夏の太陽に真っ黒に日焼けし、氷のように冷たい湖で泳いで鍛えられ、右手に黄褐色の野球ミットを持ち、その目は大地のような緑がかった茶色に輝いている。

そのすべての記憶とはなんの脈絡もない一つの考えが、ジョン・ルペールの頭に浮かんだ――〈アン・マリー〉のキャビンの倉庫にしまってある、ドライスーツ。

はっとして目を開けた。「そうだ」彼はつぶやいた。「あれだ」

跳ねるように立ち上がり、苦労して甲板室を通り抜けた。〈アン・マリー〉は激しく傾いており、船尾はすでに波の下に沈んでいる。前部キャビンへ下りる昇降口階段に着いたとき照明が明滅したが、まだ消えはしなかった。リンドストロムは床の上に横たわってはいなかった。甲板室に上る階段の途中まで、なんとか這ってきていた。死んでいるように見えたので、ルペールはかまわずその上をまたいだ。前部キャビンに入り、倉庫のドアを開けた。ドライスーツは棚の上にたたんであり、キャビンにたまった水で濡れていた。ルペールが昇降口階段へ戻ろうとしたとき、リンドストロムが死んでいないことに気づいた。彼はこちらを見ていた。

「彼らは逃げた」ルペールは満足感とともに告げた。「あんたの妻と息子、それにオコナーの家族。みんな逃げた。すべては無駄だったな」

「人は自分の手の届く範囲に甘んじてはならない」リンドストロムはつぶやいて、ドライスーツに目を向けた。

「オコナーのためだ」ルペールは説明した。「生きのびるチャンスがあると思う」

「あるわけがない」

「どうかな」

ルペールはそれ以上リンドストロムにかかずらうのはやめた。甲板では、オコナーが船の傾きで倒れていた。なんとか水の上に頭を出しておこうと、もがいていた。ルペールは彼の脇を支え、船首のほうへ引きずっていった。湖が呑みこもうとしている船尾から、できるだけ遠くへ。

「いいか、オコナー」ルペールは叫んだ。「チャンスはある。いまからドライスーツを着せる。それで、湖の水から身を守れる。沿岸警備隊がかならず来る、約束する。着るのは痛いだろうが、かんべんしてくれ」

オコナーはこちらを見つめたが、理解しているのかどうかルペールにはわからなかった。ルペールは救命胴衣をぬがせた。オコナーの靴もぬがせた。それから、加硫《かりゅう》処理したきついゴムの服を着せ、ファスナーを閉めるという骨の折れる作業にとりかかった。そのあいだも、船首が上がってきて船尾がさらに深く沈むのが感じられた。フードをオコナーの頭にかぶせ、また救命胴衣を着せた。最初、オコナーは痛みにうめいていたが、ドライスーツと救命胴衣を着せおわったときには、ぐったりとして静かになっていた。

なんてことだ、とルペールは思った。殺してしまった。

い、い、い、い、い、い。

そのとき、〈アン・マリー〉の照明が消えた。

稲妻の閃光《せんこう》の中、オコナーの目がぱっと開くのが見えた。ルペールはオコナーの体が強く引っ張られるのを感じた。まるで、目に見えない力が、甲板を追ってくる水の下に彼を引きこもうとしているかのように。ルペールにはなにがなんだかわからなかった。水はオコナーの救命胴衣を持ち上げ、彼の体も持ち上げるはずなのに、逆に下へと引っ張っている。嵐の夜の底知れない闇の中、ルペールはオコナーの上半身から脚へと手で探っていき、なにが引っ張っているのか知ろうとした。手が冷たい手に触れた。氷のような指が、オコナーの足首をしっかりと握っていた。次の稲妻が閃《ひらめ》き、ルペールは水から這い上がってきたカール・リンドストロムが、コーク・オコナーを使って自分を助けようとしているのを見た。

「なにをしやがる、この野郎」ルペールは叫んだ。指をひきはがし、リンドストロムを自分の強い腕の中に抱きこんだ。船首の左舷に向かって進み、オコナーから離れた。それからベルトをいったんはずして、〈アン・マリー〉の真鍮《しんちゅう》の手すりに自分をくくりつけた。「船が沈むときは」彼はリンドストロムに叫んだ。「あんたとおれも一緒だ」リンドストロムは弱々しくもがいたが、ルペールは離さなかった。

一分ほどで船は完全に沈み、湖底への長い旅路についた。黒い水の深みに引きこまれていきながら、ルペールは息を止めた。リンドストロムは少しのあいだ抗《あらが》っていたが、静かになった。ルペールは念のために男の体を離さずにいたが、やがて手をほどいた。

一人になったジョン・ルペールは沈みつづけた。船が急速に下降するにつれて、胸が圧迫されるのを感じた。まるで、なにか巨大で抗しがたいものに、彼を抱擁しようとずっと待ちかまえていたものに、ついに捕まったかのように。肺が爆発しそうになり、こわくなった。急に、どうしても自分の命にしがみつきたくてたまらなくなった。手をのばし、ベルトのバックルをはずそうとしたが、すでに遅すぎた。水圧があばら骨を砕き、彼は叫ぼうとして口を開けた。その瞬間、スペリオル湖《キチガミ》が彼を満たし、わがものとした。


コークはなにか分厚いもの、頭を鈍らせるもの、這い出ることのできないものの中にいた。それでも、ジョン・ルペールがしてくれたことはわかった。犠牲になってくれたことがわかった。

そして、自分がいま一人ぼっちであることもわかった。

体の下から船がなくなるのを感じた。一瞬、沈んでいくその力が彼も道連れにしようとしたが、救命胴衣が浮かせてくれた。手足が冷たい。顔も冷たい。ときどき息をしようとすると、水を飲んで咳きこんだ。咳をすると痛かった。波のうねりに対して、彼は目を閉じた。それはかんたんだった。もう開けている力はなかった。何度も闇に落ちこみ、長いあいだ意識を失っていた。やがて、ふと気がつくと、満天の星空と月を見上げていた。湖からはもう怒りは感じられなかった。彼は疲れていた。夜だ。眠りたい。

夢を見た。あるいは、そうではないのかもしれない。もしかしたら、道を知っていればいつでも行くことのできた場所へ行ったのかもしれない。そして、戻ってきた。目を開けると、これまでに見たこともないほど明るい光が眼前にあった。明るすぎて目がくらんだが、顔をそむけることができなかった。混濁した意識のどこかで、死は明るい光となってやってくるのを思い出した。おれは死んだのか？

暗い影が光をおおい隠した。コークは、それがジョーの顔であるのを見た。後光のような光を背にした彼女は、とても美しかった。どれほど彼女を愛しているか告げたかったが、声が出なかった。だから、ほほえんだ。ほんのかすかなほほえみ。やっとのことでそれを果たしたあと、彼は闇に、忘却への甘美な誘惑に引きこまれていった。妻の顔の幻を、最後に見られてよかった。永遠へと向かう自分が携えていく最後の贈りものだ、と思いながら。

50

ジョー・オコナーは、地面を雪のようにおおう灰の中に立っていた。見渡すかぎりの四方には、むきだしの焦げた松の幹がからっぽの空に向かってそそり立っている。雨が消防士たちの作業を助け、何週間にもわたって北部森林地帯のかなりの面積を焼いた多くの火災はようやく消えた。アイアン・レイク保留地のアニシナーベ族にとって神聖な、〝われらが祖父〟と呼ばれるストローブ松の老樹を救うことはできなかった。息を吸うたびに、焦げた臭いが、無意味な破壊の臭いがする。最近よくあることだが、ジョーは深い喪失感と悲しみを感じた。

「なんという悲劇かしら」そう言って、ため息をついた。

惨禍《さんか》の様子を見るためにジョーと一緒に来たヘンリー・メルーは、彼女が見たものを見た。その老いた顔は穏やかで、しわが寄っていた。茶色の目は驚くほど静かだった。「偉大な精霊《キチマニドー》がなにをなさるか、誰にわかるだろう？　われわれが目にするものは少なく、理解するものはさらに少ない」

グレイス・フィッツジェラルドは、スコットとスティーヴィと一緒に前を歩いていた。スティーヴィは何度もふりかえって、母親がいるかどうか確かめていた。倒れた松のそばで立ち止まり、かがみこんだ。スコットも横で足を止めて、二人は地面の上のなにかを熱心にのぞきこんだ。

「ママ」スティーヴィが手を振ってジョーを呼んだ。「見て。お花」

ほんとうだった。焼け焦げた地面と灰のあいだから、小さな黄色い花が顔を出していた。

「魔法みたいだね」スティーヴィは言った。

「魔法ではない」メルーは少年に言った。「祖母なる大地は、こういうものなのだ。わしとおいで、マカデワゴシュ。祖母なる大地がどんなふうに心をあらわすか、ほかのものも見せてあげよう」

スティーヴィは老人が呼んだ自分の名前に対して、誇らしげににっこりした。数週間前に少年と父親がクロウ・ポイントを訪れたときの約束を、メルーは守った。スティーヴィにアニシナーベ族の名前を与えたのだ。〝銀狐〟という意味のマカデワゴシュとつけたのは、その名前をメルーが夢に見たからだった。銀色の月光を浴びた小さな息子が、パーガトリー・コーヴでみんなを救うためにこっそりと暗闇をすり抜けていったのを思い出したジョーは、ぴったりの名前だと思った。メルーは二人の少年を少し離れたところへ連れていき、歩きながらなにかを指さしては低い声で語りかけている。

「スティーヴィの様子はどう？」グレイスが尋ねた。

「毎晩、悪い夢を見て目をさますの。おねしょもするわ。わたしから離れるのをいやがるのよ。精神分析医は、心的外傷後ストレス障害の場合、回復するのに長い時間がかかると言っているわ。でも、スティーヴィは大丈夫だろうって。スコットはどう？」

グレイスは自分の息子を見つめた。その表情はやさしかったが、かすかに不安そうでもあった。「問題はないように見えるわ。あのことをオープンに口にするのよ。早く父親を亡くしたから、強くなったのかもしれないと思うの。時間がたってみないとわからないけれど」

メルーが言ったことに少年たちが笑うのを、ジョーは聞いた。彼女は言葉で言いあらわせないほど、老人に感謝していた。グレイスにも、精神分析医にも話していないが、ヘンリー・メルーもまたまじない師の古くからの知恵を用いて、息子の心に調和を取り戻す手助けをしてくれている。〝われらが祖父〟の焼け跡を訪ねようと提案したのも、メルーだった。老人の言葉に耳を傾けるスティーヴィの表情に、ジョーは灰の中から咲く花を見ることができた。

「ローズが合図しているわ」グレイスが言った。

ジョーはふりむいた。妹が坂の上に立って、手を振っていた。「彼がだだをこねているのね」ジョーは言った。「おとなしく車の中にいないのはわかっていたわ」

ジョーはグレイスのそばから離れた。母親が遠ざかるのを見て、スティーヴィはメルーを残してジョーのところに走ってきた。二人は坂の上のローズの横に立って、リンドストロムの会社がストローブ松を伐採するために作った道路を見下ろした。濃紺のエクスプローラーがそこに止まっており、隣には古い赤のブロンコもあった。ジェニーとアニーが坂の下に立っていた。二人のあいだには、娘たちに支えられて父親がいた。右腕を三角巾で吊り、シャツは厚いガーゼと包帯でふくらんでいる。

パーガトリー・コーヴの長く恐ろしい一夜が明け、コークが湖から引き上げられて甲板に横たえられたとき、ジョーは沿岸警備隊のカッターに乗っていた。彼の顔は霜のように真っ白だった。重いまぶたの奥の瞳には、生気が感じられなかった。死んでいる、と彼女は思った。彼の上にかがみこみ、一瞬だけ朝日をさえぎった。そのとき、彼がほほえみかけた。あまりにもかすかな笑みだったので、彼女は最初想像にすぎないと思った。

スティーヴィがジョーの前を駆けていった。そして、腕を父親の腰に巻きつけた。コークは笑って、息子の髪に口づけした。

ジョーは夫のほうへ坂を下りはじめた。近づくと、彼は目を上げた。太陽が彼の顔を温かな黄色い光で包んだ。彼の唇に微笑が花開いた。ジョーは、自分がもう一つの花を見ていることに気づいた。これまでに見たうちで、いちばん美しい花だった。

# 訳者あとがき

ミネソタ州の小さな町に住む元保安官コーク・オコナーは、本書『煉獄の丘』で人生最大の危機に直面する。その危機を乗り越えるか否かに、コークの妻と息子の命がかかっている。一度は崩壊した家族が、ふたたび一つになろうとしていた矢先のことだった。

『凍りつく心臓』『狼の震える夜』に続く、コーク・オコナー・シリーズの三作目は、オジブワ族の聖地である森林の伐採をめぐる、製材所と環境保護主義者たちの対立で幕を開ける。環境保護の戦士《エコーウオリア》と名乗る謎のテロリストが製材所を爆破し、製材所の持ち主が命を狙われる。不祥事によって保安官の地位を追われたコークはハンバーガースタンドを営んでいるが、捜査活動へと自分を駆りたてる本能を鎮めることができない。そして、コークの推理と勘は、つねに捜査陣に先んじている。おりしも、次の保安官選挙への出馬要請が届き、彼の心は揺れる。

一方、妻のジョーは、別居を経てようやく夫婦がもとの鞘におさまりそうなときに、コークがまた任務に戻ろうとすることに不安を感じる。夫が選挙に出れば、これまで彼女が築きあげてきた弁護士としての地位と家族の絆がすべて失われかねない、あるスキャンダルが表沙汰になる可能性があるのだ。

そんな夫婦の葛藤に光が見えたかと思えた直後に、恐ろしい出来事が家族を襲う……。

本書にはまた、もう一つの物語がある。十年以上前にスペリオル湖で起きた沈没事故の唯一の生き残りであり、その遭難で愛する弟をなくしたジョン・ルペールの物語だ。沈没が嵐のせいではなく、破壊工作によるものだったことを立証しようとするルペールは、沈没船に潜って証拠を探し求めている。彼の執念が、いかにしてコークとその家族にかかわってくるのか──それは、読んでのお楽しみである。

この『煉獄の丘』は、シリーズ前二作の集大成ともいうべき作品になっている。人生のどん底に沈んで妻以外の女を愛してしまったコークが、ふたたび家族を取り戻そうとけんめいに努力する姿が、前二作にはサイドストーリーとして描かれていた。本書は、コークと家族の関係についに決着がつくという意味で、一種の完結篇といっていいだろう。もちろん、単独で読まれても充分にすばらしい作品だが、未読の方にはぜひ『凍りつく心臓』と『狼の震える夜』も手に取られるようにお勧めしたい。読後の余韻が、さらに深まるはずだ。

コーク・オコナー・シリーズは二〇〇六年末の時点で六冊が刊行されており、三度のアンソニー賞受賞に輝いている。一作目の『凍りつく心臓』（一九九八）はアンソニー賞とバリー賞の新人賞をダブル受賞し、四作目の *Blood Hollow*（二〇〇四）、五作目の *Mercy Falls*（二〇〇五）はアンソニー賞最優秀長篇賞を連続受賞した。同じシリーズが三度も選ばれたのは、ほかにはスー・グラフトンのキンジー・ミルホーン・シリーズぐらいだ。著者クルーガーの本国での評価はひじょうに高く、「今日のピュア・サスペンスの最高峰」（ビル・プロンジーニ）と目されている。四作目、五作目ともに講談社文庫より刊行の予定なので、楽しみにお待ちいただければ幸いだ。また、単発作品としてシークレットサービスの捜査官の活躍を描く『月下の狙撃者』（文春文庫刊）を発表している。

このシリーズの特長として挙げられるのが、手に汗握る冒険小説的な味わいや北部森林地帯の美しい風景描写とともに、主人公コークのキャラクターであることは衆目の一致するところだろう。イギリスのネット雑誌のインタビューで著者がその点についておもしろいことを言っているので、かんたんにご紹介する。

Q　コークのキャラクターはどこから生まれたのですか？

A　コーク（Cork）という名前は最初から決まっていました。どれほど深く沈められても、この男はコルクのように水面をめざして浮かんできます。それでいて、コルクのようにありふれた人間なのです。

Q　C・J・ボックスやスティーヴ・ハミルトンは、あなたと同じように舞台となる土地を事件の背景として使っていますが、ロケーションはどんな意味を持っているのですか？

A　わたしたち三人とも、まず力強い主人公を描きます。彼らは、それぞれが住んでいる土地では異色と見なされる存在であり、周囲からは浮いています。だから、キャラクターとして鮮やかにたちあがってくるのです。主人公と小説のロケーションとは、切っても切れない関係にあるわけです。

コーク・オコナーは、常識があって家族を大切にする、いってみれば平凡な男である。しかし、アイルランド人とオジブワ族の混血であるため、白人とインディアンの根深い対立が続いてきたミネソタ州では、どちら側にも属さない一匹狼的な存在になる。また、C・J・ボックスのシリーズでは、主人公の猟区管理官はコークに輪をかけた子煩悩な家庭人であり、仕事上の失敗も多い等身大の人間だ。だが、ワイオミング州の片田舎の閉鎖的な社会では、彼の不器用で誠実な人柄は軋轢《あつれき》を生むことが多い。

このように、主人公がありふれた人間であっても、その生活する場所によって葛藤が生まれ、ドラマが生まれる。ヒーロー小説として成立するゆえんである。

最後に、オジブワ族と同義であるアニシナーベ族の表記についてお断りしておきたい。前二作は綴りどおり「アニシナアベ」と記してきたが、「アニシナベ」という表記がネット上で散見されることに気づき、著者に発音を問い合わせた。その結果、「アニシナーベ」とするのが適切との回答を得たので、本書から表記を「アニシナーベ」と変更させていただいた。

二〇〇六年十二月

野口百合子

|著者|ウィリアム・K. クルーガー　スタンフォード大学中退後、さまざまな職業を経て作家に。本シリーズ第1作の『凍りつく心臓』は、アンソニー賞・バリー賞の最優秀処女長篇賞をダブル受賞した。美しく厳しい自然を背景に描かれる本シリーズは、いきいきとした人物描写とサスペンスあふれる展開で、高い評価と人気を得ている。現在、妻と2人の子供とともに、シリーズの舞台であるミネソタ州に在住。他の著書に『狼の震える夜』『月下の狙撃者』がある。

|訳者|野口百合子　1954年、神奈川県生まれ。東京外国語大学英米語学科卒業。出版社勤務を経て翻訳家に。主な訳書に、ボックス『凍れる森』、クルーガー『凍りつく心臓』『狼の震える夜』(すべて、講談社文庫)、『月下の狙撃者』(文春文庫)、ヴァントリーズ『聖書の絵師』(新潮社)、ハラム『リンドキストの箱舟』(文藝春秋) 等がある。


煉獄《れんごく》の丘《おか》

ウィリアム・K. クルーガー|野口百合子《のぐちゆりこ》 訳



講談社文庫

定価はカバーに
表示してあります

2007年1月16日第1刷発行

発行者——野間佐和子
発行所——株式会社　講談社
東京都文京区音羽2-12-21　〒112-8001
電話　出版部 (03) 5395-3510
　　　販売部 (03) 5395-5817
　　　業務部 (03) 5395-3615

デザイン—菊地信義
本文データ制作—講談社プリプレス制作部
印刷———豊国印刷株式会社
製本———株式会社千曲堂

Printed in Japan



ISBN978-4-06-275611-2

# 講談社文庫刊行の辞

二十一世紀の到来を目睫に望みながら、われわれはいま、人類史上かつて例を見ない巨大な転換期をむかえようとしている。

世界も、日本も、激動の予兆に対する期待とおののきを内に蔵して、未知の時代に歩み入ろうとしている。このときにあたり、創業の人野間清治の「ナショナル・エデュケイター」への志を現代に甦らせようと意図して、われわれはここに古今の文芸作品はいうまでもなく、ひろく人文・社会・自然の諸科学から東西の名著を網羅する、新しい綜合文庫の発刊を決意した。

激動の転換期はまた断絶の時代である。われわれは戦後二十五年間の出版文化のありかたへの深い反省をこめて、この断絶の時代にあえて人間的な持続を求めようとする。いたずらに浮薄な商業主義のあだ花を追い求めることなく、長期にわたって良書に生命をあたえようとつとめるところにしか、今後の出版文化の真の繁栄はあり得ないと信じるからである。

同時にわれわれはこの綜合文庫の刊行を通じて、人文・社会・自然の諸科学が、結局人間の学にほかならないことを立証しようと願っている。かつて知識とは、「汝自身を知る」ことにつきていた。現代社会の瑣末な情報の氾濫のなかから、力強い知識の源泉を掘り起し、技術文明のただなかに、生きた人間の姿を復活させること。それこそわれわれの切なる希求である。

われわれは権威に盲従せず、俗流に媚びることなく、渾然一体となって日本の「草の根」をかたちづくる若く新しい世代の人々に、心をこめてこの新しい綜合文庫をおくり届けたい。それは知識の泉であるとともに感受性のふるさとであり、もっとも有機的に組織され、社会に開かれた万人のための大学をめざしている。大方の支援と協力を衷心より切望してやまない。

一九七一年七月

野間省一

# 講談社文庫 最新刊

赤川次郎
**二重奏《デュオ》**
18歳の香子《きょうこ》は不思議な能力の持ち主。両親の死後、幽霊に出会い、事件に巻き込まれて……。

角田光代
**ちいさな幸福**〈All Small Things〉
恋人と過ごしたどんな時間が、一番心に残ってる？　みずみずしく紡がれた12の恋模様。

神崎京介
**ℏ《エッチ》**
42歳で目覚める純粋な愛欲——ひとりの女性との出会いが男を変える、等身大の官能小説。

高里椎奈
**緑陰の雨 灼けた月**〈薬屋探偵妖綺談〉
葉月下旬、元気印の女子高生を襲った奇怪な事件。犯人は妖怪か？　好評シリーズ第5弾。

舞城王太郎
**九十九十九**
連続見立て殺人に挑む超絶探偵。清涼院流水作品の人気キャラが舞城ワールドで大活躍！

はやみねかおる
**亡霊《ゴースト》は夜歩く**〈名探偵夢水清志郎事件ノート〉
恐怖の学園祭を演出する「亡霊《ゴースト》」の正体とは？みんなを幸せにする名探偵の学園ミステリ。

西村　健
**劫火1 ビンゴR《リターンズ》**
核兵器を所持するテロリストが日本を狙う。小樽炎上、走れオダケン！　痛快活劇第1弾。

青木　玉
**底のない袋**
知りたがりやの袋には底がない。日々の暮らしと思い出を、いっぱいに詰め込んだ随筆集。

梨屋アリエ
**ピアニッシシモ**
届けたい心の叫び。だけど家族にも友人にも届かない。日本児童文芸家協会新人賞受賞作。

立原正秋
**雪のなか**
三角関係の苦しみ、痛みから解放されたいがため、男は山村を訪れる。傑作8作品収録。

陳　舜臣
**神戸わがふるさと**
戦災そして震災。そのたびによみがえる美しい坂の町。愛情に満ちたエッセイ&ノベル。

塚本青史
**張騫**
張騫《ちょうけん》、司馬遷《しばせん》、雋不疑《しゅんふぎ》。三人三様の生き方を通して、漢の武帝の御世を描く歴史名品集。

幸田真音
**凜《りん》冽《れつ》の宙《そら》**
企業トップ二人のもつれた運命の糸——日本経済の深層をあざやかに描ききった会心作！

## 講談社文芸文庫

中薗英助
### 北京飯店旧館にて
解説＝藤井省三　年譜＝立石伯

青春の地・北京を四十一年後に再訪した作家が目にする歴史の暗渠と底に光る人間の真実。日中の狭間で生き、書いた越境者・中薗文学の核心。読売文学賞受賞の秀作。

なS1　198466-0

加能作次郎
### 世の中へ・乳の匂い　加能作次郎作品集
編・解説＝荒川洋治　年譜＝中尾務

大正を代表する自然主義作家の、深い人生観照にもとづいた人情味溢れる世界。出世作となった自伝的作品「世の中へ」、死の前年の絶唱「乳の匂い」等八篇を精選。

かT1　198465-3

芥川比呂志
### ハムレット役者　芥川比呂志エッセイ選　丸谷才一編
解説的対談＝丸谷才一・渡辺保　年譜＝芥川瑠璃子

ハムレットの剣をペンに持ちかえてくりひろげる軽妙洒脱、諧謔に満ちた紙上の名舞台。芝居はもちろん、父母、友人について、名優、名演出家の真髄に迫る名文集。

あP1　198464-6

# 海外作品

## 小説

グレッグ・アイルズ 雨沢 泰訳 24時間
グレッグ・アイルズ 雨沢 泰訳 沈黙のゲーム(上)(下)
グレッグ・アイルズ 雨沢 泰訳 戦慄の眠り(上)(下)
グレッグ・アイルズ 雨沢 泰訳 魔力の女
グレッグ・アイルズ 雨沢 泰訳 神の足跡(上)(下)
レニー・エアース 田中 靖訳 夜の闇を待ちながら
D・エリス 中津 悠訳 覗く。(上)(下)
リチャード・P・エヴァンズ 笹野洋子訳 クリスマス・ボックス
S・カミンスキー 中津 悠訳 消えた人妻
S・クーンツ 北澤和彦訳 キューバ(上)(下)
D・クロンビー 西田佳子訳 警視の休暇
D・クロンビー 西田佳子訳 警視の隣人
D・クロンビー 西田佳子訳 警視の秘密
D・クロンビー 西田佳子訳 警視の愛人
D・クロンビー 西田佳子訳 警視の死角
D・クロンビー 西田佳子訳 警視の接吻
D・クロンビー 西田佳子訳 警視の予感
D・クロンビー 西田佳子訳 警視の不信
ウィリアム・K・クルーガー 野口百合子訳 凍りつく心臓
ウィリアム・K・クルーガー 野口百合子訳 狼の震える夜
ロバート・クレイス 村上和久訳 ホステージ(上)(下)
D・クーンツ 田中一江訳 サイレント・アイズ(上)(下)
M・クーランド 吉川正子訳 千里眼を持つ男
J・ケラーマン 北澤和彦訳 モンスター〈臨床心理医アレックス〉
J・ケラーマン 北澤和彦訳 マーダー・プラン〈臨床心理医アレックス〉(上)(下)
テリー・ケイ 笹野洋子訳 そして僕は家を出る(上)(下)
J・コーソル 公文俊平 藤原作弥 訳 ドル大暴落の日〈ハードランディング作戦〉
P・コーンウェル 相原真理子訳 検屍官
P・コーンウェル 相原真理子訳 証拠死体
P・コーンウェル 相原真理子訳 遺留品
P・コーンウェル 相原真理子訳 真犯人
P・コーンウェル 相原真理子訳 死体農場
P・コーンウェル 相原真理子訳 私刑
P・コーンウェル 相原真理子訳 死因
P・コーンウェル 相原真理子訳 接触
P・コーンウェル 相原真理子訳 業火
P・コーンウェル 相原真理子訳 警告
P・コーンウェル 相原真理子訳 審問(上)(下)
P・コーンウェル 相原真理子訳 黒《くろ》蝿《ばえ》(上)(下)
P・コーンウェル 相原真理子訳 痕跡(上)(下)
P・コーンウェル 相原真理子訳 神の手(上)(下)
P・コーンウェル 相原真理子訳 スズメバチの巣
P・コーンウェル 相原真理子訳 サザンクロス
P・コーンウェル 矢沢聖子訳 女性署長ハマー(上)(下)
R・ゴダード 加地美知子訳 秘められた伝言(上)(下)

## 講談社文庫　海外作品

マイケル・フレイズ　西田佳子訳　天使の悪夢(上)(下)
ジム・フジッリ　公手成幸訳　NYPI
A・ヘンリー　小西敦子訳　フェルメール殺人事件
A・ヘンリー　小西敦子訳　ミッシング・ベイビー殺人事件
ジェイムズ・W・ホール　北澤和彦訳　豪華客船のテロリスト
C・J・ボックス　野口百合子訳　沈黙の森
C・J・ボックス　野口百合子訳　凍れる森
スジャータ・マッシー　矢沢聖子訳　月殺人事件
マーシャ・マラー　古賀弥生訳　沈黙の叫び
フィオナ・マウンテン　竹内さなみ訳　死より蒼く
P・マーゴリン　井坂　清訳　女神の天秤
C・G・ムーア　井坂　清訳　最後の儀式
ボブ・モリス　高山祥子訳　震える熱帯
キャシー・ライクス　山本やよい訳　骨と歌う女
P・リンゼイ　笹野洋子訳　目撃
P・リンゼイ　笹野洋子訳　宿敵
P・リンゼイ　笹野洋子訳　殺戮
P・リンゼイ　笹野洋子訳　覇者(上)(下)
P・リンゼイ　笹野洋子訳　鉄槌
ギリアン・リンスコット　加地美知子訳　姿なき殺人
スー・リム　野間けい子訳　オトメノナヤミ
G・ルッカ　古沢嘉通訳　守護者《キーパー》
G・ルッカ　古沢嘉通訳　奪回者
G・ルッカ　古沢嘉通訳　暗殺者《キラー》
G・ルッカ　古沢嘉通訳　耽溺者《ジャンキー》
G・ルッカ　飯干京子訳　逸脱者(上)(下)
ポール・ルバイン　細美遙子訳　マイアミ弁護士(上)(下)〈ソロモン&ロード〉
D・レオン　北條元子訳　ヴェネツィア殺人事件
D・レオン　北條元子訳　ヴェネツィア刑事はランチに帰宅する
N・ロバーツ　加藤しをり訳　スキャンダル(上)(下)
N・ロバーツ　加藤しをり訳　イリュージョン(上)(下)
N・T・ローゼンバーグ　吉野美耶子訳　不当逮捕
ピーター・ロビンスン　幸田敦子訳　誰もが戻れない
ピーター・ロビンスン　野の水生訳　渇いた季節
ピーター・ロビンスン　野の水生訳　エミリーの不在(上)(下)
キム・S・ロビンスン　赤尾秀子訳　南極大陸(上)(下)

### ノンフィクション

W・アービング　江間章子訳　アルハンブラ物語
P・コーンウェル　相原真理子訳　真相(上)(下)〈切り裂きジャック〉は誰なのか?〉
M・セリグマン　山村宜子訳　オプティミストはなぜ成功するか
ユン・チアン　土屋京子訳　ワイルド・スワン全三冊
ニルソン他　松山栄吉訳　生まれる〈胎児成長の記録〉
エイドリアン・メイヤー　竹内さなみ訳　驚異の戦争〈古代の生物化学兵器〉
J・ラーベ　E・ヴィッケルト編　南京の真実
J・D・ワトソン　江上・中村訳　二重らせん

2006年12月15日現在